다산산문선

다산산문선
茶山散文選

정약용 지음

————

박석무 역주

창비

가필한 책으로 다시 펴내면서

이 책이 처음 출간된 지 28년, 번역한 지 30년 만에 책을 다시 펴낸다. 책을 다시 들추니 처음 번역하던 엄혹한 시절의 감회가 절로 떠오른다. 1980년 5월의 광주, 차마 어떻게 그 시절의 참혹한 역사적 비극을 다시 떠올리고 싶겠는가. 5월 18일에서 27일까지, 나는 고등학교 교사의 신분으로 비극의 현장을 지켜보고 있었다. 대한민국 국군이 계엄군이라며 중무장한 상태에서 무차별로 양민을 학살하던 현장이 광주의 금남로와 충장로 거리였다. 시민군의 힘에 밀려 시내에서 퇴각했던 계엄군, 그들은 다시 27일 새벽 시민들을 학살하고 시민군을 제압한 뒤, 광주시를 장악하고 말았다. 이렇게 해서 5·18광주민주화운동은 큰 비극으로 끝났고, 검거 선풍이 불어닥쳤다.

죽지 못한 사람의 부끄러움에 마음이 매우 편치 못하던 그날, 5월 27일 이후 나는 저승사자들에 에워싸이고 사신死神의 그림자에 휩싸여 고행의 터널, 죽음의 동굴 속에 깊이 잠기고 말았다. 점심 무렵 나를 체포하러 온다는 연락을 받았지만, 어떻게 상황을 반전시킬 방법이 생각나지 않았다. 그야말로 속수무책 그대로였다. 점심 뒤에 찾아온 선배이자 동료 교사였던 분의 강권에 따라 일단 집에서 몸을 피하기로 하고, 그 동료 교사의 집으로 옮겨가면서부터 나의 도피생활은 시작되었다.

5월 27일 오후부터 검거되는 그해 12월 크리스마스 무렵까지 만 7개월 동안, 검거하는 군경에는 1계급 특진에 몇백만원의 현상금을 준다고 기재된 포스터가 내 사진과 함께 전국의 곳곳에 게시되어 있었다. 눈을 똑바로 뜨고 누구를 볼 수도 없고, 조바심과 무서움증에 걸려 정상적인 인간의 모습을 지닐 수도 없던 시절이었다. 광주에서 동가식서가숙하다가 6월 초에야 서울로 잠입할 수 있었다. 서울에 오니 TV에서 수배자로 내 사진이 계속 방영되었고, 계엄당국은 검거에 열을 올리고 있었다. 6월 하순쯤 서울에서도 있지 못하고 충청남도 아산시 온양으로 내려가 지인의 협조로 하숙방을 구해서 방안에 웅크리고 앉아 근심걱정에 잠겨 있었다. 그러나 언제까지 그러고만 있을 수는 없었다. 내 손에는 책이 한권 있었다. 서울서 떠나면서 친구 임형택 교수에게서 빌려온 다산 정약용의 『여유당전서』 영인본(경인문화사 1970) 전6권 중의 제1권 『시문집詩文集』이었다. 한시도 떠나지 않는 불안·초조·근심·걱정을 잊으려 그 책을 읽기 시작했다. 조금씩 마음이 가라앉았고, 쏠쏠한 재미에 맛이 들면서 죽음의 공포나 사신의 어른거림도 줄어들기 시작했다.

그러나 간접적으로 흘러들어오는 바깥소식은 예사롭지 않았다. 내가 광주항쟁의 주모자로 꼽혀 내란의 수괴로 시나리오가 작성되었고 잡히면 죽음밖에 없으니, 꼭꼭 숨어서 절대로 잡히지 말라는 소식만 들려왔다. 다산의 『시문집』은 그런 암담한 소식에도 무서움 증세를 약화시켜주었다. 잠자리에만 누우면 저승사자들이 으르렁대곤 했는데 밤새 책을 읽다보면 새벽이 오고, 그러는 사이 잠깐씩 꼽사리 잠을 자면서 또 깨어나면 책을 읽고 있었다.

6

1801년 40세의 다산은 신유옥사辛酉獄事를 당해 감옥에 갇히고, 국청이 열려 국문을 받는 최악의 순간이 있었다. 함께 갇혔던 친형 정약종, 자형 이승훈, 선배 이가환, 권철신 등이 형장의 이슬로 사라지고, 겨우 목숨을 유지한 다산과 중형 정약전은 먼먼 귀양살이를 떠나야 했다. 18년간의 처참한 귀양살이에도 전혀 좌절하지 않고, 오히려 겨를을 얻었다고 기뻐하면서 500권이 넘는 저술을 남긴 다산, 그를 생각지 않을 수 없었다. 그런 학문적 대업을 이룩한 다산이 내 앞에 나타나고, 그가 신산한 세월에 썼던 글들을 읽으면서, 나도 좌절의 늪에서 다시 일어날 방법을 찾지 않을 수가 없었다. 압제와 수탈에 시달리던 농민들의 참혹한 삶을 읊은 그의 시를 읽으면서 마음의 위로를 받았다. 그래서 우선 그런 시를 한문에서 한글로 번역하고 싶은 충동을 느꼈다. 조선시대 농민들의 모습은 그 무렵 우리 국민들의 모습과 아주 많이 닮아 있었다. 부실한 자전 한권이 있을 뿐 난해한 한문을 번역할 도구가 전혀 없는 상태에서 쉽지 않은 일이었지만, 시간을 깨는 데 있어서나 마음의 위로를 받는 데 있어 다산시 번역은 더할 나위 없이 좋은 일이었다. 이때 옮긴 150여 수가『애절양哀絶陽』(시인사 1983)이라는 다산의 시선집이다.

　　시집을 읽고 넘기니, 다산의 산문세계가 전개되었다.「정헌 이가환 묘지명」은 바로 다산이 가장 따르며 존경했던 대선배 이가환의 억울한 죽음을 그의 일대기인 묘지명이라는 형식으로 폭로한 글이었다. 신유옥사와 광주학살이 오버랩되었고, 권력 유지와 집권 연장을 위해 반대파들을 무참히 학살하는 과정을 읽어가면서 죽음의 공포도, 사신의 위협에서도 모두 벗어나 의분義憤 속에서 번역에 열중할 수 있었다. 성호 이익의 직계 제자로 성호의 학통을 이어갈 대학자였던 권철신이나 성호의 종손從孫 이가환이 처절하게 목이 베이는 비극, 죽은 뒤에 시신까지 저자의 구경거리가 되는 처참한 사실을 읽으면서 광주항쟁의 비참함을 견주어보기도 했다. 예나 이제나 마찬가지인 정치의 패악상에 치를 떨면서 한편으로 목을 죄던 위협감을 다소간 떨치기도 했다. 복암 이기양, 매장 오석충 등 사화士禍를 당한 다산 선배들의 서러운 인생에 조의를 표하면서 나의 아픈 마음을 달래었다.

번역을 얼추 마친 1980년 12월 크리스마스 무렵, 나는 온양에서 검거되었다. 이미 내란죄의 고등군재가 끝난 때였고 나를 수괴로 한 시나리오는 무효화되어 나는 중벌을 선고받지는 않았고, 2년여 옥살이 끝에 1982년 3월 대통령 특별사면으로 출소하였다. 출소 뒤 무서운 5공 독재정권 아래서 온갖 감시를 받으면서 온양 시절의 노트를 찾아내 다시 번역작업을 마무리했다. 그랬더니 출판사 창비(당시는 창작과비평사)에서 그것을 '창비신서'로 출판하자고 하였다. 82년 3월에서 83년 4월까지 1년여 동안 가필하고 손을 보아 원고를 보냈다. 그때는 말 몇마디만 잘못해도 저자는 구속되고 출판사는 인가가 취소되는 무서운 시절이었다. 초판본 해제(개정증보판 「해설」)에 번역을 하게 된 경위나 그 어렵고 무섭던 시절의 고통은 한마디도 못하고, "타의에 의한 겨를을 얻었"느니 "역자의 어떤 괴로움을 달래느라 이룩된 작업"이었다는 등의 이야기밖에 할 수 없었던 것은 그래서였다. 행여라도 이 원고가 출판이 안 되거나 출판사가 불행을 당할 것을 막기 위해서는 미리 굽히고 들어갈 수밖에 없었던, 안타깝기 그지없던 시절이다.

실은 이 책의 출간에도 비화가 있다. 이 책의 초판 출간일자는 1985년 12월 5일로 되어 있으나 실제 책이 나온 것은 12월 15일이다. 출판사 창비는 그 열흘 사이 등록취소를 당했다. 그 경위는 이렇다. 1983년 4월에

8

창비로 송고한 뒤 이러구러 세월이 흘러 1985년 겨울, 출간이 코앞이었다. 그런데 책이 인쇄를 마칠 무렵인 85년 12월 10일, 창비는 불온서적을 많이 간행한다는 구실로 출판사 등록취소를 당하고 말았다. 독재정권의 마수는 그렇게 악독했다. 등록취소된 출판사가 책을 낼 수는 없으니, 인쇄중이던 책은 판권의 출간일자를 12월 5일자로 고쳤고, 책은 12월 15일 출간되었다. 산모는 죽고 아이만 태어난 셈이다. 그 기구한 운명의 책이 바로 '창비신서' 70번으로 나온 『다산산문선』이다.

그때는 『유배지에서 보낸 편지』(시인사 1979)라는 다산의 서간문 번역서 한권이 나의 유일한 역서였다. 명색이 다산을 연구한다면서 그냥 죽으면 어떻게 되겠느냐, 뭔가 작은 업적이라도 있어야 내 아이들에게도 덜 부끄러우리라는 생각에, 당시 아무도 번역을 손대지 않은 다산의 「자찬묘지명」을 위시해 많은 산문을 번역해 역서를 한권 남기고자 시작한 작업인데, 오히려 위로를 받고 마음의 안정까지 얻었으니 얼마나 잘 생각한 일인가. 지금이야 『다산시문집』 전체가 번역되어 나와 있지만, 그 시절에는 「자찬묘지명」의 번역만으로도 상당히 기념비적인 책이었다.

다산의 「자찬묘지명」 광중본(무덤 속에 넣을 간략한 일대기)과 집중본(문집에 실을 자세한 일대기) 두 글은 다산 자신이 자신의 일생과 학문적 업적, 자신의 사상과 철학을 설명한 가장 중요한 다산 연구자료이다. 240여권의 경학 연구서를 통해 중세의 성리학적 관념의 유학세계를 '민중적 경학'(정인보)이라는 실학적 경학체계로 다시 정리하여 관념의 세계에서 실행·실천의 경험적 세계로 바꾼 위대한 학문적 업적을 저자 자신이 소상하게 설명해놓았다. 이른바 일표이서—表二書라는 경세학에 관한 저서 『경세유표』 『목민심서』 『흠흠신서』의 집필 과정과 목적까지 소상하게 밝힌 글이 「자찬묘지명」 집중본이다. 한문 해독에 약한 오늘의 젊은이들에게 그런 글을 번역해주지 않고서야 어떻게 다산을 알릴 수 있겠는가. 나는 고등학교 교사로서 청소년을 상대하기도 해서 죽기 전에 그들에게 읽을 책을 한권 선사해야겠다는 꿈이 있었다. 『유배지에서 보낸 편지』와 『다산산문선』은 사실 그런 목적의식에서 나온 번역서이다. 『유배지에서 보낸 편지』가 아직도 읽히고, 다산 연구자들이 『다산산문선』을 많이 참고한 사실로 보면, 그런 대로 나의 꿈은 상당히 실현된 셈이라고 여길 수 있다. 그러나 이전 번역문은 다소 서툴고 오역도 많았다. 그때의 사정이 그러했을 뿐만 아니라, 그 시절 나의 한문 실력도 매우 미숙했던 것이 사실이다. 이제 많은 부분을 가필하고, 가족관계 글로 다산의 부친에 관한 글인 「선인유사先人遺事」와 큰형수에 대한 글인 「맏형수 공인 이씨 묘지명丘嫂李氏墓誌銘」 두편을 이번에 추가해서 넣었다.

　1부에서 6부까지로 꾸민 이 책은 부마다 앞에 「읽기 전에」라는 해설을 실었다. 82~83년의 1년과 감옥에서 나온 직후, 아무런 할 일이 없던 때여서 꼼꼼하고 착실하게 살펴서 그래도 큰 잘못 없는 해설을 달 수 있었다. 지금도 더 보탤 말이 없어 문장만 손보아 다시 내놓기로 했다. 아직도 다산 고경古經에 대한 학설을 알지 못하는 부분이 많지만, 어쨌든 이 한권의 책이 번역되던 그 아픔을 기념하기 위해서라도 책을 다시 간행하는 뜻을 헤아려주기 바라마지 않는다. 흥미 본위도 아닌 이런 난해한 책을 이해타산을 넘어 출간해주는 창비에 감사하고 출판작업에 애써준 많은 분들에게 고마운 뜻을 전한다.

　　　　번역을 마치고 30년이 지난 2013년 삼복 절서에 다산연구소에서
　　　　　　　　　　　　　　　　　　　　　　　　　　박석무

**차
례**

제6부

일러두기

1. 이 책은 안재홍(安在鴻)·정인보(鄭寅普) 교정 『여유당전서(與猶堂全書)』(신조 선사新朝鮮社 1934~38) 제1집 권15, 16을 저본으로 여러 부분에서 뽑아 번역하 였다.

2. 이 책의 차례는 『여유당전서』의 순서와 관계없이 글의 형식에 따라 묶은 것이다.

3. 원문의 영종대왕(英宗大王)·정종대왕(正宗大王) 등은 영조(英祖)·정조(正祖) 등으로 번역하였다. 원문의 육갑(六甲) 연도는 모두 서기로 환산해서 썼으며, 월·일은 음력 그대로이다.

4. 인명과 어려운 용어는 처음 나올 때에 주를 붙여 간략히 해설했다. 다만, 이 책 에서 다산이 묘지명을 쓴 주요 인물 및 널리 알려진 인물이나 전후 가계(家系) 를 밝힐 때 나오는 인물에 대해서는 생략했다. 별도 표시가 없는 것은 모두 옮 긴이 주이다.

자찬묘지명 집중본 自撰墓誌銘 集中本
자찬묘지명 광중본 自撰墓誌銘 壙中本

■읽기 전에

제1부는 다산 정약용이 자신의 생애와 사상 및 업적을 묘지명墓誌銘이라는 문체를 빌려 사실대로 기술한 글이다. 묘지명이란 본디 무덤 안에 넣는 죽은 사람의 일대기이다. 다산의 「자찬묘지명」은 요즈음의 이른바 자서전에 가까운 글인데, 집중본集中本과 광중본壙中本 두 가지가 있다. 집중본은 문집에 수록하려 쓴 것이며, 광중본은 무덤 속에 넣으려 쓴 것인데, 집중본은 상세하게 장문으로 서술했으며 광중본은 간략하게 기술하였다.

다산의 「자찬묘지명 집중본」은 크게 두 단락으로 나눌 수 있는데, 앞 단락에서는 생애에 대해 기술했으며, 뒷단락에서는 학문 연구성과를 기술하고 있다. 그리고 그 실천적 결과물로 경학經學 연구서와 일표이서一表二書(『경세유표經世遺表』·『목민심서牧民心書』·『흠흠신서欽欽新書』)를 제시하였다. 「자찬묘지명」은 다산 연구의 가장 기본적인 필수 자료로 18세기 말엽에서 19세기 초엽의 사회와 역사를 알기에 충분하며, 또 당시의 학풍과 문풍文風, 시대적 질곡이 어떠했는가를 알 수 있는 길잡이가 되어준다. 이 글을 바탕으로 다산의 생애를 간추려보면 다음과 같다.

다산선생의 자는 미용美庸·용보頌甫·귀농歸農, 호는 사암俟菴·다산茶山·열초洌樵·삼미자三眉子, 당호는 여유당與猶堂, 본관은 압해押海(지금의 전라남도 신안 지역)이며, 1762년(영조 38, 임오) 음력 6월 16일 한강변 경기도 광주 초부면 마현리廣州 草阜面 馬峴里(소내(苕川) 혹은 마재(馬峴)라고도 함. 지금의 경기도 남양주시 조안면 능내리)에서 출생하여 1836년(헌종 2, 병신) 2월 22일 75세를 일기로 마현에서 생애를 마쳤다. 묘소는 이곳 뒤 언덕에 있다.

　다산의 가계는 9대를 연달아 문과에 급제하여 옥당玉堂(홍문관)에 들어
간 명문 집안이었다. 다산은 아버지 정재원丁載遠(1730~92)과 어머니 해
남윤씨海南尹氏 사이에서 셋째로 태어났는데, 첫째는 약전若銓, 둘째는
약종若鍾이고, 이복異腹으로 맏형 약현若鉉이 있으며, 또다른 이복으로는
서제庶弟 약횡若鐄이 있다. 부인은 풍산홍씨豊山洪氏며 자손으로는 학연
學淵, 학유學游 두 아들과 딸 하나가 있는데 딸은 윤창모尹昌謨에게 시집
갔다. 어머니 해남윤씨는 고산孤山 윤선도尹善道의 후손이며 시詩·서書·
화畵 삼절三絶로 유명한 공재恭齋 윤두서尹斗緖의 손녀이다.

　이렇듯 명문 집안에서 태어난 다산은 어려서부터 명민하여 7세 때 처
음으로 5언시를 지었다. 9세(1770)에 어머니를 잃고 15세(1776)에 풍산홍
씨에게 장가들었다. 16세(1777) 때에 성호 이익의 유고遺稿를 처음 보고
평생 사숙하게 되었으며, 22세(1783) 2월에는 감시監試 경의과經義科 초
시에 합격하고 4월에는 회시會試 생원生員에 합격하여 정조임금과 선정
전에서 처음 만났다. 28세(1789)에는 식년문과式年文科에 갑과甲科로 합
격하여 가주서假注書를 시작으로 검열檢閱·지평持平·수찬修撰을 지냈으
며, 33세(1794)에는 경기 암행어사를 지냈는데 하찮은 일로 34세(1795)
때 7월에 금정도 찰방金井道察訪으로 좌천되었다. 이듬해 35세(1796)
12월에 병조참의兵曹參議로 복직되고 우부승지·좌부승지를 거쳐 36세
(1797) 때 6월에 곡산부사谷山府使로 나가 선정을 베풀었다. 38세(1799) 때
인 4월에 내직으로 들어와 형조참의가 되었다가 얼마 후 사직하였으니,
이것으로 관계官界 생활이 끝났다. 이듬해 6월에 정조가 서거하자 이때
부터 화란이 일기 시작하여 40세인 신유년(1801) 2월에 경상도 장기長鬐
로 귀양 갔으며, 10월에 다시 서울로 압송되어 조사를 받고 11월에 전라

도 강진康津으로 이배되어 57세(1818) 9월 14일에 본가로 돌아오기까지 18년 동안 유배 생활을 하였다. 이후 18년 동안은 고향에서 그동안 닦은 학문을 정리하며 노년기를 보내다 75세(1936)를 일기로 생애를 마쳤다.

이 「자찬묘지명」은 다산이 회갑을 맞은 해인 1822년(순조 22, 임오)에 자신의 파란만장했던 일생을 돌아보며 기술한 글이다. 따라서 1822년부터 1836년 2월 22일 생애를 마칠 때까지 14년 동안의 다산의 모습은 알 수 없게 되어 있다. 이 부분은 다산 서거 후 85년째인 1920년 다산의 현손玄孫 정규영丁奎英이 편찬한 『사암선생 연보俟菴先生年譜』(이하 『사암연보』)가 귀중한 자료가 될 것이다. 한편 「자찬묘지명」은 광중본이건 집중본이건 다산 자신의 유년시절에 대한 기록이 빈약해 아쉬움이 크다. 이 책의 제6부 「여유당기與猶堂記」를 아울러 읽기 바라며, 여기에 『사암연보』와 다른 기록을 참고해 유년시절과 회갑 이후 서거 때까지의 모습을 정리하여 독자의 편의를 돕고자 한다.

다산이 태어난 해는 다산 일생 동안 문제가 된 시파時派·벽파僻派 싸움의 발단인 사도세자思悼世子가 죽은 해였다. 사도세자는 5월 13일 폐세자가 되어 뒤주에 갇혀 굶어죽는데, 그 한달 후인 6월 16일에 다산이 태어났다. 아버지 정재원이 다산의 아명을 귀농歸農이라고 한 것은 다산에게 벼슬을 시키지 않기로 뜻을 정해서인 듯하다. 다산은 4세에 천자문을 배웠고 6세 때 아버지가 경기도 연천현감으로 벼슬을 다시 시작하자 그곳에 따라가 어머니와 함께 즐겁게 생활했다. 이때부터 아버지의 교육을 받았다. 7세 때 지은 시로 "작은 산이 큰 산을 가렸으니 멀고 가까움이 다르기 때문小山蔽大山 遠近地不同"이라는 시가 전해진다. 이 무렵부터 많은 한시를 지어 『삼미자집三眉子集』이라는 책으로 엮기도 했다.

9세에 어머니를 여읜 뒤 10세 때 아버지가 벼슬을 그만두고 한가히 지내며 경사經史의 정규과정 등을 본격적으로 가르치기 시작했다. 10세 한 해 동안 지은 글이 자기 키만큼의 분량이었다고 한다. 13세 때에는 두보杜甫의 시를 모방해 수백 수首를 짓기도 했다. 15세 되던 해에 정조가 왕위에 오르고 아버지가 호조좌랑으로 다시 벼슬살이에 나갔으며, 다산은 장가들어 서울로 유학 가며 유년기가 끝난다. 이후 청장년기의 삶은 「자찬묘지명」으로 살펴볼 수 있다.

61세 회갑년에 「자찬묘지명」을 짓고 동지들의 일생에 대한 기록을 작성하였다. 이 무렵 당시의 석학들인 석천石泉 신작申綽, 정산鼎山 김기서金基敍, 대산臺山 김매순金邁淳, 연천淵泉 홍석주洪奭周 등과 만나고 서신 교환을 통해 그동안의 자기 저서에 대한 비평을 듣기도 하며 학문적 정리를 시도하였다. 당파가 다른 그들에게서 극찬을 받기도 했다.

1827년 다산이 66세 때 조정에서 다산을 다시 등용하자는 안이 나왔지만 반대파의 저지로 실현되지 못했다. 69세 때에는 의술에 밝다는 이유로 부호군副護軍의 직명으로 효명세자孝明世子(순조의 장자, 뒤의 익종)의 병 치료차 입궐했으나 도착 전에 세자가 죽고 말았다. 73세에『상서고훈尙書古訓』과『지원록知遠錄』을 다시 고쳐 합편해 21권으로 작성했고 그해 가을에는『매씨서평梅氏書評』을 개정해서 확정했다. 이해 11월에 순조의 병을 치료하러 입궐했으나 역시 도착 전에 순조가 운명하였다. 이 무렵 경기도와 강원도 일대의 경치 좋은 강산을 유람하며 수없이 많은 시를 짓기도 했다. 1836년 2월 22일 아침 고향집 여유당에서 75세를 일기로 영면했다. 이날은 마침 다산의 결혼 60주년이 되는 날이어서 친척과 제자 들이 모였는데 다산은 정신이 총총한 가운데 사후의 일에 대한 유언을 모두 마치고 자는 듯이 서거하였다. 운명할 무렵 큰바람이 땅을 휩쓸어 해를 가릴 만큼 누런 흙가루를 뿌려서 희대의 철인의 죽음을 슬퍼해주었다 한다. 서울에 살던 다산의 제자 이강회李綱會는 다산 서거 전날 밤에 큰 들보가 무너지는 꿈을 꾸었다 하니, 민족의 대들보가 무너지던 증험이 제자에게 현몽했던가보다.

「자찬묘지명」의 뒷부분에서 다산은 자신의 학문적 연원과 성과를 정리하고 있다. 이를 바탕으로 간략히 정리해보면 다산은 일찍이 성호의 유고를 보고 학문에 뜻을 두게 되었으며, 성호의 제자인 녹암鹿菴 권철신權哲身을 중형 약전과 함께 스승으로 섬겼다. 한편 선학先學으로는 퇴계退溪 이황李滉과 백호白湖 윤휴尹鑴를 존숭했고, 선배로는 채제공蔡濟恭·이가환李家煥·이기양李基讓을 따랐다. 중형 손암巽庵 정약전을 학문적 동반자이자 지기로 의지했으며, 동학으로는 성호의 제자들인 남인계 학자들과 주로 교유하였다.

다산의 학문적 생애는 크게 둘로 나눌 수 있는데, 전반기는 정조가 재위한 1800년경까지로 학문의 기초를 쌓고 벼슬살이를 하여 삶을 경험한 기간이었으며, 후반기는 1801년 신유옥사辛酉獄事로 유배되어 본격적으로 학문에 몰두해 생애를 마칠 때까지로 그의 대부분의 학문적 업적이 이루어진 시기다. 이때 쓰인 저서들은 방대한 분량과 다양한 내용을 가지고 있어 우리나라 역사상 큰 이채를 띠며 동양 학술사에서도 한 높은 봉우리를 이루었다고 할 수 있다.

다산의 학문과 사상은 사후에 더욱 폭넓은 조명을 받았다. 황현黃玹이 쓴 『매천야록梅泉野錄』은 "임금이 나라를 부강케 할 뜻을 두고 고종 22~23년(1885~86) 사이에 『여유당집與猶堂集』을 올려바치라고 명하여 읽어본 후 크게 느끼고 한 시대에 같이 살지 못함을 탄식했다"라고 기록하고 "그의 증손 문섭文燮을 대과大科에 합격시켰다"라고 하여 갑신정변 이후부터 '다산학'이 나라를 건지는 방책의 하나로 세인의 관심이 되었음을 알 수 있다. 매천은 "오직 실용에 힘썼다" "유용지학有用之學"이라는 말로 다산학을 평가했다.

1910년(융희 4) 7월 18일 망국 직전에 순종은 조선이 낳은 대학자 다산에게 정헌대부正憲大夫 규장각제학奎章閣提學(정2품)의 벼슬을 증직하고 문도공文度公이라는 시호를 내렸다. 임금이 내린 글에서 "고 승지 정약용은 문장과 경제經濟로 한 시대에 뛰어났다"라고 했으니 사후 74년 만에 국가적으로 그의 업적의 위대함을 공인한 셈이다.

1936년 다산서세백주년茶山逝世百周年 행사가 대대적으로 전개되었고 이즈음 정인보·안재홍 등에 의해 그의 대저『여유당전서』가 신조선사에서 간행되어 이 나라에 '다산학'의 시대적인 붐을 몰고 오기에 이르렀다. 정인보는 "선생 일인에 대한 고구考究는 곧 조선사의 연구요, 조선 근세사상의 연구요, 조선 심혼心魂의 명예明譽 내지 전조선 성쇠존멸에 대한 연구다"라고 하여 최대의 찬사로 그를 평가하였다.

자찬묘지명 집중본

이 무덤은 열수洌水 정약용丁若鏞의 묘이다. 본명은 약용이요 자字는 미용美庸, 또다른 자는 용보頌甫라고도 했으며, 호는 사암[1]이고 당호는 여유당[2]인데, '겨울 내를 건너듯, 이웃을 두려워하듯'이라는 의미를 따서 지었다.

아버지의 이름은 재원載遠이며 음사[3]로 진주목사晉州牧使까지 지냈다. 어머니는 숙인淑人 해남윤씨로 영조 임오년(1762) 6월 16일 약용을 한강 변 마현리에서 낳았다. 이때는 청나라 건륭乾隆 27년이었다.

정씨丁氏의 본은 압해[4]로 고려 말에 배천白川에서 살다가 이씨조선을

---

1 사암(俟菴):『중용(中庸)』29장의 "백세이사성인이불혹(百世以俟聖人而不惑)" 즉 '뒷날의 성인을 기다려도 미혹함이 없다'에서 유래하여 '기다림'의 의미가 있다. 어떤 성인에게도 자기 학문은 질책받지 않으리라는 확신의 뜻도 있다. 다산(茶山)이라는 호는 유배지가 다산이었기 때문에 뒷사람들이 부른 것이며, 다산 자신이 사용하던 호로는 열초(洌樵)·철마산초부(鐵馬山樵夫)·여유병옹(與猶病翁)·다산초부(茶山樵夫)·탁옹(籜翁) 등이 있다.

2 여유당(與猶堂): '여유(與猶)'의 뜻은 제6부에 실린「여유당기」참조.

3 음사(蔭仕): 과거시험을 거치지 않고 선조의 공훈이나 특별한 배려로 임명되던 벼슬.

4 압해(押海): 당시는 전라도 나주목(羅州牧) 소속 도서로 지금의 전남 신안군 압해면이다. 옛날 이곳에 정씨 정승의 묘가 있었다고 해서 정씨는 모두 압해를 본으로 하였으

세울 무렵부터 서울에서 살았다. 맨 처음 벼슬을 한 선조는 승문원承文院 교리를 지낸 자급子伋으로 이때부터 쭉 이어져 홍문관 부제학을 지낸 수강壽崗, 병조판서 옥형玉亨, 의정부 좌찬성 응두應斗, 대사헌 윤복胤福, 강원도 관찰사 호선好善, 홍문관 교리 언벽彦璧, 병조참의를 지낸 시윤時潤이 모두 옥당에 들어갔다.[5] 이후로부터 세상이 어긋나자[6] 마현에 이사와서 살았는데 3대를 모두 포의[7]로 마쳤다. 고조의 이름은 도태道泰, 증조의 이름은 항신恒愼, 조부의 이름은 지해志譜로, 오직 증조만이 진사였다.

약용은 어려서부터 영특하여 제법 문자를 알았다. 9세에 어머니의 상을 당했고 10세부터 비로소 과예課藝 공부를 하기 시작했다. 그후 5년 동안 아버지께서 벼슬을 하지 않고 한가히 계셨는데, 이 때문에 나는 경전과 사서史書, 고문古文을 매우 부지런히 읽었으며, 또 시율詩律을 잘 짓는다는 칭찬을 받기도 했다.[8]

15세에 결혼을 하자 마침 아버지께서 다시 벼슬을 하여 호조좌랑이 되셨으므로 서울에서 셋집을 내어 살게 되었다. 이때 서울에는 이가환李家煥 공이 문학으로 일세에 이름을 떨치고 있었고 자형인 이승훈[9]도

나 분파되어 다산 집안은 나주정씨라고도 한다.
5 시윤의 아들로 다산의 고조부의 아우인 도복(道復)이 좌승지를 지냈으며 옥당에 들어갔기 때문에 다산은 자기 집안에 대해 다른 기록에서 구세옥당(九世玉堂) 집안이라고 하며 명문임을 과시하기도 했다.
6 숙종 이후 극심한 당쟁으로 남인들이 몰락하던 때를 뜻함. 이 책에 실린 모든 사람들의 가계를 보면 공통으로 숙종 이후 벼슬하지 못했음을 알 수 있다.
7 포의(布衣): 베옷을 뜻하며 벼슬 없는 선비를 비유해 이르는 말이다.
8 『사암연보』에는 이 무렵에 지은 시를 모아 『삼미자집』을 만들었다 했는데, 삼미(三眉)란 유년시절에 마마를 앓아 눈썹에 마마 자국이 있어 눈썹이 셋이라는 뜻이라고 한다.
9 이승훈(李承薰): 영조 32~순조 1(1756~1801). 서장관 이동욱(李東郁)의 아들, 이가환의 생질로 다산의 자형. 1783년 아버지를 따라 베이징(北京)에 가서 천주교 영세교인

또한 몸을 가다듬고 학문에 힘쓰고 있었는데, 모두가 성호 이익 선생[10]의 학문을 이어받아 펼쳐나가고 있었다. 약용도 성호선생이 남기신 글들을 얻어읽고 흔연히 학문을 해야겠다고 마음을 먹었다.

정조 원년 정유년(16세, 1777)에 아버지께서 화순和順현감으로 나가시게 되어 나도 따라가서 그 이듬해에는 동림사[11]에서 독서를 했다. 경자년(19세, 1780) 봄에 아버지께서 예천醴泉군수로 옮기셨으므로 진주晉州에 들러 노닐다가 예천으로 가서 쓰러져가는 관청 집에서 공부를 했다. 임인년(21세, 1782) 가을에는 봉은사에 머물면서 경의과經義科의 과목을 공부하였다. 계묘년(22세, 1783) 봄에는 경의과 진사시험에 합격하여 태학太學에서 공부하게 되었다. 임금이 중용강의中庸講義 80여 조목에 관해 답변토록 과제를 내려주셨는데 이때 나의 친구 이벽[12]이 학식이 넓고 품행이 고상하다는 이름을 얻고 있어서 함께 과제에 답변할 것을 의논했다. 이발기발理發氣發의 문제에 있어서 이벽은 퇴계의 학설을 주장했고 내가 답변한 내용은 문성공文成公 율곡栗谷 이이李珥의 학설과 우연히

이 되었고 진사 시험에도 합격, 당대의 선비들과 사귀었다. 1784년 3월 24일 귀국하면서 많은 천주교 문서와 물건을 가지고 와 천주교로 인한 박해의 근원이 되었다. 신유옥사 때 참형당했다.

10 이익(李瀷): 숙종 7~영조 39(1681~1763). 자는 자신(自新), 호는 성호(星湖), 본관은 여주. 조선 문화의 전성기인 18세기 전반 영조대에 활약한 재야 지식인. 퇴계 이황을 계승한 저명한 남인계 성리학자이면서 조선 후기의 새로운 사상적 흐름인 실학사상 형성기의 대표적 학자이다. 저술로『성호사설(星湖僿說)』『곽우록(藿憂錄)』『성호질서(星湖疾書)』등이 있다.

11 동림사(東林寺): 전남 화순군 화순읍 북쪽 5리 지점 만연리에 만연사(萬淵寺)가 있고 그 동쪽에 경전에 대해 제법 잘 아는 중이 살던 조용한 절이 동림사라 했는데 지금은 없어지고 만연사만 있다.「동림사독서기(東林寺讀書記)」참조.

12 이벽(李檗): 영조 30~정조 10(1754~86). 자는 덕조(德操), 호는 광암(曠菴). 명문 집안 출신으로 천주교 연구자. 다산의 큰형 정약현의 처남. 아버지 이부만(李溥萬)이 아들의 천주교 신봉에 반대해 목매달아 죽자 배교하고 병사하였다.

합치해서 임금이 다 보시고 난 후 매우 칭찬하시고 1등으로 삼아주셨다. 도승지 김상집[13]이 밖에 나와 사람들에게 말하기를 "정아무개는 임금의 칭찬을 받음이 이와 같으니 크게 이름을 떨치리라"라고 했다.

갑진년(23세, 1784) 4월 이벽을 따라 두미협斗尾峽으로 배를 타고 내려가다 처음으로 서교西敎(천주교)에 대하여 듣고 한권의 책을 보았다.[14] 그러나 변려문騈儷文의 학습에 온 마음을 기울여 공부하고 표, 전, 조, 제[15]를 익히며 그런 글들을 수백권 수집을 하면서 태학에서 날마다 내리는 과제와 열흘마다 보는 시험에 높은 점수로 뽑혀 서적과 종이, 붓 등을 자주 하사받기도 하고, 가까운 신하처럼 임금이 자주 면담하도록 해주시고 경연經筵에 올라가느라 그밖의 일에는 참으로 마음을 기울일 겨를을 내지 못했다.

정미년(26세, 1787) 이후로는 임금의 총애가 더욱 높아갔고 자주 이기경[16]의 정자에 나가 과거 공부에 열중하였다. 이기경도 서교 듣기를 즐겨하여 손수 한권의 책을 베껴놓기까지 했는데 그가 두 마음을 먹기는

---

13 김상집(金尚集): 경종 3(1723)~? 자는 사능(士能), 본관은 강릉(江陵), 시영(始煐)의 아들. 1755년 정시문과에 을과로 급제, 1762년 경현당(景賢堂)의 문신 제술(製述)에서 장원하였다. 1763년 홍량한(洪良漢) 일파로 삭직되었다가 복직, 그후 병조·공조·예조의 판서를 역임했다.

14 서교에 관한 책을 읽은 것은 23세 때인 1784년 4월 15일이었다. 제2부 「선중씨 정약전 묘지명」의 끝부분에 기록되어 있다.

15 표(表), 전(箋), 조(詔), 제(制): 모두 임금에게 올리거나 임금이 내리는 글의 문체다.

16 이기경(李基慶): 영조 32~순조 19(1756~1819). 자는 휴길(休吉), 호는 척암(瘠菴), 본관은 전주(全州). 1777년 사마시에 합격, 1789년 식년문과에 을과로 급제, 1791년 진산사건이 일어나자 영의정 채제공의 미온적인 태도를 공격하다가 함경도 경원에 유배, 이후 수차에 걸쳐 유배 생활을 했으며, 천주교를 공격하기 위해 『벽위편(闢衛編)』을 편찬한 바 있다. 다산과 같은 남인이면서 당로(當路)의 세력가에게 빌붙어 다산 일파를 몰락시킨 장본인이다.

무신년(정조 12년, 1788)부터였다.[17]

기유년(28세, 1789) 봄에 나는 성균관에서 보는 시험에 표문表文으로 수석을 하여 임금 앞에서 실시하는 대과에 응시, 갑과甲科 2등으로 합격하여 희릉직장禧陵直長으로 발령을 받고 대신들의 품의로 초계문신抄啓文臣으로 뽑혀 규장각에서 월과月課(매월의 과제)에 답변을 올리게 되었다.

경술년(29세, 1790) 봄에는 김이교[18]와 함께 추천을 받아 한림[19]에 들어가 예문관 검열이 되었다. 그러나 곧 사람들의 말이 있어 스스로 벼슬에 나가지 않았다.[20] 다시 사헌부 지평持平, 사간원 정언正言에 승진하고 월과에 수석하여 말과 호랑이 가죽을 하사받는 등 총애를 받았다.

신해년(30세, 1791) 겨울에 내각에서『모시강의毛詩講義』8백여 조를 내렸는데, 나의 답변이 제일 많이 채택되었다. 임금이 비평하기를 "백가百家의 이론을 인용하여 나타낸 주장이 무궁하다. 진실로 평소에 쌓아둔 박식한 공부가 아니고서야 어찌 이러한 내용을 얻었겠는가"라고 하시며 조목마다 잘했다고 평해주시어 모두가 기대했던 것보다 훨씬 좋은 평가를 받았다. 이 무렵 호남에서 권·윤의 옥사[21]가 있었는데 악인 홍낙

17 이해에는 서교를 탄압하는 상소가 빗발쳤고 서교에 관한 책을 압수해 불사르기도 했다. 채제공이 정승에 오르고 남인 자체에서 공서파(攻西派)가 분리되기 시작해 홍낙안·목만중·이기경 등이 한동아리가 되었다.

18 김이교(金履喬): 영조 40~순조 32(1764~1832). 자는 공세(公世), 호는 죽리(竹里), 본관은 안동(安東), 시호는 문정(文貞). 1789년 정시문과에 병과(丙科)로 급제, 1800년 겸문학(兼文學)이 되었다. 이해 정조가 죽자 시파(時派)로서 벽파(僻派)에 의해 명천에 유배, 이듬해 석방되어 여러 벼슬을 거쳐 1831년 우의정에 이르렀다.

19 한림(翰林): 예문관(藝文館)의 별칭. 궁중의 문한(文翰)을 맡아보던 영예스런 벼슬이다.

20 이때 한림 추천에 문제가 있다고 비난이 일자 한림원에 나가지 않았다는 이유로 지금의 충남 서산시에 있는 해미(海美)로 10일간 귀양 갔다 왔다. 『사암연보』 참조.

21 권(權)·윤(尹)의 옥사(獄事): 신해옥사(辛亥獄事)를 말하며 진산(珍山)사건이라고도 함. 조선 정조 15년(1791) 신해년에 일어난 우리나라 최초의 천주교 박해사건이

안[22] 등이 이 사건을 핑계 삼아 착한 무리들을 모두 제거해버리고자 번옹[23]에게 글을 올려 말하기를 "총명한 재주와 지혜로 보란 듯하던 관료와 선비 들 10명 중 7,8명은 모두가 서교에 빠져 앞으로 황건黃巾·백련白蓮의 난리가 있을 것입니다"라고 했다. 임금이 채제공으로 하여금 조사하는 관청에 앉아 목만중[24]·홍낙안·이기경 등을 불러다 그 허실을 조사하게 하였다. 이기경이 답변하기를 "그 책 속에는 좋은 곳도 있습니다. 저와 이승훈이 옛날에 성균관에서 공부할 때 함께 그 책을 읽었습니다. 만약에 책을 읽은 죄를 논한다면 저와 승훈은 마땅히 똑같이 엄한 벌을 받아야 합니다"라고 말했다. 곧바로 또 나에게 편지를 보내서 답변한 내용에 대해 말하기를 "임금께 대답한 말에 저울질이 있었다. 풀려나게

다. 전라도 진산의 진사 윤지충(尹持忠)은 천주교도로서 모친상을 당해 신주를 모시지 않고 가톨릭 방식으로 예를 행했으며, 그 외종형 권상연(權尙然)도 같은 교도로서 그 숙모의 제사를 지내지 않았다. 조정에서 진산군수 신사원(申史源)에게 이들의 처벌을 명했는데 이들은 배교를 거부하고 처형당했다. 이를 발단으로 조선은 천주교를 사학(邪學)으로 단정하여 그 서적의 수입을 엄금했고, 정가는 천주교를 공격하는 공서파(攻西派)와 천주교를 묵인하는 신서파(信西派)가 갈려 공서파가 신서파를 맹렬히 공격하고 나서면서 이 일을 정치문제로 확대했다. 이 일의 주인공 가운데 한 사람인 윤지충은 다산의 외종이자 윤지범의 육촌아우였다.

22 홍낙안(洪樂安): 영조 28(1752)~? 자는 인백(仁伯), 본관은 풍산(豐山). 후에 희운(羲運)으로 개명. 1790년 증광문과에 병과로 급제, 이듬해 진산사건이 일어나자 공서파의 선봉으로 윤지충·권상연 등을 참형당하게 했다.

23 번옹(樊翁): 채제공(蔡濟恭, 1720~99)의 호가 번암(樊巖)이므로 암(巖) 대신 옹(翁)을 써서 번옹이라 함. 1788년 우의정에 오르고 이듬해 좌의정이 됨. 진산사건 때 공서파로 몰려 파직되었다가 1792년 좌의정에 복직. 수차례 삭직, 부처(付處)되기도 했으나 다시 등용되어 1793년 영의정에 오름. 10년간 정승으로 있으면서 다산 일파의 유일한 이해자요 후원자로 자리했다. 신서파로 뒤에 탈관 삭직되기도 함. 제4부의 「번옹유사」 참조.

24 목만중(睦萬中): 영조 3(1727)~? 자는 공겸(公兼)·유선(幼選), 호는 여와(餘窩). 1759년 별시문과에 급제했다. 남인으로 공서파. 문장에 뛰어나고 대사간·판서 등의 벼슬을 지냈다. 한때는 다산 집안과 가까웠으나 공서파의 총수로 다산 일파를 모해하였다.

하려고 한 것이다"라고 했다. 내가 이치훈[25]을 불러다가 말하기를 "성균관에서 그 책을 읽은 것은 실로 심리를 받아야 할 것이다. 마땅히 사실로써 답변을 해야지 임금을 속이는 일은 옳지 않다"라고 했더니, 이치훈이 말하기를 "임금께 비밀히 아뢰었으니 이미 자수한 것이므로 옥중에서 피고가 답변한 것은 사실에 위배되더라도 임금을 속인 것까지는 되지 않는다"라고 하였다. 내가 "그렇지 않다. 밀고라는 것이 정식 재판은 아니나 답변한 내용은 곧 임금께 고한 것이다. 조정에서는 오직 옥중의 답변 내용만 관찰하지만 훌륭한 집안과 이름있는 족당族黨 집안마다의 공론도 무서운 것이다. 지금 어지신 임금이 위에 계시고 정승이 잘도와 처리하고 있으니 이런 때에 종기를 따내버림이 옳지 않겠는가. 나중에는 비록 후회한다 해도 손쓸 수가 없을 것이다"라고 했지만 이치훈은 끝내 듣지 않았다. 그러고는 이승훈은 감옥에서 조사받을 때 이기경이 무고誣告했다고 말하여 마침내 죄가 없다고 풀려나고 말았다. 이에 이기경은 초토신[26]으로 상소하여 조사한 일이 불공정했다고 대신들을 헐뜯으니 성균관에서 서서西書를 읽은 일이 더욱 상세하게 드러났다. 임금이 화를 내시고 이기경을 함경도 경원慶源으로 유배를 보내자 옆에서 구경하던 사람들이 통쾌하게 여겼었다. 그러나 나는 "그렇지 않다. 우리 편의 화란이 이로부터 시작하리라"라고 말했다. 나는 때때로 이기경의 집에 찾아가서(그때 연지동에 있었다 — 원주) 그의 어린 자식들을 어루만져주었고 그의 어머니의 소대상小大祥 때에는 천전千錢의 돈으로 도와주었다. 을묘년(34세, 1795) 봄에는 나라에서 대사면이 있었으나 이기경만

---

25 이치훈(李致薰): 다산의 친구로 이승훈의 동생. 자는 자화(子和). 1801년 신유옥사가
  일어나자 이승훈과 함께 체포되어 거제도에 유배 중 그곳에서 죽었다.
26 초토신(草土臣): 상(喪)을 당해 복(服)을 입고 있을 때의 벼슬아치.

은 석방되지 못하였다. 그래서 내가 이익운[27]에게 말하기를 "이기경이 비록 마음은 불량하나 송사에는 당해낼 사람이 없습니다. 일시적으로는 통쾌한 일이나 다른 때의 우환이 될 것입니다. 들어가 상감께 고하여 풀어주게 하는 것만 못합니다"라고 했더니, 이익운도 "내 생각도 그러하다"라고 하고는 곧바로 임금께 올라가 말한 대로 고하니 임금이 특별히 이기경을 풀어주게 하셨다. 이기경이 풀려난 지 꽤 지나자 점차로 조정으로 들어와 벼슬하게 되었는데 아는 친구로서 그에게 말을 걸어주는 사람은 한 사람도 없었다. 나만이 홀로 옛날처럼 안부와 날씨를 물으며 평상시처럼 지냈다. 이른바 '친구란 친구로 삼았던 것을 없앨 수 없다'는 이유에서였다. 그런데 이기경은 그가 주모한 신유옥사에서도 기어코 나를 죽여 없애려고 하였다. 그러면서도 홍의호[28] 등 나와 가까이 지냈던 사람들을 대할 때에 나에 대해서 이야기가 나오면 반드시 철철 눈물을 흘렸다고 하니, 비록 큰 계획을 행하면서도 한가닥 양심은 사라지지 않았던 것 같다.

신해옥사 이듬해인 임자년(31세, 1792) 봄에 내가 선발되어 홍문관에 들어가 수찬이 되고 내각에 가서 『경화시집』[29]을 만들었다. 4월에는 아버지께서 진주 임소에서 돌아가셨다. 병보를 듣고 급히 진주로 가던 중 운봉雲峰에서 돌아가신 소식을 듣고 분상奔喪했다. 다음달에야 관을 모시고 와 충주忠州에 장사를 지내고 마현의 가묘家廟에 혼백을 모셨다. 임

---

27 이익운(李益運): 영조 24~순조 17(1748~1817). 자는 계수(季受), 호는 학록(鶴鹿), 본관은 연안(延安). 당시의 대사간(大司諫). 시호는 정숙(靖肅).

28 홍의호(洪義浩): 영조 34~순조 26(1758~1826). 자는 양중(養仲), 호는 담녕(澹寧), 판서 수보(秀輔)의 아들, 참찬 인호(仁浩)의 아우, 다산의 육촌처남, 젊은 날의 친구. 1784년 정시문과에 병과로 급제, 벼슬은 우참찬·예조판서를 역임했으며, 뒷날 공서파로 다산 일파를 모해하였다.

29 『경화시집(賡和詩集)』: 임금의 시에 화답하여 지은 시를 모은 시집.

금도 자주 안부를 물어오셨다.

이해 겨울에 수원에 성을 쌓는데 임금이 말씀하시기를 "기유년(28세, 1789) 겨울에 한강에 배다리(舟橋)를 놓을 때 약용이 그 방법을 아뢰어 주어 일이 성공적으로 이루어졌다. 그에게 명하여 집에 있으면서 성을 쌓는 방법을 조목별로 올려바치게 하라" 하였다. 그래서 내가 윤경[30]의 『보약(堡約)』과 유성룡(柳成龍)의 성설(城說)에서 도움을 받아 그중에서 좋은 방법을 따다가 초루(譙樓) · 적대(敵臺) · 현안(懸眼) · 오성지(五星池)의 여러 방법을 이치에 맞게 밝혀 임금께 올렸다. 임금은 또 내각에 있는 『도서집성(圖書集成)』과 『기기도설』[31]을 내려보내 무거운 물건을 끌어올리고 세우는 인중기중(引重起重)의 방법을 강론하도록 하셨기에 내가 「기중가도설(起重架圖說)」을 지어 올리고 활차(滑車)와 고륜(鼓輪) 등을 써서 작은 힘으로 크고 무거운 물건을 운반할 수 있게 했다. 성 쌓는 일을 끝마쳤을 때 임금이 말씀하시기를 "다행히 기중가(起重架)를 사용하여 4만냥의 비용을 절약했다"라고 하셨다.

계축년(32세, 1793) 여름에 문숙공(文肅公) 채제공이 화성유수(華城留守)로 있다가 영의정이 되어 들어와 상소를 올려 다시 임오년에 참소했던 사람들[32]에 대하여 논했는데, 김종수[33]가 말하기를 "임자년(1792)에 연명으로 올린 차자(箚子) 후에 다시 이 문제를 제기하는 사람은 역적이다"라

---

30 윤경(尹耕): 중국 명나라 때 사람으로 가정(嘉靖) 연간에 진사가 되었다.

31 『기기도설(奇器圖說)』: 명나라 때 서양인이 들어와 만든 책으로 여러가지 기계 제작법을 39개의 도설로 해설한 책.

32 임오년은 다산이 태어난 1762년으로 사도세자(思悼世子)가 뒤주 속에서 굶어죽은 해. '참소했던 사람들'은 그때 세자를 모함했던 벽파를 칭한다.

33 김종수(金鍾秀): 영조 4~정조 23(1728~99). 자는 정부(定夫), 호는 몽오(夢梧), 좌의정 역임. 청풍김씨로 임오참소의 주동자인 김상로(金尙魯)의 종손. 대제학 등의 요직에 있으며 벽파의 중심인물. 이때 좌의정으로 있었다.

고 하면서 몹시 공격하였다. 임금이 영조의 금등의 말씀[34]을 꺼내 보이면서 장헌세자莊獻世子(사도세자)의 뛰어난 효孝를 명확히 밝히셔서 일이 끝나게 되었다. 이에 홍인호[35]가 한광부[36] 공에 대항하여 역시 채제공의 상소문을 공격하였는데, 말 중에 망발이 많아 친히 지내던 관료와 선비 들이 모두 입을 모아 홍인호를 공격하니, 이것이 이른바 갑인년(33세, 1794)의 사건이었다. 홍인호는 자기를 공격하는 데 주된 역할을 하는 사람이 나인 줄 의심하고 마침내 틈이 나게 지냈는데 그 뒤에 의심은 조금씩 풀렸지만 우리 당黨의 참혹한 화란은 대개 이 사건에서 움트고 있었다.

갑인년 7월에 아버지의 복服을 마치자 성균관 직강으로 제수되었으며 8월에는 비변사備邊司의 낭관郎官을 맡고 10월에 다시 홍문관으로 들어가 교리校理·수찬修撰이 되었다.

마침 관청에서 숙직을 하고 있을 때 갑자기 임금의 명령으로 노량진의 별장別將 겸 장용영[37] 별아병장別牙兵將으로 쫓겨났는데 밤중에 임금의 침전으로 불려들어가 보니 그건 경기 암행어사를 시키는 명령이었

---

34 금등의 말씀〔金縢之詞〕: 금등이란 『서경(書經)』의 편명으로 주(周)나라 무왕(武王)이 병이 나자 앞으로 딴소리가 없게 하려 어린 성왕(成王)과 주공(周公)의 관계 등을 문자로 남겨 금궤 속에 감추어둔 것을 말한다. 여기서는 영조가 앞으로 사도세자 사건에 대한 증거로 정조에게 물려준 글로, 영조는 동혜(桐兮)라고 시작되는 28자를 친히 써서 사도세자의 신판(神版) 밑에 넣어두었다.

35 홍인호(洪仁浩): 영조 29~정조 23(1753~99). 자는 원서(元瑞), 본관은 풍산(豊山), 판서 수보(秀輔)의 아들. 1774년 진사가 되고, 1777년 증광문과에 병과로 급제, 교리(校理) 등을 거쳐 1791년 대사간이 되었다. 벼슬은 공조참판에 이르렀다.

36 한광부(韓光傅): 본관은 청주(淸州), 유학(幼學)으로 1763년 영조 즉위 40년 대증광별시(大增廣別試)에 진사제일인(進士第一人)으로 합격하여 급제로 인정받았다. 관력은 미상.

37 장용영(壯勇營): 정조 17(1793)년 수원에 설치했던 군영이다.

다. 이때 서정승[38]의 집 사람으로 마전麻田에 살던 사람이 있었는데, 꾀를 부려서 향교의 땅을 정승의 집에 바쳐 묘지로 삼고자 "땅이 불길하다"라고 속이고 고을 유림들을 협박해 향교를 이전하기로 하고 명륜당明倫堂을 헐어버렸다. 내가 이 사실을 탐지해내고 곧바로 체포해 처벌하였다. 또 관찰사觀察使 서용보[39]가 강가에 인접한 7개 읍에 관청 곡식을 팔아서 돈을 만드는데 너무 비싸게 팔고 있었다. 그러면서 말하기를 "이 돈은 금천衿川의 도로를 보수할 비용이다. 싼값으로 얻을 수 있겠는가"라고 했다.[40] 이에 힘없는 백성들이 원망하기를 "괴롭구나, 화성이여. 과천에도 길이 있는데 왜 하필이면 금천으로 지나는고"라고 하였으니 이는 임금이 자주 아버지의 묘소를 다니기 때문에 번거로운 비용까지 물게 된다는 말이었다. 그래서 나는 암행을 마치고 돌아와 이 사실을 아뢰었다.

내의內醫 강명길[41]은 삭녕朔寧군수, 지사地師 김양직[42]은 연천현감으로 있었는데 모두가 임금의 총애를 믿고서 법을 어기고 거리낌없이 탐학질을 했다. 내가 임금께 이들을 탄핵하도록 올려바쳐 의법 처리되도록

---

38 서정승: 누구인지는 미상. 『사암연보』에는 서용보(徐龍輔)라고 밝혔다.

39 서용보(徐龍輔): 영조 33~순조 24(1757~1824). 자는 여중(汝中), 호는 심재(心齋), 본관은 달성(達城). 신유옥사 당시의 우의정. 노론 벽파 세력가 출신으로 다산이 경기 암행어사 시절에 경기도 관찰사로 있던 그의 잘못을 지적한 사실이 있어 늘 앙심을 품고 다산 일파를 모해하였다. 뒷날 영의정을 지내는 등 순조 때 크게 권력을 잡았다.

40 정조는 화성(지금의 수원)에 아버지의 묘소가 있어 종종 그곳에 행차했는데 실제로는 금천은 들르지 않고 과천으로 지나갔지만 서용보는 그것을 핑계 삼아 탐학질했던 것 같다.

41 강명길(康命吉): 영조 13~순조 1(1737~1801). 의관(醫官)으로 자는 군석(君錫), 본관은 순천(順天). 군수를 거쳐 양주목사에 이르렀다. 1801년 정조의 병환을 잘못 치료했다 해서 의관들이 처벌될 때 사형당했다. 『제중신편(濟衆新編)』을 저술했다.

42 김양직(金養直): 정조 때의 지관(地官)으로 현감 등의 벼슬을 역임했다.

하였다.

그해 12월에 임금이 의논하시기를, 명년에 장헌세자에게 존호尊號를 바쳤으면 한다고 하셨다. 을묘년(34세, 1795)은 바로 장헌세자의 회갑의 해여서 역시 태비太妃와 태빈太嬪에게도 존호를 올리기로 하고 예조에 그 문제를 전담하는 도감을 설치하였다. 채제공이 도제조都提調가 되고 나와 권평[43]이 도청랑都廳郎이 되었다. 이때 조신朝臣들이 올려바칠 휘호 여덟자를 의논해놓았는데 그 내용에는 영조가 내려주신 금등에 담긴 세자의 효성스러운 뜻이 없었기 때문에 임금은 바꿀 의논을 생각하면서도 흠잡을 말이 없어서 은밀히 채제공에게 자문을 구했다. 이가환이 말하기를 "올려바친 여덟자 중에는 개운開運이라는 두 글자가 들어 있습니다. 그건 바로 석진[44]의 연호이니 당연히 그것으로 이유를 대면 될 것입니다"라고 하였다.[45] 임금이 매우 기뻐하고 바꾸도록 명하여 올려바치니 '장륜융범기명창휴章倫隆範基命彰休'였다. 이 '장륜융범'이란 바로 금등의 내용을 뜻한다.[46]

대제학 서유신[47]이 옥책문玉冊文을 지었는데 또 금등의 일을 말하지

43 권평(權坪): 영조 10(1734)~? 본관은 안동(安東), 상언(尙彦)의 아들로 자는 맹교(孟郊), 양주(楊州) 태생. 1765년 식년문과에 병과로 급제, 승지 등을 역임했다.

44 석진(石晉): 중국 5대 때의 후진(後晉)을 말하며 찬탈한 석씨가 세운 진나라여서 이렇게 부른다.

45 여기서 정조·채제공·이가환·정약용 등은 시파(時派)로, 어떻게 해서라도 사도세자의 무고함을 밝히고 영조를 잘못 보좌해서 사도세자를 죽게 한 벽파의 입장을 곤란케 하려는 뜻이 있었지만, 그때 조정 대신들의 대부분은 노론, 즉 벽파 사람들이 많아 풍파를 일으키지 않고 일을 세심하게 꾸미려던 정조의 입장을 고려해야 할 것이다.

46 여기서의 글자 한자에 따라 사도세자의 역사적 평가가 나오고 이는 바로 당시의 정치적 파당에 막심한 영향을 미쳤다. 이때만 해도 다산 일파가 약간 정치적 영향력을 행사하고 있었음을 말해주기도 한다.

47 서유신(徐有臣): 영조 11(1735)~순조 원년(1800). 자는 순오(舜五), 영의정 지수(志修)의 아들. 1772년 정시문과에 갑과로 급제. 벼슬은 대제학을 역임했으며 봉조하(奉

않았다. 당시 응교應敎이던 한광식[48]이 상소를 올려 옥책문의 소루함을 논했다. 임금이 한광식의 상소문을 도감청의 여러 신하들에게 내려보내고 다시 짓는 일이 옳은가 그렇지 않은가, 혹은 몇개의 글귀만 고쳐도 될 것인가를 의논하라고 하셨다. 이때 도감제조都監提調인 민종현[49]·심이지[50]·이득신[51]·이가환 등이 모두 입을 다물고 말하지 않아 결정을 못 내리고 있었다. 내가 말하기를 "무릇 표, 전, 조, 고誥의 종류란 만약 글귀에 잘못이 있다면 약간씩 깎아내도 괜찮으나 지금 옥책에 금등의 일을 말하지 않았음은 기본 줄거리가 완전히 잘못된 것이니 부득불 다시 지어서 임금께 근심을 끼쳐드리지 않는 게 좋겠다"라고 했다. 도제조 채제공이 다시 짓기를 청하기로 하였다. 다시 짓는 일이 끝나 올려바칠 때 궁리宮吏가 말하기를 "태빈궁太嬪宮에 바칠 옥책과 금인金印에 글을 쓸 때 '신들이 삼가 올려바칩니다臣謹封'라고 쓸 것입니까 아니면 신臣이라고는 하지 말아야 합니까"라고 물었다. 채제공이 여러 책과 의례 절차를 살펴보라고 했으나 근거가 될 만한 것을 찾지 못하고 낮이 다 되도록 결정을 못한 채 우왕좌왕 어찌할 바를 모르고 있기에 내가 말하기를 '신들이 삼가 올려바칩니다'가 옳습니다" 했더니 채공이 눈빛으로 망언을 못하도록 암시하였다. 민, 심 양공이 "왜 그런가"라고 하기에 내

朝賀)로서 순조 초에 죽었다.

48 한광식(韓光植): 영조 6(1729)~? 자는 이지(一之), 세헌(世憲)의 아들. 1777년 증광문과에 병과로 급제.

49 민종현(閔鍾顯): ?~정조 22(1798). 시호는 문목(文穆). 1782년 수원부사를 역임하고 1798년 12월 평안도 관찰사로 재직 중에 죽었다.

50 심이지(沈頤之): 영조 11~정조 20(1735~96): 음보로 설서(說書)를 거쳐 1767년 중시 문과에 병과로 급제한 뒤 참판, 판서 등의 벼슬을 역임했다.

51 이득신(李得臣): 영조 18(1742)~순조 2(1802). 본관은 전주, 시덕(時德)의 아들. 자는 성량(聖良). 1766년 정시문과에 병과로 급제, 병조·예조판서를 역임했다.

가 답하기를 "지금의 옥책·옥보玉寶·금인의 여러 물건이 도감청의 여러 신하들 이름으로 태비나 태빈에게 올리는 것이라면 조정에서 태빈에게만은 보통 때 신이라고 칭하지 않기 때문에 이번 일에도 신이라고 하지 않는 게 옳습니다. 그러나 지금 우리 신하들은 임금의 명령을 받들어 이 옥책 등의 물건을 만들어 대전에 계시는 임금께 올리는 것이고 임금은 스스로 효도하는 정성으로 태비와 태빈에게 올려바치는 것인데 지금 우리가 대전의 임금께 어찌 신이라고 하지 않겠습니까"라고 했더니 채공이 크게 깨닫고 "좋다"라고 하니 그 자리에 있던 모든 사람이 잘되었다고들 했다. 이날 여러 하급관리 및 궁중에 근무하는 궁리들 중에 그 일을 구경하던 사람들 모두가 명쾌한 논리라고 해서 의논이 결정되었다.

며칠 후에 채공이 말하기를 "신이라고 하는 것과 신이라고 하지 않는 것은 대단히 큰 문제요(추숭追崇하는 것으로 여겨 혐의 받을 것을 말함이다 ─ 원주), 내가 처음 그대의 말을 듣고는 깜짝 놀랐는데 말뜻을 해석해낸 걸 듣고서야 마음이 풀렸구려"라고 하였다.[52]

---

52 당시 궁중에는 영조의 계비(繼妃)인 태비(太妃) 정순왕후(貞順王后) 김씨(金氏)가 있었다. 김씨는 벽파로서 계비로 들어온 후 사도세자와 사이가 나빠 여러 차례 세자를 모함하였고 친정아버지 김한구(金漢耈)와 그 족당들과 함께 나경언(羅景彦)을 사주하여 세자의 비행을 모함, 상소해 죽게 한 장본인이다. 김씨가 정조의 할머니로 왕실의 웃어른인데다 김씨를 옳다고 믿으며 정권의 주도권을 잡은 많은 벽파 관료들이 좌지우지하는 판세에 정조의 어머니인 태빈(太嬪)은 조정의 신하들이 그 앞에서 신하라고도 칭하지 못하는 지경에 있었다. 사실 다산 일파는 어떻게 해서라도 태빈의 위치를 높이고 가능하면 사도세자를 추숭하여 왕의 호칭을 받게 하고 싶은 생각도 있었지만 세력판도가 이를 용납하지 않았다. 그런 상황이 채제공의 말에서 여실히 엿보인다. 사도세자는 고종 때에 이르러서야 장조(莊祖)로 추존되고 태빈 홍씨도 경의왕후(敬懿王后)로 추숭되었으니 고심참담한 남인 시파의 아픔이 어떠했나를 짐작할 수 있다. 아들이 임금이요 남편이 왕세자로 대리임금 노릇까지 했던 왕실의 엄연한 대비(大妃)로 뭇 신하들의 하례와 존숭을 받아야 할 태빈이 노론 정권에 몰려 남편은 죽고 자신은 폐세자빈으로 서인(庶人)이 되었으니, 이는 계속 노론 세력에 몰려 있던 나약한 왕실

이 무렵에 내각학사內閣學士 정동준[53]이 병이 났다는 핑계로 집에서 지내며 음흉하게 조정의 권한을 잡아보려고 사방의 뇌물을 긁어모으고 귀신貴臣과 명경名卿들을 밤마다 백화당百花堂에 모아 잔치를 베풀어서 안팎으로 눈을 찌푸리게 되었다. 내가 늘 정동준을 공격하고 싶어 상소문을 초해놓기를 "내각을 설치한 것은 임금께서 옛날의 아름다움을 이어받아 문치文治를 펴나가게 하자는 것이며 또 원대한 경륜을 계획하려 함입니다. 무릇 신하로 있는 사람으로서 누가 그 일을 흠앙치 않겠습니까. 그러나 그 인원을 선발하는 과정에서 더러 적합하지 않은 사람이 뽑혀서 임금의 총애를 분에 넘치게 받게 되자 교만심과 사치심이 움터 비방의 소리가 일어나게 되었으니 각신閣臣 정동준 같은 사람은 병을 핑계 삼아 집에 머무르며 아침저녁으로 공부하고 몸 닦는 일도 하지 않으니 그 일을 괴이하게 여겨 의심하지 않는 사람이 없습니다. 더구나 그의 저택은 규제를 벗어나 지나가는 사람마다 손가락질을 하고 있으니 이것이야말로 각신으로 있는 다른 사람들에게까지 좋은 소식이 되지 않을 듯해 걱정입니다. 엎드려 바라옵건대, 임금께서 조금씩 억제하고 분수를 지킬 수 있게 해주신다면 조정과 조정 밖의 의심을 푸는 것만이 아니라 그 자신에게도 행복일 것입니다"라고 하였는데 갑인년(33세, 1794) 겨울에 두번째로 옥당에 들어갔고 곧 자리가 바뀌는 바람에 상소를 올

의 운명을 상징하는 듯 태빈의 문제는 늘 말썽거리였다. 사도세자의 형 효장세자(孝章世子)는 10세에 죽었지만 진종(眞宗)으로 추존되었고 그의 빈 효순왕후(孝順王后) 조씨(趙氏)도 엄연히 왕후로 추숭되어 대접받았으나 벽파는 사도세자의 추숭은 결사반대했다. 이를 생각하면 시파와 벽파, 즉 약한 다산 일파와 실세 벽파의 싸움은 다산 일파의 참패로 끝날 수밖에 없는 운명이기도 했다.

53 정동준(鄭東浚): 영조 29~정조 19(1753~95). 자는 사심(士深), 본관은 동래(東萊). 1775년 정시문과에 병과로 급제, 규장각 대교를 거쳐 이조참의·대사간 등의 관직을 역임. 1795년 역모를 꾀하다가 발각되어 자살했다.

리지 못하고 말았다. 그러다가 을묘년 봄에 정동준이 일이 발각되어 자살해버려 마침내 그만두었다.

이해 정월에는 특별히 사간司諫으로 임명되고 이어서 통정대부通政大夫 동부승지同副承旨로 발탁되었으니 도감의 노고 때문이었다. 2월에 임금이 태빈을 모시고 부왕父王 소생인 여러 누이와 누이동생 들과 함께 화성에 가시는데 하루는 내게 명하여 따라갈 채비를 하라 하셔서 무슨 직책을 주시려나 했더니, 며칠 후에 특별히 병조참의兵曹參議를 제수하고 시위侍衛해서 따라오도록 하셨다. 화성에 있으며 연회석상마다 임금의 시에 화답하였는데 총애를 주심이 융숭하였다. 환궁한 뒤 병조에서 근무 중인데 밤중에 칠언배율七言排律 1백구를 지어올리라 하셔서 올렸더니 칭찬해주시고, 예문관과 규장각의 여러 학사 민종현·심환지[54]·이병정[55] 등에게 비평해 올리라고 명령하고, 내각학사 이만수[56]에게 낭독하게 하시고는 임금의 비평을 곁들여 장려하고 깨우쳐주심이 융숭하고 사슴가죽을 한장 하사하며 총애해주셨다. 임금이 가까이 있는 신하들에게 말씀하시기를 "내가 앞으로 약용에게 관각館閣의 일을 맡기려고 먼저 그 뜻을 보인 것이다"라고 하셨다.

이해 봄에 내가 회시[57]의 일소一所 동고관同考官이 되었는데 합격자를

---

54 심환지(沈煥之): 영조 6~순조 2(1730~1802). 자는 휘원(輝元), 호는 만포(晩圃), 본관은 청송(靑松). 1771년 정시문과에 병과로 급제, 벽파의 영수로 1800년 정순왕후의 수렴청정으로 벽파가 득세하자 영의정에 올라 이듬해 신유옥사 때 시파의 천주교인에게 무자비한 박해와 살육을 감행했다.

55 이병정(李秉鼎): 영조 7(1742)~? 자는 이중(彝仲), 본관은 전주, 창수(昌壽)의 아들. 1766년 정시문과에 병과로 급제, 이조·병조판서와 평안감사 등을 역임했다.

56 이만수(李晩秀): 영조 28~순조 20(1752~1820). 자는 성중(成仲), 호는 극옹(屐翁)·극원(屐園), 시호는 문헌(文獻). 1795년 대사성(大司成) 겸 규장각 제학으로 이듬해 정리자(整理字) 만드는 일을 감독하고 1800년 홍문관 대제학을 거쳐 호조판서를 역임하고 수원부 유수(水原府留守)로 임지에서 죽었다. 변려문에 능했고 글씨를 잘 썼다.

발표하고 보니 남인南人으로 진사가 된 사람이 50여명이었다. 이에 때를 만난 무리가 어긋난 소리로 내가 사심으로 자기 당을 구제했다고 말하니 임금이 듣고 매우 성을 내시며 다른 일을 가지고 하옥하여 10여일에 이르게 하고 심하게 꾸짖으며 방자하고 거리낌없는 사람이라고 하셨다. 그리고 유시하기를 "평생에 다시는 시험관 노릇 하지 말라" 하시고 또 이조吏曹로 하여금 관직을 주지 못하게까지 하셨다. 그런 지 며칠 뒤에 임금이 춘당대春塘臺에서 과거시험을 보이는데 특별히 나를 대독관對讀官으로 삼았다. 내가 황공하여 어찌할 바를 몰라 하니 임금이 채홍원[58]에게 말씀하시기를 "내가 뒤에 알았다. 남인으로 함께 뽑힌 사람이 모두 이소二所에서였으며 정약용은 일소一所를 맡았다. 사심으로 한 일이 없었다"라고 하였다. 그러고는 규영부[59]에 들어가 근무하며 이만수·이가환·이익운·홍인호·서준보[60]·김근순[61]·조석중[62] 등과 함께 『화성정리통고』[63]를 편찬하라 하시니 내가 담당한 분야가 특별히 많았다. 며칠 후에 상원上苑에 백화가 만발하자 임금이 영화당映花堂 아래서 말을 타

---

57 회시(會試): 문무과 초시에 합격한 사람들이 서울에 모여 보던 시험. 여기에 합격하면 생원(生員)이나 진사가 되며 대과(大科)에 응시할 자격을 얻는다.

58 채홍원(蔡弘遠): 영조 38(1762)~? 채제공의 양자(養子)로 다산과는 동갑내기이다. 자는 이숙(邇叔), 본관은 평강(平康). 1792년 식년문과에 을과로 급제, 이조참의 및 승지를 역임했다.

59 규영부(奎瀛府): 규장각 내의 도서 편찬소.

60 서준보(徐俊輔): 영조 46~철종 7(1770~1856). 자는 치수(穉秀), 호는 죽파(竹坡), 본관은 달성(達城). 판서 유방(有防)의 아들로 1790년 진사가 되고 1794년 정시문과에 을과로 급제, 이조·공조·형조판서, 홍문관 대제학을 역임했다.

61 김근순(金近淳): 영조 48(1772)~? 자는 여인(汝仁), 호는 십청(十青)·귀연(歸淵), 본관은 안동(安東). 1794년 알성문과에 장원, 부제학에 이르렀다.

62 조석중(曺錫中): 영조 39(1763)~? 자는 숙정(叔正), 본관은 창녕(昌寧), 휘진(徽振)의 아들. 1794년에 진사로서 정시문과에 병과로 급제, 여러 벼슬을 역임했다.

63 『화성정리통고(華城整理通考)』: 수원성의 규모와 여러 제도를 적은 책.

시며 내각의 신하 채제공 이하 10여명과 나와 6,7명도 모두 말을 타고 따르라 하여, 임금을 호위하며 궁궐의 담을 돌아서 석거문石渠門에 이르러 말에서 내려 농산정籠山亭으로 돌아들어가 물굽이에서 연회를 베풀었다. 모든 궁궐 안 동산에 있는 수석水石·화훼의 뛰어난 경관과 궁중에서 사용하는 책상, 비장된 도서 등 구경하지 않은 게 없었다. 또 임금이 행차를 옮겨 서총대瑞蔥臺에 이르러 활을 쏘며 여러 신하들에게 구경하게 하셨고, 석양 무렵에는 부용정芙蓉亭에 이르러 꽃을 구경하고 고기를 낚았다. 그러면서 우리들에게 태액지太液池에서 배를 타며 시를 읊게 하셨다. 저녁밥을 마치고 궁중에서 사용하는 초(燭)를 하사받고 모두 돌아왔다. 며칠이 지나서 임금이 세심대洗心臺에 행차하여 꽃을 구경하시는데 내가 또 따라갔다. 술이 한바퀴 돈 후 임금이 시를 읊으시고 여러 학사들에게 임금의 시에 화답하는 시를 짓도록 하셨다. 내시가 채전彩牋 한축을 올려바치니 임금이 나에게 임금이 계시는 장막 안에 들어와 시를 베끼도록 명령하셨다. 내가 임금 바로 앞에서 붓을 들고 글씨를 쓰려는데 임금이 지세가 고르지 못하니 두루마리 종이를 임금의 책상 위에 편편하게 놓고 쓰라고 하셨다. 내가 머리를 조아리며 감히 나아가지 못하였더니 임금이 재촉하셔서 내가 마지못해 명령대로 책상 위에 놓고 글씨를 썼다. 임금이 모든 글자를 바싹 다가가서서 보시고는 잘 썼다고 칭찬하시니 나를 대해주시던 일이 이와 같았다.

여름 4월에 중국 소주蘇州 사람 주문모[64]가 변복을 하고 몰래 들어와서 북악산 아래 숨어서는 서교를 펴고 있었다. 진사 한영익韓永益이 그걸 알아내서 이석[65]에게 말하여 나도 그 이야기를 들었다. 이석이 채

---

64 주문모(周文謨): 1752~1801. 청나라 사람으로 천주교 신부. 1794년 압록강을 건너 우리나라에 잠입하여 포교하다가 1801년 신유옥사 때 의금부에 자수하고 사형당했다.

상공에게 알리자 채공이 임금께 은밀히 아뢰고는 포도대장 조규진[66]에게 체포하라고 명령하였다. 주문모는 놓쳐버리고 최인길,[67] 윤유일[68] 등 3인을 붙잡아 장살杖殺했다.

목만중 등이 선동을 하고 뜬소문을 퍼뜨려서 이 사건을 트집 잡아 착한 무리들을 완전히 구렁텅이에 빠뜨리고자 음험하게 박장설[69]을 사주하여 상소를 올리게 하였다. 상소문에서 이가환을 무고하였으니 내용인즉 "정약전丁若銓이 경술년의 회시 때 지은 책문策文의 답변에 오행五行을 사행四行으로 하였어도 이가환이 뽑아서 회원會元으로 했다"라고 했다. 임금이 그 대책문對策文을 읽어보고는 무고임을 살피시고 유시를 내려 잘잘못을 가리고 박장설을 육지의 끝 변두리로 유배하였다. 그러자 악당들이 유언비어를 날마다 퍼뜨리니 당시의 재상가와 세력 있는 집안에서는 이런 일을 귀에 익게 들어서 말하기를 "이가환 등이 주문모

---

65 이석(李晳): 이벽(李檗)의 형으로 수사(水使)를 역임했으며 1801년 흥양(興陽)에 유배되었다가 1805년 해배(解配)되었다.

66 조규진(趙奎鎭): 1771년 전라 좌수사, 1780년 황해도 병마절도사, 1793년 좌포도대장을 역임했으며 1802년 낙안(樂安)으로 유배되었다가 이듬해 해배되었다.

67 최인길(崔仁吉): 영조 41~정조 19(1765~95). 천주교 신자로 교명은 마티아. 중국어 역관으로 1795년 중국인 신부 주문모가 서울에 들어오자 은신처를 마련하여 한국어를 가르쳤다. 이해 6월 주문모 체포령이 내려지자 그를 과부 강완숙(姜完淑)의 집에 숨겨놓고 자기가 주문모를 가장해 대신 잡혀갔다. 정체가 탄로났으나 주문모의 거처를 끝내 은폐하다가 장살되었다.

68 윤유일(尹有一): 영조 36~정조 19(1760~95). 천주교 신자로 교명은 바오로. 1789년 이승훈, 정약종, 권일신 등의 밀사로 동지사를 따라 베이징에 가서 구베아(A. Gouvea) 주교에게 교리를 문의하는 서신을 전달하고, 1793년 지황(池璜)과 함께 3차로 베이징에 가서 신부 파견을 요청해, 이듬해 주문모 신부의 영입에 성공했다. 주문모 신부의 체포령이 내리자 그를 피신시키고 최인길, 지황과 함께 체포되어 순교했다.

69 박장설(朴長卨): 영조 5(1729)~? 자는 치교(稚敎), 호는 분서(汾西), 본관은 밀양(密陽), 도현(道顯)의 아들. 1774년 증광문과에 병과로 급제하여 삼사(三司)의 벼슬을 두루 거쳐 대사간·호조참의에 이르렀다. 공서파로 활약했다.

사건에는 참으로 밑바탕이니 죄를 주지 않으면 안된다"라고들 했다. 임금이 괴로워하시다 가을에 이가환을 충주목사忠州牧使로 좌천하고 나를 금정찰방金井察訪으로 좌천하여 임명하고 이승훈은 예산현禮山縣으로 유배를 보내며 그날 유시를 내리기를 "그가 만약 눈으로 성인의 책이 아닌 걸 읽지 않고 귀로 상도에 어긋나는 말을 듣지 않았다면 죄 없는 그의 형(약전)이 상소에 이름이 올랐겠느냐? 그가 만약 뛰어난 문장을 쓰고 싶었다면 육경六經과 양한兩漢의 문장이 좋은 모범이 될 터인데, 기이奇異를 힘쓰고 새로운 것만 찾다가 몸과 이름에 낭패를 보기에 이르렀구나! 무슨 버릇인가! 비록 그의 행적이 완전히 밝혀지지 않았다 하더라도 조야에 소문이 퍼졌으니 그 허물이 판명된 것이다. 만약 선으로 마음이 향해 그가 이로 인해 스스로 뉘우친다면 그에게 있어서는 다 훌륭한 인재로 되는 길이다. 전 승지 정약용을 금정찰방으로 제수하니 즉각 출발해서 목숨이나 살아 한강을 넘어올 방법을 도모케 하라" 하셨다. 금정은 홍주洪州(충남 홍성의 옛이름)에 있는 곳으로 역속驛屬들이 대부분 서교를 믿고 있었다. 임금이 나로 하여금 잘 회유해 금하도록 하려는 뜻이었다.

내가 금정에 도착해 그곳의 세력가들을 불러다가 조정의 금령禁令을 거듭거듭 설명해주고 제사지내기를 권고하였더니 사림士林들이 듣고는 사태를 바꿀 만큼의 효과가 있었다고들 했다. 이 무렵에 목재 이삼환[70]에게 청하여 온양溫陽의 석암사[71]에서 모임을 가졌는데 그때에 내

---

70 이삼환(李森煥): 영조 5~순조 13(1729~1813). 자는 자목(子木), 호는 목재(木齋), 성호 이익의 종손. 성호의 학문 가운데 예학(禮學)을 이어받아 크게 이름있던 학자로 그때 예산(禮山)에 살았다.

71 석암사(石岩寺): 지금의 충남 아산시 봉수산 봉곡사(鳳谷寺)를 말한다.

포內浦 지방의 이름난 집안의 자제로 이광교[72]·이명환[73]·권기[74]·강이오[75] 등 10여명이 소문을 듣고 모여들어 매일 수사洙泗의 학문(공자학)을 강론하고 성호선생의 문집을 교정하면서 열흘 만에 마쳤다.[76] 또 북계 윤취협[77]과 방산 이도명[78]을 방문하였는데 모두 뜻이 높은 선비들이었다.

겨울에 임금의 특명으로 내직으로 옮기게 되었는데 이때 이정운[79]이 충청도 관찰사가 되어 나갔다. 전 관찰사 유강[80]이 이존창[81]을 체포하여 말하기를 그 일을 나와 함께 모의한 일이라 하였으니, 공로가 나에게 돌아가 발탁되게 하려는 뜻에서였나보다. 임금이 그 이야기를 듣고는 이정운에게 은밀히 유시하여 부임한 즉시 자세히 올려바치게 하시니, 나로 하여금 그것 때문에 진로가 열리게 하려 하셨던 것이다. 이익운이 또 전해주기를 임금이 유시하기를 "약용으로 하여금 사실을 열거해서 이정운에게 부쳐주게 하라" 하셨다기에 내가 말하기를 "그럴 수는 없다. 사군자士君子가 몸을 세우고 임금을 섬길 때 비록 이정옥李澄玉이나 이시애李施愛를[82] 체포했다 하더라도 오히려 그런 것으로 자기의 공로를 삼

---

72 이광교(李廣敎): 자는 문달(文達), 전 승지 이수일(李秀逸)의 손(孫).

73 이명환(李鳴煥): 이삼환의 아우.

74 권기(權虁): 전 대제학 권유(權愈)의 현손(玄孫).

75 강이오(姜履五): 전 교리 강침(姜忱)의 종자(從子).

76 이 사실은 다산의 「서암강학기(西巖講學記)」, 「봉곡사술지시서(鳳谷寺述志詩序)」 등을 참조.

77 윤취협(尹就協): 호는 북계(北溪). 진사로 이름있는 학자였다.

78 이도명(李道溟): 호는 방산(方山). 처사(處士)로 학문이 높았다.

79 이정운(李鼎運): 영조 19(1743)~? 이익운의 형. 자는 공저(公著), 호는 오사(五沙), 벼슬은 판서에 이르렀으며 남인의 대가.

80 유강(柳烱): 영조 12(1736)~? 자는 사정(士精), 본관은 전주, 윤지(潤之)의 아들. 양주(楊州) 태생. 영조 1766년에 정시문과에 병과로 급제, 승지 및 충청감사를 역임했다.

81 이존창(李存昌): 영조 28~순조 1(1752~1801). 천주교 신자로 최필공(崔必恭) 등과 함께 다시 체포되어 신유옥사의 발단이 되었다. 공주(公州)에서 참형당했다.

지 않는 것인데, 하물며 그따위 조그만 놈을 잡아서 그렇게 하겠는가. 그리고 그자를 체포하려 모의하거나 계획을 꾸민 바 없었는데 이제야 보란 듯이 과장해서 찬양하여 임금의 은혜를 얻어내는 일은 죽어도 못할 짓이다"라고 하여 임금의 뜻이라도 나를 부끄럽게 하는 일에는 애걸해도 따르지 않았더니 이익운이 겸연쩍은 듯이 가버렸다. 모두들 이 때문에 임금의 뜻을 어겼다고까지 말하기도 했다.

그후에 김이영[83]이 금정찰방으로 보직을 받고 나갔다가 돌아와 내가 금정에 있으면서 성심으로 계도하였고 또 직무 중 청렴하고 삼가는 행실을 하였다고 아뢰자 심환지가 임금께 상주하기를 "정약용이 군복사軍服事 때문에 특명으로 관리에 추천을 못하도록 되어 지금까지 풀리지 못하고 있는데 그 사람을 등용하는 게 옳습니다. 또 금정에 있을 때 백성을 많이 계도하였으니 다시 임용하기를 청합니다"라고 하자 임금이 허락하셨다.

병진년(35세, 1796) 봄에 형조에서 올린 기록 때문에 임금이 유시하시기를 "요즘 연신筵臣들의 이야기를 들으니 내포 일대에 찰방으로 외직 나간 사람이 성심껏 백성을 깨우쳐 괄목할 만한 효과가 있었다 하니 중화척中和尺을 특사한다"라고 하시고 임금이 지은 시 두편을 내리고는 나에게 화답해 올리게 하였다.

가을에 임금이 검서관[84] 유득공[85]을 보내어 『규운옥편』[86]의 의례義例

---

82 두 사람 다 조선의 무신으로 각기 1453년과 1467년에 반란을 일으켰으나 실패했다.

83 김이영(金履永): 영조 31(1755)~? 자는 명여(命汝), 본관은 안동, 헌행(憲行)의 아들. 1795년 경연시(慶庭試)에 을과로 합격하여 다산 후임으로 금정찰방을 지냈다.

84 검서관(檢書官): 규장각에서 서적의 교정과 편찬을 담당하던 관리. 유득공(柳得恭)·이덕무(李德懋)·박제가(朴齊家)·서이수(徐理修) 등이 4검서로 특히 유명하다.

85 유득공(柳得恭): 영조 25(1749)~순조 7(1807). 자는 혜풍(惠風), 혜보(惠甫), 호는 영재(泠齋), 영암(泠菴), 고운당(古芸堂). 1779년 규장각 검서로 발탁되어 이덕무·박제가·

에 대해 이가환과 나에게 상의하도록 하였으며, 겨울이 되자 나를 부르셔서 규영부에 들어가 이만수·이재학[87]·이익진[88]·박제가[89] 등과 함께 『사기영선史記英選』을 교정하게 하셨다. 출판할 책의 이름을 결정하는 데 자주 참여하게 하시고, 날마다 진귀한 선물과 맛있는 음식으로 배불리 먹게 해주셨다. 또 자주 쌀과 땔감, 꿩·젓갈·홍시·귤 등 과일과 아름답고 향기로운 진귀한 물건들을 하사하셨다. 12월에는 병조참지兵曹參知에 제수하시고 이어서 우부승지右副承旨로 옮겼다가 좌부승지로 승진시켜주셨다.

정사년(36세, 1797) 봄에 대유사[90]에 불려가서 식사를 대접받고 「화식전貨殖傳」과 「원앙전袁盎傳」의 의심나는 문제에 대하여 논의를 받고 답하였으며, 임금의 명을 받고 외각外閣에 나가 이서구[91]·윤광안[92]·이상

서이수 등과 함께 4검서로 일컬어졌고, 박제가·이덕무·이서구와 함께 한문 신파사가(新派四家)로 불렸다. 저서로 『영제집(泠齋集)』이 있고, 편서로 『경도잡지(京都雜誌)』 등이 있다.

86 『규운옥편(奎韻玉篇)』·『규장전운옥편(奎章全韻玉篇)』으로 규장각에서 발행하였다.

87 이재학(李在學): 영조 21~순조 6(1745~1806). 자는 성중(聖中), 호는 지포(芝浦), 본관은 용인(龍仁). 1770년 정시문과에 병과로 급제, 1780년 대사간이 되었다. 1795년 형조판서로 의옥(疑獄)을 잘 다스렸으며 김구주(金龜柱)의 역모를 탄핵, 유배케 했다. 시호는 익헌(翼獻).

88 이익진(李翼晋): 영조 26~순조 19(1750~1819). 자는 치명(穉明), 본관은 전주. 1782년 정시문과에 을과로 급제, 1813년 대사간에 이르렀다.

89 박제가(朴齊家): 영조 26~순조 6(1750~1806). 자는 차수(次修), 호는 초정(楚亭)·정유(貞蕤), 본관은 밀양. 실학의 대가로 승지 평(坪)의 서자이며 이덕무·유득공·이서구 등과 한시 4대가로 알려져 있다. 저서로 『북학의(北學議)』 등이 있다.

90 대유사(大酉舍): 소유사(小酉舍)와 함께 왕실의 서고.

91 이서구(李書九): 영조 30~순조 25(1754~1825). 자는 낙서(洛瑞), 호는 척재(惕齋)·강산(薑山)·석모산인(席帽山人). 1795년 천주교도를 옹호한다는 죄로 영해(寧海)에 유배당했고, 형조판서를 거쳐 판중추부사(判中樞府事)에 이르렀다. 특히 한시 4대가로 유명하다. 시호는 문간(文簡).

92 윤광안(尹光顔): 영조 33~순조 15(1757~1815). 자는 보초(復初), 호는 반호(盤湖), 본

황[93] 등과 함께 『춘추좌씨전春秋左氏傳』을 교정하였고, 또 성균관에서 보는 시험의 대독관이 되었다. 임금의 명령으로 고시관이 되는 것은 딴 사람에 비해 유독 자주 있는 일이었다.

6월에는 다시 승정원에 들어가 동부승지가 되었는데 사직 상소를 올려 얽힌 문제의 앞뒤를 투철하게 밝혀 올리며 서교 문제로 비방받은 까닭을 자세히 말씀드렸다. 간략히 말하면 "말을 박절하게 않으려 해서 간서看書라고 하는 것이지 참으로 책만 보고 멈추었다면 어찌 죄라고 하겠습니까. 애초부터 마음속에 기뻐서 즐거워 사모하듯 하였고 처음부터 치켜세우며 여러 사람들에게 자랑하며 과시하기도 했습니다. 마음의 본바탕에 처음부터 기름이 엉기고 물들고 뿌리박고 가지가 우거지듯 하였으면서도 스스로 깨닫지 못했습니다"라는 내용으로 반복해서 수천마디의 이야기를 했다.[94]

임금이 답변을 내리기를 "착한 단서端緖의 움이 분명하여 봄에 만물이 솟아나는 부르짖음 같고 모든 글내용이 조리 있어 말을 듣고 느낌을 주기에 충분하다"라고 하셨다. 다른 연신들도 또한 나를 위해서 말해주는 사람이 많았다.[95] 임금이 가상하게 여겨 권장해주시려는데 마침 곡

관은 파평(坡平). 1786년 정시문과에 병과로 급제, 교리(校理)를 거쳐 대사간 등을 역임하고 예조판서에 이르렀다.

93 이상황(李相璜): 영조 39~헌종 7(1763~1841). 자는 주옥(周玉), 호는 동어(洞漁)·현호(玄圃), 시호는 문익(文翼). 1786년 정시문과에 급제, 벼슬은 영의정에 이르렀다.

94 사직 상소: 천주교와의 관련에 대한 다산의 입장을 밝힌 「변방사동부승지소(辨謗辭同副承旨疏). 이른바 「자명소(自明疏)」로 유명한 글이다. 이 상소문의 요지를 보면, 서교에 빠지기는 처음에 천문(天文)·역상(曆象)·수리(水理)·농정(農政) 기계 등에 매혹되었고 이어 사생(死生)의 설에까지 흥미를 느끼게 되었지만 이는 이색적인 학설을 널리 듣고 싶은 성벽 때문이고, 신해옥사(1791) 이후부터는 완전히 서교에서 손을 떼고 잘못을 뉘우치고 있다고 하였다.

95 이상으로 다산의 서교 문제는 완전히 종결되어 의심할 여지가 없게 되었고 상하 간

산 도호부사谷山都護府使가 잘못으로 바뀌게 되자 어필로 나의 이름을 써서 임명장을 주셨다. 임금이 말씀하기를 "지난번에 상소한 글은 내용도 좋았지만 마음씨도 밝았으니 참으로 다시 변하진 못하리라. 정말로 한 번 올려 쓰고 싶지만 의논들이 귀찮도록 많으니 무엇 때문인 줄 모르겠다. 그리고 근심하고 슬퍼하는 모습을 거두어라. 1,2년 더 늦더라도 괜찮을 것이다"라고 하시니 떠날 때 다시 불러서 근심과 슬픔을 보이지 말라고 하심이었다. 그때 세력을 잡은 자로 참소하고 질투하는 자가 많아 임금의 뜻은 내가 몇 년 외직에 근무하도록 하여 그 불길을 식히려 함이었다.

전에 임금이 김이교·김이재[96]·홍석주[97]·김근순·서준보 등 여러 신하로 하여금 『사기선찬주史記選纂註』를 편찬케 하여 이미 올려바쳤는데 그 책의 내용이 번거롭고 어려운 탓으로 줄여서 바르게 하려는 생각이 있었다. 이때서야 임금이 말씀하기를 "곡산은 한가한 고을이다. 그곳에 가면 그 일을 해다오"라고 하셔서 내가 명령을 받고 물러와 매일 공문서를 처리하는 틈틈이 깊고 넓고 정밀하게 연구하여 휜 것과 뒤틀린 것을 바로잡아 완성한 후에 내각을 통해 바쳤더니 이만수가 전해주기를 "책을 올리자 칭찬이 있었다"라고 했다.

에 전죄[前非]를 뉘우치고 정상으로 돌아온 것으로 끝을 보았으나 이후 정치적 모함에 걸려 파란곡절을 겪었다고밖에 볼 수 없다.

96 김이교(金履喬)·김이재(金履載): 이들은 형제 사이로 김이교(1764~1832)는 정승을 지냈고, 김이재(1767~1847)는 전라감사·이조판서를 역임했다. 선원(仙源) 김상용(金尙容)의 후손들이다.

97 홍석주(洪奭周): 영조 50~헌종 8(1774~1842). 자는 성백(成伯), 호는 연천(淵泉), 본관은 풍산. 1795년 식년문과에 갑과로 급제, 1815년 충청도·전라도 관찰사를 지냈으며, 1834년 이조판서를 거쳐 좌의정에 올랐다. 시호는 문간(文簡), 저서로는 『연천집(淵泉集)』이 있다. 문장가로 여한십가(麗韓十家) 가운데 한 사람이다.

곡산 사람에 이계심李啓心이란 사람이 있었는데 백성들이 당하는 괴로움에 대해 말하기를 좋아하는 성격이었다. 지난번 도호부사가 재직할 때 포수보砲手保 면포 한필 대금으로 돈 900푼씩을 거두어들였는데 이계심이 백성 1천여명을 인솔하고 관청에 들어와 항의하자 부사가 벌을 주려 하니 1천여명이 벌떼처럼 일어나 이계심을 둘러싸고 계단으로 올라가며 소리를 지르니 천지가 동요했다. 아전과 관노 들이 몽둥이를 들고 쫓아내자 이계심은 달아나버려 오영五營에서 기찰하여 붙잡으려 해도 붙잡지 못하고 있었다. 내가 부임차 곡산땅에 이르니 이계심이 백성들의 괴로워하는 사항 10여 조목을 기록하여 올려바치고는 길가에 엎드려 자수하였다. 옆사람들이 체포하기를 청했으나 내가 말하기를 "그러지 말라. 한번 자수한 사람은 스스로 도망가지 않는다"라고 하고 석방하면서 말하기를 "관장官長이 밝지 못하게 되는 이유는 백성들이 제 몸만 위하느라 교활해져서 자신들이 당하는 고통을 보고도 관장에게 항의하지 않기 때문이다. 너 같은 사람은 관에서 마땅히 천냥의 돈을 주고라도 사야 할 사람이다"라고 하였다. 그런 후에는 서울 군영에 상납할 모든 포목은 내가 친히 면전에서 자로 재어 받아들였다.

곡산 향교에 『오례의』[98]가 있었는데 그 책에는 포목을 재는 자의 그림이 실려 있었다. 그림의 자와 그때 사용하는 자를 비교해보니 차이가 2촌寸(1촌은 약 3.03cm)이나 있었다. 그래서 그림의 자에 맞도록 자를 새로 제작하여 서울 군영에서 사용하는 구리자(銅尺)와 일치시켜 면포를 거두었더니 백성들이 편하게 여겼다. 그 이듬해에는 포목이 더욱 귀해져서 칙수전勅需錢과 관봉전官俸錢 2천여냥을 풀어 평안도에 가서 포목을

98 『오례의(五禮儀)』: 『국조오례의(國朝五禮儀)』. 성종 5년(1474) 신숙주(申叔舟), 정척(鄭陟) 등이 완성한 예서(禮書)로 8권 8책.

사다가 서울에 바칠 것을 충당하고 그 가격을 백성들에게서 징수해 채 웠는데 모두 해야 한 집에 200푼이 넘지 않아서 백성들은 호마다 송아 지 한 마리를 얻은 셈이었다.

국법에는 대개 창곡倉穀은 반드시 순차로 나누어 배급하도록 하였으 나 더러는 여덟아홉번까지 나누어 배급하는 경우가 있었다. 나는 매 초 하루에 몇개 면 사람들을 불러다가 한꺼번에 다 타가게 하여 그 번거로 움과 비용을 줄여주고 왔다갔다 하는 불편을 간략하게 했다.

무오년(37세, 1798) 겨울 환곡을 거두어들이는 일이 거의 끝났는데 재 신財臣 정민시[99]가 곡산에서 쌀 7천석을 팔게[糶] 하도록 주청하였다. 이 해는 대풍년이어서 쌀값이 1곡斛(15말이다─원주)에 200푼 정도였는데 상정한 가격이 420푼이나 되었다. 내가 조목별로 이해를 가려 상급 관 청에 보고하고는 백성들을 독촉하여 양곡을 모두 수납하고 창고를 닫 고 기다리고 있었다. 정민시가 다시 주청하기를 "나라가 나라인 것은 기강 때문입니다. 저희들이 주청하여 임금께서 허락하셨고 감사가 발 표한 일을 수령이 성깔을 내고 따르지 않는다면 어찌 나라가 되겠습니 까"라고 하여 나에게 죄를 주어 징계할 것을 청하였다.

임금이 본래 올려바친 보고문을 가져다 읽어보시고는 "옛날에 양곡 과 세금을 담당한 신하들은 팔도의 시장가격을 두루 알아 값이 싸면 사 들이고 값이 비싸면 곡식을 방출하는 게 법이었다. 그런데 지금 경은 시 장가격이 싼데 비싸게 팔라고 하니 약용이 따르지 않음은 옳지 않은가"

---

99 정민시(鄭民始): 영조 21~정조 24(1745~1800). 자는 회숙(會叔), 본관은 온양(溫陽). 1773년 증광문과에 병과로 급제, 1776년 동부승지를 거쳐 1800년 대사간이 되었다. 시 파의 거두로 벽파에 의해 사리사욕을 꾀했다는 죄로 1801년 관작이 추탈되었다가 이 후 복관되었다. 시호는 충헌(忠獻).

라고 하셨다.[100]

무릇 호적을 정리하는 해가 되면 아전들이 백성을 위협해 호구 수를 늘리고 백성들은 다투어 뇌물을 바쳐 호구 수가 늘지 않게 하는데, 본래부터 가난한 마을은 뇌물을 바치지 못하니 호구 수가 늘어만 가서 마을은 갈수록 말라빠지고, 돈이 있는 마을은 호구 수가 늘지 않으므로 더욱 부자가 되어 백성들의 살림이 고르지 못했다. 내가 먼저 침기부를 수정하고 종횡표를 작성하였으며, 또 지도를 그리고 경위선經緯線을 만들어 백성들의 허와 실, 강하고 약함, 지역의 넓고 좁음, 멀고 가까움을 상세히 알 수 있게 하였다.[101] 이렇게 하여 적감籍監, 적리籍吏를 없애고 관장이 호액戶額의 증감을 실정에 맞도록 할 수 있었다. 며칠이 안되어 호적단자戶籍單子가 일제히 들어왔는데 한 사람도 억울함을 하소연해오는 사람이 없었다. 향갑鄕甲이 군정軍丁의 명단을 올릴 때마다 내가 몰래 그 사람의 딱한 처지를 알아내가지고는 즉석에서 소리내어 꾸짖기를 "농민 아무개는 새로 아무개 군郡에서 이사오고 홀아비인데다 절뚝발이인데 어떻게 군포軍布를 물겠는가"라고 하면 향갑이 깜짝 놀라 다시는 그런 말을 못하고 말았다. 나는 이미 침기표를 보고 그 집의 사정을 알아두었던 것이지 특별한 술수를 써서 그리한 것은 아니었다.

절도사 정학경[102]이 허록虛錄과 백골白骨의 군정을 뽑는 데 대해서 신

---

100 이 일은 다산이 곡산 다스리던 소문이 나자 이를 시기하던 무리들이 다산이 곤란을 당하게 하려 했던 것이다.

101 침기부(砧基簿)는 전묘(田畝)와 부지(敷地)를 기록한 장부다. 종횡표(縱橫表)는 다산이 「호적의(戶籍議)」에서 보여준 가로세로 선을 그어 만든 호적의 표준양식을 말한다. 이 글에 따르면 다산은 아전 중에서 꼼꼼하고 신중한 10명을 골라 마을로 파견하여 종횡표에 따라 호적을 작성토록 했다. 「호적의」에는 다산이 곡산 시절에 사용했던 것의 보기를 들어놓았는데 종횡표는 오늘날의 주민등록표보다 더 명료하고 일목요연하게 신분과 직업, 재산까지를 알 수 있게 되어 있다.

칙하려 하기에 내가 말하기를 "왜 그런 일을 하려 합니까. 군포란 허록보다 더 좋은 것이 없고 군적은 백골보다 더 좋은 것이 없는데 괜히 일거리를 만들지는 마십시오"라고 했더니 정학경이 잘 이해하지 못했다. 내가 다시 말하기를 "군포계軍布契와 역근전役根田이 있는데 이는 호포戶布입니다. 호포란 국가에서도 곧장 시행하고 싶어하나 되지 않는 것입니다. 그것을 백성들이 스스로 하고 있는데 무엇 때문에 어지럽게 만들렵니까"라고 했더니, 그때서야 알아듣고 그만두었다.[103]

곡산의 정당政堂을 새로 짓고 다른 관청의 건물들을 수리했으며 모든 창고와 모든 청사의 예규例規 문서들을 파기하고 새로 조례를 만들어서 시행케 하였다. 전에는 관공서 비용이 부족하면 다시 백성들에게서 거두어들였는데 이때부터는 충분히 남아돌았다. 그 뒤에 부임한 사또들이 조례를 고치고자 했으나 아전과 백성 들이 물고 늘어져 한 조목도 끝내 고치지 못했다고 한다.

무오년(37세, 1798) 겨울 12월에 괴질이 갑자기 평안도 쪽에서 들어와 내가 먼저 앓아누웠다. 고을의 노인들이 걸리기만 하면 틀림없이 죽어갔는데 며칠이 못 되어 울음소리가 온 주변에 진동했다. 내가 백성들에게 권해서 서로 도와 병을 낫게 하거나 급한 대로 곡식을 풀기도 하고 또 주인 없는 시체들은 장사지내서 매장해주도록 했다.

새해(기미년, 38세, 1799)가 되자 내가 아직 요를 둘러쓰고 있으면서 칙수감리勅需監吏를 불러서 배천의 강서사江西寺에 가서 진 곳에 까는 화문

---

102 정학경(鄭學畊): 생몰년 미상. 무과 출신으로 황해도 병마절도사 등의 벼슬을 역임했다.
103 황해도 지방에서 당시의 관행이던 허록과 백골의 부담을 합리적으로 해결하기 위해 군포계·역근전 따위를 민간에서 만들었던 것으로 생각된다. 『목민심서』 곡부(穀簿)조와 평부(平賦)조 참조.

석을 사오게 했다. 모두가 깜짝 놀라며 영문을 알아차리지 못하고 "칙사가 옵니까"라고 하기에 "그렇지 않다. 빨리 가서 사오기나 하라"하니, 아전이 가서 사가지고 오는 도중에 평산平山에 도착했는데 의주義州에서 파발마가 나는 듯이 달려가며 "황제가 죽어 칙사가 왔다"라고 하였다. 아전이 고을에 돌아와 소문을 내자 온 마을이 깜짝 놀라 야단법석이었다. 내가 말하기를 "이상할 것 없다. 돌림병이 서쪽으로부터 왔으며 노인들이 다 죽는 것을 보고 알았다"라고 했다.[104]

봄에 임시로 호조참판戶曹參判 직함을 띠고 황주黃州에서 영위사迎慰使가 되어 50여일을 머물렀다. 임금이 은밀하게 유시를 내려 나로 하여금 황해도 내 수령들의 잘잘못과 사신 접대로 인한 여러 폐단을 염찰廉察토록 하셨으니 수령이 수령을 염찰토록 한 것도 퍽 드문 일이었다. 전에 황해도 내에는 해결치 못한 옥사獄事가 두건 있었는데 내가 임금께 은밀히 올려바쳤더니 임금이 감사에게 유시하여 조사토록 했다. 감사 이의준[105]이 나를 차출해 조사케 하여 두 옥사가 모두 해결을 보았다.

마침 여름에 가뭄이 심하자 임금이 여러가지 미결 옥사들을 심리하고자 하시면서[106] 내가 재판한 내용을 칭찬한 것을 생각해내고 마침내 병조참지를 제수하시고 올라가는 도중에 동부승지로 바꾸고 서울에 들어가자 형조참의刑曹參議로 제수하셨다. 어전에 오르니 임금이 형조판

---

104 칙사 영접잔치를 열어 온 고을 백성들의 재산을 탕진하던 예가 자주 있었기에 백성들은 크게 걱정했지만 다산은 민폐를 줄이려고 미리 채비를 하고 칙사 오기를 기다렸다는 뜻이다.

105 이의준(李義駿): 영조 14~정조 22(1738~98). 자는 중명(仲命). 1773년 증광문과에 급제, 대사간 등을 역임하고 1796년 『존주휘편(尊周彙編)』을 편수했다. 1798년 황해도 관찰사로 재직 중에 병사했다.

106 옛날에는 감옥에 억울하게 옥살이하는 사람이 있으면 하늘이 노해 가뭄이 든다고 여겼다.

서 조상진[107]에게 말씀하시기를 "경은 이제 늙으셨소. 참의는 나이가 젊고 매우 총명하니 경은 마땅히 베개를 높이 베고 쉬면서 모두 참의에게 넘기시오"라고 하셨다. 판서가 이 유시를 듣고는 모든 일반 범죄사건과 판결지어야 할 상소사건을 위임하여 내가 옥사를 상당히 해결해냈다. 어떤 무지한 백성이 억울하게 걸려서 옥사가 매우 오래 끌며 판결이 나지 않은 사건이 있었는데, 내가 초검初檢과 재검再檢의 조서를 검토하여 그 억울함을 밝혀냈더니 임금이 형조에 명하여 의관衣冠을 지급해주고 석방하라고 하셨다.[108]

무신 이성사李聖師가 계집종 하나를 샀는데 성사가 죽자 소송이 일어났다. 때마침 사헌부의 진언에 임금이 격노하여 명령하기를 성사의 손자 아무개를 잡아다가 장형杖刑 1백을 내리라 하니, 임금의 위엄에 눌려 형을 집행하려고 하면서 형조 전체가 겁을 먹고 있기에 내가 말하기를 "참으로 고문을 참혹하게 하면 죽을 뿐입니다. 선비를 죽이는 것은 임금의 뜻이 아닐 겁니다"라고 주의시켜 매의 숫자만 채우고 그치게 하고 그의 무죄임을 말씀드렸더니 임금의 마음이 풀어진 일도 있었다. 간사한 백성이 한 사람 있어 나라에 바치는 공물을 이중으로 팔아먹고 핑계 대기를 "주권朱券이 화성에 있어 얻을 수가 없었습니다"라고 하기에 내가 그를 국문鞫問받게 하고 "쥐새끼 같은 놈이 감히 화성에 빙자해서 성호사서[109]를 하려 하니 되겠느냐?"라고 호령하니 이틀 만에 주권이 이

---

107 조상진(趙尙鎭): 영조 16~순조 20(1740~1820). 자는 이진(爾珍), 본관은 풍양(豊壤). 재우(載遇)의 아들. 1773년 증광전시에 병과로 급제. 1782년 대사성이 되고 도승지, 형조·예조판서를 거쳐 지중추부사(知中樞府事)에 이르렀다.
108 『흠흠신서(欽欽新書)』에는 함봉련(咸奉連) 사건으로 기록되었다. 「논함봉련옥사계(論咸奉連獄事啓)」참조.
109 성호사서(城狐社鼠): 성안에 사는 여우와 사당에 사는 쥐. 황제를 성곽과 묘당에, 황제 주변의 간신을 여우와 쥐에 비유한 것으로 제거하기 어려운 간신의 무리를 뜻함.

르렀다.

하루는 임금이 말씀하시기를 "네가 황해도에서 왔으니 당연히 그곳의 고질적인 병폐를 말해야 한다"라고 하셔서 나는 초도椒島의 둔전屯田에 있는 소(牛)의 문제를 말씀드렸더니 임금이 즉각 명령을 내려 모든 소의 장부를 없애게 하셨다. 또 중국 칙사 영접에서 오는 여러가지 폐단을 말씀드렸더니 임금이 "정승 이시수[110]가 새로 원접사[111]로 나가니 그가 갈 때 의논하라" 하시고 마침내 드는 비용 모두를 문서로 적어 보고하도록 명령하셨다.[112]

이 무렵 임금님의 보살핌과 관심을 가지심이 날로 깊어져 밤이 깊어서야 문답이 끝나곤 하니 좋아하지 않는 자들이 이를 시기했다. 홍시부[113]가 내게 말하기를 "자네 좀 조심하게. 우리 청지기에 옥당의 아전이 된 자가 있는데 말하기를 '밤에 정공丁公의 야대夜對가 끝나지 않으면 옥당에서 아전을 보내 엿보느라 걱정되어 잠을 자지 못합니다'라고 하데그려. 자네가 그런 걸 감당하겠나"라고 하였다. 며칠이 못 되어 대사간 신헌조[114]가 계啓를 올려 권철신에 대하여 논죄하고 이어서 나의 형 약종[115]의 일을 아뢰자 계가 끝나기도 전에 임금이 성을 내며 꾸짖으

---

110 이시수(李時秀): 영조 21~순조 21(1745~1821). 자는 치가(稚可), 호는 급건(及健), 시호는 충정(忠正). 1780년 영남 암행어사로서 탐관오리를 적발했으며, 1804년 정순왕후가 재차 수렴청정하려고 할 때 대의를 들어 반대하여 한때 좌의정에서 파직되었다. 벼슬은 영중추부사(領中樞府事)에 이르렀다.

111 원접사(遠接使): 청나라에서 오는 사신을 멀리 나가 맞아들이는 사신.

112 다산이 이처럼 관리로서의 능력을 발휘하여 백성의 아픔과 그 시대의 병폐를 시정해나가자 모함은 더 거세져 다산은 형조참의를 마지막으로 관계를 떠났다.

113 홍시부(洪時溥): 영조 25(1749)~? 자는 박여(博汝), 본관은 남양(南陽). 1775년 정시 문과에 병과로 급제, 검열을 지냈다.

114 신헌조(申獻朝): 영조 28(1752)~? 자는 여가(汝可), 대사간 응현(應顯)의 아들. 1789년 알성문과에 갑과로 급제했으며 1800년 8월 대사간을 역임했다.

셨다. 조보朝報에 그런 내용이 없어 나는 그런 일도 모르고 있었는데 사헌부 대관臺官 민명혁[116]이 또 약용이 혐의를 무릅쓰고 벼슬살이하고 있다는 상소를 올렸기에 내가 병을 이유로 나가지 않으니 달이 넘어 교체가 되었다.

겨울에 서얼 출신 조화진[117]이라는 자가 급변急變을 상고하니 내용인즉 "이가환·정약용 등이 음험하게 천주교를 주장하며 상궤常軌에 벗어난 짓을 음모하고 있고 한영익韓永益은 그들의 심복이 되어 있다"라고 했다. 임금이 그것이 무고임을 살펴내고 그 변서變書를 이가환 등에게 돌려보도록 하고 또 말씀하시기를 "한영익은 북산사[118]를 고한 사람인데 어떻게 심복이 되겠는가"라고 하셨고, 내각의 신하 심환지, 충청도 관찰사 이태영[119]이 모두 무고라고 하자 일은 끝나버렸다. 조화진이 전에 한영익에게 구혼을 했으나 한영익이 들어주지 않고 그 누이를 나의 서제庶弟 약횡若鐄에게 시집보냈는데 이런 일 때문에 한영익을 죽일 속셈으로 나까지 끌고 들어간 것이었다.

임금이 책 한권 읽기를 다 끝마치면 태빈이 음식을 준비하여 세서례洗書禮를 하셨으니 일반 민간의 어린이들이 책을 다 배우면 책씻이 하던 것을 따라서 하신 일이다. 이 일에 대하여 임금이 시를 짓고 나로 하여

---

115 정약종(丁若鍾): 영조 36~순조 1(1760~1801). 다산의 셋째형. 1795년 이승훈과 함께 청나라 신부 주문모를 맞아들여 우리나라 최초의 회장(會長)으로서 전도에 힘쓰다가 1801년 신유옥사 때 옥사했다. 세례명은 아우구스티노.

116 민명혁(閔命赫): 영조 29~순조 18(1753~1818). 자는 명여(明汝), 시호는 숙헌(肅獻). 1795년 정시문과에 갑과로 급제, 1817년 형조판서를 지냈다.

117 조화진(趙華鎭): 「황사영백서(黃嗣永帛書)」에는 충청도 내포(內浦) 사람으로 천주교의 배교자로 밀고자가 된 사람이라 했으며 '화진(和鎭)'으로 되어 있다.

118 북산사(北山事): 중국인 신부 주문모가 북악산 밑에 숨어 있다는 사실.

119 이태영(李泰永): 영조 20(1744)~? 자는 사앙(士仰), 본관은 한산(韓山). 1772년 정시문과에 병과로 급제, 경상도·충청도 관찰사를 지냈다.

금 화답시를 짓게 하셨다.

경신년(39세, 1800) 봄에 나는 참소하고 시기하는 사람이 많음을 알고 낙향하여 칼날을 피하려고 처자식을 거느리고 마현馬峴의 고향으로 돌아갔다. 며칠이 지나지 않아 임금이 들으시고 내각에 명해 급히 부르신다 하기에 돌아와보니 임금이 승지를 통해 유시하기를 "규영부는 이제 춘방春坊이 되니 처소를 정하기를 기다려 들어와 교서校書의 일을 하게 하라. 내가 어찌 그를 놓아두겠느냐"라고 하셨다 한다.

여름 6월 12일 바야흐로 달밤이라 한가하게 앉아 있는데 갑자기 문 두드리는 소리가 있어 들어오도록 하니 내각의 아전이었다. 『한서선』[120] 10질을 가져와 전하며 임금이 유시하기를 "오래도록 서로 보지 못했다. 너를 불러 책을 편찬하고 싶구나. 주자소鑄字所 벽을 새로 발랐으니 그 믐께쯤 경연에 나올 수 있을 것이다"라고 하셨다 하니 위로의 말씀이 대단하셨다. 또 "이 책 5질은 남겨서 가전家傳의 물건을 삼도록 하고 5질은 제목자를 써서 돌려보내라"라고 하셨다 한다. 아전이 말하기를 유시를 내리실 때 얼굴빛이 못 견디게 그리워하는 듯하셨고 말씀도 온화하고 부드러워 다른 때와는 달랐다고 하였다. 아전이 나가자 감격하여 눈물을 흘리고 마음이 동요되어 어찌할 줄 몰라 했는데 그다음 날부터 임금의 건강에 탈이 났고 28일에 이르러 하늘이 무너지고 말았다. 그날 밤에 하인을 보내 책을 하사하고 안부를 물어주신 것이 끝내는 영결의 말씀이었고 임금과 신하의 정의情誼는 그날 밤으로 영원히 끝나고 말았다. 나는 이 일에 생각이 미칠 때마다 눈물이 홍수처럼 쏟아짐을 참지 못하곤 한다.

---

120 『한서선(漢書選)』:『사기영선(史記英選)』이라고도 하며 왕명으로 다산 자신이 교정했던 책이다.

임금이 승하하신 날 급보를 듣고 홍화문弘化門 앞에 이르러 조득영[121]을 만나 서로 가슴을 쥐어뜯고 목 놓아 울었다. 임금의 관이 빈전殯殿으로 옮겨지는 날에는 숙장문肅章門 옆에 앉아 조석중과 함께 슬픔을 이야기하였다. 공제公除의 날이 지난 뒤부터 점차 들리는 소리는 악당들이 참새떼처럼 날뛰며 날마다 유언비어와 위험스러운 이야기를 지어내 사람들의 귀를 현혹하고 있다 했다. '이가환 등이 앞으로 난리를 꾸며 사흉팔적四凶八賊을 제거한다'는 이야기까지 꾸며대고는 그 네명과 여덟명의 이름에 절반은 당시의 재상과 명사 들이 끼어 있고 절반은 자기네 음험한 무리의 이름을 끼워넣어 사람들의 분노를 격발하고 있었다. 나는 화란의 낌새가 날로 급박해짐을 헤아리고 곧바로 처자를 마현으로 돌려보내고 혼자 서울에 머무르며 세상의 변화를 관찰하고 있었다. 겨울에 임금의 졸곡卒哭이 지나자 영영 열상[122]으로 낙향해서 오직 초하루와 보름날의 곡반[123]에 참가할 뿐이었다.

신유년(순조 1년, 40세, 1801)에 태비가 유시를 내려 서교를 믿는 사람은 코를 베고 죽여 없애겠다고 경고하였다.[124] 정월 그믐 하루 전날 이유수李儒修·윤지눌尹持訥 등이 편지를 보내 책롱사[125]를 알려오자 나는 즉시

---

121 조득영(趙得永): 영조 38~순조 24(1762~1824). 자는 덕여(德汝), 호는 일곡(日谷), 본관은 풍양(豊壤). 1789년 춘당대문과에 장원, 이해 초계문신이 되고, 1806년 형조참판으로 우의정 김달순(金達淳)을 탄핵하여 유배하고, 병조·이조·예조판서를 역임했다.

122 열상(洌上): 한강 상류로 다산의 고향인 마현을 일컫는다.

123 곡반(哭班): 국상 때 궁중에서 벼슬의 순차에 따라 차례로 열을 지어 곡하는 대열.

124 태비인 정순왕후 김씨는 영조의 계비로 사도세자와 몹시 사이가 나빴고 그 친정이 모두 노론 벽파로 시파를 탄압했던 정치의 주역이다. 정조가 죽고 순조가 11세의 어린 나이로 왕위에 오르자 궁중의 어른으로 수렴청정하며 사도세자를 옹호한 시파를 서교로 트집 잡아 참변을 일으켰다. 주 52 참조.

125 책롱사(冊籠事): 「황사영백서」에 보면 다산의 형 약종이 천주교 금하는 유시를 듣고 자기가 무사하지 못할 것을 알고 집에 있는 천주교에 관한 물건, 책, 신부 등과 교

서울로 달려들어왔다. 이른바 책롱이라는 것은 대여섯 사람의 편지들이 섞인 문서인데 그중에는 나의 집안 편지가 들어 있었다. 윤행임[126]이 그러한 상황을 알아내서 이익운과 의논, 유원명[127]을 시켜서 상소하고 나를 붙잡아다 조사하여 나와 관계없는 일임을 밝혀내 화봉禍鋒을 미리 꺾어버리자고 하였고, 최헌중[128]·홍시부洪時溥·심규[129]·이석 등이 애쓰며 권하기를 그렇게 받아들여서 앞으로 전화위복이 되게 하라 했지만 내가 받아들이지 않았다.

2월 8일 사헌부와 사간원에서 죄상을 적어 임금께 올리고 국문을 청하여 이가환, 정약용, 이승훈이 모두 투옥되었고 나의 형 약전과 약종 및 이기양李基讓·권철신·오석충吳錫忠·홍낙민[130]·김건순[131]·김백순[132] 등

환한 편지 등을 농(籠)에 넣어가지고 숨기려고 일꾼을 시켜 땔감과 함께 지게로 지고 가다 압수당했다 했는데, 이 일을 말한다. 정월 19일 압수된 걸로 기록에 나와 있다. 다른 기록에는 '서급'(書笈)이라고도 했다.

126 윤행임(尹行恁): 영조 38~순조 1(1762~1801). 자는 성보(聖甫), 호는 방시한재(方是閑齋)·석재(碩齋). 순조가 즉위하자 이조판서로 승진했다가 신유옥사로 신지도에 유배되었다 풀려났으며 후에 김조순(金祖淳)의 상소로 투옥, 참형을 당했다.

127 유원명(柳遠鳴): 영조 36(1760)~? 자는 진옥(振玉), 운흠(雲翕)의 아들. 1794년 정시 문과에 병과로 급제하여 초계문신이 되었다.

128 최헌중(崔獻重): 자는 영춘(靈春). 1795년 수찬(修撰)으로 사학을 없애자는 상소를 올려 임금의 칭찬을 받았으며 특별히 발탁되어 대사간에 등용되었다. 1806년 한성부 우군(右君)을 지냈다.

129 심규(沈逵): 영조 18~순조 20(1742~1820). 호는 죽포(竹圃), 본관은 청송(靑松). 채제공의 문하에 출입했으며 진산군수를 역임했다.

130 홍낙민(洪樂敏): 영조 27~순조 1(1751~1801). 천주교도. 다산의 큰형 약현의 딸의 시아버지. 자는 성눌(聖訥). 1801년 신유옥사 때 이승훈, 정약종과 함께 서소문 밖 형장에서 순교했다.

131 김건순(金健淳): 영조 51~순조 1(1776~1801). 천주교도로 세례명은 요사밧. 자는 정학(正學), 호는 가귤(嘉橘). 노론 출신으로 1801년 신유옥사 때 순교했다.

132 김백순(金伯淳): 영조 46~순조 1(1770~1801). 김건순의 족형(族兄)으로 김상용(金尙容)의 종손. 대가(大家)의 후손으로 천주교도가 되어 신유옥사 때 순교했다.

이 차례로 투옥되었다. 그러나 그 문서뭉치에서 내가 관계없음이 분명히 드러나니 이어 형틀에서 풀어주고 사헌부 안에서 편히 있게 해주었다. 여러 대신들이 모여 의논하고 있는데 옥사의 위관委官 이병모[133]가 말하기를 "자네는 앞으로 무죄로 풀려날 걸세. 음식도 많이 들며 몸을 아끼시게"라고 했고 심환지가 말하기를 "쯔쯔, 혼우婚友가 운명이 어찌 될지 알 수 없구나"라고 했다. 지의금知義禁 이서구, 승지 김관주[134] 등도 공정히 판결하여 용서될 것이라고 했고 국문할 때 참관한 승지 서미수[135]는 은밀히 기름 파는 노파를 불러다가 재판 소식을 나의 처자에게 전해주라고 하면서 나의 죄질이 가벼워 죽을 걱정은 없으니 식사를 하게 하여 살아나게 하라고 시킨 일까지 있었다. 여러 대신들이 모두 무죄로 풀어줄 것을 의논했으나 오직 서용보만이 고집을 부려 안된다고 해서 나는 장기현[136]으로 유배당하고 형 약전은 신지도[137]로 유배형을 받았다. 약종뿐 아니라 나머지 사람들 이가환·권철신·이승훈·김건순·김백순·홍낙민은 살아남지 못했다. 오직 이기양은 단천端川으로, 오석충은 임자도荏子島로 유배를 당했다.

이때 악당들이 내가 죽지 않을 것을 알고는 헝클어진 편지뭉치 속의 삼구[138]의 학설을 억지로 꿰맞추어 정씨 집안의 문서에 있는 흉언凶言이

---

133 이병모(李秉模): 영조 18~순조 6(1742~1806). 자는 이책(彛則), 호는 정수재(靜修齋), 시호는 문숙(文肅). 1773년 증광문과에 병과로 급제, 1794년 우의정에 이르렀다. 1801년 신유옥사 때 영중추부사였다.

134 김관주(金觀柱): 영조 19~순조 6(1743~1806). 자는 경일(景日), 시호는 문익(文翼). 1800년 순조가 즉위하고 벽파가 득세하자 우의정에 이르렀다. 정순왕후의 사촌오빠.

135 서미수(徐美修): 영조 28(1752)~? 자는 공미(公美), 명헌(命憲)의 아들로 1780년 식년문과에 병과로 급제, 1793년 대사간을 거쳐 1797년 충청도 관찰사를 지냈으며 개성유수에 이르렀다.

136 장기현(長鬐縣): 지금의 경북 포항시 남구 장기면.

137 신지도(薪智島): 당시는 전라도 강진현 소속 도서로 지금은 전남 완도군 신지면.

라고 무고하여 마침내 약종에게 극형을 추가함으로써 내가 재기할 수 있는 길까지 막아버렸다.[139] 그러나 고故 익찬翊贊 안정복安鼎福의 저서에 분명히 삼구의 해석이 있으니 우리 집안에서 만든 말이 아니고 보면 그것이야말로 무고임이 분명했다. 이해 여름에 옥사가 더욱 확대되어 왕손王孫 인,[140] 척신 홍낙임,[141] 각신 윤행임尹行恁 등이 모두 사사賜死당하였다.[142] 나는 장기에 도착하자 『기해방례변』[143]을 지었고, 『삼창고훈』을 연구하고 『이아술』 6권을 저술하였고,[144] 수많은 시를 읊으며 스스로 걱정과 근심을 견디며 지냈다.

겨울이 되어 역적 황사영[145]이 체포되자 악인 홍희운洪羲運·이기경 등

138 삼구(三仇): 천주교리에서 말하는 인간 영혼의 구원을 막는 세가지 철학적 속성인 육신·세속·마귀. 한역과정에서 세가지 원수[三仇]로 번역되었다. 이에 대해 안정복은 『천학문답(天學問答)』에서 영혼설과 함께 이 이론이 잘못되었다고 비판한 바 있다.

139 집안에 대역부도죄인이 나오면 그 집안사람은 모두 벼슬길이 막혀버리기 때문이다.

140 인(䄄): 영조 31~순조 1(1755~1801). 영조의 손, 사도세자의 서자, 정조의 서형인 은언군(恩彦君)으로 철종의 할아버지. 그때 강화도에 귀양 가 있었는데 주문모 신부가 처형되자 그의 처 송씨(宋氏)와 며느리 신씨(申氏)도 주문모에게 세례를 받았다 하여 처형되었고 은언군도 그 여화로 배소에서 처형되었다.

141 홍낙임(洪樂任): 영조 17~순조 1(1741~1801). 왕실의 외척. 홍봉한의 아들, 정조의 외삼촌. 자는 숙도(叔道). 벽파에 몰려 처형되었다.

142 다른 역사 기록에 보면 신유옥사 때 300여명이 죽음을 당한 것으로 나와 있고 다산의 기록에도 "붉은 옷 죄수들이 길을 메울 지경"(제2부 「정헌 이가환 묘지명」)이라고 했다.

143 『기해방례변(己亥邦禮辨)』: 효종이 죽은 해에 효종의 복상(服喪)문제로 일어난 서인과 남인의 예론(禮論) 시비를 가린 책.

144 『삼창고훈(三倉詁訓)』: 이사(李斯)·창힐(倉頡) 등의 한자 발달사에 관한 저술이다. 『이아술(爾雅述)』은 한자 자전류.

145 황사영(黃嗣永): 영조 51~순조 1(1775~1801). 자는 덕소(德召), 다른 이름은 시복(時福). 다산의 장형 정약현의 사위. 중국인 신부 주문모에게 사사(師事), 천주교 신자가 됨. 신유옥사 당시 수배되어 잡히지 않고 숨어 지내며 「황사영백서」를 작성, 황심(黃沁)·옥천희(玉千禧) 등에게 전하려다 발각 체포되어 참형당했다. 천주교 신앙운동에 혁혁한 위치를 점한다.

이 백가지 계책을 동원하여 조정을 공갈 협박하고 자원해서 사헌부의 벼슬자리에 들어가 발계發啓하고는 다시 국문하자고 청하였다. 약용 등을 기어코 죽이고야 말겠다는 것이었다. 홍희운이란 자는 낙안樂安의 바꾼 이름이다. 이때 정일환[146]이 황해도에서 들어와 "정아무개는 서쪽 지방에서 백성을 아끼는 정치를 남겼으니 죽여서는 안된다"라고 세차게 발언하였고, 또 죄인의 공초供招에 이름이 나오지도 않았는데 체포해 오는 법은 없다고 심환지에게 국문 요구에 동의하지 말라고 권했으나, 심환지가 태비에게 청하여 봄철 대간臺諫의 계사啓辭를 윤허받았다. 이에 약전과 약용 및 이치훈李致薰·이관기李寬基·이학규[147]·신여권申與權 등이 다시 체포되어 투옥되었다. 위관이 흉서凶書[148]를 나에게 보여주며 말하기를 "역적의 변고가 이 지경에 이르렀으니 조정에서도 무슨 걱정인들 미치지 않으리오. 무릇 서양 서적의 글자 한자라도 읽은 사람은 죽음이 있을 뿐 살아날 수 없다"라고 하였다. 그런데 사건을 조사해보니 모두 참여해서 알았다는 정황이 없고[149] 또 여러 대신들이 압수해간 예설禮說과 이아설爾雅說 및 여러 시작품을 검토해본바 모두 안한安閑하고 정밀하여 알맹이가 있고 적賊[150]과 서로 통한 기미가 없었기 때문에 불쌍하

---

146 정일환(鄭日煥): 1797년 유신(儒賢)으로 승지에 임명되었으며 황해도 관찰사를 거쳐 내직으로 들어온 재신(宰臣).

147 이학규(李學逵): 영조 46~현종 1(1770~1835). 자는 형수(亨叟), 호는 낙하생(洛下生)·문의당(文猗堂). 18세 때 이미 『규장전운(奎章全韻)』 등의 수교(讎校)를 맡아 박학한 학자로 이름났다. 신유옥사 때 외척 이가환이 화를 당하자 사학도로 몰려 김해(金海)에 유배되었다가 1824년에야 풀려났다. 저술로 『명물고(名物考)』 『영남악부(嶺南樂府)』 『문의당고(文猗堂稿)』 등이 있다.

148 즉 「황사영백서」를 말한다.

149 애초 다산이 황사영과 서로 연락해서 「백서」를 작성했다는 죄명으로 고발당했는데 그런 사실이 없었던 것이다.

150 즉 황사영이다.

게 여겨서 어전에 들어가 무죄임을 올려바치니, 태비도 그것이 무고임을 살펴내고 여섯사람을 모두 적당히 석방하라고 명령하고는 말하기를 "호남에는 아직도 서교에 대한 우려가 있으니 약용을 강진현으로 유배하여 진정하게 하고 약전은 흑산도로, 나머지도 모두 영남과 호남으로 옮겨서 유배 보내라"라고 하였다.

이 무렵 윤영희[151]가 나의 생사를 알아보러 대사간 박장설의 집을 방문하여 재판이 되어가는 형편을 물었는데, 마침 그때 홍희운이 도착하기에 윤영희가 골방으로 피해 들어갔다. 홍희운이 말에서 내려 집으로 들어서며 발끈 성을 내어 말하기를 "천 사람을 죽여도 약용을 죽이지 않으면 아무도 죽이지 않은 것과 같소. 공은 왜 힘껏 다투지 않습니까?"라고 하니 박장설이 "그자가 스스로 죽지 않는데 내가 어떻게 죽일 수가 있나"라고 답했다고 한다. 홍희운이 가버리자 박장설이 윤영희에게 말하기를 "답답한 사람 같으니라고. 죽일 수 없는 사람을 음모해서 죽이려고 재차 큰 옥사를 일으켜놓고는 또 나보고 다투지 않는다고 책망하는구려"라고 하더란다.

내가 강진에 도착하여 문을 닫고 아무도 만나지 않고 있었는데 임술년(41세, 1802) 여름에 강진현감 이안묵[152]이 하찮은 일로 또 무고를 하였으나 사실이 없어서 끝나버렸다. 계해년(42세, 1803) 겨울에 태비가 특명으로 나와 채홍원을 함께 석방하라고 했지만 정승 서용보가 가로막았다. 무진년(47세, 1808) 봄에는 다산[153]으로 이사를 했다. 그곳에다 대臺를

---

151 윤영희(尹永僖): 영조 37(1761)~? 자는 외심(畏心), 항진(恒鎭)의 아들. 1786년 별시 문과에 병과로 급제한 다산의 친구이다. 제4부 「윤면채뇌(尹冕采誄)」 참조.

152 이안묵(李安黙): 영조 32(1756)~? 자는 후오(厚五), 방수(邦壽)의 아들로 1790년 증 광문과에 병과로 급제. 신유옥사 재판 때의 기록관. 그후 강진현감을 지내고 죄를 얻어 죽었다.

쌓고 연못을 파서 줄을 맞춰 꽃과 나무를 심고 물을 끌어다 비류폭포를 만들었다. 동암東菴과 서암西菴 두 초막을 짓고 천여권의 장서를 두고 저술을 하면서 스스로 재미를 느끼고 살았다. 다산은 만덕사萬德寺 서쪽에 있었는데 처사處士 윤단[154]의 산정山亭이었다. 바위로 된 절벽에 '정석丁 石' 두 글자를 새겨 표지로 삼았다.

경오년(49세, 1810) 가을에 나의 아들 학연學淵이 바라를 두들겨 억울함을 하소연했기에 형조판서 김계락[155]이 그 사실을 올려바치자 석방하여 고향으로 돌아가게 하라는 명령이 났으나 홍명주[156]가 상소하여 불가하다고 논했으며, 이기경이 급히 대계臺啓를 올려 석방되지 못하고 말았다.

갑술년(53세, 1814) 여름에 사헌부 장령司憲府掌令 조장한[157]이 정계停啓를 하고 의금부에서 해배 명령서를 보내려 하는 때에 강준흠[158]이 상소하여 독살스러운 소리를 해놓으니 판의금判義禁 이집두[159]가 두려워서

---

153 다산(茶山): 지금의 전남 강진군 도암면 만덕리 귤동 부락 뒷산 이름. 이때부터 그의 호를 다산이라 부르기 시작했다.

154 윤단(尹慱): 영조 20~순조 21(1744~1821). 해남윤씨로 호는 귤림처사(橘林處士). 다산 외가와 같은 씨족이다. 다산이 머문 그의 산정이 다산초당(茶山草堂)이다. 한편 그의 이름을 원문에서 '박(博)'이라 한 것은 오식(誤植)이다. 『해남윤씨족보』에서 확인할 수 있고 후손들의 이야기로도 오식임이 분명하다.

155 김계락(金啓洛): 영조 29~순조 15(1753~1815). 자는 경순(景淳), 시호는 문정(文靖). 형조·예조판서를 거쳐 대사헌 등을 역임했다. 변려문을 잘 지었고 경사백가(經史百家)에 통달했다.

156 홍명주(洪命周): 영조 46(1770)~? 자는 자천(自天), 시호는 정간(靖簡), 벼슬은 병조판서에 이르렀다.

157 조장한(趙章漢): 영조 19(1743)~? 자는 유문(幼文), 본관은 양주(楊州), 세술(世述)의 아들. 1771년 식년전시(式年殿試)에 급제, 예조좌랑, 장령 등을 역임했다.

158 강준흠(姜浚欽): 영조 44(1768)~? 자는 백원(百源), 호는 삼명(三溟), 세정(世靖)의 아들. 1794년 정시문과로 급제, 1817년 사헌(司諫)을 지냈다. 금석문(金石文)을 많이 썼다.

159 이집두(李集斗): 영조 20~순조 20(1744~1820). 자는 중휘(仲輝), 호는 파서(琶西). 벼슬은 예조판서 등을 지냈고 기로소에 들어갔으며 글씨를 잘 써서 정조가 지은 「만

감히 해배 공문을 보내지 못하고 있었다.

무인년(57세, 1818) 여름 응교應敎 이태순[160]이 상소하여 "정계가 되었는데도 의금부에서 석방 공문을 보내지 않는 것은 국조國朝 이래 아직까지 없던 일입니다. 여기서 파생할 폐단이 얼마나 많을지 알 수 없는 일입니다"라고 하였다. 정승 남공철[161]이 의금부의 여러 신하들을 꾸짖으니 판의금 김희순[162]이 마침내 공문을 보내어 내가 고향으로 풀려 돌아오니, 가경嘉慶 무인년(순조 18, 1818) 9월 보름날이었다.

처음 신유년(1801) 봄에 옥중에 있을 때 하루는 근심하고 걱정하다 잠이 든 꿈결에 어떤 노인이 꾸짖기를 "소무[163]는 19년도 참고 견디었는데 지금 그대는 19일의 괴로움도 참지 못한다는 말인가"라고 하였다. 옥에서 나오던 때에 당하여 헤아려보니 옥에 있던 것이 꼭 19일이었다.[164] 유배지에서 고향으로 돌아옴에 당하여 헤아려보니 경신년(1800) 벼슬길에서 물러나던 때로부터 또 19년이 되었다. 인생의 화와 복이 정말로 운명에 정해져 있지 않다고 누가 말하겠는가.

천명월주인옹(萬川明月主人翁)」의 자서(自序)를 해서와 전서로 첩(帖)을 써 바치기도 했다.

160 이태순(李泰淳): 영조 35~헌종 6(1759~1840). 자는 내경(來卿). 순조 1년(1801) 전시에 병과로 급제. 다산의 해배를 위해 상소한 사람. 경북 안동 출신으로 퇴계 이황의 후손이다.

161 남공철(南公轍): 영조 36~헌종 6(1760~1840). 자는 원평(元平), 호는 사영(思穎)·금릉(金陵). 1808년 이조판서 등을 역임하고 영의정에 이르렀으며 시호는 문헌(文獻). 문장과 글씨에 뛰어났다. 저서로『금릉집(金陵集)』『고려명신전(高麗名臣傳)』등이 있다.

162 김희순(金羲淳): 영조 33~순조 21(1757~1821). 자는 태초(太初), 호는 산목(山木), 시호는 문간(文簡). 벼슬은 형조판서 및 판의금부사(判義禁府事)를 지냈다.

163 소무(蘇武): 중국 한나라의 충신. 19년 동안 흉노족에 붙잡혀 억류되어 있으면서도 한나라 신하의 절개를 굽히지 않고 지내다 풀려서 돌아왔다. 벼슬이 중랑(中郞)이어서 소중랑(蘇中郞)이라고도 한다.

164 1801년 2월 9일 입옥(入獄)하여 27일 야밤에 출옥했다.

고향 집에 돌아와 보니 서용보가 마침 벼슬길에서 물러나 서쪽 이웃 마을에 살고 있었다. 사람을 보내어 대단히 관곡欵曲한 위로의 말을 전해왔다.

기묘년(58세, 1819) 봄에 서용보가 다시 정승으로 들어갔는데 오고갈 때마다 은근하게 위로의 문안을 해주었다. 그러나 그해 겨울에 조정의 의논이 경전經田(토지 측량사업)에 다시 나를 쓰기로 결정이 났으나 서용보가 극력 저지하여 끝나버렸다. 이해 봄에 배를 타고 남한강(濕水)을 거슬러올라가 충주忠州에 있는 선산에 성묘하였다. 가을에 용문산龍門山에 유람갔다.

경진년(59세, 1820) 봄에 배를 타고 북한강(汕水)을 거슬러올라가 춘천과 청평산淸平山 등지를 유람했다. 가을에는 다시 용문산에 가서 유람하는 등 산과 시냇가를 산보하면서 인생을 마치기로 했다.

나는 해변가로 귀양을 갔을 때 '내가 어려서 학문에 뜻을 두었지만 어언 20년간 세로世路에 빠져 다시 선왕의 대도大道를 알지 못했다가 이제 여유가 생겼구나' 하는 생각이 들어 마침내 흔연히 스스로 기뻐하여 육경六經과 사서四書를 취해 깊이 연구하였다. 한漢나라, 위魏나라 이래 명明, 청淸에 이르기까지의 유학사상으로 경전經典에 도움이 될 만한 학설을 광범위하게 수집하고 넓게 고찰하여 잘못된 것과 그릇된 것을 확정하고 그런 것 중에서 취사선택하여 내 나름의 학설을 마련해 밝혀놓았다.

선왕(정조)의 비평을 받았던『모시강의毛詩講義』12권으로부터 시작해 별도로『모시강의보毛詩講義補』3권을 저술해놓고,『매씨상서평梅氏尚書平』9권,『상서고훈尚書古訓』6권,『상서지원록尚書知遠錄』7권,『상례사전喪禮四箋』50권,『상례외편喪禮外編』12권,『사례가식四禮家式』9권,『악서

고존樂書孤存』12권, 『주역심전周易心箋』24권, 『역학서언易學緒言』12권, 『춘추고징春秋考徵』12권, 『논어고금주論語古今注』40권, 『맹자요의孟子要義』9권, 『중용자잠中庸自箴』3권, 『중용강의보中庸講義補』6권, 『대학공의大學公議』3권, 『희정당대학강록熙政堂大學講錄』1권, 『소학보전小學補箋』1권, 『심경밀험心經密驗』1권을 저술했으니 이상 경집經集 232권이었다.

『시경詩經』에 대한 학설로 시詩란 간림諫林이다.[165] 순舜의 시대에 "오성육률五聲六律로써 오언五言을 받아들인다"라고 했을 때 오언이란 육시六詩 중에서 다섯을 말한다. 풍風·부賦·비比·흥興과 아雅가 그 다섯이며 단지 송頌만을 세지 않은 것이다. 고몽[166]이 아침저녁으로 풍자하는 노래를 부르면 가수들이 따라서 합창하며 거문고나 비파를 타면서 임금으로 하여금 착한 것은 들어서 감발하게 하고 악한 것은 듣고서 잘못을 뉘우치게 하니 시의 포폄褒貶은 『춘추春秋』보다 더 무서워 임금들이 두려워하기 때문에 "시가 없어지고 나서 춘추를 만들었다"라고 했다. 풍風·부賦·비比·흥興은 풍자한다는 말이고 소아小雅·대아大雅란 정언正言으로 간한다는 말이다.

『서경書經』에 대한 학설로 매색[167]이 전한 25편은 가짜이다. 『사기史記』「양한서兩漢書」 및 「진수서晉隋書」에 있는 유림전이나 경적지經籍志를 고찰해보면 그게 가짜임이 분명하니 『서경』에서 그 부분을 없애지 않으면 안된다. 선기옥형璿璣玉衡이란 하늘의 모형을 딴 의기儀器(혼천의)를 뜻하는 것이 아니며, 우공禹貢의 삼저적三底績은 아홉해 동안에 세번 고

---

165 간림(諫林)은 풍자하고 간하는 시의 모음이다. 즉 시는 풍자하고 간하는 것이 본령이라는 뜻이다.
166 고몽(瞽矇): 벼슬 이름으로 노래 부르는 일을 담당하였다. 주로 소경들이 맡았다.
167 매색(梅賾): 중국 진나라 서평인(西平人)으로 한나라 공안국(孔安國)에 이어 『고문상서(古文尙書)』를 전했다.

적考績한다 함이고 홍범구주洪範九疇는 정전井田의 모형이기 때문에 2와 8이 서로 대응하고 4와 6이 서로 이어지는 것이다.[168]

『예경禮經』에 대한 학설로 정현鄭玄의 주註는 전해 물려받은 착오가 없지 않은데 선유先儒가 성경聖經처럼 떠받든 것은 잘못이다.

「상의유광喪儀有匡」에서 질병이란 목숨이 이에 끊어짐을 말함이다. 남녀 개복男女改服이란 순수한 흰색으로 갈아입는 것이다. 천자나 제후의 상喪에는 먼저 성복成服하고 뒤에 대렴大斂한다. 천자·제후·대부大夫·사士는 삼우三虞로 졸곡제卒哭祭를 지내는 것이지 졸곡제란 따로 지내는 제사가 아니다. 부祔란 신도神道가 떨어져 있는 것을 합한다 함이지 신주에 곁붙이는 것도 아니고 묘廟에다 곁붙인다는 것도 아니다. 길제吉祭란 사계절에 정해진 제사이지 소목召穆을 가리는 일이 아니다.

「상구유정喪具有訂」에서 모冒란 이불 같은 것이요 자루[橐]로 하는 것이 아니다. 악수握手란 양우兩緱가 아니며 가운데를 모양만 두개로 한다. 이미 머리를 가렸으니 복건幅巾은 폐하는 것이 마땅하며, 옷깃 끝[袘]을 수직으로 하는 것은 옳지 않고 마땅히 횡橫으로 해야 한다. 심의深衣의 폭은 열두폭이고 앞에 세폭 뒤에 네폭임은 다른 치마도 같으며, 다음의 세폭은 앞자락에다 다시 겹치고 두폭은 겨드랑이에 접어넣는다. 구변鉤邊이란 옆에다 접어넣는다 함이다. 마침내 장인匠人이 납거納車한다 할 때 널柩을 싣는 신거蜃車라는 것은 신탄蜃炭의 거車를 말하는 것이지 네

---

168 이에 대해 정인보가 "기형(璣衡)을 가리켜 혼천의라 하던 구설(舊說)을 깨뜨리고 홍범구도(洪範九圖)를 전제(田制)라고 하여 기다위서(幾多緯書)의 집중처(集中處)이던 본지(本地)를 세척(洗滌)하였다"라고 한 것을 보면 이러한 『서경』 해석이야말로 중세의 신비주의와 참의설(讖緯說)을 뒤엎고 근대적 사상의 실마리를 마련했다는 것을 알 수 있다. 2와 8, 4와 6은 모두 '홍범도'의 숫자인데, '홍범도'는 『서경』의 홍범(洪範)을 도식화한 표이다.

바퀴로 땅에 굴리는 것을 만드는 게 아니다.

「상복유상喪服有商」에서 수질首絰의 맺는 곳은 당연히 목[項]의 뒷부분이고 만약에 맺음이 좌우에 있으면 좌측으로 본本을 한 것은 좌측의 끝을 겸하게 하고 우측을 본으로 한 것은 우측 끝에 겸하게 해야 한다. 요질要絰에 칡을 넣는 것은 삼규三糾로 꼬아야지 삼중三重으로 하면 예가 아니다. 상관喪冠에 갓끈이 있다 했을 때 베布로 사용해야지 노끈으로 갓끈을 만듦은 예가 아니다. 오복[169]의 최衰는 모두 제복祭服의 모형인데, 최란 가슴에 붙이는 것이며 적適이란 구부린 옷깃[曲領]이고 부負란 뒤에 다는 끈이다. 벽령辟領을 조각하는 것은 법식이 아니다. 경복輕服에서 최와 적과 부를 제거하는 것은 예가 아니다. 대하척帶下尺은 횡란橫襴으로 만들어서는 안 되고 임衽 바로 곁에 연미燕尾로 만들어서도 안 된다. 소렴小斂에 질絰을 두르는 것은 조복弔服의 칡으로 만든 질이다. 천자天子가 국군國君 이하를 조문할 때에는 질을 두르고 하기 때문에 군君·대부·사가 모두 한가지라고 한다. 소렴 때 곧바로 규질繆絰을 착용한다 함은 질이 두가지라는 것은 아니다.

「상기유별喪期有別」에서는 기년期年의 복을 입는 상에서는 11월이 지나 연[170]을 하는데 조부모, 백숙부모伯叔父母, 형제간, 형제의 아들에게도 마땅히 연을 해야 한다. 연을 못하는 것은 아버지가 계시고 어머니를 위한 복을 하는 경우로, 연을 하면 그 복이 도리어 가벼워지기 때문이다. 남에게 양자 가서 아들이 된 사람은 자기의 조부모·백숙부모는 대공大功으로 내려입지 않고, 내려입는 경우는 형제 이하부터라 함은 마

---

169 오복(五服): 다섯 등급의 상복(喪服). 참최(斬衰) 3년·재최(齊衰) 1년·대공(大功) 9개월·소공(小功) 5개월·시마(緦痲) 3개월.

170 연(練): 소상(小祥)이 지나 옷감을 삶아서 만든 옷.

융馬融[171]의 가르침이다. 남의 양자가 된 사람으로는 아우가 형을 위해서, 손자가 할아버지를 위해서 뒤〔後〕가 되기 때문에 칭호를 바꾸지 않으나 부모의 뒤를 잇는 경우는 부모로 바뀌는 것이다. 조부모의 승중[172]은 아버지가 돌아가셨을 때 소렴 때 선두에 있던 사람〔長子〕은 승중할 수 있으나 소렴 때 뒤에 섰던 경우〔次子〕는 승중할 수 없다. 아버지가 돌아가시고 할아버지는 계시는데 할머니가 돌아가셨을 때에는 승중하지 못한다. 첩의 아들의 아들은 그 첩인 할머니의 승중을 하지 못한다. 천자나 제후의 상에는 모후母后도 또한 참최斬衰를 하고 촌수가 먼 사람도 모두 참최를 하는데 가까운 처지에는 당연히 먼저 참최를 해야 한다.[173]

「제례유정祭禮有定」에서는 제후의 나라 대부의 제사에는 삼세三世를 넘어서는 안된다. 태조의 신주는 옮기지 않으며 또한 다른 묘로 옮기지도 않는다. 지자支子가 최장방[174]으로 넘어온 신주에 제사지내지 않음은 예가 아니다. 대부는 일년에 두번 제사지낼 뿐이지 사계절에 다 지내지 않는다. 합호闔戶란 상염[175]의 예다. 이미 유식侑食을 하고 삼헌三獻하는 것은 합호에서는 옳지 않다. 태뢰·소뢰·특생·특돈[176]은 그 제기와 제기의 크고 작음, 국그릇의 가짓수가 각각 정해져 있다는 것이다. 그 의미는 삼례[177]와 『춘추』에 여기저기 보이니 군·대부·사는 각각 등급이 있

171 마융(馬融): 중국 후한(後漢)의 학자. 많은 고전에 주석을 가해 훈고학(訓詁學)을 시작한 사람으로 알려져 있다.
172 승중(承重): 아버지가 안 계셔서 손자가 할아버지를 바로 잇는 것.
173 이 부분의 논리로 효종(孝宗) 당시 서인과 남인의 예론 싸움에서 남인이 옳다는 주장이 나오게 된다.
174 최장방(最長房): 4대 이내의 자손 중 행렬(行列)이 가장 높은 연장자.
175 상염(殤厭): 어려서 죽은 사람의 제사.
176 태뢰(太牢)·소뢰(小牢)·특생(特牲)·특돈(特豚): 태뢰는 제사에 소·양·돼지의 세 희생을 모두 갖추는 예이고, 소뢰는 양과 돼지만 갖추는 예다. 특생은 소 한 마리, 특돈은 돼지 한 마리다.

으며 마음대로 증감해서는 안 된다. 또 술잔과 국그릇은 기수奇數로 사용하며 큰 제기와 일반 제기는 우수偶數로 사용하는 것이니 이를 어지럽혀서도 안 된다.

『악樂』에 대한 연구에서 오성과 육률[178]은 절대로 한가지가 아니다. 육률이란 악기를 제작하는 것으로 음악가의 선천先天이다. 오성이란 곡조를 분별하는 음악가의 후천後天이다. 추연[179]·여불위[180]·유안[181] 등의 학설인 취율정성吹律定聲[182]의 사악한 학설을 변척辨斥하고 삼분손익三分損益[183]·취처생자娶妻生子[184]의 학설이나 괘기월기卦氣月氣[185]·정반변반正

---

177 삼례(三禮): 『의례(儀禮)』·『주례(周禮)』·『예기(禮記)』.

178 오성(五聲)과 육률(六律): 오성은 궁상각치우(宮·商·角·徵·羽)의 다섯가지 음률. 육률은 12율 가운데 양(陽)의 소리에 속하는 여섯 음 황종(黃鐘)·태주(太簇)·고선(姑洗)·유빈(蕤賓)·이칙(夷則)·무역(無射)을 말한다.

179 추연(鄒衍): 추(騶)라고도 한다. 중국 전국시대 제(齊)나라 임치(臨淄) 사람. 성쇠(盛衰)를 논하는 학술연구로 참위(讖緯) 사상의 원조가 되었다.

180 여불위(呂不韋): 진나라 양책인(陽翟人). 장사로 거부가 되었고 승상으로 발탁되어 문신후(文信侯)에 봉작. 『여씨춘추(呂氏春秋)』를 편찬했다.

181 유안(劉安): 한나라 고제(高帝)의 손(孫)으로 회남왕(淮南王)에 봉해졌다. 문장에 뛰어나고 신선(神仙)·황백(黃白)의 사상을 즐겼다. 『회남자(淮南子)』를 저술했다.

182 취율정성은 율관을 불어 음을 정한다는 음율이론. 『여씨춘추(呂氏春秋)』 중하기(仲夏紀) 고악(古樂)에 의하면, 고대 황제(黃帝) 때 악관(樂官) 영륜(伶倫)에게 성률(聲律)을 제정하라고 명하자 영륜이 대나무로 12개의 율관을 만들어 불어서 그중에 수컷의 울음인 웅명(雄鳴) 6개, 암컷의 울음인 자명(雌鳴) 6개의 음을 제정하였으니, 이것이 6률(六律)·6려(六呂), 즉 12율(十二律)이다.

183 삼분손익은 12율려의 기본인 황종(黃鐘) 율관의 길이 9촌을 기준 삼아 한번은 삼분손익(율관의 2/3만으로 소리를 내는 것)하고, 한번은 삼분손일(율관의 길이를 늘려 3/4로 만들어 소리를 내는 것)하는 방법을 차례로 반복하여 12율려를 산출하는 법칙.

184 취처생자는 양(陽)인 율(律)이 음(陰)인 여(呂)와 교합하여 아들을 낳는다는 음률 산출이론이다.

185 괘기월기는 1년 12월을 『역경(易經)』의 괘(卦)에 배합한 음률이론이다. 정월은 태(泰), 2월은 대장(大壯), 3월은 쾌(夬), 4월은 건(乾), 5월은 구(姤), 6월은 둔(遯), 7월은 비(否), 8월은 관(觀), 9월은 박(剝), 10월은 곤(坤), 11월은 복(復), 12월은 임(臨) 등으

半變半[186]의 학설은 하나도 인용하지 않았다. 육률을 삼등분하여 1분分을 빼내 육려를 낳는 것은[187] 영주구[188]의 대균세균大均細均[189]·삼기육평三紀六平[190]의 옛법을 따랐다.

『역경易經』에 관한 학설로 역에는 삼오三奧가 있다. 하나는 추이推移요, 둘은 효변爻變이요, 셋은 호체互體다. 12벽괘十二辟卦는 4시四時를 형상하였고 중부中孚와 소과小過는 양윤兩閏을 형상하며 여기서 추이推移하여 50연괘五十衍卦를 만들어내는데 그걸 추이라고 한다. 건초구乾初九는 건乾의 후姤다. 손巽은 입복入伏이기 때문에 잠룡潛龍이라 한다. 건구사乾九四란 건乾의 소축小畜이다. 손巽이 고股가 되는 것은 아래로부터 위로 올라가기 때문에 혹약或躍이라 한다. 곤초육坤初六은 곤坤의 복復이다. 일음一陰이 비로소 합해져 장차 순건純乾이 되고 건乾이 빙氷이 되기 때문에 이상견빙지履霜堅氷至가 되니 이를 효변이라 한다. 태泰의 양호兩互는 곧 귀매歸妹가 되고 사효四爻의 움직임이 또 임괘臨卦를 이루기 때문에 펄펄 날아도 모두 실재를 잃지 않는다. 비否의 양호兩互는 곧 점괘漸卦가 되고 오효五爻의 움직임이 또 중간重艮을 이루기 때문에 기망기망其亡其亡이 상桑에 걸렸다 한다. 온갖 물건이 찬덕撰德함은 모두 호상互象에서 취하는데 이것을 호체互體라 한다. 삼오三奧가 갖추어져 물상物象이

로 12율려를 배속한다.

186 정반변반은 12율려와 7음을 배합한 악조이론이다. 송나라 채원정의 『율려신서』 60조에 12율려 이름 아래 정(正)·반(半)·변(變)·변반(變半)을 표시해놓았다.

187 '육률을 (…) 낳는 것은'은 다산이 요순시대의 음률 산출이론으로 제시한 삼기육평에 의한 12율려 산출인데, 아마도 흑산도에서 귀양 살던 손암 정약전이 다산의 음률 산출이론을 수정해준 일을 염두에 두고 정리한 내용 같다.

188 영주구(伶州鳩): 춘추시대의 이름난 음악가.

189 대균세균은 고대 악조이론. 여기서 균(均)이란 조(調)이다.

190 삼기육평은 고대 중국의 음률 산출이론을 부정하고 다산이 창안한 요순시대의 음률 산출이론이다. 먼저 3으로 기율(紀律)을 삼고, 6으로 고르게〔平呂〕 하는 것이다.

묘합妙合하고 삼오가 갖추어져 오르고 내리며 가고 오며 줄어지고 커나가며 생겨나고 없어지게 되고 만가지로 움직여지는데 성인聖人이 그러한 모습을 글에 나타내놓은 것이 역易이다. 8괘를 8로 곱하여 64괘가 된다 함은 변화를 모른 채 막혀 있는 이론이다.

시괘蓍卦의 수를 삼천양지參天兩地라 하고 일천이지一天二地라 하면 소양칠少陽七이다. 일지이천一地二天은 소음팔少陰八이다. 삼천三天은 노양구老陽九가 되고 삼지三地는 노음육老陰六이다. 노老는 변하지 않을 수 없기 때문에 구륙九六을 효爻라 하며 육획六畫은 효가 아니고 육획의 움직임이 효가 되는 것이다. 반대反對라는 것은 역易의 차례다. 그 반대가 없으면 또 도체倒體를 취하기 때문에 대과전大過顚이라 한다. 전이顚頤란 길吉이다. 감坎의 육삼六三이 손입巽入이 되고 이離의 초구初九가 진도震倒가 된다. 역易에는 역수逆數가 있고 본래 순수順數는 없다. 선천先天의 괘위치는 이치로 보아 주자朱子가 왕자합王子合에게 답한 글 중에서 나타낸 것과는 합치하지 않는다.

『춘추』에 관한 학설로 제후諸侯들이 왕정王正을 받드는 것은 예이다. 비록 주周나라가 쇠약해졌다 해도 마땅히 왕정을 내걸었다. 또 그 당시에 열국列國에서 하정夏正을 참작하여 썼으므로 여름은 온溫의 보리에서 취한 것이고 가을은 주나라의 벼에서 취한 것이다.[191] 반드시 왕정월王正月이라고 써서 그 자월子月이 됨을 밝혀둔 것이다. 한 글자로 칭찬함을 더러 선善과 같다고 하나 용례는 다르고, 한 글자로 깎아내림을 악惡과 다르다고 하나 용례에는 모두 같은 것이다. 하오夏五 같은 것은 역사책에 빠진 것으로 여겨 선유先儒처럼 잘못 해석할 필요는 없다. 좌씨가 지

---

191 왕정(王正)은 주왕(周王)의 정월(正月)이며, 하정(夏正)은 하왕(夏王)의 정월이다.

은 글(『좌전左傳』)은 『춘추』의 전傳이 아니다. 그러한 경전을 해석해놓은 한유漢儒들이 없애고 더해놓음과 같지 않다고 하여 공씨나 곡씨[192] 것까지 없애버려서는 안 된다. 교제[193]는 상제上帝를 제사하는 것이니, 오방五方의 상제를 제사하는 것은 한나라 유자들이 진秦나라 사람들의 잘못을 답습한 것이다. 체禘란 오제[194]에 대한 제사인데 『주례』에는 체禘라는 말이 없다. 오제에 제사지내는 것이 체다. 그렇기 때문에 사보射父를 보면 자주 체교禘郊의 일을 쭉 이어서 말해놓은 것이다. 동짓날 원구圜丘에서 제사를 지내는 것은 별도의 회례會禮이며 교천郊天의 제사는 아니다. 춘추시대에 상기喪期가 불변不變하다 함은 두예[195]가 양암[196]의 뜻을 세우면서 춘추시대 단상短喪의 잘못됨을 꾸며놓은 것인데 따를 수 없는 이론이다.

『논어論語』에 대한 학설은 새로운 주장이 더욱 많다. 효제孝弟란 바로 인仁이다. 인이란 총괄해서 하는 말이고 효제란 나누어서 하는 말이다. 인은 효제에서 시작되기 때문에 효제는 인의 근본이라고 했다. 북신北辰이 제자리를 잡았다는 것은 남극南極으로 마주 서게 한 것으로, 임금이 마음을 바르게 갖는 형상을 말함이다. 임금의 마음이 바르게 되면 백관百官과 만민萬民이 더불어 운화運化하니 그래서 "모든 별들이 함께 돈다

---

192 공씨(公氏)나 곡씨(穀氏): 『춘추』는 좌구명(左丘明)이 편찬한 좌전(左傳), 공양고(公羊高)가 전(傳)한 공양전(公羊傳), 곡량적(穀梁赤)이 전한 곡량전(穀梁傳)의 셋이 있는데 좌전과 공양전 및 곡량전을 함께 취급해서는 안 된다는 의미.

193 교제(郊祭): 옛날 임금이 동지에는 남쪽 교외에, 하지에는 북쪽에 나가 하늘과 땅에 지낸 제사. 교사(郊祀), 교사(郊社)라고도 한다.

194 오제(五帝): 옛날 중국의 전설상의 다섯 황제. 여기서는 하늘에 있으면서 서방 및 중앙을 주재한다는 오신(五神) 창제(蒼帝, 동방) · 적제(赤帝, 남방) · 황제(黃帝, 중앙) · 백제(白帝, 서방) · 흑제(黑帝, 북방)를 말한다.

195 두예(杜豫): 중국 진나라 때의 춘추 연구자.

196 양암(諒闇): 천자가 상중에 있을 때 거처하던 여(廬).

衆星共之"라고 했다. 공共을 향向이라 함은 무의미한 말이다.

"붉고 뿔이 난 것"이란 소(牛)의 천품賤品이다. 소는 검푸른 색이어야 값이 나가고 갓 낳은 송아지라야 귀하게 여기고 뿔이 네치(四寸) 정도 되어야 귀하게 여긴다. 붉은색에 뿔까지 나 있다면 산천山川의 제祭로 쓸 수밖에 딴 도리가 없다. 중궁仲弓의 현명함이 백우伯牛보다 못했으나 폄하하면서도 그 존재를 인정한 것이다.

곡삭[197]에는 세가지가 있는데 하나는 곡삭告朔이요 둘은 제삭祭朔이며 셋은 시삭視朔이다. 네번 시삭을 하지 못했다고 했지만 제는 일찍이 빠뜨린 적이 없었다. 네번 시삭을 하지 못했다는 것으로 모함을 해서 백년 동안 시삭을 하지 않았다고 한다면 이치에 맞지 않는다. 묘에 제물로 바치는 짐승(牲)은 희犧라고 부르지 않으니 희란 곧 빈희賓犧다. 주나라 왕실이 쇠미해져서 제후의 나라에 곡삭을 반포하는 왕의 사신이 오지 않으니 자공子貢이 그를 대접하고자 마련한 양을 버리려 했다.

동주東周란 동로東魯의 은어隱語다. 공산불요[198]가 계씨季氏를 배반하고 공실公室을 떠받들려 했기 때문에 공자가 공실을 옮겨 비읍費邑을 근거지로 동로東魯로 하려 했으니 동주와 같은 것이다.

승당升堂이란 당상堂上의 음악이니 아雅와 송頌이 바로 그것이다. 입실入室이란 방중房中의 음악이니 이남二南이 그것이다. 자로子路의 비파(瑟)는 아와 송은 되어도 이남은 되지 못하기 때문에 공자가 깨우쳐준 것이다.[199] 공자가 남자[200]를 만나서 태자 괴외蒯聵를 불러다 등용토록 권한

---

197 곡삭(告朔): 천자가 제후에게 초하룻날 책력을 발표하는 일. 또는 제후들이 초하루에 책력을 발표하는 일이기도 하다.

198 공산불요(公山弗擾): 춘추시대 계씨의 재상. 계씨에게 반란을 일으키고 공씨 집안을 일으키려 했다.

199 승당은 대청에 올라 노래하는 아와 송을 말하고, 입실이란 방 안에 들어가 노래하

것은 어머니와 아들의 은정을 오롯이 하고자 함이었다. 그렇기 때문에 "내가 하지 못하게 했다면 하늘이 싫어했을 것이다"라고 한 것이다. 대부大夫가 소군小君을 만나보는 것은 당시에 으레 있었던 예禮이다.

상지上智와 하우下愚는 성품을 구별하는 이름이 아니다. 선을 지키려는 사람은 악한 사람과 아무리 어울려도 습성이 옮겨지지 않기 때문에 상지라고 하는 것이며, 악한 일에 안주하는 사람은 아무리 선한 사람과 어울려도 습성이 옮겨지지 않기 때문에 하우라고 하는 것이다. 만약에 사람의 성품에 본래부터 바꿀 수 없는 품성이 있다면 주공周公이 "아무리 옳은 성인(聖)이라도 후회할 줄을 모르면 광인(狂)이 되고 어떠한 광인이라도 능히 반성할 줄만 알면 성인이 된다"라고 한 것은 성품에 대해 알지 못하고 한 말이 될 것이다.[201]

영무자[202]가 처음에 위성공衛成公을 좇아서 온몸이 젖고 진흙탕에 발이 빠지는 험난함을 두루 겪었는데 이는 자기 몸을 잊고 순국하려던 우충愚忠이었다. 성공이 본국으로 돌아오기에 이르러 공달[203]이 독재를 하자 그 권세를 피하여 가버렸는데 이는 몸을 편안히 해서 집안을 보호하

는 주남(周南), 소남(召南)의 음악이다. 아와 송의 음악은 이남의 음악보다 격이 낮은데, 자로의 비파가 훌륭하지 않아서 공자가 자로에게 그것을 일깨워주었다는 이야기이다.

200 남자(南子): 춘추시대 위령공(衛靈公)의 부인 송녀(宋女). 위령공의 본부인이 낳은 큰아들 괴외와 사이가 좋지 않았다.

201 이 문단에서 지키다(守)와 안주하다(安)의 해석은 다산 행동철학의 명쾌한 논리이며 사회변혁의 가능성을 예시한 진보성이기도 하다. 신분이 높은 사람은 지혜롭고 낮은 사람은 어리석다는 한유(韓愈) 이래 성삼품설(性三品說)의 결정론적·운명론적 지배논리의 봉건성을 완전히 타파한 부분이다.

202 영무자(甯武子): 중국 춘추시대 위(衛)나라의 대부. 이름은 영유(甯兪), 시호는 무(武), 위에서 벼슬하였다.

203 공달(孔達): 당시의 독재자로 후에 목매달려 죽었다.

려던 지혜였다. 몸을 편안히 하는 지혜야 따를 수도 있지만, 순국의 우직함은 따르기 힘들다. 그런데 오늘날 도회韜晦함이 우직한 것이라고 한다면 임금과 함께 어려운 시대를 구제할 사람은 없어지고 만다.[204]

『맹자孟子』에 대한 학설로 천자의 신하가 천승千乘을 차지한다고 하면 삼공육경三公六卿이 각각 천승을 차지하여 나머지는 천승뿐이다. 천자와 구신九臣이 각각 천승을 가지면 십경十卿이 녹祿을 받지 못한다. 소재小宰나 소사도小司徒 이하의 관리들은 한치의 녹도 혜택받지 못하게 되어버릴 것이다. 만승萬乘이란 진晉이나 제齊와 같은 나라며, 한韓·위魏·조趙와 전田씨 등은 천승의 집으로 임금을 죽이고 차지한 것이다. 맹자는 확실히 연燕·제齊를 가리켜 만승이라고 했던 것이다. 사람을 죽이기를 즐기지 않는다〔不嗜殺人〕는 것은 곧 사람을 죽이지 않는 정치를 한다는 말로 흉년에 구휼하는 것 등을 말하는 것이지, 한고조韓高祖나 송태조宋太祖가 사람 죽이기를 즐겨하지 않았음을 말하는 것은 아니다. 하후씨夏后氏는 50무畝이고 은인殷人은 70무라 함은 참塹을 막고 험한 등성이를 평평하게 해서 정전井田으로 바꿔 만든 것은 아니다.

기氣란 의義와 도道에 짝하는 것으로 의와 도가 없다면 기는 시들어버린다. 이는 여자약[205]과 이이李珥가 가르쳐준 뜻이다.

성性이란 기호嗜好다. 형구形軀의 기호도 있고 영지靈知의 기호도 있는데 똑같이 성이다. 때문에 소고召誥에 '절성節性'이란 말이 있고 왕제王制에는 '절민성節民性'이라 했으며, 맹자도 '동심인성動心忍性'이란 말을 썼

---

204 이 부분에서도 중세 유자(儒者)들의 잘못 인식된 은둔사상을 공격하고 경(經)의 본래 뜻을 찾아낸 것으로 보인다.

205 여자약(呂子約): 송나라 학자. 이름은 조검(祖儉), 자는 자약(子約). 주자(朱子)와 많은 학술토론을 했다.

고, 또 이목구체耳目口體의 기호가 성이라 했으니 이들은 형구의 기호다. 천명天命의 성, 성과 천도天道, 성선性善·진성盡性의 성은 영지의 기호다.

본연의 성(本然之性)은 원래 불서佛書에서 나온 것으로 우리 유교의 천명이나 성과는 서로 빙탄氷炭이 되어 함께 말할 수 없는 것이다.[206]

만물이 모두 나의 마음속에 구비되어 있다(萬物皆備於我)함은 힘써서 서恕를 행하고 인仁을 구하라는 계율이다. 사람의 자식이 되고 사람의 아버지, 사람의 형제, 부부나 빈주賓主의 도리라든가 경례經禮의 3백가지, 곡례曲禮의 3천가지 모든 원리가 다 나의 마음속에 구비되어 있으니 자기 몸을 반성하여 참다워지면 극기복례克己復禮이고 천하가 귀인歸仁하는 것이지 만물일체萬物一體니 만법귀일萬法歸一의 의미가 아니다. 맹자는 성을 논할 때 아울러 이목구체에 대해 언급해서 이理만 논하고 기氣를 논하지 않는 폐단이 없었다. 왕망王莽과 조조曹操는 기질이 무릇 청淸했고, 주발周勃과 석분石奮은 기질이 무릇 탁濁했다는 것인가. 선과 악은 힘써 행하느냐 행하지 않느냐에 달려 있지 기질에 달려 있는 것이 아니다.

『중용中庸』에 대한 학설로 순舜이 전악典樂에게 명령하여 주자胄子를 가르치는데, 직直하되 온溫하며 관寬하되 율栗하며 강剛하되 학虐이 없으며 간簡하되 오傲가 없도록 하니 『주례』에 대사악大司樂이 국자國子를 가르칠 때 중화中和와 지용祗庸으로 한 것은 바로 그 유법遺法이었다. 고요皐陶는 구덕九德으로써 사람을 등용하였고 주공周公이 입정立政에서 "구

---

206 이 부분은 성(性)을 이(理)로 해석하여 본연지성(本然之性), 기질지성(氣質之性)을 따져 현묘한 말들을 열거하여 중세 천년을 지탱해온 주자학, 즉 성리학의 밑바탕을 엎어버린 것이다. 공복고심(空腹高心)으로 높여지는 성을 일언지하에 인간 이(耳)·목(目)·구(口)·체(體)의 기호(嗜好)라고 끌어내렸다.

덕의 행실에 침순忱恂하게 가르친다"라고 한 것도 그 유법이다. 홍범洪範에 "고高하고 명明함은 유柔로 극克함이며 침沈하고 잠潛함은 강剛으로 극함이다"라고 한 것은 모두 중화中和의 뜻이다. "진실로 그 중中을 붙잡는다"는 것은 이러한 모든 말들의 대강설大綱說이다. 용庸이란 상구부단常久不斷의 덕이다. "도道란 잠시도 떨어져나가지 않는다"라는 것도 용이다. "일반 백성 가운데 오래 지속할 수 있는 사람은 드물다"라는 것도 용이다. "여러 달 지키지 못한다" 함도 용이다. "중간에 그만두는 자는 나도 어찌하지 못한다" 함도 용이다. "용덕庸德의 행行과 용언庸言의 근謹"이라는 것도 용이다. '지성무식至誠無息' '불식즉구不息則久'도 용이다. "문왕文王의 순역불이純亦不已"도 용이다. "회回는 석달 동안 인에 위반되지 않으며 그밖에 사람은 날과 달로 지속하지 못한다" 함도 용이다. "능히 하루가 다하도록 임금의 교도敎導를 힘쓰지 아니함"도 용이다. 고요가 구덕을 들면서 '창궐유상彰闕有常'이라고 결론을 맺었고 입정立政의 구덕의 계戒에서도 부연하기를 "오직 상덕常德이다"라고 하였다. 역易에서는 "능히 중中에 오래함이다"라고 했다. 이 모두 중용의 뜻이니 중을 지키고 능히 용庸하면 곧 성인일 뿐이다.

부도不睹란 내가 보지 못하는 것이며 불문不聞이란 내가 듣지 못한다는 것이다. 하늘의 일에서 은隱이란 하늘의 체體며 미微란 하늘의 적跡이다. "은해서 아무리 숨겨도 안 보일 리 없고 미해서 아무리 미세해도 나타나지 않음이 없다." 때문에 공구계신恐懼戒愼하게 된다. 하늘이 알지 못한다고 생각하기 때문에 거리낌이 없어진다고 했다. 희로애락喜怒哀樂의 미발未發이란 평상시에 으레 있는 마음상태이고 심지사려心知思慮의 미발이 아니다.[207] 고획함정[208]이란 법 집행자의 처벌이 아니다.

색은索隱이란 이유 없이 벼슬하지 않는 것이고 백이伯夷나 태백泰伯처럼 인륜人倫의 변란을 맞아 그런 것이 아니다. '개이지改而止'란 가柯를 견주어보아 길면 고치고 짧아도 고치고 커도 고치고 작아도 고쳐서 본래의 가와 같게 한 뒤에야 멈춘다는 것이다. 사람의 강서强恕도 이와 같으니 사람으로 하여금 개과改過하도록 하는 것이 아니다. 도심道心과 인심人心은 도경道經에서 나온 이야기이고 유일唯一과 유정唯精은 순자荀子에게서 나온 말이기 때문에 의미를 서로 연결하려고 해서는 안 된다. 도道와 인人의 사이란 그 가운데를 붙잡을 수 없으며 하나인 이후에 정精이니 둘을 붙잡아 운용하는 것이 아니다.[209]

『대학大學』에 대한 학설로 대학이란 주자冑子와 국자國子의 학궁學宮이다. 주자와 국자는 벼슬하여 백성을 다스리는 책임이 있었기 때문에 치평治平의 술術을 가르쳤다. 필부나 서민, 일반 백성의 자식들이 함께 어울리는 게 아니었다. 명덕明德은 효제자孝弟慈이지 사람의 영명靈明이 아니다. 격물格物이란 '물物에는 본말本末이 있다' 할 때의 물을 격格하는 것이다. 치지致知란 먼저 하고 뒤에 할 바를 안다(知) 할 때의 앎에 다다름致함이다.[210] 성誠이란 물의 마지막과 처음(終始)이기 때문에 성의誠意가 나아가 제일 위에 놓인 것이다. 정심正心이란 수신修身이니 몸에 분치忿懥가 있다고 할 때의 몸(身)은 마음(心)으로 바꿀 수 없음을 말한다. 노로老老란 태학에서 양로養老함이다. 장장長長이란 태학에서 세자世子의 나이 순서대로 앉히는 것이다. 휼고恤孤란 태학에서 고아들을 위해서 향

---

207 이로써 주자학의 미발·이발(已發)의 허황한 논변을 일축해버렸다.

208 고획함정(罟擭陷阱): 짐승을 잡는 그물·덫·함정 등 덫의 총칭.

209 '아니다' '안된다'라는 것은 모두 종래의 해석과 다른 해석이라고 이해하면 된다. 모두『중용』본문에 대한 해석이다. 끝부분은 주자의『중용』서문(中庸章句序)에 나오는 "人心唯危 道心唯微 唯精唯一 允執厥中" 부분을 분석한 내용이다.

210 이 부분은 녹암 권철신의 학설을 이어받고 있는데, 녹암의 학설은 백호(白湖) 윤휴(尹鑴)의 학설을 계승하고 있음을 알 수 있다. 제2부「녹암 권철신 묘지명」참조.

연을 베풂이다. 일반 백성의 욕심은 부富와 귀貴다. 군자君子가 조정에 있을 때에는 귀를 바라서이고 소인小人이 들에 있을 때에는 부를 바라기 때문에, 사람 등용하는 일이 공정치 못하고 어진 이를 어진 이로 모시지 않고 친한 사람을 친하게 여기지 않으면 군자는 떠나가고, 재산 모으는 일에 절제가 없어지며 즐거움을 즐거움으로 해주지 않고 이익을 이익으로 해주지 않으면 소인은 반기를 들어 나라가 망하기 때문에『대학』마지막 편에서는 이 두가지를 신신당부하였다.

선왕의 도에 대한 연구를 종합해보면 마음의 허령虛靈은 하늘에서 받은 것이지만 본연本然이니 무시無始니 순선純善이라고 해서는 안 된다. 마음이 생각(思)을 주관하는 것을 "반하여 미발未發 이전의 기상을 살핀다"고 하면 마음을 닦는 일이 되지 못한다. 선할 수도 있고 악할 수도 있는 것은 재才이며, 선하기는 어렵고 악하기는 쉬운 것은 세勢이다. 선을 즐겨하고 악을 부끄러워하는 것이 성性이니 이 성을 따르며 위반됨이 없으면 도에 이를 수 있다. 때문에 성은 선하다는 것이다. 어질 인仁자는 두 사람을 뜻한다. 효로 아버지를 섬기면 인이다. 형을 공손하게 섬기면 인이다. 충으로 임금을 섬기면 인이다. 벗과 믿음으로 사귀면 인이다. 자애롭게 백성을 다스리면 인이다. 인을 동방의 물을 낳는 이치(理)니, 천지의 지공至公한 마음이니 해서는 인의 설명이 되지 않는다. 강서强恕로 행함이 인을 구하는 데 가장 가까운 길이어서 증자가 도를 배울 때 일관[211]을 공자가 가르쳐주었다. 자공이 도를 물을 때에도 일언一言(恕)으로써 가르쳐주었다. 경례의 3백, 곡례의 3천을 꿰뚫는 것은 서恕다. 그래서 "인을 함이 자기로 말미암는다" "자기를 이기고 예로 돌아간다(克己

---

211 일관(一貫):『논어』이인(里仁)편 "오도일이관지(吾道一以貫之)"에서 일(一)은 서(恕)라고 하였다.

復禮)"는 말이야말로 유교의 바른 취지다. 성誠이란 서에 참된 것이요, 경敬이란 예로 돌아감이다. 인이 되게끔 해주는 것이야말로 성과 경이다. 그래서 두려워하고 경계하며 삼가며 자기 가슴을 비추듯 상제上帝를 섬기는 것은 인이 될 수 있지만 헛되이 태극太極만을 높이고 이理를 천天이라 하면 인이 될 수 없고 하늘을 섬기는 데 돌아갈 뿐이다.

처음에 내가 역을 탐색하고 예를 연구했는데 다른 여러 경서에 손을 대면서 하나의 깨달음에 신명神明이 통하고 저절로 알아지는 듯하여 누구에게 이야기할 수 없는 것이 많이 있었다. 나의 형 약전이 흑산도 바다 가운데 있으며 한편의 책이 완성될 때마다 보고는 "네가 이런 정도에까지 도달한 것은 너 스스로도 알지 못할 것이다. 오호라! 도를 잃은 지 천년에 백가지로 가려져 덮여 있었는데 헤치고 끊어내서 그 가려진 것을 확 열어젖혔으니 어찌 너의 힘만으로 해낸 것이겠느냐"라고 하였다. 『시경』에 "하늘이 백성을 깨우치는 것은 훈壎을 부는 듯, 지篪를 부는 듯하도다"[212]라고 했거니와 성이 기호임을 알아내고 인이 효제임도 알아냈으며 서란 인술仁術임도 알고 하늘의 강감降監이 있음을 알아, 경계하고 공경하며 부지런히 힘쓰고 힘써 장차 늙음이 이를 것을 잊은 것은 하늘이 나에게 내려주신 복이 아니겠는가.

또 시집으로 18권이 있는데 덜어내서 6권이 되게 했고, 잡문雜文 전편 36권과 후편 24권이 있다. 또 잡찬雜纂은 책의 종류가 각각 다른데 『경세유표經世遺表』 48권은 미완성이고, 『목민심서牧民心書』 48권, 『흠흠신서欽欽新書』 30권, 『아방비어고我邦備禦考』 30권은 미완성이며, 『아방강역고我邦疆域考』 10권, 『전례고典禮考』 2권, 『대동수경大東水經』 2권, 『소학주

---

212 『시경』 대아판(大雅板)에 있는 시. 우리 형제만은 반쪽 홀을 짝지우듯 화목하여 떨어지지 않고 하늘의 가르침을 받고 있다는 뜻이다.

관小學珠串』3권,『아언각비雅言覺非』3권,『마과회통痲科會通』12권,『의령醫零』1권을 합해서 문집으로 하면 도합 260여권이 된다.

『경세유표』는 어떤 내용인가. 관제官制·군현제郡縣制·전제田制·부역賦役·공시貢市·창저倉儲·군제軍制·과제科制·해세海稅·상세商稅·마정馬政·선법船法 등 나라를 경영하는 제반 제도에 대해서 현재의 실행 가능 여부에 구애되지 않고 경經을 세우고 기紀를 펴서 우리의 오랜 나라를 새롭게 개혁하려는 생각에서 저술한 것이다.

『목민심서』는 어떤 내용인가. 현재의 법을 토대로 우리 백성을 다스려보자는 것이다. 율기律己·봉공奉公·애민愛民을 세가지 기紀로 삼았고 이吏·호戶·예禮·병兵·형刑·공工을 여섯가지 전典으로 만들어 진황振荒한 단원으로 끝맺었으며 하나의 조목마다 6조條를 포함하였다. 고금의 이론을 찾아내고 간위奸僞를 열어젖혀 목민관牧民官에게 주어 백성 한 사람이라도 그 혜택을 입을 수 있었으면 하는 것이 나의 마음이었다.

『흠흠신서』는 어떤 내용인가. 사람의 목숨을 다루는 옥사獄事에서 다스리는 사람이 더러 알지 못하는 게 있기에 경사經史로써 근본을 삼고 비의批議로써 보강하고 공안公案으로써 증거가 되게 하였으며 모든 것을 상정商訂하여 옥사를 관리하는 사람들에게 주어 백성들의 억울함이 없기를 바라는 게 나의 뜻이었다.

육경사서六經四書로써 자기 몸을 닦게 하고 일표이서一表二書로써 천하 국가를 다스리게 하고자 함이었으니, 본本과 말末을 갖추었다고 하겠다. 그러나 알아주는 사람은 적고 꾸짖는 사람만 많다면 천명天命이 허락하지 않는 것으로 여겨 한 덩이 불로 태워버려도 좋다.[213]

---

213 "선생의 경학(육경사서)과 법정(法政, 일표이서)을 맞닿아보면 그래도 법정이 더 센 듯하니 '이지수기(以之修己)'의 수기도 기를 수함보다 기를 수하게 한다 함이 전부

어머니는 윤씨尹氏로 그분의 아버지는 덕렬德烈, 조부는 두서,[214] 증조는 이석爾錫으로 종친부 전부宗親府典簿였다. 아내는 풍산홍씨豐山洪氏이고, 그 아버지는 화보和輔로[215] 승정원 동부승지, 함경북도 절도사였으며 조부는 중후重厚로 동지돈령부사同知敦寧府事였고 증조는 만기萬紀로 승정원 우부승지였다. 홍씨가 6남 3녀를 낳았으나 어려서 죽은 아이들이 3분의 2였다. 큰아들은 학연,[216] 둘째는 학유[217]며 딸 하나는 윤창모[218]에게 시집갔다. 학연의 아들은 대림大林이다.

나는 건륭乾隆 임오년(1762)에 태어나 지금 도광道光의 임오(1822)를 만났으니 갑자甲子가 한바퀴 돈 60년의 돌이다. 무엇으로 보더라도 죄

를 통하여 더욱 나타나는 바이다. 그러므로 선생의 경학을 곧 법정으로 보는 것이 실로 선생의 진수에 가장 가까울 것이요, 또 선생으로서 이같이 경학상의 대저(大著)를 남김이 그 미의(微意) 있는 곳이 있으니 대개 조선의 수백년간 안이나 밖이나 부란(腐爛)하여 어찌할 수 없음은 전혀 실(實)을 알지 못함에 인함이요 그 실을 알지 못함은 그 연유—또 학문상 착오에 있음일새 이같이 학문에서부터 발란반정(撥亂反正)의 실을 거(擧)하자 함이었다. (…) 경학으로써 학문상 발란(撥亂)을 희망함은 이는 또 정치에 대한 유서(遺書)나마 이 시대의 심지(心地)를 환성(喚醒)하지 아니하고 그조차 가망이 없음을 통감한 까닭인 줄 안다"라고 정인보는 평했다.

214 윤두서(尹斗緖): 현종 9~숙종 41(1668~1715). 자는 효언(孝彦), 호는 공재(恭齋)·종애(鍾厓), 본관은 해남(海南). 윤선도의 증손으로 시문에 능했고 그림을 잘 그려서 현재(玄齋) 심사정(沈師正), 겸재(謙齋) 정선(鄭敾)과 함께 조선의 삼재(三齋)라 불렸다.

215 홍화보(洪和輔): 영조 2~정조 15(1726~91). 자는 경협(景協), 본관은 풍산(豐山). 1771년 훈련초관(訓鍊哨官)으로 국자시(國子試)에 1등을 했다. 1773년 동부승지 겸 경연 참찬관을 지내고 1791년 황해도 병마절도사로서 황주(黃州)에서 죽었다.

216 정학연(丁學淵): 정조 7~철종 10(1783~1859). 아명은 학가(學稼)·무장(武牂), 자는 치수(穉修), 호는 유산(酉山). 다산의 맏아들로 시문에 능했으며 의술에도 밝아 감역(監役)·주부(主簿)벼슬을 지냈다.

217 정학유(丁學游): 정조 10~철종 6(1786~1855). 아명은 학포(學圃)·문장(文牂), 자는 치구(穉求). 다산의 둘째아들로 「농가월령가(農家月令歌)」의 저자로 알려져 있다.

218 윤창모(尹昌謨): 다른 이름은 영희(榮喜), 자는 백우(伯羽). 해남윤씨며 다산의 사위로, 친구인 정언(正言) 윤서유(尹書有)의 맏아들이다. 다산 문하에서 글을 배우기도 했다.

를 회개할 햇수다. 수습하여 결론을 맺고 한평생을 다시 돌려 내가 금년부터 정밀하게 몸을 닦아 실천한다면 명명明命을 살펴서 나머지 인생을 끝마칠 것이다. 그러고는 집 뒤란의 자子의 방향에 널 들어갈 구덩이 모양을 그려놓고 나의 평생의 언행을 대략 기록하여 무덤 속에 넣을 묘지墓誌로 삼겠다.

명銘에 이르기를

네가 너의 착함을 기록한 것이	爾紀爾善
여러 장이 되는구나.	至於累牘
너의 감추어진 잘못을 기록하다보면	紀爾隱慝
책으로는 못다 적으리.	將無罄竹

네가 말하기를	爾曰予知
나는 사서육경을 안다고 했으나	書四經六
그 행한 것을 생각해보면	考厥攸行
어찌 부끄럽지 않으랴.	能不愧忸

너야 널리널리 명예를 날리고 싶겠지만	爾則延譽
찬양이야 할 게 없다.	而罔贊揚
몸소 행하여 증명해야만	盍以身證
널리 퍼지고 이름이 나지 않겠는가.	以顯以章

| 너의 분운紛紜함을 거두어들이고 | 斂爾紛紜 |
| 너의 창광猖狂을 거두어들여서 | 戢爾猖狂 |

힘써 밝게 하늘을 섬긴다면　　　　俔焉昭事
마침내 경사慶事가 있으리라.　　　　乃終有慶

보유

경술년(29세, 1790) 겨울에 임금의 명령에 따라 상의원尙衣院에서 『논어』를 읽고 있었는데 갑자기 내각의 아전이 와서는 소매 속에서 종이쪽지를 꺼내 보이며 말하기를 "이건 내일 강독할 『논어』의 장章입니다"라고 했다. 내가 깜짝 놀라 "이런 걸 어떻게 강독할 사람이 얻어다 엿볼 수 있단 말인가"라고 했더니 아전이 "염려할 것 없습니다. 임금께서 지시하신 겁니다"라고 했다. 그래서 내가 "그렇지만 미리 엿보는 일은 할 수 없다. 마땅히 『논어』 전편을 읽어보리라" 하니 아전이 웃으면서 돌아갔다. 다음날 경연에 나가니 임금이 각신에게 말씀하시기를 "정약용은 별도로 다른 장을 하도록 하라"라고 하셨다. 강講을 틀리지 않고 끝내자 임금이 웃으시며 "과연 전편을 읽었구나"라고 하셨다.

며칠 후에 밤이 깊었는데 눈과 바람으로 몹시 추웠다. 내전에서 글 읽는 여러 신하들에게 음식을 보내왔다. 나는 상의원에서 내각으로 달려왔는데 어둠이 칠흑 같아서 담장에 스쳐서 광대뼈 부분이 긁혔다. 다음날 춘당대春塘臺에 들어가 임금을 모시는데 임금이 광대뼈에 있는 납지蠟紙를 보고는 "납지가 어찌해 있는가. 간밤에 술을 너무 많이 마셔 취해 넘어진 게 아닌가" 하시기에 답하기를 "감히 과음하지 않았습니다. 어둠이 칠흑 같아서 그랬습니다"라고 했더니 임금이 "옛날에도 취학사醉學士와 전학사顚學士가 있다 했는데 취하지 않았다면 넘어진 학사로군"

이라고 하셨다.

계축년(32세, 1793) 무렵 대정[219] 며칠 전에 임금이 채제공에게 밀유密諭로 묻기를 "남인 중에서 대통[220]에 급한 사람이 누구냐" 하시고 아울러 이가환·이익운·정약용 등에게 각각 자기의 소견을 피력하도록 했다 한다. 채제공과 두 이씨(가환·익운)가 함께 말하기를 "권심언權心彦이 가장 급합니다"라고 했다. 무릇 백년 이래로 남인들이 오랫동안 벼슬길이 막혀 있어 한차례 대통이 있을 때마다 겨우 한 사람에 지나지 않았기 때문에 그렇게 대답한 것이다. 내가 소록疏錄을 작성하여 28인을 적어넣고 자세하게 그들의 세벌世閥과 과명科名 및 문학과 정사政事의 우열을 밝혀 올리면서 말하기를 "이 28인은 급하지 않은 사람이 없으며 누구를 먼저 하고 누구를 뒤에 할 것인가는 오직 임금의 판단 여하에 있으니 그것까지 관여할 수는 없습니다"라고 했더니 며칠 후 대정날에 별도로 전관銓官(이조판서 이문원李文源이다 — 원주)에게 유시하시어 소록에 들어 있는 사람 중 8명이 대통이 되었다. 며칠 뒤에 또다시 대통이 되고 몇 년이 지나지 않는 사이에 거의 다 시행되었다.

을묘년(34세, 1795) 3월에 임금이 용산龍山 읍청루挹淸樓에 납시어 강화도에 있는 왕손 인絪을 불러다 연회를 베푸셨다. 금군禁軍들이 그 북쪽을 지키기를 철벽처럼 하여 대신大臣이나 근신近臣 들이 모두 들어갈 수 없었다. 연회가 끝나자 특별히 누樓 위로 나를 불러 우부승지를 시켜주셨다. 궁궐로 돌아오자 깊은 밤에 나를 부르셔서 가보니 내 앞에 갑자

---

219 대정(大政): 해마다 6월과 12월에 벼슬아치의 성적이 좋고 나쁨에 따라 벼슬자리를 떼어버리거나 좋은 데로 올리던 정사(政事).
220 대통(臺通): 대관(臺官)의 직책으로 옮길 수 있게 길이 열림. 대관은 문벌 센 집이 아니면 못했다.

기 머리 위에서 쩡 소리를 내며 바닥으로 떨어지는 게 있어 무언가 보니 상방검尙方劍이었다. 유시하기를 "이가환·이익운 등이 속습俗習으로써 강화도에 귀양 가 있는 사람(은언군)을 성토한다는데 그들에게 상소하여 자수自首토록 하고 그렇게 하지 않으면 이 칼로써 두 사람의 목을 베겠다"라고 하셨다. 나는 임금의 유시가 지당하며 거역할 필요가 없다고 여겨 물러나와 상소하도록 하여 일이 무사하게 되었다.

무인년(57세, 1818) 가을에 내가 살아서 돌아왔는데 목태석[221]이 지독한 내용으로 상소하였다. 나는 사람을 시켜서 말하기를 "너의 조부가 그 당시에 나에 대해 논할 때에도 '처지로 보나 문장으로 보나 어떤 벼슬인들 못하겠나. 들어와서 임금 앞에 성실한 말을 하고 나가서는 여전히 추종하여 따라다니며 스스로 잘못을 고칠 생각을 않고 있다'라고 하였다. 그런데 너는 지금 웬 독살을 이처럼 부리느냐?"라고 했다. 혹자는 그것이 그 집안의 가계家計라고 하기도 했다. 이어서 영남 사람 신석림[222]이 상소로 목태석을 공격한 일이 있었는데 이태순李泰淳에게 보답하기 위해서였다.

나는 『주례』를 연구하여 새로운 뜻을 많이 세웠다. 육향六鄉에 대해 논하자면, 육향이란 왕성王城 안에 있다. 장인匠人이 나라의 도시계획을 할 때에 구구九區로 만들어 왕궁은 가장 가운데 위치하게 하였고 전면은 조정朝廷이고 후면은 저자(市)이고 좌와 우는 육향이다. 양양상향兩兩相鄕이라 할 때 향(鄕)이란 향鄕이다. 하관[223]에서 사람 수를 헤아려 도

---

221 목태석(睦台錫): 정조 7(1783)~? 자는 휘원(輝垣), 인로(仁老)의 아들, 만중(萬中)의 손자. 순조 9년(1809) 증광문과 전시(殿試)에 병과로 급제.
222 신석림(辛碩林): 영조 42(1766)~? 자는 문첨(文詹), 치보(致輔)의 아들. 1798년 병과로 급제.
223 하관(夏官): 중국 주나라 육관(六官)의 하나. 대사마(大司馬)가 그 장(長)이며 군정

都와 비鄙를 만드는데 모두 구주九州로 만들었다. 기자箕子가 평양성平壤城을 만들 때에도 성안을 정井 모양으로 구획한 것은 다 그런 법이었다. 정현鄭玄은 육향이 교외郊外에 있다 했는데, 그러면 "향삼물[224]로 만민을 가르친다"라는 것은 모두 시행할 수 없게 된다. 승지 신작[225]이 정현의 해석을 옳다고 고수해 나는 왕복 서너 차례 편지를 하면서 그렇지 않음을 밝혀주었다.

직각直閣 김매순[226]이 나의 『매씨상서평』을 보고서 평하기를 "미묘한 부분을 건드려서 그윽한 진리를 밝혀낸 것은 비위[227]가 이虱를 보고 적중한 것과 같고 헝클어진 것을 추려내고 견고히 굳은 것을 찢어냄은 포정[228]이 쇠고기를 재단해냄과 같도다. 독한 손으로 간사함을 파헤쳐냄은 상군[229]이 위수渭水를 통치하던 것 같고 피 흘리는 정성으로 올바름을 지키려 한 것은 변화[230]가 형산에서 울부짖던 것과 같다. 한편으로는

(軍政)과 병마(兵馬)를 관장했다.

224 향삼물(鄕三物): 육덕(六德)·육행(六行)·육례(六藝)의 세가지.

225 신작(申綽): 영조 36~순조 28(1760~1828). 자는 재중(在中), 호는 석천(石泉). 승지, 예조참의 등을 제수받았으나 나가지 않았다. 경전을 고증학적으로 연구하여 많은 저서를 남겼다. 다산 노년기의 학문적 친구였다.

226 김매순(金邁淳): 영조 52~헌종 6(1776~1840). 자는 덕수(德叟), 호는 대산(臺山), 삼연(三淵) 김창흡(金昌翕)의 현손(玄孫). 안동김씨. 시호는 문청(文淸). 1795년 정시문과에 급제 후 검열(檢閣), 사인(舍人), 규장각 직각을 거쳐 예조참판에 이르렀다. 당대의 문장가로 여한십대가(麗韓十大家)의 한사람. 학자로 다산의 노년기에 학문적 교류가 있었다.

227 비위(飛衛): 중국 고대의 유명한 사수(射手).

228 포정(庖丁): 중국 고대의 유명한 요리사. 백정(白丁).

229 상군(商君): 제자백가 중 법가(法家)를 대표하는 상앙(商鞅). 진시황 때 혹독한 법으로 통치했다.

230 변화(卞和): 초나라 사람으로 옥(玉)을 돌이라 하는 임금들에게 양쪽 발뒤꿈치를 깎이면서까지 끝내 형산(荊山)에서 울면서 간하여 옥으로 인정하게 한 사람. 진실을 위해 자기 고통을 참은 표본.

공벽[231]의 어지러움을 올바르게 밝혀낸 원훈元勳이 되며 한편으로는 주자朱子를 업신여기는 일을 막아낸 경신勁臣이다. 유림儒林의 대업大業이 이보다 더 클 수가 없도다. 아득하게 먼 천년 뒤에는 온갖 잡초가 우거진 구이九夷의 가운데서 이처럼 뛰어나고 기이한 일이 일어났다고 말하지 않으랴"라고 하였다.[232]

231 공벽(孔壁): 공자의 옛집 벽장에서 나왔다는 고문상서(古文尙書).

232 해배 후 3년째인 해에 정언(正言) 한익상(韓益相)에게 보낸 편지에서 다산은 "저술한 책들을 가지고 돌아왔건만 3년이 지나도 누구 함께 읽어줄 사람이 없다"라고 탄식한 바 있다. 그러나 기사회생한 다산에게 정치적 실권자이자 유력한 문장가의 극찬과 높은 평가는 다산을 몹시 기쁘게 했다. 이 글은 해배 후 5년째인 임오년 정월 29일 김매순이 보낸 편지의 한 구절이다. 다산은 이 글을 받고 매우 기뻐했으며 이 편지의 답장으로 보낸 2월 4일자 편지에서 "박복한 목숨 죽지 않고 살아나 죽을 날이 멀지 않은 때에 이러한 편지를 받고 보니 처음으로 더 살아보고 싶은 생각이 든다"라고까지 했다. 알아줄 사람이 없다면 모두 불태워버려도 좋다고 했는데 결국은 이렇게 노론 대가에게서 학문의 역량으로 숭배받는 지경에 이르렀다.

자찬묘지명 광중본

이 묘는 열수 정약용의 묘이다. 본명은 약용이고 자는 미용, 호는 사암이다. 아버지의 이름은 재원이며 음사로 진주목사까지 지냈고 어머니는 숙인 해남윤씨다. 약용은 영조 임오년(1762) 6월 16일 열수의 상류 마현리에서 태어났다. 어려서는 머리가 영특하였고 자라서는 학문을 좋아했다. 22세에 경의과에 합격하여 진사가 되었고, 오로지 대과 시험과목인 변려문에 전념하여 28세에는 갑과에 2등으로 합격하였다. 대신들이 규장각의 초계문신으로 뽑아주었고 바로 이어 한림원에 들어가 예문관 검열이 되었으며 사헌부 지평, 사간원 정언, 홍문관 수찬과 교리, 성균관 직강, 비변사 낭관으로 승진하였으며, 경기도 암행어사로도 나갔다.

을묘년(1795) 봄에는 경모궁景慕宮에 시호를 올리는 도감의 낭관으로서 사간원의 사간을 거쳐 통정대부에 올라 승정원 동부승지에 발탁되었다. 우부승지와 좌부승지를 거쳐 병조참의가 되었다. 가경 정사년(1797)에는 외직으로 나가 곡산 도호부사가 되어 은혜로운 정사를 많이 시행하였다. 기미년(1799)에 다시 내직으로 들어와 승지가 되고 형조참

의가 되어서는 잘못된 옥사를 올바르게 처리하였다. 경신년(1800) 6월
에는 『한서선』을 하사받는 영광을 입었지만 그달에 정조가 돌아가시자
이때부터 화란이 일어났다.

15세에 풍산홍씨에게 장가를 들었으니 무과를 통해 승지 벼슬을 한
화보의 딸이었다. 장가든 후로 서울에 가서 지내다가 성호 이익의 학문
이 순독醇篤함을 듣고 이가환, 이승훈을 따라 성호선생의 유서遺書를 얻
어 보았으며 이때부터 경학의 서적에 마음을 두게 되었다. 진사가 된 뒤
부터 이벽을 따라 놀며 서교에 대하여 듣고 서교에 관한 책을 얻어 보았
다. 정미년(1787) 이후 4,5년 동안은 서교에 마음을 기울였다. 그러나 신
해년(1791)[233] 이래로 나라에서 서교를 엄중히 금지하자 드디어 마음을
끊었다.

을묘년(1795) 여름에 중국 소주 사람 주문모가 들어와 나라 안 분위기
가 흉흉하자 금정찰방으로 쫓겨났는데 임금의 뜻에 따름이었다. 신유
년(1801) 봄에 사헌부 민명혁 등이 서교 사건으로 범죄 사실을 올려바치
자 이가환, 이승훈 등과 함께 투옥되었다. 이미 두 형님 약전과 약종도
모두 체포되어 있었는데 약종형 한분은 죽고 약전형과 나는 살아났다.
여러 대신들이 석방하도록 건의했으나 유독 서용보가 안된다고 고집하
여 약용은 장기현으로 유배를 당하고 형 약전은 신지도로 유배를 갔다.
그해 가을에 역적 황사영이 체포되자 악인 홍희운·이기경 등이 백가지
의 계략을 써서 약용을 죽이려고 임금의 허락을 얻어내어 약용과 약전
은 또다시 체포, 압송되어 사건의 조사를 받았으나 「백서帛書」에 대해
아는 바가 없었기 때문에 죄가 성립되지 않았다. 적절한 처분을 하라는

---

233 이해에 신해옥사가 발생, 다산의 외사촌 윤지충과 윤지충의 외사촌 권상연 등 천주
교 신자가 신주를 불사르고 제사를 지내지 않음이 발각되어 참형을 당했다.

태비의 명령으로 약용은 강진현으로 유배지를 옮겼고 형 약전은 흑산도로 유배를 당했다.

계해년(1803) 겨울에 태비가 약용을 풀어주도록 명령했으나 정승이던 서용보가 막았고, 경오년(1810) 가을에 아들 학연이 억울함을 하소연하여 마침내 향리로 돌아가라는 명령이 났으나 사헌부에서 다시 조사하자고 계사를 올려서 이후 9년 동안이나 돌아오지 못하다 무인년(1818) 가을에야 비로소 향리에 돌아왔다. 기묘년(1819) 겨울 조정의 의논으로 다시 약용을 등용하여 백성들에게 도움을 주려 했으나 서용보가 또 가로막아버렸다.

약용은 유배지에 있던 18년 동안 경전 연구에 온 마음을 기울여 시詩·서書·예禮·악樂·역易·춘추春秋 및 사서四書에 관한 이치를 연구해 모두 230권을 저술했는데, 옛 성인의 근본 뜻에 맞도록 많은 것을 얻어냈다. 시문집으로 편찬한 것이 모두 70권으로, 많은 부분이 벼슬살이할 때 저술한 것이다. 기타 저술로는 나라의 전장典章 및 백성 다스리는 일, 옥사에 관한 것, 국방에 관한 것, 국토 지리에 관한 것, 의약에 관한 것, 글자의 분석에 관한 것 등 거의 200여권이 된다. 이것은 모두 성인들의 경전에 근본을 두고 있고 이 시대의 중요한 일을 알맞게 처리할 수 있도록 힘썼기 때문에 없어지지 않는다면 더러는 취하여 이용할 사람도 있을 것이다.

약용은 벼슬하기 전부터 임금이 알아주시는 인연을 맺었고 정조의 총애와 칭찬해주시던 것은 동료들 가운데서도 지나칠 정도였으며 살아 계시는 동안에 받은 상품과 하사하신 서적, 말과 호랑이 가죽 및 여러가지 진귀하고 이색적인 물건들이 기록하지 못하도록 많았다. 기밀을 들려주시기도 했고, 하고 싶은 말이 있으면 글로 써서라도 올려바치기만

하면 그 자리에서 윤허해 시행해주시기도 했다. 규영부에서 발간할 책을 교정하고 있을 때마다, 일과 시간이 끝났을 때에도, 공부를 독려하고자 밤마다 맛있는 음식을 배불리 먹도록 보내주셨다. 궁중 내의 모든 비장한 서적은 담당관의 허가가 있어야 볼 수 있는데, 보겠다고 하기만 하면 언제든 볼 수 있게 해주셨다.

약용의 사람 됨됨이는 착한 일을 즐겨 하고 옛것을 좋아했으며 행동으로 실천하는 데 과단성이 있었다. 그러나 마침내는 이런 지경에 이르는 화란을 당했으니 운명이라 할 것인가. 무릇 평생 동안 지은 죄가 너무 많아 가슴속에 회한이 가득하다. 금년(1822)에 이르러서 내가 태어난 임오년(1762)을 다시 맞는 해이므로 이른바 회갑을 당한 것이다. 다시 태어난 것처럼 한가히 세월 보내는 일을 그만두고 아침저녁으로 성찰하는 데 힘쓰면 하늘이 내려주신 성품을 회복할 수 있을 것이니 지금부터 그렇게 살아간다면 큰 잘못은 없으리라.

정씨의 본관은 압해로 고려 말에 배천에서 살았으며 우리 이씨조선을 세울 때부터 서울에서 살아왔다. 처음에 벼슬을 한 선조는 교리를 지낸 자급이다. 그때부터 쭉 이어져 부제학을 지낸 수강, 병조판서를 지낸 옥형, 좌찬성을 지낸 응두, 대사헌을 지낸 윤복, 관찰사를 지낸 호선, 교리를 지낸 언벽, 병조참의를 지낸 시윤은 모두 옥당에 들어가는 명예를 얻었다. 그후부터 세상을 잘못 만나 마현으로 이사와 살았으며 3대가 모두 포의로 지냈다. 고조의 이름은 도태, 증조의 이름은 항신, 조부의 이름은 지해인데 오직 증조부만이 진사를 하셨을 뿐이다.

아내 홍씨는 6남 3녀를 낳았으나 3분의 2가 어려서 죽고 2남 1녀만을 키워냈다. 사내아이는 학연과 학유이고 딸은 윤창모에게 시집갔다. 묘는 집 뒤란의 자子 방향 언덕에 정해두었으니 오래 전부터 묻히기를 원했던 곳이다.

명에 이르기를

임금의 총애를 한몸에 안고서	荷主之寵
궁궐의 가장 은밀한 곳에서까지 모셨으니	入居有密
정말로 임금의 심복이 되어	爲之腹心
아침저녁으로 참으로 가까이서 섬겼다.	朝夕以昵
하늘의 총애로 타고난 바탕은	荷天之寵
못난 충심衷心을 갖게 해주셨기에	牖其愚衷
정밀하게 육경을 연구해내서	精研六經
미묘한 이치도 해석해놓았노라.	妙解微通
간사하고 아첨하는 무리들이 세력 잡았지만	憸人既張
하늘은 버리지 않고 곱게 키우려 하였으니	天用玉汝
잘 거두어 간직해둔다면	斂而藏之
앞으로 높이높이, 멀리까지 드날리리라.[234]	將用矯矯然遐擧

---

234 다산의 예언처럼 다산은 그야말로 민족 최대의 학자·사상가·시인으로 추앙과 대
접을 받게 되었다.

제2부

제2부는 1801년에 일어난 신유옥사 때 무고하게 죽음을 당하거나 피해를 입은 분들의 일대기를 기록한 묘지명을 주로 해서 구성한 것이다. 모두 다산의 선배 및 지기知己에 해당하는 분들의 사적事蹟인 셈이다. 다산은 이들 신유옥사에 억울하게 걸려 고난을 당한 당대 지식인들을 통해서 신유옥사의 허구성 및 잔학성을 드러내며 자기의 생애도 함께 토로하였는데, 말하자면 인간관계와 역사 속에서 자신을 조명한 셈이다.

「녹암 권철신 묘지명鹿菴權哲身墓誌銘」은 1822년경에 다산이 역사의 왜곡을 바로잡고자 지은 글이다. 1736년에 태어나 1801년에 생애를 마친 녹암의 자는 기명旣明, 호는 녹암, 거처하던 곳을 감호鑑湖라 했으며 본관은 안동으로 권근權近의 후손이며 일신日身의 형이었다. 순암順菴 안정복安鼎福과 함께 성호 이익의 큰 제자였으니, 녹암은 성호가 56세이던 해에 태어나 뛰어난 재주와 학자다운 성품을 지녀 주변의 기대를 안고 노년기의 성호 문하에 들어갔다. 녹암이 28세 때에 성호는 83세로 세상을 뜨지만 그때 녹암은 이미 학자로서의 명성을 얻었는데, 성호가 녹암의 아버지 시암尸菴 권암權巖에게 보낸 편지에 녹암의 우수한 학문 역량과 인품을 높이 칭찬하고 있는 점과, 직접 녹암에게 준 성호의 편지에도 칭찬이 대단한 점으로 보아 알 수 있다. 전통적 유학에 깊은 조예를 쌓고 더욱 창조적이고 진보적으로 경학에 대한 이해를 넓혔던 녹암은 성호의 학통을 이어갈 대학자였다. 그러나 부패하고 타락한 조선 후기 사회는 그러한 큰 학자를 수용하지 못하고 천주교도라는 누명을 씌워 끝내 옥사시키고 기시棄市(공개 참형하여 시신을 길거리에 버림)까지 하는 잔학

성을 드러낸다. 그리하여 녹암은 저술도 남기지 못하고 비참하게 세상을 마치고 말았다. 다산의 이 기록에는 몇권의 유저가 있는 것으로 되어 있으나 현재 녹암의 글은 편지 몇통이 전할 뿐 전혀 발견되지 않는다. 이런 점에서 다산의 이 묘지명이 현재까지는 녹암에 관한 유일한 기록이다. 이 기록을 통해서 녹암은 사변적인 성리철학性理哲學의 전통적인 경전 해석에서 벗어나 백호 윤휴 이래의 반反주자학적 학풍을 이어받아 새로운 경전 해석을 시도한 대표적인 학자이며, 그의 노력을 계승하여 바로 다산학茶山學이라는 진보적 경학이 펼쳐지고 있음을 알 수 있다. 이른바 성호 좌파左派의 기수라고 할 수 있는 녹암의 문하에서 손암 정약전과 다산이 나와 조선 후기의 우뚝 솟은 학파가 성립했던 것이다. 이 글은 그러한 훌륭하고 희귀한 학자가 얼마나 어처구니없는 모함에 걸려 죽어가야 했나를 통곡에 가까운 필치로 기술한 서사문학敍事文學이다. 또한 조선 후기 진보적 지식인 탄압사의 생생한 자료로서 읽는 이의 가슴을 뭉클하게 하며, 선배 학자를 사모하는 다산의 마음이 따뜻이 느껴져 온다. 제5부의 「조성삼 진사의 유배 기록紀趙聖三進士流配事」과 같이 읽으면 참고가 될 것이다.

「정헌 이가환 묘지명貞軒墓誌銘」은 다산이 1822년경에 정헌의 생애와 사상 및 업적에 대해 작성한 기록이다. 정헌의 자는 정조庭藻, 호는 정헌·금대관錦帶館·소릉少陵, 본관은 여흥驪興(경기도 여주)이다. 용휴用休의 아들이며 성호의 종손從孫으로 1742년에 태어나 1801년 2월 24일 60세를 일기로 옥중에서 세상을 떠났다. 1777년 경전시慶殿試에 을과로 급제하여 공조판서를 지냈으며 『규장전운奎章全韻』을 교정했고 저서로는 『금대관집錦帶館集』 10책이 있다. 묘는 충남 예산군 덕산면에 있다. 혁혁한 가문과 학문적 연원이 깊은 집안에서 태어나 남다른 재질과 뛰어난 성품으로 천재로서의 성망을 지닐 수 있었던 정헌은 정조가 집권했던 24년 동안 채제공蔡濟恭·이기양李基讓·다산 등과 더불어 남인 네 사람 중의 한 사람으로, 당대의 제반 정치·사회 문제를 해결하여 참신한 사회를 만들고자 온갖 노력을 기울인 실학자였다. 더구나 다산과는 가장 가까운 선배로서 자주 어울리며 숱한 곡절로 탄압과 수난의 길을 함께 걸었다. 정헌은 남인의 가계에다 집권세력과 정면으로 대립하여 죽음을 당한 서산西山 이잠李潛의 종손이라는 사실 때문에 불가피하게 당쟁에 휘말리지 않을 수 없었으며, 끝내는 천주교 교주敎主라는 터무니없는 누명을 쓰고 죽음에 이르렀다. 그러나 역사의 진실을 밝히려고 한 다산의 이 기록을 통해 그가 천주교도가 아니었음과 천문天文·지리地理·역상曆象에서 타의 추종을 불허하는 천재적인 학자였음을 알 수 있다. 다산의 이 글은 시대적 모순과 사회적 비리로 인해 비참하게 탄압받으며 살아간 탁월한 지식인이자 천재 학자에 대한 처절한 기록으로, 읽는 이에게 울분과 감동을 함께 불러일으킨다.

「복암 이기양 묘지명茯菴李基讓墓誌銘」은 다산이 1822년경에 복암의 생애와 인품 및 학문에 대해 기술한 글이다. 복암의 자는 사흥士興, 호는 복암, 본관은 광주廣州로 이덕형李德馨의 7대손이며, 1744년에 태어나 1802년 2월 6일 단천端川 배소에서 죽었다. 1795년 진산珍山현감으로 정정시慶庭試에 급제, 벼슬은 예조참판에 이르렀으며, 저서로『복암유고茯菴遺稿』4책이 있다. 복암은 성호선생의 조카인 정산貞山 이병휴李秉休의 문인으로 문장과 학문이 뛰어났으며, 이가환·권철신·정약전·다산 등과 어울리며 채제공을 이을 만한 정치가로 임금의 촉망을 받았으나, 남인 시파라는 당성 때문에 사교도邪敎徒로 몰려 고난을 당하고 말았다. 복암은 학문적으로 윤휴의 반주자학적 경전 해석에 동조했으며, 청에 사신으로 갔을 때 목화씨 빼는 과학기계인 씨아를 구입해다 보급하려 했던 점으로 보아 훌륭한 실학자였음을 알 수 있다. 제6부 「이참판이 연경으로 사신 가는 데 부쳐送李參判使燕京序」와 함께 읽으면 실학자로서 복암의 면모를 더 확실히 알 수 있을 것이다.

「매장 오석충 묘지명梅丈吳錫忠墓誌銘」은 1680년 경신대출척(숙종 6년 남인이 정권에서 축출되고 서인이 정권을 잡은 사건)으로 죽음을 당한 우의정 오시수吳始壽의 증손 매장의 의리와 기개를 기술한 글이다. 매장의 자는 유원幼源, 호는 매장, 본관은 동복同福으로 1743년에 태어나 1806년 9월에 유배지인 전남 신안군 임자도에서 생애를 마쳤다. 매장은 이가환·권철신·이기양·다산 등과 어울리던 사림의 영수로서 정론을 펴던 선비였다. 다산은 이 글로써 선류善類를 보호하고 악인과 악당을 성토한 것 때문에 모함을 받아 죽어간 한 인물을 통해 악당들의 행태를 폭로하는 한편 경신대출척의 허구성과 비리까지도 은연중 드러내고자 했던 것 같다.

「남고 윤지범 묘지명南皐尹參議墓誌銘」은 다산의 외육촌형으로 고산 윤선도의 후손인 뛰어난 시인 남고의 생애를 기술한 1821년의 글이다. 남고의 자는 이서彝敍, 호가 남고, 신유년 이후에 고친 이름은 규범奎範이고, 본관은 해남으로 고산의 6대손이자 공재 윤두서의 증손이며 1752년에 태어나 1821년 8월 25일 생애를 마쳤다. 1777년 증광동당시에 장원하고 회시에 급제, 벼슬은 병조참의에 이르렀으며, 시문詩文과 유고遺稿 20여권이 있다고 하였다. 다산은 이 글을 통해 뛰어난 자질을 갖추었으면서도 남인의 영수였던 고산의 후손이라는 이유로 뜻을 펴지 못하고 고난과 탄압을 면할 수 없었던 그의 삶을 보여준다.

「무구 윤지눌 묘지명司憲府持平尹无咎墓誌銘」은 1822년에 다산이 자신과 동갑인 외육촌아우 무구의 생애에 대해 쓴 글이다. 무구의 호는 소고

小皐, 본관은 해남, 뒤에 고친 이름은 규응奎應으로 고산 윤선도의 후손이며, 석북石北 신광수申光洙가 그의 외삼촌이다. 1762년 11월 11일에 태어나 1815년에 생애를 마쳤다. 1790년 알성문과에 합격하여 벼슬은 사헌부 지평을 지냈으며, '죽란시사' 친구로 다산과는 많은 시편을 주고받은 평생의 친구였다.

「금리 이유수 묘지명司憲府掌令錦里李周臣墓誌銘」은 1822년에 다산이 '죽란시사' 친구이며 일생 우정을 저버리지 않은 금리의 우정과 인품 및 생애에 대해 쓴 글이다. 금리의 자는 주신周臣(혹은 舟臣), 호는 금리로 본관이 함평咸平이다. 1758년 2월 18일 충남 면천에서 태어나 1822년 1월 19일에 죽었다. 금리는 1783년 증광별시에 합격해 사헌부 장령을 지냈으며, 이가환·다산 등과 친했다는 이유로 귀양살이를 하기도 했다.

「옹산 윤서유 묘지명司諫院正言翁山尹公墓誌銘」은 1820년에 친구이자 사돈지간인 옹산의 생애와 인품에 대해 쓴 글이다. 옹산의 자는 개보皆甫, 호가 옹산, 본관은 해남으로 다산의 사위인 윤창모의 아버지다. 옹산은 1764년 11월 28일 전남 강진 목리 항촌項村에서 태어나 1821년 7월 1일 생을 마쳤다. 옹산은 1816년 정시문과에 급제해 사간원 정언을 지냈다. 다산 집안과 옹산 집안의 관계를 기록한 이 글은 유배살이로 낙척된 당대의 학자를 도와 학문을 완성시키고자 한 옹산의 뜨거운 정신이 담겨 있어 감동을 준다.

녹암 권철신 묘지명

성호선생은 독실하게 배우고 힘써 행동하여 낙민[1]을 따라 수사[2]까지 찾아들어가 성학聖學의 깊게 닫힌 오묘한 뜻을 개발해내 후배들에게 파헤쳐 가르쳐주셨다. 늘그막에 이르러서 한 제자를 얻었으니 바로 녹암 권공이다. 그는 영특한 재주에 인자하고 화평하여 재才와 덕德을 모두 갖추었다. 성호선생은 녹암을 몹시 아끼셨는데 문학으로는 자하[3]와 같기를 믿었고 일 처리는 자공[4]과 같을 것이라고 의중에 두셨다. 선생이 돌아가시자 젊은 사람으로 재주있는 무리들이 모두 녹암을 선생으로 삼았었다. 그러나 서서西書가 나타났을 때에 이르러 녹암의 아우 일신이 맨 처음으로 형벌을 받는 화를 만나 임자년(1792) 봄에 죽었고 온 집안이 모두 천주교에 물들었다는 지목을 받았음에도 녹암이 그것을 금

---

1 낙민(洛閩): 정자(程子)가 살던 낙(洛) 땅과 주자(朱子)가 살던 민(閩) 땅을 말하며 정주학(程朱學)을 뜻하기도 한다.
2 수사(洙泗): 중국 산둥성(山東省)에 있는 강의 이름. 공자의 고향에 가까워 유교를 지칭하는 뜻으로 쓰인다.
3 자하(子夏): 공자의 제자로 문학에서 대표되는 인물이다.
4 자공(子貢): 공자의 제자로 언어에 뛰어났으며 사리에 밝았다.

할 수 없어 역시 신유년(1801) 봄에 죽음을 당했으니, 마침내 학문의 맥이 단절되고 성호 학통의 아름다움을 다시 이어갈 수 없게 되었으니 이것이야말로 세상의 운運에 관계되는 일이지 한 집안만의 비운으로 끝날 일이 아니었다.

공의 이름은 철신哲身이요 자字는 기명旣明, 스스로 지은 호는 녹암鹿菴이요 그가 거처하던 곳은 감호鑑湖라 불렀다. 녹암은 안동권씨安東權氏로, 먼 선조는 양촌陽村 권근權近으로 조선조에 벼슬하여 좌찬성左贊成을 지냈고 이분이 제踶를 낳아 좌찬성이었고 이분이 남擥을 낳아 좌의정이었고 이분이 건健을 낳아 홍문관 제학이었다.[5] 그 아래로 4대는 음사로 벼슬하였고 길천군吉川君으로 군봉君封받은 반昐이 또 벼슬하여 병조판서를 지냈으며 이분이 경儆을 낳았는데 승문원 정자承文院正字를 지냈다. 이분이 적踖을 낳아 경학으로 대군사부大君師傅를 지냈고 종조부從祖父 좌랑佐郞 주侚의 아래로 양자로 들어갔는데 종가를 잇기 위해서였다. 주의 아버지는 준晙이니 길천군의 형이었다. 대군사부가 흠솺을 낳아 이조참판을 지냈으니 이분이 바로 공의 증조부다. 할아버지의 이름은 돈敦인데 진사였고 아버지의 이름은 암巖으로 호는 시암尸菴이었다. 준엄한 논의를 펴던 분으로 문학을 좋아했으며 다섯 아들을 두니 공이 큰아들이었다.

그 무렵의 학문이란 것이 사변적인 말장난에 빠져 이기理氣나 말하고 정성情性이나 논란하면서 실천적인 면을 소홀히 하고 있었지만 공의 학문은 한결같이 실천적인 효제충신孝弟忠信을 으뜸으로 삼았다. 가정에서는 오직 부모에게 순종하여 어버이의 뜻에 맞게 행동하고 형제간에

---

5 녹암의 선조들인 양촌 이하 제·남·건은 모두 학자이자 정치가로 조선 초기의 뛰어난 분들이다.

우애하기를 자기 몸처럼 돌보아 이러한 일에만 힘을 쓰고 이러한 일만 실천하였기에 그의 집에 들어가면 보이는 것이라곤 한 무리 화기和氣가 가득 차 그윽하게 번져 있는 것뿐이었다. 그래서 마치 아름다운 향기가 몸속에 배어들어 난초 향기 그윽한 방에 들어간 듯하였다. 아들과 조카 들이 쭉 늘어앉아 있어도 한품에서 자란 형제들처럼 융화하여 그의 집에 머물며 열흘이 넘고 한달이 지나야 겨우 누가 누구의 아들임을 판별할 지경이었다. 비복과 논밭, 저장해둔 곡식을 형제 사이에 아무라도 사용하고 조금도 구별 짓지 않았으며 심지어는 닭과 개·말·소 등도 모두 잘 길들어 얌전하게 굴어 싸우거나 시끄러운 소리를 내지 않았다. 우연히 맛있는 음식이라도 생기면 아무리 적더라도 고르게 나누어 아래 천한 사람들까지 함께 먹었기 때문에 친척과 이웃 사람들이 동화하고 고을 사람들이 사모하여 먼 고을에까지 소문이 퍼져나갔다.

위로는 사족士族들과 어울려 문학과 행실로 자신을 닦던 사람들이 모두 공을 표준으로 삼아 많은 사람들이 아들을 보내어 예를 갖추고 제자가 되게 하자 이름이 아주 크게 나서 정백순[6]이 다시 나왔다고 하였다.

건륭 갑진년(1784, 녹암 49세)에 문효세자[7]를 책봉하고 공경公卿과 재상宰相들에게 학행과 실천력에서 동궁관東宮官에 적당한 사람을 추천하도록 하였는데, 판서 홍수보洪受輔, 참판 채홍리蔡弘履 등이 모두 경명행수經明行修로서 공을 추천했다. 그러나 마침 세자가 다섯살에 죽어 일이 끝나버렸다. 그런데 경연관經筵官으로 뽑는 것도 반대하는 사람이 있어 마

---

6 정호(程顥, 1032~85)를 말한다. 중국 북송(北宋) 중기의 유학자로 자는 백순(伯淳), 호는 명도(明道). 이기일원론(理氣一元論)과 성즉리설(性則理說)을 주창한 그의 사상은 동생 정이(程頤)를 거쳐 정주학(程朱學)의 중핵을 이루었다.
7 문효세자(文孝世子): 정조의 큰아들, 순조의 형. 일찍 죽었다.

침내 길이 막혀버렸다.

이벽이 맨 먼저 서교를 선전하기 시작하자 따르는 사람이 많아졌다. 말하기를 "감호는 선비들의 추앙을 받는 분이므로 감호가 따라주신다면 따르지 않을 사람이 없을 것이다"라고 하여 말을 타고 감호에게 찾아갔다. 열흘이 지나 돌아왔는데, 이때 공의 아우인 일신이 열심히 이벽을 따르게 되자 공이 「우제의虞祭義」 1편을 지어 제사지내는 예법에 대하여 밝혀놓으셨다.

신해년(1791, 56세) 겨울에 호남의 옥사[8]가 일어나 목만중·홍낙안이 일신을 지목해 고발하자 일신이 처음에는 죽음을 무릅쓰고 굴복하지 않았다. 제주도로 귀양을 보내자고 하였으나 임금이 권유하여 회개하게 하자 일신이 옥중에서 회오문을 지어 바치니 감형하여 예산으로 귀양을 보냈는데 옥에서 나와 오래지 않아 죽어버렸다. 이때부터 문도門徒가 모두 끊어지자 공은 문을 닫고 슬픔을 머금은 채 지내며 발자취가 산문山門을 나오지 않은 게 10년이었다.

신유년(1801) 봄에 옥에 넣고 국문하였으나 증거가 없었다. 어떤 사람이 을묘년(1795)에 죽은 윤유일尹有一이 본래 감호의 제자였으니 윤유일이 몰래 꾸민 일의 정상情狀을 몰랐을 리가 없다고 하여 장차 사형시키기로 했는데 마침 고문으로 공의 상처가 너무 커서 기절해 운명하였음에도 불구하고 결국 2월 25일 기시棄市하기로까지 의논하였다.

오호라! 인후仁厚하기가 기린 같고 자효慈孝하기를 호랑이나 원숭이처럼[9] 하고 영특한 지혜는 샛별과 같고 얼굴 모습은 봄날 구름의 밝은

---

8 진산사건(珍山事件), 신해옥사를 말한다. 1부 주21 참조.
9 호랑이와 원숭이는 특히 새끼를 사랑하며 어미를 잘 섬기는 동물의 본보기로 여겨진다.

태양 같았는데 형틀에서 죽어 시체가 저자의 구경거리로 널렸으니 어찌 슬프지 않겠는가!

내 기억을 더듬어보면 경신년(1800) 봄에 우리 막내숙부가 귀천초당歸川草堂에 계시며 와락 성을 내어 말하기를 "권아무개(녹암)는 도막 내어 베어 죽여도 아까울 게 없다"라고 하시고는 이어서 "오직 집안에서의 행실만은 특출했다"라고 하시니, 우리 작은형(약전)이 "집안의 행실이 특출한 분을 어떻게 도막 내어 벨 수 있습니까"라고 한 일이 있다. 슬프다! 그게 어찌 우리 막내숙부만의 이야기였겠는가. 그분의 효우孝友의 돈독한 행실만은 아무리 그분을 배척하던 사람도 덮어버릴 수 없었다.[10]

공은 병진년(1736, 영조 12)에 태어나서 신유년(1801)에 죽음을 당했으니 66세였다. 저서로는 『시칭時稱』 2권이 있고 『대학설大學說』 1권이 있을 뿐 나머지는 모두 흩어져버려 하나도 남아 있지 않다. 그러나 내가 들은 것만으로도 그분이 『대학』에 대해 논한 것으로 '격물[11]이란 물物에는 본本과 말末이 있다 할 때의 물을 격格한다'는 것이며, 치지[12]라는 것도 '앞에 하고 뒤에 할 바를 안다'라는 지知를 치致한다 함이고, 또 효·제·자孝弟慈를 명덕明德으로 여겼으며 『대학』의 구본舊本에 반드시 착간[13]이 있다 할 수 없다고 하였다.[14]

---

10 다산의 막내숙부는 천주교의 절대 반대자로 녹암이 후배들에게 천주교를 버리도록 극구 반대하지 않았음을 개탄해서 한 말인 듯싶다.

11 격물(格物): 물(物)을 격(格)한다는 뜻으로 『대학』의 중심 이론. 격의 의미에 대해서는 주자와 학자들 간에 설이 각각 다르다.

12 치지(致知): '격물치지(格物致知)'라고 하여 '격물'과 함께 쓰는 『대학』의 중요한 내용. 치의 뜻도 설이 많다.

13 착간(錯簡): 옛 경전은 죽간(竹簡)에다 글씨를 써서 만들었는데 주자는 『대학』의 죽간의 순서가 바뀌었다고 하였다.

14 『대학』은 본래 『예기(禮記)』의 편명으로 공자의 글을 그의 제자 증자(曾子)가 전술(傳述)한 것이라고 하는데 주자가 『예기』에서 『중용』과 함께 따로 떼어내 새로운 장구

『중용』에 대한 이론으로는 소불문·소부도[15]란 천재지무성무취[16]라고 하였고, 사단[17]을 논함에 있어서는 단端을 수首라고 하여 조기[18]의 학설처럼 해석해 인의예지란 일을 행함에서 이룩된 말이라고 하였다.[19]

상례喪禮에 대한 이론에서는 형제란 동족同族의 통칭이라 했고 입후立

(章句)로 해석해서『논어』『맹자』와 함께 사서(四書)라고 하였다. 바로 이 사서의 새로운 해석이 송학 및 주자학의 요체인데, 이 중에서도『대학』과『중용』이 늘 문제가 되었다.『대학』에는 '명명덕(明明德)' 즉 '명덕을 밝힌다'라는 경문(經文)이 있는데 주자는 이에 대해 "명덕이라는 것은 사람이 하늘로부터 받은 것으로 허하고 영명하여 막힌 게 없으며 만가지 이치를 갖추고 있어 만가지 일에 응용된다"(明德者 人之所得乎天而虛靈不昧 以具衆理 而應萬事者也)라고 하여 이(理)라는 말로 해석해내서 주자학이 이학(理學)이라 불리게 되었고『중용』의 솔성지위도(率性之謂道)의 성(性)과 합해 사변적인 중세 봉건적 지배이론으로서의 성리학을 이룩하였다. 이에 학문이 이론 중심으로 변해 인간의 구체적 삶의 문제와 동떨어져졌고 지배층만의 공리공론(空理空論)에 흘러 사변적 유희에 빠져, 백성의 삶은 날로 피폐하고 지식층은 이론논쟁에 휘말려 그것이 정치적 차원인 당쟁에까지 결부되었다. 중세 해체의 사회적 몸부림으로 나타난 일군의 실학자는 바로 주자학의 이(理)를 분쇄하지 않을 수 없었다. 여기에 명덕을 효·제·자로 보는 백호 윤휴에서 출발해 새로운 사조로 나타난 성호의 후배들인 녹암·다산에 이르러 그 체계가 완성된다.『대학』과『중용』에 대한 녹암의 새로운 해석은 주자의 현학적이고 사변적인 관념론을 비판하는 근거가 되며 실학사상의 중심 이론으로 다산학에 종합된다고 여겨진다.

15 소불문(所不聞)·소부도(所不睹):『중용』에 있는 말로 듣는 사람이 없는 곳, 보는 사람이 없는 곳이라는 뜻으로 몸을 근신할 때의 이야기.

16 천재지무성무취(天載之無聲無臭):『중용』본문에는 상천지재(上天之載)로 되어 있다. 재(載)는 사(事)라는 뜻으로 상천의 일이란 소리도 없고 냄새도 없다는 말인데 철학적 의미가 깊다.

17 사단(四端): 인지단(仁之端), 의지단(義之端), 예지단(禮之端), 지지단(智之端)이라 하여『맹자』에 나오는 학설. 단의 의미를 두고 주자와 다른 학설이 많다. 주자는 서(緒)로 해석했으나 녹암은 수(首)로 해석했다는 뜻.

18 조기(趙岐): 중국 한나라 때의 경전 주석가로『맹자』의 주(注)를 내었다. 다산도『맹자요의(孟子要義)』에서 조설(趙說)을 취하고 주론(朱論)을 배척한 게 많다.

19 이학자(理學者)인 주자는 사서에 나오는 인(仁)을 '애지리(愛之理), 심지덕(心之德)'이라 하여 모두 이(理)로 해석했으나 녹암·다산은 이것을 배척하고 '행사지성명(行事之成名)' 즉 행동과 일에서 나오는 말이라고 하여 실천과 행동철학의 근거를 마련하였다. 이 점으로 보아도 녹암의 경학사상은 다산에게 모두 전습되고 있다.

後란 죽은 사람의 뒤를 잇는 것이라 했다. 대하척[20]이란 옷자락의 긴 것이라 하였고 연미燕尾란 본래 없던 것이라 했다. 조문弔問을 받을 때에는 유일한 주인만 손님께 절하고 여러 주인은 손님께 절하지 않는다고 했는데 이것 때문에 비방받은 게 적지 않았다.

『시경』 국풍國風에 대한 이론에서 정풍이나 위풍[21]은 음란한 것을 욕하고 꾸짖는 시라고 하였다. 『상서尙書』에 대한 이론에서는 매씨梅氏의 25편은 안서贋書(위서僞書)라고 하였다.

이러한 여러가지 학설은 비록 주자의 학설과 다른 바가 있지만 공은 평생 동안 주자를 애모愛慕하여 그의 글을 외우고 뜻을 부연하느라 흥미진진하게 즐거워하며 눈썹이 움직이는 것도 알아차리지 못한 채 열심히 공부하였다. 예전에 말하기를 "진심으로 주자를 사모하는 사람으로 나보다 더한 사람은 없을 것이다"라고 하신 적이 있다.

지난 경술년(1790) 겨울 내가 희정당熙政堂에 입대入對하여 각신 김희[22] 등과 함께 『대학』을 강론하였는데, 공이 그때 내가 강론한 학설들을 읽어보고는 곧장 칭찬해주시며 기쁨을 이기지 못하는 듯하였다. 이제 남쪽으로 귀양 가 있을 때 저술한 책들로 『시경』에 있어서는 몽송朦誦의 뜻을 밝혀낸 것이라든지, 『서경』에 있어서 『한서漢書』의 유림전儒林傳이나 예문지藝文志 등을 인용하여 고문古文으로 두가지가 있다고 증거를 댄 이론이라든지, 『예기』에 있어서 수십가지 대의大義를 얻어낸 것이라

---

20 대하척(帶下尺): 상복 허리에 다는 깃.
21 정풍(鄭風)·위풍(衛風): 정풍과 위풍은 국풍의 편명. 주자는 "정위지음(鄭衛之音) 난세음·난지음(亂世淫亂之音)"이라 하여 음란한 시의 대명사로 사용했으나 녹암은 달리 해석하여 음란을 욕하고 꾸짖는 시라고 했다.
22 김희(金熹): 영조 5~정조 24(1729~1800). 자는 선지(善之), 호는 근와(芹窩), 본관은 광산(光山). 1773년 증광문과에 병과로 급제, 1793년 우의정, 영중추부사를 지냈다. 시호는 효간(孝簡).

든지, 『악기樂記』에 있어서 취율吹律의 거짓됨을 알아낸 것이라든지, 『역경』에 있어서 왕래往來하고 승강昇降하는 뜻을 터득해낸 것이라든지, 『춘추』에 있어서 『주례』의 유문遺文을 알아낸 것과 사서에 있어서 인仁과 서恕의 일관一貫의 바른 뜻을 밝혀낸 것들에 대하여, 만약에 공이 계셔서 공의 깨우쳐주심을 내가 원용할 수만 있었다면 그 이론들이 그런 정도에 그치고 말았을 것인가.

돌아가신 우리 형님 약전이 집지[23]하고 공을 섬겼으니, 지난 기해년(1779, 녹암 44세) 겨울 천진암天眞菴 주어사走魚寺에서 강학회講學會를 열었을 때 눈 속에 이벽이 밤중에 찾아와 촛불을 켜놓고 경전에 대해 밤새우며 토론했었는데,[24] 그후 7년이 지나 서학에 대한 비방이 생겨 이 때문에 그처럼 멋진 강학회를 다시는 열 수 없게 되었다.

공이 돌아가신 지 몇달 후에 호남의 유항검[25] 등을 서울 포도청에 압송하여 혹독한 고문으로 억지 진술을 하게 하였는데, 그의 진술에 "이가환 등이 은자銀子를 내어 외국 배를 불러들이려 했는데 공이 홍낙민, 이승훈과 함께 역시 그 계획을 알고 있었다"라고 했다 하여 대계에서는 공에게 형률을 더 가혹하게 적용하자고 청하였다. 오호라! 자세히 살펴볼 때 외국 선박 불러들이는 계획에 있어 하필이면 봄에 죽은 네 사람(이

---

23 집지(執贄): 스승에게 예물을 바치고 정식으로 제자가 됨.

24 이 일은 제3부 「선중씨 정약전 묘지명」에 나와 있다. 녹암을 스승으로 모시고 정약전을 비롯해 김원성(金源星), 녹암의 조카 권상학(權相學), 사위 이총억(李寵億), 이벽 등 당대의 남인 수재들이 모여 엄한 규율을 정해놓고 학문 강독회를 열었다 한다. 그러나 이를 천주교 강습회였다고 하는 요즘의 일부 천주교 측 논의는 근거 없는 소리로 보인다.

25 유항검(柳恒儉): 영조 32~순조 1(1756~1801). 천주교도로 교명은 아우구스티노. 중국인 신부 주문모의 입국을 도왔다. 1801년 체포되어 며느리 이유희(李柳姬), 동생 관검(觀儉)·지헌(持憲) 등과 함께 순교했다.

가환·권철신·이승훈·홍낙민)만이 주동을 했겠는가. 4월에 붙잡힌 유항검 등이 죽은 사람을 끌어댄 것은 고문을 견디지 못해 할 수 없이 거짓으로 꾸밀 수밖에 없었기 때문이다. 산 사람을 끌어대면 변명을 할 것이니 짐짓 죽은 사람을 끌어대 고문을 면하려 했을 뿐이다. 공이 그 일에 가담하지 않은 것은 삼척동자라도 곧 알 만하다.

　어머니는 남양홍씨南陽洪氏로 참판을 지낸 상빈尙賓의 딸이다. 아내는 의령남씨宜寧南氏로 그 아버지는 돈敦이었다. 처음에 공에게 아들이 없어서 양자를 세우기로 집안사람들이 의논하자 공이 말하기를 "아버지가 계신데 내 몸이야 중할 것도 없고 산 사람은 양자를 세우는 법이 없으니 어떻게 양자를 세운다는 거요"라고 하여 세우지 않고 있다가 아버지 시암이 돌아가시자 아우 일신의 아들 상문[26]을 데려다 길러 아들로 삼았다. 상문도 신유년 봄에 죽음을 당했으나 황慌과 경憬 두 아들을 두었다. 공은 딸이 하나 있었는데 이총억[27]에게 시집갔다. 묘는 양근군 남시면(오늘날의 경기도 양평군 강상면 일대) 효자산孝子山에 있는 선산의 남쪽 임壬의 방향 언덕에 있다. 아내 남씨도 함께 묻혀 있다.

　명에 이르기를

도술道術의 차이란	道術之差
털끝만큼이라도 다투는 것	爭于毫髮
경전의 근본 뜻 쇠퇴해 위서緯書들만 흥성하여	經衰緯興

26　권상문(權相問): 영조 44~순조 1(1768~1801). 권일신의 둘째아들로 철신에게 양자로 들어갔으며, 아내는 오석충의 딸이다. 1800년 6월 양근(楊根, 경기도 양평)에서 체포되어 1801년 12월 27일 죽음을 당했다.

27　이총억(李寵億): 복암 이기양의 아들.

선禪의 기미까지 슬며시 나타났네.　　　　禪機竊發

세상 사람들 마융馬融과 정현鄭玄만 숭상하고　　相融桃玄
훈고학에 탐닉키도 했지만　　　　　　　　又溺詁訓
공만은 그렇지 않다고 하고　　　　　　　　公曰不然
주공과 공자만을 모범으로 삼았다오.　　　周孔是憲

천하 대세 기울자　　　　　　　　　　　大運旣傾
침묵을 지키면서　　　　　　　　　　　乃黙乃沈
친족들을 보호하려　　　　　　　　　　保我天親
형틀에서도 웃으며 말했네.　　　　　　　談笑俎碪

모두가 원수처럼 여기면서도　　　　　　　衆口同仇
오히려 효우孝友한다고 말들 했었네.　　　猶曰孝友

하늘은 스스로 징조가 있으니　　　　　　天唯自徵
어진 사람으로 길이 열리려는데　　　　　賢良是牖
참소하는 무리들만 악독하게 모질어　　　讒夫孔棘
끝내는 어진 이를 죽였도다.　　　　　　殲此仁人

덕스러운 모습을 생각하면　　　　　　　言念德容
한창 피어가는 봄날씨 같았도다.　　　　藹藹其春

백세의 뒷날에　　　　　　　　　　　百世之後

이분 알아줄 사람 없겠기에   不復知公

이에 몇마디 하여 무덤에 묻고   瘞玆菲詞

하늘의 선심善心이나 기다려본다.   以候天衷

부록으로 적은 일화 몇조항附見閒話條

공이 젊은 시절에 하헌 윤휴[28]를 숭모崇慕하여 오래 전에 말하기를 "퇴계의 뒤로 하헌의 학문에 본本이 있고 말末이 있으며, 하헌의 뒤로는 성호의 학문이 계왕계래繼往啓來하였다"라고 하였는데 이 이야기는 중형(약전)이 들은 것이다. 늘그막에는 다시 그러한 이야기를 하지 않았다. 내가 들은 것으로는, 하헌의 학문은 바르지 않으나 『만필』[29] 한권만은 탄복할 만하며 기해방례[30]에 관해서는 끝내 참최斬衰가 옳다고 하였다.

공은 젊은 날 의리義理에 분명한 태도를 지녀 이야기를 하다가 더러는 눈물을 흘릴 때도 있었는데, 이희사李羲師(호는 취송醉松, 시를 잘한다는 이름

---

28 윤휴(尹鑴): 광해군 9~숙종 4(1617~80). 초명은 갱(鏗), 자는 희중(希仲), 호는 백호(白湖)·하헌(夏軒). 1659년 복상(服喪) 문제로 제1차 예송(禮訟)논쟁이 일어나자 남인으로서 서인의 기년설(朞年說, 만 1년간 상복을 입음)에 대하여 3년설(만 2년)을 주장, 송시열(宋時烈)과 논쟁을 벌였고 1674년 제2차 예송으로 서인이 물러나고 남인정권이 수립되자 성균사업(成均司業)에 기용되어 우찬성(右贊成)에 이르렀다. 저서로 『백호집(白湖集)』 등이 있고 경전에 대한 여러 저술이 있다.

29 『만필(漫筆)』: 『백호전집(白湖全書)』(경북대학교 출판부 1974) 권27 잡서(雜著)에 수록된 『만필』은 상중하 3부로 나뉘어 있으며 과거제도 폐지, 고문제도 폐지 등의 내용을 비롯해 역사·경제·사회 등 각 방면에 해박한 지식이 나열된 방대한 내용의 저술이다.

30 기해방례(己亥邦禮): 효종의 상을 당한 해가 기해년(1659)이며 그해 효종의 복으로 몇년을 입느냐의 문제로 서인과 남인이 죽음으로써 싸운 사건. 다산의 논문 「기해방례변(己亥邦禮辨)」 참조.

이 났다―원주)의 시에 "성호학파에는 의리가 살아 있다"라 했던 것이 바로 녹암을 두고 한 말이다. 늘그막에는 말씀과 의논이 공평하여 젊은날에 비해 덜 과격하였다. 항상 말하기를 붕당朋黨은 이기적인 면이 깊이 뿌리박혔기 때문에 깨끗이 씻어내기가 지극히 어려운 일이라 하였고, 그렇기 때문에 그 문제는 조심하라고 후배들에게 가르쳐주었다.

신유년의 옥사가 일어난 후에 지사知事 권엄[31]이 상소하여 말하기를 (남인 선비들을 대표해 올린 상소다―원주) "권철신은 사악한 적당 권일신權日身의 형입니다. 그자가 만약 한푼이라도 윤리적인 성품을 지녔다면 권일신이 죽은 후로 당연히 책임을 통절하게 느끼고 옛날에 물든 것을 일변하여 먼저 자기 몸으로부터 마땅히 마음 바꾸기를 생각해야 했는데, 악착스럽게 고칠 줄 모르고 억세게도 법을 두려워하지 않아, 그 아들까지 가르치고 요사스러운 학설을 선전하다 전에 벌써 포도청에 붙들려 왔었고 그후에는 다시 군郡에 있는 감옥에 갇히기까지 했으니 그의 흉악스럽고 영악함과 다시 뉘우침 없이 죄를 짓는 것을 보면 인류人類라고 말할 수 있겠습니까"라고 하였다.

이 상소문을 살펴보아도 공의 억울함을 알 수 있을 뿐이다. 그런 때를 당하여 그러한 상소문을 쓰면서 동생의 죄를 끌어들이고 아들의 죄까지 인용하면서 끝내 본인이 직접 죄를 지었다는 말은 없었으니 아는 사람들 사이의 공론을 볼 수 있다. 그와 같은 훌륭한 학자에 대해서, 그처럼 높은 명성을 지닌 사람에 대해서 성토한 죄목이 이런 정도에 그쳤다면 죄를 범하지 않았음이 뚜렷하다. 그분은 특별하게 효우가 출천出天하여 차마 은정恩情과 의리를 해치고 저버리지 못한 나머지 거기까지

---

31 권엄(權欕): 영조 5~순조 1(1729~1801). 자는 공저(公著), 호는 엽서(葉西). 병조판서를 역임하고 1801년 지중추부사로서 이가환·이승훈·정약용 등의 극형을 주장했다.

이르렀던 것이다. 선비를 죽인 것이 아닌가.

대사간 목만중이 상소하여 "권철신은 젊어서 학문에 뜻을 두었다는 이름을 얻었고 아주 민흡敏洽하다는 칭찬이 있었는데 그의 아우 권일신이 한번 사악한 무리에 들어간 뒤로부터는 한뜻으로 노래 부르며 온 가족이 미혹했으니 이건 그의 뜻이 장차 무엇을 하자는 것입니까"라고 하였다.

이 상소를 살펴보면 또한 애매모호한 말일 뿐이다. "한뜻으로 노래부르며 온 가족이 미혹했다"라는 것도 한갓 싸잡아 넘기는 것이다. 아버지가 아들을 위하여 숨기고 형이 아우를 위해 숨기다가 하늘이 벌주는 날을 기다리는 것은 인륜의 지극한 일이다. 어째서 이런 사람을 죽인단 말인가.

경기감사 이익운李益運이 상소하여 "소굴의 우두머리를 찾아보면 권일신이 그 사람입니다. 권일신이 죄를 짓고 죽은 후에 그자와 같은 무리들이 아직도 고칠 줄을 모르고 옛날처럼 얽혀서 왕래를 끊지 않으니 권철신의 온 가족이 악에 물들어버림은 살펴볼 것도 없이 분명합니다"[32] 라고 하였다.

이 상소문을 살펴보아도 공의 억울함을 알 수 있을 뿐이다. 부자 형제

---

32 『조선왕조실록』에 보면 신유옥사 후 남인 시파를 축출할 때 이익운을 삭탈관직하면서, 같이 어울리던 자가 자신의 죄를 모면하려고 자기 일당을 공격하는 상소까지 올린 흉측한 자라고 한 기록이 있는데, 당시 자파에서의 공격 상소는 주로 자기보존을 위한 간악한 수법의 상소가 많았고, 신유옥사가 시파의 축출을 위한 계략이었음도 방증해주고 있다. 이익운은 본디 남인 시파로 권철신 등과 아주 가까운 사이였는데, 사건이 일어나자 자신의 모면을 위해 권철신을 성토하는 상소를 올렸다가 그로 인해 오히려 파직당했다. 권엄의 상소는 63명이 연명하여 신유년 2월 17일에 있었고, 이익운의 상소는 신유년 2월 21일조에 있다. 4월 24일 경오조(庚午條)에 이익운은 파직되었다.

간이라도 한 사람이 지은 죄가 다른 사람에게까지 미치지 않음은 옛날의 의義였다. 그 동생의 범죄를 추론하여 그 형에게 덮어씌움이 옳겠는가. 함께 섞어서 말을 만들어 할 때마다 "온 가족이 악에 물들었다"라고 하면서도 끝내 "몸소 죄를 범했다(身犯)"라는 두 글자는 없었으니 믿을 수 없음이 이와 같았다.

대제학 이만수李晩秀가 주문奏文을 지었는데 옥에 갇혀 화를 입은 모든 사람에 대하여 살아난 사람이나 죽은 사람을 묻지 않고 낱낱이 범죄 사실과 사건 내용을 열거하여 중언부언해놓았다. 그러나 녹암의 이름만은 홀로 들어 있지 않았으니 춘옥春獄이건 추옥秋獄이건 간에 한 글자의 증거될 만한 것이 없었음을 알 수 있는 것이다. 기시하던 날 갑자기 공의 죄를 가중하여 윤유일의 정상情狀을 알고 있었다느니, 호남의 옥사에 잘못 공의 이름을 끌어대어 유항검의 정상을 알았다느니 하여 비록 대계가 나왔지만 공정한 의논들이 있기 마련이다. 그래서 주문에는 공의 이름이 없었던 것이다.

대제학 이만수가 지은 반교문頒教文에서 "권철신이 사는 한 고을은 모두 미혹했는데 그의 인척들이었다"라고 했다.

살펴보건대, 무릇 범죄자를 벌주는 법이란 먼저 본인 자신이 범한 죄를 정해놓고 이어서 집안사람이나 고을 사람들의 죄가 이 사람 때문에 나오게 되었다고 말해야 하는데, 녹암 혼자에 있어서만은 말할 때마다 고을 사람이나 집안사람의 죄를 본인 몸에다 덮어씌웠으니 법이나 판례에 없는 일이었다.

경신년 국휼國恤을 당한 뒤 양근의 악당 김아무개 등이 도둑을 보내 공의 집에 있는 4대의 신주판을 몰래 빼내어 물이나 불 속에 던져버리고 공에게 죄를 덮어씌우자고 의논했는데, 이희사가 그 정상을 알아내서 비밀리에 공에게 알려주자 공이 신주판을 안방 벽장 속에 안치해두고는 집사람으로 하여금 엿보도록 하였다. 며칠 후 과연 도둑 두명이 가묘로 들어가 수색했으나 신주판이 아무것도 없자 도둑들이 돌아가서 악당들에게 전하니, 악당들은 공이 이미 신주판을 불살라버린 것으로 여기고는 온 고을에다 공이 신주판을 불살랐다고 소문을 퍼뜨렸다. 신유년 봄에 군수 유한기兪漢紀가 사람을 보내어 안방의 벽장을 조사해보니 네 궤의 신주함이 모두 있었다. 진사 조상겸[33] 등이 통문通文을 내어 악당의 도둑놈 파견 사건에 대해 논하고 그분의 무고함을 밝혔는데, 유한기가 느긋하게 처리하다가 파면되어 돌아가버렸다. 새 군수 정주성鄭周誠이 와서 조상겸 등을 체포하여 옥에 가두고 50여명을 연루시켜 더러는 죽이고 더러는 귀양 보내 한 사람도 죄 안 받은 사람이 없게 하고는 악당이 신주판 도둑질하려던 죄는 묻지도 않았다.

---

33 조상겸(趙尙兼): 영조 12~순조 1(1736~1801). 자는 성삼(聖三), 본관은 한양(漢陽). 1795년에 진사가 되고 이가환과 교유했다. 권철신을 모함하려고 신주판을 도둑질한 사실을 밝혀내어 군수 유한기가 파면되게 하였으나 이 일로 죄를 얻어 경상도 곤양(昆陽)에 유배되어 곧 죽었다.

정헌 이가환 묘지명

건륭 을묘년(1795, 정헌 54세) 봄은 우리 정조께서 임금으로 오르신 지 19년째 되는 해였다. 간신(정동준鄭東浚—원주)을 이미 처벌하고 나라의 기강이 다시 바르게 되자 임금이 인정문仁政門에 납시어 모든 신하들의 하례를 받으시는데, 발음이 홍종洪鐘과 같고 노여움은 천둥 번개와 같이 말씀하기를 "너희 조정의 버슬하는 백관百官은 모두 나의 고유[誥]를 들으라. 내 오늘 소인을 물리치고 군자를 나오게 하여 황천조종皇天祖宗의 보살핌을 이으려 하노라. 나는 오늘 착함과 악함을 분명히 보여서 백성들의 뜻을 크게 안정하노라" 하셨다. 뭇 신하들이 두려워 엎드려 엄숙히 입을 닫고 큰 호령을 공손히 들었다. 이때 판중추부사 신 채제공을 기용하여 좌의정을 삼고 동부승지 신 정약용으로 하여 앞으로 나아와 받아쓰도록 명령하시고는 전 대사성 신 이가환을 발탁하여 공조판서로 삼으니 이에 안팎의 분위기가 흡족하여 훌륭한 인재들이 모두 진출하는 것으로 생각하였다.

그달이 지나자 임금이 신 이가환 및 신 정약용을 불러 유시하시기를 "화성華城은 바로 우리 장헌莊獻의 의관衣冠을 매장한 곳이다. 금년 봄에 내가 연로하신 어머니를 모시고 유택幽宅을 보러 가려 한다. 10년이 지나면 나도 장차 늙을 것이니 화성에 노래당老來堂이 있어야겠다. 오직이 화성의 역사役事는 공경스럽게 하지 않을 수 없다. 묘지에 전나무와잣나무를 심는 일, 궁각宮殼과 대사臺榭의 축조, 성지城地와 갑병甲兵(병장기)의 수선, 곡식과 전포錢布의 비축, 정관停館·우전郵傳(우편과 역참)·노부鹵簿(행차의 의전)·희뢰饋牢(제물) 등 크고 작은 일 할 것 없이 모두 적절하게 정리하여 기록하고 바르게 해놓아 방례邦禮를 밝혀야 한다. 이가환너야말로 박식하니 마땅히 이 역사를 관장해야 하고 정약용 너도 민첩하고 넉넉하니 더불어 돕도록 하라. 유독 규영부는 임금이 있는 곳과 가깝고 그 지역이 심엄深嚴하니 너희는 거기 가서 노닐며 쉬도록 하라. 너희에게 술과 각종 진찬과 과일 등속을 내릴 것이니 취하고 배불리 먹어두터운 은택을 받도록 하라"라고 하였다. 우리들은 엎드려 눈물을 흘리면서 공손하게 명령을 받들었다.

며칠이 지나서 꽃구경과 고기 낚는 연회를 베푸셨다. 임금이 먼저 말을 타고 궁중의 말을 내오도록 명하여 신들을 불러 말을 타고 따라오도록 하셨다. 채제공, 이가환, 정약용이 임금을 따라 청양문靑陽門에 이르러 담장을 돌아 동쪽으로 석거각石渠閣에 이르러 말에서 내렸다. 돌아들어가 부용정에 이르러 낚시질하고 운韻을 내어 시를 지었다. 영화당으로돌아가 활을 쏘았다. 저녁이 되자 촛불을 내려 돌아가도록 명하셨다.

이해 가을에 진산현감珍山縣監 이기양을 불러다 급제를 내리고 특별히 홍문관 수찬修撰의 벼슬을 주었다. 이때를 당해서 소인의 도道가 소멸하고 군자의 도가 커나가니, 화평한 기운이 무럭무럭 퍼지고 만물이안온하여 진실로 찬란하게 빛나던 한 치세였다. 그후 5년이 지난 기미년(1799, 58세) 봄에 채제공이 서거하고 그 이듬해 여름 6월에 임금이 홍거하고 그 이듬해 신유년(1801) 봄에 화란이 일어나 이가환은 옥에서 파리하게 되어 죽고 이기양은 단천으로 귀양 가고 정약용은 장기로 귀양 갔다. 이해 겨울 악인 목만중·홍낙안·이기경 등이 득세하여 채제공의 관작을 추탈하고 다시 이가환의 죄를 의논하여 죄명을 더 붙일 것을 요구했고 또 정약용을 감옥에 붙잡아넣어 죽이려 했다. 여러 대신들의 구함에 힘입어 강진으로 귀양지를 옮겨갔으니 이것이 우리들의 다행, 불행과 소장消長의 대략이다.

오호라! 하늘이 우리 돌아가신 임금과 같은 총명예지한 사람을 낳아 세워서 군사君師로 삼고 또 이런 어질고 뛰어난 한두 명의 신하들을 태어나게 하여 군신의 제회際會와 만남으로 일대의 장관을 이루게 하더니, 또 이어서 넘어뜨리고 뒤엎어 은총과 복록을 끝까지 마치게 해주지 않았으니 하늘을 어찌 알 수 있으리오.

그후 18년 만인 무인년(1818) 가을에 신 정약용이 열수의 북쪽으로 살아서 돌아와 비로소 한두 분 명신들의 행적을 서술하는데, 채제공은 이미 비지碑誌가 있기에 마침내 이공의 일을 기록하여 무덤에 묻어둘 것에 대비한다.

공의 이름은 가환, 자는 정조庭藻, 여흥이씨麗興李氏다. 이씨는 조선조에 이르러 대대로 크게 빛이 났으니, 그 씨족이 서대문 안의 옛날 정릉貞陵 골목에서 살아서 세상에서 정릉이씨라고 불렀다. 10세조 계손繼孫은 벼슬이 병조판서에 이르렀으며, 그 뒤 5대를 지나 소릉少陵 상의尙毅라는 분이 있는데 벼슬이 의정부 좌찬성左贊成에 이르고 그의 손자 매산梅山 하진夏鎭은 벼슬을 홍문관 제학까지 지냈다. 매산은 아들이 여섯으로 그중에서 높은 이름을 얻은 사람이 세명인데 큰아들은 옥동玉洞 서溆로 벼슬이 찰방察訪이었고 둘째는 섬계剡溪 잠潛으로 포의로 상소했다가 죽고 뒤에 사헌부 집의執義로 증직되었으며, 막내가 성호 익인데 경학으로 추천받아 선공감역繕工監役이 되었다. 성호의 형에 이름이 침沈이라는 분이 있는데 바로 공의 조부다. 막내숙부인 명진明鎭에게 양자 갔고 이분이 이름이 용휴用休라는 분을 낳았는데 벌써 진사가 되고도 다시는 과거장에 들어가지 않고 온 마음을 기울여 문사文詞를 닦아 우리나라의 누추한 습속을 씻어내고 힘껏 중국의 본격적인 문장을 추구한바, 그의 글은 기굴奇崛·신교新巧하여 결코 전우산[34]이나 원석공[35]에 못지않았다. 자호自號를 혜환거사惠寰居士라 했고 원릉元陵(영조) 말엽 이름이 한 시대에 뛰어나 무릇 씻고 갈아 스스로 새롭게 해보고자 하는 사람들은 모두 그에게 나아가 시정是正을 받았으니 몸은 포의의 대열에 있으면서 손에 문단文壇의 권한을 쥔 것이 30년이나 되었다. 이는 옛날부터 없었던 일이나 우리나라 선배들의 문자의 허물을 척결함이 너무 심해서 이 때문에 속류俗流들의 원망을 사기도 했다.

우리 성호선생은 하늘에 솟아나고 사람 중에 빼어나며 도덕과 학문이 고금에 초월했던 분이라 자제들 중에서 직접 학문을 배우고 복습한 사람들이 모두 대유大儒로 성장했는데 정산貞山 병휴秉休는 『주역』과 삼례三禮에 치력하고 만경萬頃 맹휴孟休는 경제·실용의 학문에 치력하고 혜환 용휴는 문장에 치력하고 장천長川 철환嘉煥은 박식이 장화[36]나 간

---

34 전우산(錢虞山): 명말 청초의 대문호 전겸익(錢謙益)의 호가 우산종백(虞山宗伯)이다. 시에 뛰어나 동남 지방의 문단을 석권했고 만력 연간에 예부상서(禮部尙書)가 되었다. 많은 저서가 있다.

35 원석공(袁石公): 원굉도(袁宏道)의 호가 석공(石公). 자는 중랑(中郞). 『원중랑집(袁中郞集)』이 있다. 형 종도(宗道), 동생 중도(中道)와 함께 명나라 만력 연간에 문명을 날렸다.

36 장화(張華): 중국 진나라 방성인(放城人). 자는 무선(茂先). 박식하고 문장에 뛰어나 『박물기(博物記)』를 지었다.

보[37]와 같았고 목재木齋 삼환森煥은 예학을 익혀 의리로 성호를 이었다. 섬촌剡村 구환九煥도 또한 할아버지를 이어 명성을 따르니 한 집안의 학문의 번성함이 그와 같았다.[38]

공은 여러 종從형제들 사이에서 나이가 가장 어렸으나 그 배양하고 심은 학문이 가장 깊었으며 더구나 그분의 기억력은 고금에 뛰어나 한 차례 눈으로 보기만 한 것도 죽을 때까지 잊지 않고서 우연히 자극만 받으면 한번에 수천백 마디를 외워 마치 술통에서 술 쏟아지듯 유탄이 퍼부어 널빤지를 뒤엎듯 하였다. 구경九經과 사서四書·23사史에서 제자백가·시詩·부賦·잡문총서雜文叢書·패관稗官·상역象譯·산율算律의 학, 우의 마무牛醫馬巫의 설, 악성 종양과 치질 치료법 등에 이르기까지 무릇 글자로 지어진 것들은 한번 건드리기만 해도 물 쏟아지듯 막힌 데가 없었으며, 또 모두 정밀히 연구하고 알맹이를 파내서 한결같이 전문적으로 공부한 사람 같았다. 질문한 사람마다 깜짝 놀라서 귀신이 아닌가 의심할 정도였다.

20대 초에 태학에 유학하여 달마다 월과月課로 바친 시편들은 해마다 좋은 점수를 얻어 명성이 사방에 퍼졌으며 오래지 않아 회시會試 양장兩場에 합격하였다. 정조의 등극을 경축하는 증광시에 뽑혀 급제하자 곧이어 특별히 여러 조曹의 낭郎이 되었고 전형을 거치지 않고 임금의 특별임명(中批)[39]으로 사헌부 지평의 벼슬을 받았다. 을사년(1785, 44세)에

---

37 간보(干寶): 중국 진나라 신채인(新蔡人). 자는 영승(令升). 박학다재하며 『진기(晉記)』와 『수신기(搜神記)』의 저자.

38 위당(爲堂) 정인보(鄭寅普)도 『국학산고』에서 "성호의 집이야말로 일가 자·질·손이 나는 대로 간세(間世)의 대사(大師)니 (…) 족손(族孫) 규환(圭煥)까지의 제제(濟濟)함이 고금에 독보하였다"라고 하여 성호 집안의 학문적 축적을 극구 찬탄한 바 있다.

39 중비(中批): 전형을 거치지 않고 임금의 특별명령으로 벼슬을 시킴. 옥당에 들어가는 데는 반드시 홍문록(弘文錄)이라는 어려운 추천절차를 거쳐야 했는데 정헌은 임금

120 제2부

봉상시정奉常寺正과 지제교知制敎의 벼슬을 받았으며 왕명으로『대전통편大典通編』을 편찬했다. 경연에 나아가 진술하는 내용이 자세하고 명쾌했으며 증거를 드는 것이 호박浩博했다. 하루는 임금이 공이 나갈 때까지 눈으로 바라보면서 "저와 같은 사람은 남이 끝내 그 능력을 다 이용하지 못하리라"라고 하시니 듣고 있던 사람들이 아주 꺼리며 반드시 그분이 크게 등용될 것을 알았었다.[40]

이때 번옹이 당인黨人의 몰아냄을 당해 교외에 나가 지내고 계셨는데 채홍리·목만중 등이 모두 번옹에게 두마음을 먹게 되자 지조가 확고하지 못한 사람들은 대부분 양다리를 걸치고 있었다. 공은 홀로 맑은 의논을 견지하고 정범조[41]·유항주[42]·윤필병[43] 공과 함께 모두 굳고 곧아 움

의 총애로 바로 옥당에 들어갔다.

40 관찬 사료인『조선왕조실록』정조 2년 2월 12일조에 "문신들의 글짓기대회에 몸소 참석하여 수석한 부정자(副正字) 이가환을 6품으로 올려주다"라는 기록이 있고 그 이틀 후인 14일조에는 승문정자(承文正字) 이가환을 소견(召見)하였다는 기사를 싣고 7면에 달하는 정조와 이가환의 문답 내용을 게재해놓았는데 역사·천문·지리·경학 등 각 방면에 걸쳐 이가환을 시험해본 내용이다. 정조는 "지난번의 대책(對策) 답변에서 이미 해박함을 알았다. 엊그제의 답안지는 근래에 그러한 내용으로 답안을 쓸 수 있는 사람이 없을 정도라고 하겠다"라고 한 후 수없는 질문을 했고 이가환이 척척 답하자 질문이 막혀 "이 사람이야말로 해박한 사람이어서 정말로 어려운 것을 질문하기에 적합한 사람이다. 승지들이 질문을 꺼내보라"라고 하여 승지 이진형(李鎭衡)이 많은 질문을 하고 그에 답변하기도 하였다. 이해는 1778년이니 이가환이 37세 되던 해로 그때 온 나라에 그의 박식함이 알려졌음을 알게 해준다. 더구나『정조실록』은 정조가 죽은 후 몇년이 지나 신유옥사 때 다산 일파를 모함해 처벌한 사람들이 주동이 되어 편찬한 책인데 역적으로 죽어간 이가환의 젊은 시절에 대해서만은 차마 매몰시킬 수 없었던 탓인지 생생한 기록을 남겼다.

41 정범조(丁範祖): 경종 3~순조 1(1723~1801). 자는 법세(法世), 호는 해좌(海左), 시호는 문헌(文憲). 1785년 대사간이 되고 예문관 제학에 이르렀으며 1800년 순조가 즉위하자 지실록사(知實錄事)로서『정조실록』의 편찬에 참여했다.

42 유항주(兪恒柱): 영조 6(1730)~? 자는 계오(季五), 호는 죽파(竹坡). 1759년 식년문과에 을과로 급제, 1782년 충주목사, 1789년 의금부사 및 승지를 지냈다. 이가환과 친분

직이지 않았다. 번옹이 십년 동안 요로에 있으면서 뒷받침을 얻은 것은 모두 이 몇분들의 힘이었다.[44]

그런 중에 서적 편찬의 공로로 승지로 특진하였고 곧바로 외직外職으로 나가 정주목사定州牧使가 되어 치적이 빛나 명성과 실상이 함께 높았는데, 어사가 시론時論에 타협해서 계啓를 올려 파면된 후 김화현金化縣으로 귀양 갔다. 귀양이 풀려 돌아온 다음 아버지의 상을 당해 포천抱川에서 거려居廬하고 있었다. 그때 친구들 중에서 번옹에게 두마음 먹는 자들이 날로 늘고 달로 더해감을 듣고서 "일이 급박하구나"라고 하고는 상복을 입은 채 서울에 들어와 유항주와 상의했는데, 마침 김복인[45]이 개연히 상소를 하여 번옹의 억울함을 밝히고 마침내 여러 배반자들을 공격하였다. 임금이 아주 기뻐하고 비답批答을 내리기를 "가려운 곳을 긁어주는 것 같다"라 하였으니 이때 임금도 번옹이 모든 지구知舊들의 마음을 잃고 마침내 우익羽翼이 없어진 것으로 생각하다가 김복인공의 상소를 읽어보고 비로소 밝은 논의가 아직도 많음을 알게 되신 것이었다.

건륭 무신년(1788, 47세) 봄에 번옹이 정승으로 들어오고 공도 또한 자주 승선承宣으로 승정원에 들어갔는데 임금이 한가할 때 불러서 삼한사

이 두터웠다.

43 윤필병(尹弼秉): 영조 6~순조 10(1730~1810). 자는 이중(彛仲), 호는 무호당(無號堂). 1797년 한성부 우윤에 재직 중 서학을 옹호했다는 죄목을 들어 채제공을 탄핵했다가 삭직당했다. 벼슬은 동지중추부사에 이르렀다.

44 채제공은 정조 12년 우의정이 되고 영의정에 올라 정조 23년 그가 죽을 때까지 많은 공격을 받으면서도 나라의 원로로 정조의 기둥 역할을 하였다. 다산 일파는 채제공의 비호가 있어 그나마의 관계 활동도 가능했던 것이 사실이다.

45 김복인(金復仁): 영조 13(1737)~? 자는 덕승(德承), 1785년 토역경과(討逆慶科)에 병과로 급제, 정랑(正郞)에 이르렀다. 채제공이 당인들의 공격을 받아 교외에 나가 지내고 있을 때 그의 억울함을 밝히는 상소를 올려 숱한 화란이 일어났다.

군三韓四郡 이래의 우리나라 고사故事들을 물어보셨다. 공이 즉각 23사를 인용하여 응대함이 물 흐르듯 했다. 임금이 매우 놀라서 공이 물러가자 좌우의 곁에 있는 사람들에게 말하기를 "이가환 같은 사람은 진학사眞學士라 하겠다"라고 하셨다.

　신해년(1791, 50세) 겨울에 호남의 옥사가 있자 홍희운이 번옹에게 편지를 올려 벼슬하는 사람과 일반 선비들 중 총명하고 재주있는 사람들이 모두 서교에 빠져 앞으로 황건黃巾과 백련白蓮의 난리가 있을 것이라 하였는데, 임금이 번옹에게 공서公署에 나가 목만중·홍희운·이기경 등을 소환하여 사실 여부를 조사하도록 명령하였으니 이른바 장악원掌樂院의 조사였다. 며칠 뒤에 이기경이 상복을 입은 처지에서 또 상소하여 조사한 일이 불공정하다고 헐뜯자 임금이 매우 성이 나 이기경을 경원慶源으로 귀양 보냈다.

　그다음 해(1792) 봄에 약용이 옥당으로 들어가고 겨울에 공이 특명으로 성균관 대사성을 제수받았는데 시험장을 열어 선비들에게 시험을 보였으나 세도가의 자제들로 섬계 이잠[46]을 미워하는 사람들이 모두 시험장에 들어오지 않아 공이 일을 그만두려 했다. 임금이 그 소식을 듣고 "그자들이 스스로 안 들어오는 것이 우리 일과 무슨 상관이 있는가. 일을 엄히 신칙하여 공정하게 행하라"라고 하여 공이 마지못해 시험을 마쳤다. 그러나 공의 재앙은 이 일에서부터 조짐이 나타난 것이다. 이때 부교리 이동직[47]이 시론에 영합하기를 구하여 상소로 문체를 논란하

---

46 이잠(李潛): 현종 1~숙종 31(1660~1706). 자는 중연(仲淵), 호는 서산(西山)·섬계(剡溪). 본관은 여주(驪州), 대사헌 하진(夏鎭)의 둘째아들, 성호의 작은형. 진사로 상소하여 노론인 김춘택(金春澤), 이이명(李頤命) 등이 동궁(東宮)을 불리하게 한다고 공격했다가 장살(杖殺)되었다.

47 이동직(李東稷): 영조 25(1749)~? 1792년 부교리로서 박지원(朴趾源)의 『열하일기(熱

여 공을 헐뜯고 배척해서 성균관 시험을 막으려 하였다. 임금이 비답하기를 "네가 재신 이가환의 문체가 경전을 무용지물로 만들었다는 것으로 말자루를 삼았는데 바로 내가 한마디 하고 싶었지만 기회를 얻지 못하고 있던 문제이다. 네가 말을 걸어온 것은 내 가려운 곳을 긁어주는 것과 같다. 내가 요즘 세상 다스리는 희음希音을 듣고자 할진대 한두 명의 나이 젊은 문신들을 맨 먼저 등용하여 이끌어 경계해주었더니, 남공철, 김조순,[48] 이상황, 심상규[49] 등은 최·노[50]의 혁혁한 문벌로 순식간에 당장 누워서도 국자 대사성國子大司成, 홍문관·예문관 제학을 차지하였다. 그러나 과거시험을 주재해서 많은 선비들을 오도誤導하고 윤색潤色의 책임을 맡고서 임금의 말을 욕되게 하고 있으니 이른바 '고상한 음악을 비속한 노래로 격하하고 귀한 술을 기와술통[瓦缶]에 담는다'는 격이다. 국학國學과 관각館閣의 자리를 모두 이러한 무리에 일임하여 무너뜨리게 한다면 멀리 추방할 죄[51]를 어떻게 속죄할 수 있겠는가. 이가환 같은 사람으로 말하면 일찍이 훌륭한 가문 출신으로 여기지 않을 수 없

<hr />

河日記)』의 문체가 저속함을 상소했고 이가환을 천주교도라고 논척하여 충주목사로 좌천시키는 등 주자학적 전통을 옹호한 인물이며 대사간, 관찰사 등을 지냈다.

48 김조순(金祖淳): 영조 41~순조 31(1765~1831). 초명은 낙순(洛淳), 자는 사원(士源), 호는 풍고(楓皐), 창집(昌集)의 4대손. 1798년 이조참의를 거쳐 1802년 양관 대제학을 역임했으며, 그의 딸이 순조의 비(妃)로 책봉되자 영안부원군(永安府院君)에 봉해졌고 철종 때 안동김씨 세도정권의 기틀을 마련했다.

49 심상규(沈象奎): 영조 42~헌종 4(1766~1838). 자는 치교(穉敎), 호는 두실(斗室)·이하(霧下), 시호는 문숙(文肅). 1800년 알성문과에 급제, 규장각의 검교(檢校)·직각(直閣)을 역임하고 1800년 정조가 죽자 시파로 몰려 귀양 갔다가 1802년 풀려나와 그후 양관 대제학을 역임하고 벼슬은 영의정에 이르렀다. 1만여권의 책을 수집한 장서가이기도 하다.

50 최·노(崔盧): 최씨와 노씨는 중국의 육조(六朝) 및 당나라 때 문벌이 높던 집안.

51 『시경』 소아(小雅) 항백(巷伯) 장에 있는 말. 참소하는 악질 인간은 불모지 북방에 던져 얼어죽게 해야 한다는 뜻.

지만 백년 동안[52] 낙척되었다가 갈고 닦아서 문장을 이루었는데 스스로 초야에서 떠도는 신세가 되어 표현해내는 문장은 비분강개한 논조의 글이고, 구해서 뜻에 맞는 것들은 『제해齊諧』나 『색은索隱』과 같은 신괴神怪하고 기벽한 내용의 글뿐이었다. 행적이 위험할수록 말이 더욱 괴팍해지고 말이 괴팍해질수록 글이 더욱 괴상해지는 것이다. 온갖 좋은 벼슬은 볕 드는 집안으로 넘어가버리니 이소離騷와 구가九歌를 빌려 스스로 비통해하는 것이 어찌 이가환이 즐겨서 하는 일이겠느냐, 이 조정에서 그렇게 시킨 것이냐. 내가 거처하는 침궁에 '탕탕평평실蕩蕩平平室'이라고 현판을 걸었으며 '정구팔황庭衢八荒'이라는 큰 글자 넉자로 들어오는 창문의 인중방에 두루 편액을 붙여 아침저녁으로 성찰하며 나의 마음의 양식으로 삼았었다. 이에 곤궁한 처지에 놓인 사람 가운데서 발탁하였는데 이가환은 특히 그중의 한 사람일 뿐이다. 오늘에 와서 갑자기 상도常道를 어긴 남공철 무리의 부류와 견주어 함께 배척한다면 이가환은 홀로 억울하지 않겠는가. 그런데 하물며 저렇게 배척을 받아야 함에도 배척하지 않고 이렇게 배척할 수 없음에도 유독 배척한다면 그게 옳겠는가. 이가환은 이제 막 골짜기에서 큰 나무로 올라왔고 썩은 것이 변해서 신선한 것이 되었는데 마음으로부터 나오는 소리가 어찌 점입가경이 되지 않겠는가. 이가환이 재주가 둔하여 괄목할 정도가 못된다 해도 그의 자손들에까지 또 어찌 반드시 항상 남에게 넘겨주어 스스로 힘써서 자기를 발신하는 일을 본받지 않게 할 수야 있겠는가. 맹단에 올라 우이를 잡고[53] 다시 긴 어둠 속에 취생몽사하는 가운데서 대일통大一統의 권을 밝히는 일을 나는 나의 임무로 삼노라"라고 하셨다.

---

52 백년 동안은 숙종 6년(1680) 경신대출척 이후 정조 16년(1792) 당시까지를 이름.
53 맹단(盟壇)에 올라 우이(牛耳)를 잡고: 문예의 권한을 장악했다는 의미.

임금은 시기하고 미워하는 사람이 많다는 것을 알면서도 벼슬길에 나오도록 더욱 독촉했지만 공이 완강히 응하지 않자 임금이 내보내 개성부 유수開城府留守가 되게 했다. 명목상 밖으로 쫓아낸 것이지만 실제로는 3품二品으로 승진시켰으니 임금의 돌보고 아껴주심을 막을 수 없음이 그러하였다.

계축년(1793, 52세) 첫봄에 공이 상소하여 스스로 하소연하기를 "신은 본래 산속에 버려진 나무와 오고 가는 기러기처럼 지내서 이 세상에 애초부터 원한과 혐오가 없는데 지금까지 저에 대해 논란하는 자들이 계속해서 가만두지 않는 데는 어찌 다른 이유가 있겠습니까. 그들의 말은 더러는 은근히 비추고 더러는 바로 꼬집어 드러내 배척하기도 하는데, 그 귀결은 모두 저의 종조부의 일로써 저의 집안을 미워하고 싫어하는 때문입니다. 오호라! 저의 종조부 이잠은 당시에 왕실을 보호하자는 상소로 피를 뿌리며 가슴을 도려내 나라를 위한 충성을 원해서 몸으로써 뜻에 순殉했으니 차마 말할 수 있는 일이겠습니까. 아픔과 고통이 맺혀 세월이 이미 오래 되었건만 차마 그 문제를 거론하여 붓끝을 놀릴 수 없습니다. 오직 위의 임금들께서 밝혀주신 교서가 나라의 역사책에 뚜렷하게 나타나 있어 이목耳目에 밝게 비치고 또 제가 일찍이 임금께서 만드신『황극편皇極編』[54]을 읽어보았는데 쭉 서술한 사실이 명쾌하여 빠짐이 없었으니 그 한권의 책이야말로 해와 별처럼 뚜렷하였습니다. 저는 힘차게 천백번이나 외우며 피눈물을 흘렸으며 손을 씻고 깨끗이 베껴

---

54 『황극편(皇極編)』: 조선시대의 당쟁(黨爭) 사실을 엮은 책. 필사본으로 12권 6책이며 정조 14년(1790) 전후에 만들어졌다. 동서분당(東西分黨)부터 남북분열(南北分裂) 및 서인의 노소론(老少論) 분열 등을 편년체로 엮고, 각 파의 탄핵 등의 기사를 상세히 수록했다.

두고 그것을 안고 땅속에 들어가 종조부를 뵈오면 글자마다 읽어드리고 황천에서 서로 대하여 느껴 운다면 오히려 천하후세에 오래도록 이야깃거리가 될 텐데 무슨 겨를에 저들과 떠들썩하게 맞서 다투겠습니까. 이제 저는 평생 동안 맺힌 바를 한번 펼쳐보았습니다. 들어오는 주먹질 발길질 칼날 화살을 저의 분수로 보고 사생화복死生禍福을 저 밖으로 부쳐버리고 오직 몸을 받들고 벼슬에서 물러나 성택聖澤을 노래하며 자자손손 목숨이 다할 때까지 은혜에 보답하려 할 뿐이오니 오히려 다시 무엇을 한스러워하겠습니까"라고 하였다.

임금이 부드럽게 비답을 내렸다. 이렇게 되자 우의정 김이소[55]가 차자箚子를 올려 말하기를 "이잠의 흉측한 상소는 경·몽[56]의 여러 역적들이 나라를 위태롭게 하는 계획을 꾸미고 착한 무리를 죽인 사건의 발단의 근거가 되었습니다. 그래서 지난 신임辛壬 연간에 추잡한 무리와 흉악한 무리[57]들이 즉각 선견지명으로써 나라를 위해 죽은 충신으로 이잠을 추켜세우고 포상하자고 청했으니, 그 맥락이 몰래 통하고 기운과 기미機微가 서로 이어받음을 볼 수 있었기에 마침내 경적鏡賊(김일경金一鏡)에 대해 임금이 내린 교서의 글 중에 곧장 이잠의 성명을 거론하여 사신의 무릉[58]으로 삼았는데 이제 이가환이 감히 흉악한 이잠의 사건을

---

55 김이소(金履素): 영조 11~정조 22(1735~98). 자는 백안(伯安), 호는 용암(庸菴), 시호는 익헌(翼憲). 1792년 우의정에 올랐으며 영돈녕부사(領敦寧府事)에 이르렀다.

56 경(鏡)·몽(夢): 신임사화로 노론 4대신이 죽는 데 가장 중심 역할을 했던 소론의 중심 인물 김일경(金一鏡, 1662~1724), 박필몽(朴弼夢, 1668~1728)을 말한다. 김일경은 대사헌·형조판서·우참찬 등의 벼슬을 거쳤고 영조 등극 후 참형당함. 박필몽은 부제학·이조참판·대사헌을 지냈고 이인좌의 난으로 참형당함.

57 추잡한 무리와 흉악한 무리: 소론과 남인을 일컫는다.

58 사신(徙薪)의 무릉(茂陵): 굴뚝 근처의 나무를 옮겨 화재를 예방함과, 화를 미연에 방지하고자 상소를 올린 무릉 사람 서복(徐福)을 합해 일컫는 말. 어려움을 미리 대비하고 경계함.

장황하게 말하였으니 그의 패륜함과 무엄함이 더이상 심할 수가 없습니다"라고 하였다.[59]

임금이 답하기를 "개성유수의 상소는 무단히 원통함을 하소연한 것과는 다름이 있다. 지난번 특별임명한 일로 주먹질과 발길질을 견디지 못해 오랜 뒤에 상소를 올려 쏟아낸 일이니 애처롭다고 하는 게 옳지 어떻게 그대의 상소에서 운운한 것과 같겠는가. 더구나 선조先祖(영조) 임술년(1742) 9월에 내린 교서와 이듬해(1743) 여름에 내린 교서가 기거주起居注에 상세히 실려 있고 그의 조카 이맹휴李孟休의 일을 위해서도 임금의 교서가 오히려 그처럼 정중하고 간절한 내용이었다. 즉 '내가 탕평으로 씻으려면 등용해야 한다. 옛날에는 일이 더 커지기 전에 미리 막아버릴 의사로 처분한 바가 있으나 그후에 요구가 들어오자 증직했었다(신임사화 이후다― 원주). 포상하자는 사람도 당파를 위한 마음이요, 비방하는 사람들도 당파를 위한 마음이다. 만약 그 조카(이맹휴)라고 하여 벼슬에 등용하지 않는다면 나라에 어느 누구를 등용할 수 있겠는가'라고 하시고는 마침내 건극[60] 두 글자로 교훈을 삼으셨으니 내가 승지에

---

59 이와 관련한 자세한 상황을 살펴보면 숙종의 후비는 애초에 노론 대가인 광산김씨(김장생金長生의 후손)였으나 왕자를 낳지 못한 채 죽고 다시 노론 대가인 여흥민씨(민유중閔維重의 딸)를 계비로 맞았으나 왕자를 낳지 못하던 중 왕이 총애하던 장희빈이 마침내 왕자를 낳으니(뒤의 경종) 그를 세자로 책봉할 때부터 당쟁이 격화되어 노론과 남인이 극한 대결을 하게 된다. 자기 편이 아닌 세자를 못마땅하게 여기던 노론과 세자를 에워싼 남인 사이에 살육전이 벌어졌고 마침 소론은 남인편을 들기도 했다. 경종의 등극으로 소론이 득세하자 신임사화가 일어나 노론 4대신이 죽고 남인도 다소 정계에 들어가기 시작했다. 그러나 경종이 아들 없이 4년 만에 죽자 노론은 영조를 업고 재집권이 가능해졌다. 이가환의 종조부 이잠은 숙종 32년(1706) 노론이 득세했을 때 노론을 공격하고 장희빈을 두둔하는 상소를 올렸다가 노론의 미움을 사고 장살되었다. 경종을 옹호하던 남인과 소론은 이잠이 옳다 하였고 노론은 그를 원수처럼 여겨 정권의 향방에 따라 이잠의 상소는 시비가 엇갈려 항상 문제시되던 일이었음을 알 수 있다.

게 명하여 이러한 임금의 교서를 찾아내 고찰케 한 후에야 비로소 이가 환을 등용코자 한 것임을 말했으니 경도 이미 알고 있는 일이다"라고 하였다.

이렇게 되자 대사성 심환지가 또 상소하여 말하기를 "경종이 세자로 계실 때에 문침問寢·시선視膳을 문왕文王이 하던 바와 같이 행하였는데 제가 소위 보호했다는 이야기[61]는 어떻게 해서 나온 말입니까. 양궁兩宮 (경종·영조)의 사이를 무고해서 의리를 괴란하고 어진 신하들을 어육魚肉 으로 만들려는 계획을 달성코자 했던 것인바 지금 이가환은 능히 이를 알면서도 그런 말을 한 것입니까, 아니면 알지 못하고 억지로 만들어서 하는 말입니까. 선왕 때부터 큰 덕을 한 중앙에 세워 이 세상을 교화하 시고자 세신고가世臣故家에 언론이 한결같지 못하고 취미가 각기 다른 데도 극極에 모이게 하고, 복을 내리고 용서하여 화웅하게 하였고 만가 지 차이를 하나의 궤도(소론을 말함—원주)로 하였는데 저 이가환은 홀로 심성 속에 편협하게 방조傍祖의 흉측한 주장을 지키고 있으며 혈전의리 血戰義理로 국가에 배치하고 있으니, 기필코 이잠의 심보를 자기의 심 보로 삼으며 이잠의 입술로 자기의 입술을 삼으려는 것입니다. 처음에 우리 임금도 이가환이 방손傍孫이지만 저 흉측한 주장에 반드시 전습 되진 않았고 약간의 글 쓰는 기예가 있으니 아주 버림은 옳지 않다 하 여, 마침내 그 잘못을 씻어주고 인격을 도야하여 떨어낼 수 있게 하셨 으니 마땅히 그가 마음을 바꾸고 가슴에 새겨 더욱 힘써서 의로움 쪽 으로 기울어야 하는 것인데 지금의 이가환은 역시 하나의 이잠입니다.

---

60 건극(建極): 인륜의 모범을 세워 만민의 법칙을 정함. 탕평(蕩平)의 뜻. 『서경』 홍범 (洪範)편의 "황건기유극(皇建其有極)"에서 따온 말이다.
61 이가환의 상소에서, 이잠이 상소했던 것은 경종을 보호하려 한 것이었다는 말.

이잠을 두고 엄하게 성토하지 않는다면 나라에 법이 없는 것입니다. 마땅히 사예[62]로 쫓아내 나라 가운데서 살 수 없게 해야 합니다"라고 하였다.

승정원에서 언관言官이 아닌 사람은 의율擬律할 수 없는 것이라 하여 심환지의 상소에서 사예로 쫓아내자는 요구는 격식에서 벗어나는 상소라고 각하하고 받아들이지 않았으니, 대개 임금이 은밀하게 유시하여 그렇게 한 것이었다.

이에 판중추부사 김종수가 또 상소해서 말하기를 "흉측한 이잠의 상소는 오로지 두 임금의 자효慈孝를 헐뜯고 한 시대의 어진 이들을 도륙할 계획으로 나온 것입니다. 이가환이 비록 흉측한 심보를 세습해오고 있지만 또한 선왕 때의 백성입니다. 하늘을 이고 땅을 밟으며 어찌 감히 '나라를 위해 순신殉身했다'는 등의 말을 글로 쓰고 임금의 앞에 올려바칠 수 있겠습니까. 세도世道를 생각하니 절로 통곡이 나옵니다. 조덕린[63]에 대한 처분은 임금의 처사에 하나의 실수였습니다. 저의 무신년(1788)의 상소문에서 '돼지의 무리가 아직도 말라빠지지 않았다' 했는데 지금은 곧 껑충껑충 뛰는 것을 지나 돌격해오는 지경에 이르렀습니다"라고 하였다.

임금이 다시 승정원으로 하여금 각하시키고 드디어 엄히 신칙하니 주먹을 비비며 계속 상소하려는 삼사三司의 여러 신하들이 모두 그만두

---

62 사예(四裔): 육지의 네 끝. 압록강, 동래(東萊), 두만강, 제주도.

63 조덕린(趙德鄰): 효종 9~영조 13(1658~1737). 자는 택인(宅仁), 호는 옥천(玉川). 1725년 필선(弼善)으로 당쟁의 폐해를 상소한 문장 속에 노론의 득세를 비난한 구절이 있어 종성(鐘城)에 유배당했다. 1727년 정미환국(丁未換局)으로 소론이 집권하자 풀려 부응교(副應敎)가 되었으며, 1736년 서원(書院)의 남설을 반대하는 상소를 올렸다가 노론의 탄핵으로 제주에 귀양 가던 도중 강진에서 죽었다.

고 감히 움직이지 못했다. 그러나 많은 사람들의 성냄이 산악 같아 공을 매도하기를 역적처럼 하였으며 민종현, 이서구 등 전부터 아주 친숙하던 사이도 이때부터 자리도 같이하지 않고 말도 하지 않게 되었다. 무릇 섬계 이잠을 미워하는 사람으로 나이 젊은 신진들조차 모두 성난 눈빛으로 공을 바라보았으니 공의 화란은 여기에서 이루어진 것이다. 큰 명성을 짊어져 소인들의 미움을 받던 이가 또 이로써 많은 사람의 노여움에 저촉하였으니 어리석고 슬기롭지 못한 사람조차도 마침내 화를 면치 못하리라는 것을 알 수 있었다.

이해(1793) 여름에 번옹이 영의정이 되어 상소하여 모년사[64]를 말하자 김종수가 강력히 공격하므로 임금이 마지못해 금등지사를 근신近臣들에게 펴 보여주셨다.[65]

그다음 해(1794, 54세) 겨울 여러 신하들이 장헌에게 존호를 더 올려바칠 것을 청하자 도당都堂에서 여덟 자를 올려바치기로 의결했는데 금등의 뜻을 천명한 것이 없었다. 그래서 임금이 바꿀 의논을 내게 하셨는데 트집 잡을 말을 못 찾아 번옹에게 상의를 하였다. 번옹도 적당한 답변을 못하고 공을 불러 의논하니 공이 답변하기를 "여덟 자 중에 개운開運이라는 두 글자는 석진石晉의 연호인데 이유를 잡을 말이 없음을 왜 걱정합니까"라고 하였다. 이에 대신이 이로써 상주上奏하여 바꾸었다. 며칠 뒤 임금이 그 상황을 듣고 탄복해서 말하기를 "재상은 모름지기 독서인을 등용해야 한다는 게 이런 것을 말함이구나"라고 하시고 마침내 도감

---

64 모년사(某年事): 사도세자가 뒤주에 갇혀 굶어죽은 임오년(1762)의 일. 하도 끔찍한 일이어서 이렇게 표현하고 있다.
65 사도세자가 모함에 의해 죽었다는 시파와 그렇지 않다는 벽파 간의 싸움에서 정조가 영조의 유서를 보여줌으로써 벽파의 주장을 물리쳤다고 한다.

을 설치하고 옥책과 옥보를 만들게 하였는데 번옹이 도제조가 되고 공은 등급을 높여 제조를 삼았으며 약용은 도청랑을 삼아 그 일을 도와서 하도록 해주셨다. 대제학 서유신이 옥책문을 지었는데 또 금등사를 언급하지 않았다. 유신儒臣 한광식이 상소로 그 글의 소략疏略함을 논란하자 마침내 이병모에게 명하여 고쳐 짓게 하였다.

을묘년(1795) 봄에 공을 판서로 특별히 발탁하여 약용과 함께 『화성정리통고』를 편찬하도록 하였다. 한창 앞으로 크게 등용될 판인데 이 해 여름에 포도대장 조규진이 최인길 등 세 사람을 체포하여 임금의 명령을 받들어 곤장으로 때려죽였다. 7월 초에 이르러 대사헌 권유66가 상소하여 포도대장이 성급히 범인을 죽인 죄를 논했고 며칠 뒤에 부사직副司直 박장설이 상소하여 기려지신67이라 자칭하고 맨 먼저 서유방68의 간사함을 논하고 다음에 포도청의 일을 논하여 공의 일에까지 미쳤는데, 공이 약간의 문예文藝는 있지만 의리를 변란하였고(섬계의 원통함을 하소연한 것을 말함─원주), 사학을 창립倡立하여 우리의 도에 배치하고 생질甥姪(이승훈─원주)을 시켜서 책을 사들여왔으며, 부자들을 꾀어 남의 재산을 속여서 빼앗고 스스로 교주敎主가 되어 널리 그 술법을 펴고 있다고 말하였다. 또 논하기를 공이 전에 천문책天文策으로 대답하면서 감히

---

66 권유(權裕): 영조 5~순조 4(1729~1804). 자는 성수(聖垂), 호는 국포(菊圃). 1782년 정덕필(鄭德弼)의 죄를 탄핵하여 유배시키고 1790년 윤지눌이 급제한 후 한달 만에 사관(史官)으로 추천된 데 반대하다가 창원(昌原)에 유배되었다. 뒤에 풀려나 1802년 제학에 올랐다가 효원전(孝元殿)의 공납을 방해했다는 죄로 희천(熙川)에 유배, 1804년 의금부에서 문초를 당하다 죽었다.
67 기려지신(羈旅之臣): 다른 나라 사람으로 임시로 와서 섬기는 신하. 타국에 기우(寄寓)하는 나그네로서의 신하를 가리킨다.
68 서유방(徐有防): 영조 17~정조 22(1741~98). 자는 원례(元禮), 호는 봉헌(奉軒), 시호는 효간(孝簡). 정조 초 대사간·좌승지 등을 역임하고 대사헌을 거쳐 형·이·병조의 판서를 지냈다. 글씨도 잘 썼다.

청몽기[69] 등 상도에 벗어나는 학설을 인용하였다 했고, 또 공이 전에 동고관同考官이 되어(경술년 가을의 증광동당을 말함 — 원주) 책문策問(정치 계책을 묻던 과거시험 과목)이 오행인데 회시의 장원(회원會元은 나의 작은형 약전이었다 — 원주)의 답변 내용이 전적으로 서양인의 학설을 주장하여 오행으로써 사행이 되게 하였다고 논란하며 그의 죄를 올바르게 밝혀달라고 청했다. 이것은 모두가 목만중이 항상 지껄이던 말이었는데 자신은 나서지 않고 은밀하게 사주하여 올린 상소였다.

상소가 들어오자 임금이 진노하여 전교하시기를 "나라의 기강이 비록 진작되지 못했다 하더라도 그자가 감히 어떻게 이처럼 사뭇 패악하단 말인가. 그자도 또한 나라의 벼슬아치 집안이요 어제오늘 교화를 입은 유구琉球나 일본 사람이 아닌데 기려의 신하라는 말이 감히 마음속에 싹터서 입 밖으로 나올 수 있겠는가. 공판工判의 공격받음(이때 공은 아직 공조판서로 있었다 — 원주)은 또한 기회를 타고 돌을 던지려는 데서 나온 것이다. 홍낙안이 아직 부정扶正의 추장推奬을 받지 못한 것도 그 심보와 행적이 미워서인데 그(박장설)의 말도 이와 뭐가 다르겠는가. 공판이 이단異端을 다스리라는 훈계의 말에 뉘우친 것은 최근에도 연석筵席에서 목격했던 바다. 그들의 말이 중신重臣(이가환)과 무슨 상관이 있느냐"라고 하고는 마침내 박장설에게 명령하여 먼저 두만강으로 갔다가 다음에 동래로 가고 그다음에는 제주도로 갔다가 다음에 압록강으로 가서 사예를 두루 돌아다녀 기려의 호칭에 부응하라고 하였다. 또 전교하

---

69 청몽기(淸蒙氣): 다산은 정헌에게 보낸 편지 「답소릉(答少陵)」에서 『한서』 경방전(京房傳)에 "신유 이래 몽기가 없어졌고……"라는 구절이 있으며 이를 대기의 어떤 현상이라고 했다. 청몽은 지구를 둘러싼 공기, 즉 대기를 가리키는 서양 개념으로 실학자들은 이를 동양 고래의 기(氣)에 대응하는 개념으로 보았다.

시기를 "『의궤』[70] 교정의 임무는 또한 중요한 일이다. 사람들의 말이 실정에 지나친 것은 이미 알고 있거니와 청몽기라는 말이 비록 정론正論은 아니지만 이 어찌 사람의 평생 일을 끊을 것이겠으며, 굴러온 말 한 구절은 만약 같이 공부한 사람이 아니면 알 수 없는 것인데, 더구나 기려의 무리로 자칭한 박장설이 어떻게 들을 수 있었겠는가. 이 하나의 일을 보아도 풍속이 아름답지 못함을 알겠다(임금의 뜻은 누군가의 사주를 받고 상소했다 함이다─원주). 교정당상校正堂上 이가환은 신칙하여 공무를 행하도록 하라"라고 하였다. 공이 이에 상소하여 스스로 해명하기를 "생질을 시켜서 책을 구입했다 함은 무슨 말입니까. 그(이승훈)가 신해년에 공술한 말[71]에 사실을 분명히 진술하여 이미 누명을 씻었으니 그는 오히려 이미 깨끗이 벗어났는데 하물며 저에 있어서 죄에 끌어넣을 일입니까. 부자들을 유인했다면 당연히 그들의 성명을 밝혀야 하며, 사람을 해치고 제사를 지내지 않는다 했는데 과연 누구를 가리키는 말이며, 그 증거가 있습니까. 있다면 왜 드러내지 않으며, 만약 증거가 없다면 어떻게 쉽게 그런 소리를 합니까. 을사년(1785, 45세)의 작문作文한 이야기에 대해서는 또 왜 그렇게 후한지 모르겠습니다. 척사斥邪의 글이 저의 손에서 나왔다 하는데 제가 군이 사양하겠습니까마는 제가 짓지 않았는데 어찌 제가 지었다고 할 수 있겠습니까. 금방 저를 사邪로써 배척하고 또 척사를 했다 하니, 역시 모함하기에 급해서 일에 부딪치는 대로 허황하게 빙자함을 볼 수 있습니다. 몽기의 설은 진나라 저작랑 속석[72]에게서

---

70 『의궤(儀軌)』: 『화성성역의궤(華城城役儀軌)』로 이 책은 정조 18년(1794) 초부터 정조 20년 8월까지 3년에 걸쳐 화성의 성곽을 쌓은 시말(始末)과 그 제도, 의식 등을 기록한 것으로 1801년 7월에 간행되었다.

71 신해년에 공술(供述)한 말: 진산사건에 곁들여 모함한 편지 사건으로 조사받았을 때의 말.

나온 말이며 역대로 인용하던 것인데 그 말이 서양에서 만들어진 것이라고 한다면 이제부터 역상曆象의 법은 사학과 관계되지 않는 것이 없겠습니다. 더구나 옛사람이 이미 말해놓은 것을 가지고 그러하니 말입니다. 안타깝습니다, 그가 옛글을 읽지 않았음이여! 주시主試로 시험문제를 낸 이야기인즉 말의 시작부터 이미 근본 사실에 어그러집니다. 저는 그때 셋째 시험관에 불과했습니다. 어떻게 주시관이라고 말하며 어떻게 제가 문제를 내겠습니까(주시관은 박종악[73]이었고 부시관은 이만수, 공은 제3좌에 있었다─원주). 더구나 장원을 뽑는 방법은 불합격시킬 답안지를 채점하는 방법과는 달라서 반드시 중론衆論이 귀일歸一되어 모두가 그렇겠다고 한 뒤에 비로소 선택하여 정하므로 이것을 가지고 꼬집어 말하는 것은 역시 공소하지 않습니까. 저와 박장설은 본래 은혜나 원망이 없었는데 어떻게 좋아하고 싫어함이 있었겠습니까. 저는 성질이 본래 외고집이고 미운 사람 싫어함이 지나치다보니 한두 사람 괴상망측한 사람들의 씹어삼킬 듯한 미움을 쌓게 되어(목만중, 홍낙안 등을 말한다─원주) 살진 입술로 혀를 놀려 거짓말을 만들고 비방하는 말을 지어내며 위험한 말과 두려운 이야기들을 퍼뜨려 달이 지남에 따라 말이 생겼습니다. 이번 박장설의 상소는 괴상망측한 자들이 일찍부터 떠들어대던 말 아닌 게 없으며 저도 또한 싫도록 들었던 것들입니다. 제가 박장설에게 무슨 책망을 하겠습니까. 생각건대 저는 무릇 횡포하여 도리에 벗어난

---

72 속석(束晳): 진나라 원성(元城) 사람. 박학한 학자로 저작랑(著作郞)의 벼슬을 지냈다. 저서에 『오경도론(五經道論)』『발몽기(發蒙記)』『진서제기(晉書帝記)』『칠대통기(七代通記)』등 다수가 있다.

73 박종악(朴宗岳): 영조 11~정조 19(1735~95). 초명은 상악(相岳), 자는 여오(汝五), 호는 창암(蒼巖), 시호는 충헌(忠憲). 1792년 우의정이 되었으나 1794년 김종수의 죄 없음을 밝히다가 충주로 부처(付處)되었다 풀려 판중추부사에 이르렀다.

일이 있을 때마다 곧장 임금의 은혜를 입었습니다. 이동직의 상소로 배척받을 때에도 임금께서 정성스러운 비답을 내려주셔서 인쇄된 책 속에까지 오를 수 있었으니 이런 일은 고금에 없는 일이고 은혜가 후손에까지 미쳤습니다. 이번의 박장설의 상소에도 한편 미워하고 한편 가르쳐주심이 정중하고 돈독하여 남은 열번에 하면 나는 백번 해서라도 할 수 있도록 하는 깨우침이 마치 자애로운 아버지가 어리석은 아들을 타이르듯 하였습니다. 이제 저는 한목숨 끊어지기 전에 티끌까지 보답하기만 마음먹겠습니다. 다만 어리석고 더러움을 생각지 않고 마음을 다해 임금의 명령에 답하여 그 뜻을 천하에 알리고 어리석고 가려진 것을 헤쳐 열고, 힘써 거친 물결을 막아 대성인의 세상을 다스리고 풍속에 모범을 보이는 지극한 뜻을 저버리지 않으려 할 뿐입니다"라고 하였다.

임금이 부드럽게 비답을 내리고 또 전교하시기를 "이른바 청몽기라는 게 진나라 사람의 학설이니 그것은 그만두고 역曆에 대한 물음에 역으로 답변함은 현재 사용하는 것에 적의適宜하니 가장 옳은 대책이며, 사행으로 논술했다는 답안지에 대해서 한번 조사하는 일은 결코 그만둘 수 없다. 오늘 그 대책이 임헌공령臨軒功令(급제자 답안지 모음)에 실린 것을 가져다 위아래로 여러번 구절마다 검토해본바 이러쿵저러쿵 말한 곳은 애초에 비슷하게 의심스러운 것도 없다. 처음에 오행으로부터 말을 시작하여 다음에 금金·목木 이행二行을 말하고 그다음에 수水·화火·토土 삼행을 말하고 그다음에 토土가 사행에 각기 붙여짐을 말하고 다시 오행으로 결론을 맺고 있다. 이행·삼행과 아울러 만약 망발이라 한다면 혹 그렇다고 할 수 있을지 모르겠거니와 당나라의 일행[74]은 통일된 문명이 통하지 않는 세상에

---

74 일행(一行): 중국 당나라 때 역법(曆法)에 밝았던 중.

서도 능히 대연력大衍曆에서 8백년에 하루의 차이가 나는 오류를 시정할 수 있었다. 그렇다면 일행의 학문도 사학으로 몰아붙이고 일행의 역법도 또한 서법으로 몰아붙일 수 있단 말인가. 이 한 조목은 더욱 극히 맹랑한 것이라 하겠으니 식견이 있는 선비는 스스로 판단할 수 있을 것이다"라고 하였다. 이것은 나의 형 약전을 위해서 밝게 분석하신 교서였다.

다만 공은 실제로 서서西書를 보았으면서도 상소한 말에는 오로지 자기의 해명만 하였고 책을 본 사실의 본말은 자세히 열거해 서술하지 않았기 때문에 사람들의 의혹을 풀기에는 부족하였다.

임금이 또 유시하시기를 "앞서 공판이 상소한 내용은 불투명한 점이 있어 스스로 잘못을 짓는 결과에 이르고 말았다. 이 어찌 있건 없건 마음속의 진심을 토로한 뜻이 되겠는가. 해박함이 지나치면 흘러서 박잡駁雜하게 되는 폐단이 생길 것이다. 반드시 상소 올리기에 앞서 새로 뉘우쳐서 위로 부감孚感할 수 있는 방도에 진력하고 아래로 경도해서 신뢰받을 수 있는 도리에 진력하는 것이 당연한 일이다. 하물며 연석에서 한차례 아뢸 때에는 매우 성실하게 말하고서 문득 글로 써서 올리는 상소에서 소홀히하여 도리어 그 곡절을 감추었단 말인가" 하시고는 승정원에서 문계[75]하도록 하였다(7월 21일이다 — 원주).

공이 답변하기를 "저는 평일에 책 읽기를 좋아하는 버릇이 있습니다. 몇년 전에 못 본 책이 연경에서 들어왔다는 말을 듣고 빌려다가 탐독했습니다. 말이 더러 신기하여 처음에는 자못 섭렵하다가 점차 읽어나감에 따라 그 내용이 허황한 거짓말로 상도와 맞지 않음을 보고 오히려 노

---

75 문계(問啓): 죄과 등으로 퇴관된 사람을 임금의 명령으로 승정원의 승지가 불러들여 그 까닭을 물어서 아뢰는 일. 계판(啓板) 앞에서 묻기 때문에 문계(問啓)라 한다.

불老佛의 여파로 여겼습니다. 벼슬살이를 끊고 제사를 폐한다는 대목에 이르러서는 패륜하고 상도를 어지럽혀 아비도 없고 임금도 없는 것이어서 그때부터는 사절하고 물리치는 일로써 자신의 임무를 삼아, 그냥 피하고 멀리할 뿐 아니라 맹세코 없애고 끊고자 했습니다. 이것은 참으로 친지들이 다 함께 들은 바이니 누가 속일 수 있겠습니까. 상소문 중에 이런 따위의 말로써 늘어놓지 않은 이유는 스스로 생각하기를 제가 먼젓번에 이미 연석에서 모두 털어놓은 이야기여서 다시 말씀드리지 않아도 통촉하실 것으로 알아서입니다. 또한 이는 등보[76]의 비방을 변명한 글과 같아서 한유의 「원도」 같은 글[77]과는 다릅니다. 또한 상소문은 연석에서 아뢰는 것과는 달라서 안팎에 공개하는 것이라 털끝인들 불고 헌데를 발려내서 만약 책을 보았다는 것만으로 하나의 무거운 죄목을 삼는다면 스스로 해명할 것이 없을 것 같아 끝내 말이 불투명함을 면할 길 없었으니 저의 정상情狀이 또한 측은하다고 하겠습니다"라고 하였다.

임금의 마음이 그때에야 풀려 며칠 뒤에 전교를 내리시기를 "본 정상을 알지 못하고 약간 견책을 하였는데 그의 문계를 보고서 비로소 지나쳤음을 알았다. 사람이 누구인들 허물이 없겠는가. 고치는 것이 훌륭하지. 설혹 한두가지 눈에 거치지 않은 것에 시고 짠맛을 본 것은 다만 신기한 것을 찾기에 힘쓰는 마음 때문인데, 더구나 잘못을 느끼고 힘써 배척한 것은 장횡거[78]의 학도라고 말할 수 있겠다. 서책의 내용에 연루되

---

76 등보(滕甫): 송나라 신종(神宗) 때 사람인 등원발(滕元發)의 초명이 보(甫). 자신을 비방한 글에 대한 변명의 글을 상소로 올린 사람이다.
77 한유(韓愈)의 「원도(原道)」: 당나라 유학자 한유가 노불(老佛)을 배척하고 공맹(孔孟)을 존숭하기 위해 지은 문장.
78 장횡거(張橫渠): 송나라 학자 장재(張載)의 호. 정자·주자와 함께 성리학의 대가이

어 미워하는 자들이 기회를 잡아 돌을 던져 저들 마음대로 해를 끼침은 또한 마음이란 본래 비어 있어 사물에 응해도 흔적이 없다는 도리가 아닌 것이다. 이에 그의 본마음을 알았고 또한 이때를 당하여 어찌 완전히 씻어낼 방도를 생각지 않겠는가. 전 판서 이가환을 등용하여 교정의 임무를 시키라"라고 하였다. 승지가 왕명을 받들고 와 일을 보도록 했지만(26일이다 — 원주) 공이 또 명령에 따르지 않았다. 전교하시기를 "강박하는 것은 예가 아니니 그대로 두라. 뽑아 쓰는 데에 위배됨이 있어도 마땅히 한번 출장出場하는 절차가 있어야겠다. 그 파직된 자를 서용해서 그대로 그 임무를 맡기려는 것은 하던 일이 중요하기 때문이니 나오기를 급히 하여 부름에 빨리 응하라. 도리가 그러한데 왕명을 위반하여 나오지 않음이 옳겠는가"라고 하고는 공을 충주목사에 제수하셨다. 또 약용도 쫓아내 금정도 찰방에 보임하셨다.

또 전교하시기를 "서양의 책이 우리나라에 나타나기는 수백년이 된다. 사고史庫와 옥당의 옛 장서로 소장한 것도 몇십권뿐만이 아니며, 연전에도 특별히 명령하여 구입해오도록 하였다. 이것이 어제오늘의 일이 아님은 이로 보면 알 수 있다. 옛날 정승 충문공 이이명[79]의 문집에도 역시 서양인 소림대[80]와 편지를 주고받으며 그들의 법서法書를 구해본

다. 여기서는 처음에 불교에 심취했다가 뒤에 유교로 돌아와 대유(大儒)가 된 점을 들어 말함.

79 이이명(李頤命): 효종 9~경종 2(1658~1722). 자는 양숙(養叔)·지인(智仁), 호는 소재(疏齋), 시호는 충문(忠文). 1689년 기사환국(己巳換局)에 서인으로서 영해(寧海)에 유배되었다가 1692년 남해(南海)로 이배(移配)되었다. 1694년 갑술옥사(甲戌獄事)로 풀려났으며 1705년 우의정에 올랐다. 1720년 숙종이 죽자 고부사(告訃使)로 청나라에 가서 베이징에 있던 독일 신부 쾨글러, 포르투갈 신부 사우레스 등과 교유했고 천주교·천문·역산에 관한 서적을 가지고 이듬해 귀국하여 소개했다. 노론 4대신의 한 사람으로서 신임사화가 일어나자 사사(賜死)되었다.

80 소림대(蘇霖戴): 베이징에서 포교하고 있던 포르투갈 신부 사우레스(J. Saurez)인

내용이 있다. 그의 말에 '대월對越·복성復性은 애초에 우리 유도儒道와 다름없고 황로黃老(도교)의 청정淸淨이나 구담瞿曇(불교)의 적멸寂滅과는 함께 논할 수 없는 것이다. 그러나 석가모니의 법과 비슷하고 도리어 응보론應報論을 취하고 있으니 이런 것으로 천하가 바뀐다면 곤란한 문제다'라고 하였으니 옛 정승의 말이 그것의 속내용을 잘 분석하였다고 말할 수 있다. 또한 더러는 전적으로 공격하고 반대하는 사람도 있었으니 고故 찰방 이서[81]가 시를 지어

> 야만인들이 이학異學을 전해주니　　夷人傳異學
> 도덕을 겁탈해갈까 두렵도다　　　　恐爲道德寇

라고 하기까지 했던 것이다. 무릇 근대 이전에는 박아博雅한 선비들도 미상불 거기에 대해 입론立論하고 평가하긴 했지만 완곡하건 준열하건 당시에는 별로 상관이 없었다. 지금은 정학正學이 밝혀져 있지 않기 때문에 그의 폐해가 사설邪說보다 심하고 맹수보다 더 무섭게 되었다. 오늘날 그 폐해를 없애는 방법으로 더욱 정학을 밝히는 일보다 더 좋은 방법은 없고 또 세상 사람들의 행동을 살려 착함을 표창하고 악함을 죄주는 정치를 한 뒤에야 그 공을 기대할 수 있을 것이다. 풍속을 교정하는데 형벌만 사용하는 것은 가장 저급한 수단인데 더구나 사학을 막는 데 있어서랴"라고 하였다.

이때 최헌중이 상소하여 서학을 배척하자 특별히 대사간으로 임명하

듯싶다.

81 이서(李漵): 현종 3~경종 3(1662~1723). 자는 징지(澂之), 호는 옥동(玉洞)·옥금산인(玉琴山人). 성호의 셋째형이며 이가환의 종조부. 해동(海東)의 명필로 일컬어졌다.

고 전교하시기를 "척사를 말한 최헌중을 발탁하여 등용하고 책을 사들인 이승훈을 집에서 편히 쉬게 한다면 형정刑政이 틀린 것이다. 이승훈을 예산현禮山縣으로 쫓아보내 그 죄를 징계하도록 하라"라고 하였다. 이 일은 을묘년(1795) 가을의 처분이었다. 공이 입궐하여 하직하자 임금이 위로하여 보내셨다. 이해 겨울에 약용이 곧바로 부름을 받고 돌아왔고 공도 내직으로 옮겼다. 그다음 해(1796, 55세) 봄에 이승훈도 풀려서 돌아왔다. 그러나 당시의 세론世論이 위험스러워져 완전히 벼슬길을 막아버리고 싶어했기에 공은 조정의 신하 대열에 발도 딛지 못하게 되었다. 임금도 진정鎭靜하여 분쟁을 식히게 하고 싶어하셨고 공도 또한 자취를 거두고 한가롭게 지내며 시사時事에 대한 이야기는 입 밖에 내지 않았다.

겨울이 되어(병진년 겨울이다─원주) 약용이 다시 승지가 되어 규영부에 들어가 책 펴내는 일을 하는데 공이 편찬한 정리서整理書를 아직 다 마무리하지 못하고 있을 때 시기하는 무리들이 유언비어를 퍼뜨려 번옹도 또한 공을 멀리하고 버려둔 채 등용하지 않으니, 이는 장사壯士가 제 팔목을 제가 끊는 수법을 쓴 것이라고들 말하였다. 열흘 정도 사이에 온 거리에 퍼져서 조정에서 알게 되고 임금까지도 의심하게 되었다.[82] 번옹과 친근한 사람이 있어 틈을 타서 그 일의 허실을 물었는데 번옹은 묵묵부답이었다.

정사년(1797, 56세) 정월 보름날 저녁에 구름이 끼었더니 열엿새 날 저

---

82 번옹 채제공은 대신으로 같은 남인인 이가환·정약용 등의 유일한 이해자요 가장 든든한 신변 보호자인데 번옹과 이가환 사이가 나빠졌다고 소문이 난 것은 이가환 쪽에서는 매우 불리한 입장이었음을 말한다. 당시 남인들끼리 서로 모함하고 이간질하던 사정을 알려주는 것이기도 하다.

녁에는 달이 밝았다. 윤필병, 이정운 등 여러분이 번옹에게 찾아가 습속대로 답교踏橋를 나가자고 청했다. 번옹은 "오늘은 내가 병이 났소. 공들은 섭서 권엄 대감댁에 가보시오"라고 말하여 그분들이 다 가버렸다. 밤 이경二更께 번옹이 사람을 보내 공 혼자만 불러내어 함께 광통교廣通橋로 나가 장막 안에서 구운 고기와 국수를 차려놓고 무릎을 맞대고 앉아 고금사를 들춰내며 아주 즐겁게 우스갯소리를 하였는데 서로간에 이야기가 막힘이 없었다. 이에 성중에 나와 놀던 시정의 아전배들, 선비와 벼슬아치 및 재상들의 종인從人들, 액정掖庭·근밀近密의 소신小臣들에 이르기까지 오지 않은 사람이 없었는데 두분이 무릎을 맞대고 우스갯소리 하는 모습을 구경하고는 모두 차탄하며 서로 말하기를 "무척이나 두분 사이가 좋구나"라고 하였다. 이렇게 되자 근래 유언비어를 퍼뜨리고 선동하여 현혹하던 소리들이 일시에 뜬구름 자취 없어지듯 소멸하고 말았으며 임금의 마음도 풀렸다.

전에 경모궁景慕宮의 재실齋室로 번옹을 불러 임금이 조용히 물으시기를 "경은 이제 늙었소. 누가 경을 대신할 수 있겠소"라고 하니 번옹이 답하기를 "전하께서 참으로 믿고 쓰고 싶은 사람으로 이가환보다 나을 사람이 없습니다만 특별히 계축년 봄의 상소 하나로 인해서 시론에 어긋났기 때문에 기괴한 비방에 대해서 사람들이 감히 변호해주지도 못합니다"라고 하니 임금이 "경의 말이 아니라도 나도 지금 그를 생각하고 있소"라고 하시고는 일이 있을 때마다 가可와 부否를 공에게 자문을 받았다. 이해(1797) 가을에 약용이 승지로 있다가 외직으로 나가 곡산 도호사가 되었다. 기미년(1799, 58세) 봄에 번옹이 별세하자 공이 더욱 외로워져 더불어 의논할 사람이 없었다. 임금이 공을 시켜 책을 만들어 수리와 역상의 원리를 밝히고자 하여, 장차 연경에서 책을 사오게 하려고

친필로 자문을 구하였다. 공이 대답하기를 "시속의 무리들이 식견이 워낙 어두워 수리가 어떤 학문인지, 교법教法(서교)이 어떤 법술인지 알지 못하고 혼동하여 꾸짖고 호통치는데 이제 이 책을 편찬한다면 저에게 더욱 비방의 소리가 늘어날 뿐만 아니라 장차 위로 성덕聖德에 누를 끼칠 것입니다" 하며 이 일을 중단했다. 그러나 임금은 꼭 그렇게는 생각하지 않았다.

이해 여름에 약용이 들어와 형조참의가 되어 안팎의 억울한 옥사를 처리하였고 자주 임금과 직접 면대할 기회를 가져 밤늦게 파하였다. 당파싸움하는 자들이 두려워해 더욱 유언비어를 퍼뜨려 선동하고 현혹하고 있었다.[83] 신헌조가 발계하였는데 곧바로 임금의 엄한 교서로써 그쳤다.

가을에 약용이 공과 함께 번옹의 유집遺集을 교정하였다. 그다음 해 (1800, 59세) 여름에 정조가 승하하시니 정국이 크게 변했다. 당파싸움하는 자들이 때를 만난 듯 서로 어울려 밤낮으로 내달으며 살리고 죽일 사람의 장부를 만들기까지 했다. 이때는 청나라 소주 사람 주문모가 몰래 나와 선교한 지 이미 6년이 지나 물이 스미고 불이 타오르듯 날로 번성하고 달로 치열해져 서울 안의 여항閻巷과 밖으로 시골 마을의 상하 남녀들이 서로 모여 가르치고 배우는 자들이 웬만하면 수백여명이었다. 약용과 공은 그들의 움직임에 대해 막연한 채 듣지 못하였으나 다만 화란의 기미가 펼쳐져 조석간에 필시 발발할 것은 짐작하고 있었다. 목만중·홍낙안 등이 정권을 잡은 사람들과 은밀히 붙어서 기어코 공으로 꾀

---

83 정인보는 이가환과 정약용의 이러한 입장을 "임금의 사랑을 받은 게 화란의 발단이요 학문적 경향은 죽음을 당한 기미였다"라고 하여 학풍과 임금의 총애 때문에 그들이 불운하였다고 했다.

수를 삼아 안팎의 흉흉한 말들을 모두 공의 몸에 집중되게 했다. 저들 소문과 기미가 서로 멀어 그 내막을 알지 못한 채 이미 여항에 날로 번창하고 달로 치열한데, 또 누구누구가 괴수라는 소리를 듣게 되니 그 분통한 느낌이 격렬해져서 백성을 위해 폐해를 제거하겠다고 생각하는 것이 당연한 일이 되었다. 심환지, 서용보 등이 집권한 대신으로 어찌 그 일을 도모하지 않았겠는가. 목만중 등은 또 자기들끼리 안건을 하나 만들어내 유언비어로 선동하기를 "이가환 등이 척사를 주장한 여러 사람을 미워하여 사흉팔적四凶八賊의 명단을 만들었다"라고 하면서 절반은 자기들이고 절반은 정권 잡은 사람을 지목한다고 하며 만나는 사람들에게 문득 말하기를 "공들은 조심하시오. 아침저녁 사이에 곧 변란이 있을 겁니다"라고 하였다. 이렇게 되자 조정도 흉흉해져 의구심을 갖게 되었으니 공의 화란은 날로 급박해졌다.

신유년(1801, 60세) 초봄에 대비 정순왕후가 나라 안팎에 교유教諭하기를 "사교에 빠져 개전改悛하지 않는 자들은 앞으로 장차 혹형에 처해 없앨 것이다"[84]라고 하였다. 마침 그때 한성부에서 상자를 지고 가는 상민 한 사람을 붙잡았는데 그 상자 안에는 약용의 집안 서찰이 들어 있어 드디어 큰 옥사가 일어났다. 2월 9일 사헌부 집의執義 민명혁 등이 계啓에 이르기를 "이가환은 흉악하고 추잡한 핏줄을 타고난 놈으로 화를 일으킬 마음을 품고 반감을 품은 많은 무리들을 유인하여 스스로 교주가 되었습니다"라고 하고는 이승훈·정약용 등과 함께 감옥에 넣어 엄하게

---

84 신유년 1월 10일자 『조선왕조실록』에 보면 대비의 교서에는 본문의 인용 내용 이외에도 '오가작통(五家作統)'의 법을 제정하고 죄명은 역률(逆律)로 다스린다 했으니 몇 줄 안 되는 짤막한 이 교서가 신유옥사 이래 수많은 천주교도는 물론 죄 없는 정치적 반대파들까지 수없이 죽음을 당하게 한 악법 중의 악법이 되고 말았다.

국문하자고 청했다. 밤중에 체포되어 그다음 날 죄수들을 신문하는데 위관委官은 영중추부사 이병모였고 현직 정승은 심환지·이시수·서용보이며 판의금은 서정수,[85] 대사간은 신봉조[86]이고 문사랑問事郎에는 오한원[87]·이안묵 등이었다.

신문을 마치자 공은 선왕의 상소에 대한 비답과 전후의 전교를 인용하여 스스로 변호했지만 재판관들은 모두 심리해주지 않고 다만 이러한 지목을 받고 어떻게 빠져나갈 수 있겠느냐고 말하면서 심하게 고문을 가했다. 하지만 한 조각의 종이쪽지에서나 한 죄수의 공초供招에서도 끝내 증거가 될 만한 것은 나오지 않았다. 단지 헝클어진 뭉치 속에서 노인도老人圖 하나를 끄집어내 이게 누구의 상像이냐고 물었지만 또한 죄와 관계되는 증거품은 아니었다. 때마침 신봉조가 상소하여 오석충이 흉얼凶孼과 결탁했다고 했는데 옥문 밖에서 한 옥졸이 지나면서 "홍낙임이 바로 흉얼이다"라고 중얼거리는 소리를 얼핏 들었다. 이내 조사를 받는데 여러 대신들이 흉얼이 누구냐고 물었다. 공이 얼른 생각 없이 대답하기를 "오석충이 홍낙임과 결탁했는가 여부를 피고는 실제로 모르는 일이다"라고 하였다. 대신들이 모두 말하기를 "홍낙임 세 글자를 네가 어떻게 먼저 실토하느냐. 그들이 결탁했던 걸 네가 확실히 알고 있구나"라고 하고는 공과 오석충을 번갈아 고문하였다. 살점이 떨어져나가고 정신이 혼미해지자 오석충은 고문을 견디지 못해 혹 시인하다가

---

85 서정수(徐鼎修): 영조 25(1749)~? 자는 여성(汝成), 명전(命全)의 아들. 1775년 정시문과에 병과로 급제. 성균관 대사성을 거쳐 병조판서·이조판서를 역임했다.
86 신봉조(申鳳朝): 영조 21(1745)~? 자는 자강(子岡), 사현(師顯)의 아들. 1795년 식년문과에 갑과로 급제, 1796년 중시문과에도 갑과로 급제했으며 순조 1년에 대사간을 역임했다.
87 오한원(吳翰源): 영조 26(1750)~? 자는 공예(公藝), 현주(鉉冑)의 아들. 1775년 정시문과에 병과로 급제, 1808년 동래부사를 지냈다.

혹 번복하기도 하여 말이 모두 조리가 없었으며, 공은 답변하기를 "정경正卿의 몸으로써 이런 지목을 받았으니 그 죄는 마땅히 죽어야 할 것이다"라고 하니 옥관들이 드디어 승복한 것이라고 해버렸다. 공은 죽음을 면치 못할 것을 알고 곧바로 음식을 거절하고 먹지 않다가 6,7일 만에 기절하여 죽었다. 의논이 마침내 기시로 되었으니 때는 2월 24일이었다.

오호라! 예부터 국문하는 옥사를 벌이는 데는 선조 기축년이나 숙종 경신년[88] 같은 경우에도 또한 반드시 고발자의 상변上變이나 죄수의 공초 중에서 끌어들이거나, 혹은 문서가 압수되거나 혹은 죄수의 증거가 있어야 이에 체포해 들이고 이에 고문하고 이에 사형하고 이에 기시를 하였던 것이다. 대계로써 발단을 일으키고 신문으로 죄안을 성립시켜 증거도 없고 장물도 없는데 곧바로 장살하여 끝내 기시한 것은 기축·경신년의 옥사에서도 없었던 일이다.

한두명의 음흉하고 사악한 사람들이 입을 놀려 10년이 넘도록 유언비어로 선동하고 현혹하여 정권 잡은 사람들의 귀에 익도록 해놓았으니 정권 잡은 사람들이 무얼 알았겠는가. 평소에 그들을 죽여야 한다고만 익히 알고 있다가 이때에 이르러 죽였을 뿐이다. 맹자가 말하기를 "모든 대부大夫들이 죽여야 한다고 해도 들어주지 말고 온 나라 사람이 모두 죽여야 한다고 한 연후에 다시 조사해보아 죽일 만한 것이 나타나서야 죽인다"[89]라고 했다. 이미 모두 '죽여야 한다'고 하는데 어찌 다시

---

88 선조 기축년, 숙종 경신년: 선조 기축년(1589)은 정여립(鄭汝立)이 모반하다가 죽은 해이고 숙종 경신년(1680)은 영의정 허적(許積)의 서자 허견(許堅)의 역모사건으로 무고한 남인들이 참살된 경신대출척이 일어난 해이다.
89 『맹자』 양혜왕(梁惠王) 장구하(章句下)에 있는 말. 이 앞에 "좌우에서 모두 죽이라고 해도 듣지 않는다(左右可殺 勿聽)"라는 구절이 있다.

조사해보기를 기대할 수 있었겠는가. "정나라가 대부 양소[90]를 죽였다 鄭殺其大夫良霄"고 『춘추』에 쓰여 있는데, 공과 같은 사람을 진실로 '죽여야 한다' 하였다면 또 어떻게 역사책에 쓸 것인가. 슬픈 일이로다.

옛날 건륭 갑진년(1784)[91] 겨울에 죽은 나의 친구 이벽이 수표교에 살면서 처음으로 서교를 선전하자 공이 그 소리를 듣고 나서 "슬프다. 『실의實義』(『천주실의』)와 『칠극七克』(『칠극대전』) 등 서적을 나도 옛날에 보았다. 비록 그럴듯한 깨우침이 있을지라도 결코 정학은 아니다. 이벽이 이것을 가지고 우리 도를 바꾸려 한다면 어떻게 될 것인가"라고 하고는 드디어 찾아가서 따졌다. 이벽은 웅변이 큰 강물 흐르듯 하고 고수하기가 철벽같았다. 공은 구설로 다투어 될 수 없을 줄 알고 드디어 그만두고 찾아가지도 않았다.

이때 이후로 나는 공에게서 의심스러운 자취를 본 적이 없는데 서너 명 불여우 같은 자들이 모함하고 헐뜯고 짖어대어 끝내는 수괴로 극형을 받게 되었으니 또한 슬프지 아니한가. 일반 세상에서는 지위가 높고 재주가 뛰어난 사람을 영수領袖로 삼는데 천주교에서는 그리하지 않고 죽음에 이르도록 마음이 변하지 않는 사람을 두목으로 삼으며 비천한 종이라도 구애받지 않았다. 공은 여러 상소와 계사啓辭 및 옥중의 답변 내용을 보더라도 모두 천주교를 극구 배척하고 있다. 설사 외형이나 내면이 그럴싸하다 치더라도 죽음에 이르도록 변심하지 않을 사람이 아

---

90 양소(良霄): 중국 춘추시대 정나라 사람. 공자(公子) 길질(吉疾)의 손. 여기서 "鄭殺其大夫良霄"라고 그의 죽음에 '살(殺)'자를 쓴 것은 그를 죽인 처사가 정당하지 않다고 보기 때문이다. 즉, 죄 없는 대부를 살해했다는 뜻으로 그를 죽인 처사에 대한 비판이 담겨 있다.

91 건륭 갑진년: 이해 3월 24일 이승훈이 베이징에서 돌아와 천주교 관계 서적을 읽히며 이벽과 함께 천주교를 선전하였다.

닌 것만은 분명한데 어떻게 천주교의 수괴라고 할 수 있겠는가.

공이 죽음을 당하자 나라 사람의 절반은 애석하게 여겼으며 물의物議가 고르지 못했다. 5,6년이 지나지 않아 임금이 생각을 고쳐먹으면 일이 어찌 될지 모른다 하여 당파싸움하는 자들이 음모를 꾸며 호남의 옥사(신해옥사)에 고문으로 조작하되 공이 을묘년(1795) 여름에 권일신·주문모와 서양 선박을 맞아들일 의논을 하여 은銀 마흔냥을 갹출하자고 했다는 말이 나오도록 했으며, 혹은 경술년(1790) 가을에 이미 논의가 있었다고 했다. 옥사가 성립되자 포도청에서 금부禁府로 이송하고 공과 이승훈 등을 가율加律하자고 청했다. 슬프다! 권일신은 신해년(정조 15년, 1791)[92]에 이미 죽었는데 을묘년의 의논에 참여할 수 있었단 말인가. 주문모는 을묘년에 처음 들어왔는데 경술년의 의논에 참여할 수 있었단 말인가. 경술년 가을이라면 공이 한창 손에 주필朱筆을 잡고 시관試官으로 떨치던 때였고 을묘년 여름이라면 공이 한창 도서 편찬의 임무를 맡아 규장각에서 숙직하며 상홀象笏과 패옥佩玉을 차고 날마다 어전에 드나들던 때인데 어떻게 주문모와 은밀히 모일 수가 있었겠는가. 사형수를 유도신문하여 이미 죽은 사람을 무고하게 해서 뒷날 벗어나기 어려운 안건을 만들었으니 그 또한 불인不仁함이 심하도다.

공은 보통 사람과는 아주 다른 몇가지 점을 가지고 있었다. 뱃속에 품은 것이 땅과 바다의 포용함과 같으면서도 글을 지을 때에 이르러서는 몹시 더디고 어려웠으며, 날카롭고 강한 성격은 생강과 계피처럼 매웠지만 자기의 적대자를 만나면 겁부터 내었으며, 천지만물의 이치를 자귀로 쪼갠 듯 도끼로 빠갠 듯 분석해내면서도 어떤 일을 헤아리는 데서

---

92 신해년: 진산사건이 나던 해. 권일신은 이해에 투옥되어 이듬해인 임자년에 고문의 여독으로 죽었다.

는 편협하여 꽉 막혀 있기도 했다. 계축년의 상소는 올리고 싶어서 올린 게 아니라 마지못해 올린 것인데, 마침내 이 때문에 죽음을 당했으니 아는 이들은 슬프게 여겼다.

평소에 역상의 책을 좋아해 일월日月·오성五星의 일식·월식, 나타났다 나타나지 않는 주기, 황도黃道·적도赤道의 거리와 그 편차의 도수度數에 관해서 근본원리를 통달하였고, 아울러 지구의 위도緯度·경도經度에 대해서는 별도로 도설圖說을 만들어 후배들에게 보여주곤 했으니 그분이 지목을 당하게 된 것도 모두 이런 것 때문이었다. 정승 이시수가 일찍이 약용에게 말하기를 "남인들은 고루한 데가 있다. 이가환이 전문적으로 공부한 것은 필연코 역상의 학문인데 고루한 사람들이 서로 견해가 어긋난 것을 괴상하다고 욕하는 것이다"라고 했는데, 아는 사람의 말이었다. 그분이 광주부윤廣州府尹이 되었을 때 여러 상민들을 잡아다가 죄명을 올바르게 적용하지 못하고 처벌했던 일[93]이나 그분이 충주목사가 되었을 때[94] 주뢰周牢를 사용한 형벌을 준 것 등은 모두 그분의 성격이 겁이 많고 나약한 때문이었다. 아무리 내가 급하여도 악독한 형벌로 다스린다고 백성들이 심복할 것인가.

돌이켜보건대, 신해년 겨울에 신헌조가 상소하여 홍낙안의 죄를 논하기를 "겉으로는 정통사상을 보호한다 하고 속으로는 남을 모함할 계략을 꾸몄으니 조금이라도 용서해서는 안됩니다"라 하였고, 갑인년 (1794) 여름에 강세정姜世靖이 공에게 편지를 올려서 홍낙안의 죄를 논하

---

93 광주부윤으로 있으며 천주교 신자들에게 절도죄를 적용해 처벌했는데 그것을 말함. 「황사영백서」에 자세히 나온다.

94 을묘년 주문모 신부의 밀입국으로 천주교 신자 최인길·윤유일·지황 등이 처벌된 직후.

기를 "속마음인즉 두드리고 흔드는 데 있고 일망타진할 계획이니 마음으로만 절교한 것이 아니라 또한 겉으로도 절교해버렸습니다"라고 하고는 그의 아들 준흠을 공이 받아주기를 애걸한 적이 있다.[95] 그러나 시세가 일변함에 이르러서는 두번 번복하고 세번 번복해서 또다시 이를 갈고 달려들었으니 세론世論이 일정하다고 할 수 있겠는가.

공은 행동을 절제함이 엄고嚴苦하여 3년 동안 거상居喪하면서 중문中門 안으로 들어가지 않았고 지위가 상경上卿까지 되어서도 벽이 뚫리고 창문이 찢긴 채 가난하고 검소함이 포의 때와 같았다.

저서에 『금대관집』[96] 10책이 있으나 편수는 알 수 없다. 아내는 정鄭 씨로 고故 판서 운유運維의 딸이었다. 두 딸을 길러 큰딸은 권구權耈에게 시집갔으니 구는 탄옹 권시[97]의 후손이요, 둘째는 이방억李龐億에게 시집갔으니 복암 이기양의 아들이다. 육촌형 구환九煥의 아들 재적載績을 데려다 뒤를 이었다. 재적이 두 아들을 낳았으니 벌써 결혼하였다. 공은 임술년(영조 18, 1742)에 태어나 신유년(1801)에 죽었으니 그 나이 60세였다. 묘는 덕산군[98] 장천長川의 서쪽 언덕에 있다.

명에 이르기를

---

95 신헌조와 강준흠은 이후에 표변하여 공서파와 결탁하고 혹독하게 정헌과 다산 일파를 공격했다.

96 『금대관집(錦帶館集)』: 이가환의 당호(堂號)가 금대관(錦帶館)이다. 오늘날에도 『금대유고(錦帶遺稿)』가 약간 전한다.

97 권시(權諰): 선조 37~현종 13(1604~72). 자는 사성(思誠), 호는 탄옹(炭翁). 1659년 한성부 우윤에 임명되었으나 윤선도가 예송 문제에 대해 생명을 걸고 서인을 공격한 태도를 칭송했다가 같은 서인의 규탄으로 파직, 공주(公州)에 돌아가 살았다. 송시열과 같은 기호학파(畿湖學派)로 예론(禮論)에 밝았으며 저서로 『탄옹집(炭翁集)』이 있다.

98 덕산군(德山郡): 지금의 충남 예산군 덕산면.

하늘이 영특한 호걸을 내리셔서　　　　　　天降英豪

뭇사람 중에서 빼어나고 뛰어났다.　　　　秀拔人群

잡초 울창한 곳에　　　　　　　　　　　　雜草蓊鬱

소나무와 잣나무가 하늘을 찌른 듯해.　　　松栝干雲

첩첩 쌓인 바윗덩이 속에서도　　　　　　　巖破礧礧

아름다운 옥돌처럼 구별되고　　　　　　　介以瑤琘

억만 사람 용모가 비슷해도　　　　　　　　億貌齊同

남다른 사람은 홀로 높이 있는 거지.　　　殊者獨尊

찬란한 별빛과 아름다운 달빛이　　　　　　星精月彩

한 집안에 모여드니　　　　　　　　　　　萃于一門

공은 그중에서도 가장 늦게 태어나　　　　公生最晚

여러 형제들의 명성을 한몸에 안았어라.　聲集諸昆

가슴속에 만권의 책을 감추고　　　　　　　胸韜萬軸

한입에 천 마디를 토로하고　　　　　　　　一吐千言

까다로운 기하학까지도　　　　　　　　　　句股弧角

한치의 차이 없이 명확하게 분석하셨지.　縷析毫分

기러기털 용지느러미처럼　　　　　　　　　鴻毛龍鬣

명성이 일세에 드날렸네.　　　　　　　　　風掣雲奔

임금은 굳게 믿어주시고　　　　　　　　　　際會旣密

그 시끄러움이 뜬소문의 헐뜯음이라 하셨네.　謠諑其紛

참소하는 자들이 더욱 번창해가도	讒夫孔昌
임금만은 밝기만 하셔 더욱 돈독히 대해주셔서	睿照彌敦
등단[99]하여 주도권을 잡으려 하자	登壇執牛
미워하는 무리들이 벌떼처럼 모여들었다.	怨師蠭屯

높으신 임금 홀연히 떠나버리자	雲游肇舉
요원의 불길처럼 화란이 타올라서	火烈燎原
붉은 옷 죄수들이 길을 메울 지경에	赭衣塞路
목과 손과 발에 씌운 형틀에서 목숨을 잃었다오.	三木收魂

악한 무리들 뜻을 얻어 활개치고	鬼魆中逵
범처럼 날랜 용사 궁궐문 지키고 있었네.	虎守天閭
만물이란 다 함께 돌아가고 마는 것이거늘	萬物同歸
공이여, 홀로 억울해하지 마시라.	公無獨冤

부록으로 적은 일화 몇조항

기미년(1779, 정헌 58세) 여름 내가 정헌에게 들렀는데 공이 쓸쓸하고 맥이 없는 듯 근심스러운 모습으로 말하기를 "당파싸움하는 무리들이 천냥의 돈으로 나를 사겠다 하는데 앞으로 어떻게 했으면 좋겠나"라고

---

99 등단(登壇): 여기서는 국자대사성(國子大司成)이 된 것을 말한다.

하였다. 내가 "대감께서 천냥이라면 나 같은 사람은 5백냥도 못되겠습니다그려"라고 했다. 공이 이·여[100]의 일로 말하는 줄 알고 함께 크게 웃었다.

하루는 내가 정헌에게 묻기를 "다른 경서는 대략 통할 수 있을 것 같은데『주역』은 알 수가 없으니 어떻게 해야 알 수 있을까요"라고 했더니 공이 "나도『주역』에 있어서만은 알 수 없는 것으로 판정을 내렸으니 죽을 때까지 묻지도 말게"라고 했다. 내가 "성옹星翁의『질서疾書』는 어떠합니까?"라고 물으니 공이 "우리 집안의 책이지. 오래 전에 익숙하게 읽어보았지만『주역』은 알 수 없었네"라고 하였다 "정산 이병휴[101]의 『심해心解』는 어떠합니까?"라고 하니 공은 "우리 집안의 책이지. 익숙하게 읽어보았지만『주역』은 알지 못하겠네"라고 했다. "내의선[102]의『역주易註』는 어떠합니까?" "주역은 알지 못하겠데." "오징[103]의『역찬언易纂言』은 어떠합니까?" "알지 못하겠데." "주진[104]의『한상역漢上易』은 어

---

100 이(耳)·여(餘): 사마천의『사기』에 나오는 장이(張耳)와 진여(陳餘)의 고사를 말한다. 두 사람은 진나라 때 목숨처럼 여기던 친구였으나 뒷날 사이가 벌어져 이가 한나라에 항복하여 친구 여의 목을 베어 지수(泜水)에 빠뜨렸다. 적군에 항복하여 옛 친구를 살육한다는 뜻으로, 당시 남인들 중 노론에 투항해 옛날 남인 친구들을 살육하던 일이 있었고 이가환은 자신을 그렇게 이용하려 함을 알고 있었다는 뜻.

101 이병휴(李秉休): 숙종 36~영조 52(1710~76). 자는 경협(景協), 호는 정산(貞山), 성호 이익의 넷째형, 아정(鵝亭) 이침(李沈)의 셋째아들로 중부(仲父)인 서산(西山) 잠(潛)의 계자(系子)가 되었다. 성호 문하의 큰 학자로 성호 사후에 문집을 정리하고 후학을 지도했다. 이가환의 숙부였다.

102 내의선(來矣鮮): 이름은 지덕(知德), 자는 의선(矣鮮), 명나라 양산인(梁山人). 만력 연간에 한림 대조(待詔). 특히 역(易)에 통달하여『주역집주(周易集注)』를 지었다. 저서 다수.

103 오징(吳澄): 자는 유청(幼淸). 시호는 문정(文正). 원나라의 주역 연구가로 한림학사. 경학에 밝았다.『영종실록(英宗實錄)』을 편찬하였고 역(易)·서(書)·춘추(春秋)·예기(禮記)의 찬언(纂言)을 지음.

104 주진(朱震): 송나라 형문군(荊門軍) 사람. 자는 자발(子發), 정화(政和)에 진사(進士).

떠합니까?" "알지 못하겠네." "이정조[105]의 『주역집해周易集解』는 어떠합니까?" "그것은 다른 책보다 조금 낫지만 오히려 알 수 없데"라고 하였다. 그리고 공은 수십 사람의 『주역』에 관한 학설을 열거하고는 모두 알 수 없다고 하면서 "자네도 『주역』에 뜻을 두지 말게. 무릇 역학이란 필연코 흐릿한 사람이 하는 걸세. 자네야 명쾌한 사람이니 결코 역학은 할 수 없을 것이네"라 하였고, 또 말하기를 "궁색한 시골 변두리에서 죽는 날까지 『주역』만 읽어서 마침내 별명이 되기를 '노주역盧周易' '최주역崔周易'이라고 하는 사람들이 셀 수 없이 많은데 자네도 앞으로 그렇게 될 건가?"라고 해서 가가대소하였다.

복암 이기양은 성격이 소통疏通하고 혼후渾厚해서 항상 말하기를 "의리義理를 논쟁하다보면 당쟁론으로 귀결된다" "미워하는 것이 너무 지나치면 안된다"라고 하였는데, 항상 공과 의논이 맞지 않아 복암이 매우 성질을 내면서 늘 "정조庭藻의 지혜는 신령神靈보다 더하지만 어리석음은 목석木石보다 더할 때가 있다"라고 했다.

한번은 번옹과 앉아 있는데 화성華城에서 찾아온 선비가 하소연하기를 "얼마 전에 제가 시험 답안의 시에서 우연히 지이[106] 두 글자를 사용했는데 유수가 낙방시키고는 그 답안지를 과거장에 삥 돌려보게 하면서 '궁벽한 글이나 괴팍한 문자는 임금에게 상주할 수 없다' 하기에 저

<hr />

한림학사. 경학에 정통, 세칭 한산선생(漢上先生)이라 하였다. 저서에 『한상역집전(漢上易集傳)』이 있다.

105 이정조(李鼎祚): 당나라 자주인(資州人). 벼슬은 저작랑(著作郎), 비각학사(秘閣學士). 자하(子夏)에서 공영달(孔穎達)에 이르는 30여 주역 학설을 모아 『주역집해』를 저술하였다. 경학에 밝았다.

106 지이(之而): 뺨의 털을 말하며 입 위에 있는 것을 지(之)라 하고 입 아래에 있는 것을 이(而)라 한다.

는 그때 부끄럽기도 하고 분하기도 했습니다. 저는 신광하[107] 승지의 시에서 분명히 그 문구를 보았지만 출처를 몰라서 따지지 못했습니다"라고 하니 번옹이 크게 탄식하며 "왕형공[108]의 시에 '번뜩이는 고래가 파도에 맞서니 풍랑에 비늘과 지느러미가 일어선다朵鯨抗波濤, 風作鱗之而'라는 게 있는데 이게 바로 노소[109]를 눌러버린 것이고, 옛사람들 말에 왕王·소蘇의 원한 품었던 게 더러 이 시에서 나왔다는 것인데 자네가 왜 그걸 가지고 답변하지 못했던가"라고 하자 공이 말하기를 "형공이 지은 것은 본래 정경正經에서 나온 것이다. 『주례』의 고공기考工記에 있는 '재인위순거장'[110]에 '무릇 움켜잡아 죽이고 씹어먹는 맹수는 반드시 그 발톱을 감추고 눈알이 튀어나오며 비늘과 지느러미가 일어선다. 발톱을 감추고 눈알이 튀어나오며 비늘과 지느러미를 일으켜 세우는데 사람이 보면 그놈은 발끈 곤두서서 성을 내고, 정말 발끈 성을 내면 임중任重에 마땅하여 또한 빛나는 색깔이 반드시 드러날 것이다. 발톱을 감추지 않고 눈알이 튀어나오지 않으며 비늘과 지느러미가 일어나지 않으면 반드시 그것이 쓰러져 일어나지 못하는 것이며, 과연 쓰러져 일어나지 못하면 일이 생겨도 늘어져서 빛나는 색깔이 드러나지 못할 것이다'라고 했으니, 정현鄭玄은 지이가 협결頰繢이라 했는데, 가공언[111]은 협

---

107 신광하(申光河): 영조 5~정조 16(1729~96). 자는 문초(文初), 호는 진택(震澤). 호(灝)의 아들, 석북(石北) 신광수(申光洙)의 아우로 1792년 식년문과에 병과로 급제하였으며 벼슬은 좌부승지에 이르렀다. 문장에 능하고 시에 뛰어났다.

108 왕형공(王荊公): 당송8대가의 한 사람인 송나라의 왕안석(王安石).

109 노소(老蘇): 당송8대가의 한 사람인 소순(蘇洵). 소동파(蘇東坡)의 아버지. 누가 더 시를 잘 짓느냐는 문제로 왕안석과 사이가 아주 나빴다고 한다.

110 재인위순거장(梓人爲筍虡章): 재인(梓人)은 목수의 우두머리고 순거(筍虡)란 악기를 걸 때 가로로[橫] 거는 것을 순이라 하고 세워서[植] 거는 것을 거라 하니 악기걸이를 만든다는 뜻. 난해한 고경(古經)이어서 이 부분은 분명치 않은 곳이 많다.

111 가공언(賈公彦): 당나라 영년(永年) 사람. 태학박사(太學博士). 예에 밝은 학자로 저

걸이 두려운 모양이라 했다. 고공기가 어찌 궁벽한 글이겠는가. 옛날 경서에 어둡고도 그것을 부끄럽게 여기지 않고 시속 이야기나 하며 깔깔거리고 있다 함은 이런 것을 두고 하는 말이다. 그대는 왜 고공기를 들어서 이야기하지 않았는가"라고 했다. 공이 한창 읊을 때는 빠른 바람이 지나가듯 폭포수가 나는 듯하니 둘러앉아 있던 사람들이 상쾌하게 여겼다.

하루는 당로當路의 학사로 한세상에 이름을 날리고 있던 사람이 편지를 보내와 '임금이 내린 지리책地理策에 양계兩戒와 사열四列에 대해 물었는데, 그 출처를 알 수 없으니 가르쳐주시기 바란다'고 했다. 마침 내가 그 자리에 있었는데 공이 "『당서唐書』 천문지天文志에 보면 '일행이 온 세상의 산과 강의 상象은 양계에 존재하는 것으로 했는데 북계北戒는 융적戎狄까지고 남계南戒는 만이蠻夷까지다'라고 했으니 이른바 양계란 강하江河를 말함이다. 이건 그렇다지만 사람들이 몹시 책을 읽지 않는구나. 주소注疏는 읽지 않고 대전大全을 읽는가. 우공禹貢의 채씨전蔡氏傳에 '왕·정王鄭의 삼조三條 사열의 이름이 있는데 모두 온당치 못하다'라고 했으며 소주[112]에서 신안진씨新安陳氏가 '사열의 학설은 정현에게서 나왔는데 견기는 정음렬正陰列이 되고 서경은 차음렬次陰列이 되며 파총은 차양렬次陽列, 민산[113]은 정양렬正陽列이 된다 했는데 사열이 비록 옳다고 하더라도 음·양·정·차陰陽正次의 명칭은 온당치 못하다'라고 하였으니 이런 것도 궁벽한 책에서 끄집어냈다고 하겠는가"라고 하는데 모두

술로 『주례의소(周禮義疏)』와 『의례의소(儀禮義疏)』가 있다.
112 소주(小註): 잔주라고도 한다. 주(註) 낸 것을 다시 더 자세하게 설명하는 작은 주. 모든 경서에는 수없이 많은 잔주가 있다.
113 견기(岍岐)·서경(西傾)·파총(嶓冢)·민산(岷山): 모두 중국의 산이름이다.

가 입에서 술술 나와 전혀 기억해내려고 애쓰지 않고 하는 이야기였다. 그러고 나서는 종이를 꺼내다 답장 쓰기를 "사열의 이름은 『집전集傳』에 나타나 있고 소주에는 더욱 상세히 나와 있는데 어찌 상고해보지 않았소"라고 하였기에 내가 말하기를 "그 사람도 큰 이름을 날리고 있는데 부끄럽게 생각하여 원한을 품을 수도 있으니 고쳐 써야 할 것 같습니다"라고 했더니 공도 "그렇겠네"라고 하고 고쳐 쓰기를 "사열에 대해서는 저도 자세히 모르는 것인데 오늘 『서경집전書經集傳』을 고찰해보니 도견導峴의 구절에 그 대강의 뜻이 간략히 열거되어 있습니다"라고 썼다.

하루는 내가 소보[114] 『용춘당집容春堂集』을 읽는데 「나모전儺母傳」이 있었다. 나(儺)라는 글자를 알 수가 없어 자서字書를 모두 찾아보았으나 어떤 책에도 없었다. 그래서 손뼉을 치며 스스로 기뻐하기를 "이것이면 정옹貞翁을 곤경에 빠지게 하겠구나" 하고는 급히 말을 타고 공을 찾아가서 이야기가 무르녹자 儺자는 음을 어떻게 읽느냐고 물었더니 공이 "그 글자는 알기가 어렵네. 자휘字彙, 자전字典에 모두 그 글자가 없더구면. 자네 혹시나 소보의 「나모전」을 읽은 게 아닌가. 「나모전」은 「모영전」[115]처럼 기문奇文일세. 내가 우연히 그걸 기억하고 있지"라고 하고는 처음부터 끝까지 줄줄 완전히 외는데 글자 하나 착오가 나지 않았다. 그러고는 말하기를 "서릉씨[116]의 딸이 들에 나갔다가 처음으로 누에를 보고는 그 모양이 누루연㜮㜮然하니까 누조라 했는데 儺의 음은 당연히 누

---

114 소보(邵寶): 중국 명나라 무석(無錫) 사람. 호는 천재(泉齋), 서재(書齋)는 용춘정사(容春精舍). 벼슬은 병부시랑(兵部侍郞)에 이르렀다. 저서로 『용춘당집』이 있다.

115 「모영전(毛穎傳)」: 모영이란 붓의 이칭. 한유(韓愈)의 글로 기괴한 문장.

116 서릉씨(徐陵氏): 『사기』 황제기(黃帝記)에 나오는 인물로 그의 딸 누조(㜮祖)가 황제의 비가 되었다.

孈와 같이 읽을 걸세"라고 하였다(『순자荀子』 부론편賦論篇에 "여기에 물物이 있는데 누누혜(蠡蠡兮라. 그 모양이 자주 변천하여 귀신 같구나"라고 하였는데 그 주에는 나잠倮蠶(누에)이라 했다. 자전에 보인다―원주).

하루는 여러 학사들과 함께 승정원에서 시를 논하고 있었다. 그중에 한 사람이 말하기를 "동파의 「주행舟行」이라는 시에 오묘하고 괴상하여 기이한 구절이 있던데 내가 지금 그걸 잊어버렸다"라고 하면서 한두 글자를 외려 하면서도 쭉 꿰어서 외지 못함을 한스러워하니까 공이 말하기를 "그대가 말하고 싶어하는 게 아마 이런 것 아닌가요. '보이지 않는 조류는 물가에서 생기고 지는 달은 버들가지에 걸렸다(暗潮生渚 落月挂柳)'라는 시가 아닌가요"라고 하니 그 사람이 무릎을 치며 통쾌해하며 "대감께서는 남의 마음까지 통했다 하겠습니다"라고 하였다.

하루는 우둔해 보이는 소년이 와서 "선소아편蟬酥鴉片이란 게 어떤 물건입니까?"라고 하니 공이 정색을 하고는 "소년은 마땅히 욕망을 절제하고 학문이나 닦을 일이지 왜 그런 것을 묻는가?"라고 하니 그 사람이 죄를 지었다고 부끄러운 듯 굴복하여 조금 앉았다 일어나서 가버렸다. 내가 묻기를 "선소아편은 어떤 물건입니까?" 하니 공이 "음약淫藥의 재료일세. 선소라는 것은 두꺼비 오줌을 말하고 아편은 앵속 껍질의 액液이네. 그자가 조제하고 싶어하기에 내가 일부러 말하지 않았네"라고 하였다.

공은 또 감별하고 식별하는 일에 정통하여 당·송·원·명의 시를 한 번 들으면 그 시대를 모두 알아맞혀서 백에 하나도 착오가 없었으며 우리나라 시에 대해서는 더욱 속일 수가 없었다. 공의 생질 허질[117]이 중국

---

117 허질(許瓆): 영의정 허적(許積)의 후손으로 이가환의 생질이 된다.

과 우리나라의 역대 시집을 가지고 와 종일토록 뽑아서 물어보아도 끝내 하나도 착오가 없었다 한다. 허질은 본래 재사才士였다. 자작시 한수를 중국의 시체詩體와 거의 똑같이 모방하여 지어가지고 가서 물어보니 공이 똑바로 바라보며 얼마 있다가 농조로 말하기를 "이건 개자식의 시다"라고 하니 허질이 "귀신이십니다. 어떻게 저의 작품인 걸 아시나요"라고 했다 하니 들은 사람들이 모두 웃었다.

공이 광주부윤으로 있을 때 이웃 고을의 백성이 자기 집안 산소 가까이에 어떤 사람이 장사지냈다고 '사람의 집에서 백보 이내에는 타인이 장사지내는 것을 허락하지 않는다'라는 법률을 끌어와 소송을 걸었는데, 공이 판결하기를 "계무자季武子가 능침陵寢을 만들어놓았는데 두씨杜氏의 장지가 그 서쪽 계단 아래여서 함께 묘를 쌓기로 허락한 일이 있다. 법률을 위반해서는 안되지만 예禮에는 그런 증거가 있다"라고 하여 그 사람이 안장할 수 있었으니, 지금까지도 그 일은 잘한 일이라고 말해지고 있다.

『어정규장전운』[118]은 정밀한 책이다. 한치윤[119]이 사신을 따라 연경에 갔을 때 연경에서 노닐던 선비들이 그 책을 보고는 간절히 애걸하여 서로 기증했다. 대개 운서韻書로 뛰어난 책이다. 이것은 본래 이덕무[120]가

---

118 『어정규장전운(御定奎章全韻)』:『규장전운』을 말한다. 2권 1책으로 정조 20년(1796)에 출판. 한시를 짓는 데 없어서는 안될 사전으로 운서(韻書)로서는 가장 정확한 책이다.

119 한치윤(韓致奫): 영조 41~순조 14(1765~1814). 자는 대연(大淵), 호는 옥유당(玉蕤堂). 다산의 친구인 한치응(韓致應)의 족제(族弟)로 치응이 서장관(書狀官)으로 베이징에 갈 때 따라갔다. 저서로『해동역사(海東繹史)』가 있으며 실학의 대가였다.

120 이덕무(李德懋): 영조 17~정조 17(1741~93). 자는 무관(懋官), 호는 형암(炯菴)·아정(雅亭)·청장관(靑莊館)·영처(嬰處)·동방일사(東方一士). 실학의 대가이나 서출이었기 때문에 크게 등용되지 못했다. 1778년 심염조(沈念祖)를 따라 베이징에 가서 그곳 학자들과 교유하면서 학문을 닦고 돌아와 북학(北學)을 제창했고 1779년 규장각 검서

지은 것인데 선왕(정조)의 만년에 그 원고를 가져오게 하여 공으로 하여
금 그 편방偏旁과 점획點畫의 그릇됨을 조사해서 바르게 하라고 하였고,
또 이명예[121]를 시켜 정서하였다. 한장을 베낄 때마다 공이 착오를 바로
잡는데 털끝까지 살피는 지경이라 옆에서 보던 사람들이 너무 지나치
다고 못마땅해 하였다. 또 그 책에서 부父의 훈訓을 "나를 태어나게 하
는 시초다[始生己]"라 했고 시鼓의 훈訓을 "소금을 배합하여 깊이 담가둔
콩"이라 했는데, 이는 모두 고훈古訓에 근거를 둔 것일 뿐 아니라 이덕무
의 원고에 그렇게 되어 있던 것이며 공이 주를 낸 것이 아니었다. 그럼
에도 질시하던 사람들이 이 두가지 해석을 트집 잡아 임금께 참소하여
훼판毁板하자고 청하였다. 임금도 그게 참소인 것을 아셨지만 또 별다
르게 기뻐하시지도 않았다. 악당들이 또 세상에 선전하기를 "홍계희[122]
가 『삼운성휘』[123]를 편찬하고 이가환이 『규장전운』을 교정하더니 모두
패망하였다. 무릇 육서[124]의 학문은 흉화凶禍의 근본이다"라고 하였다.
남인들은 그 자제에게 글자를 가르칠 때 무릇 『규장전운』의 체를 어기
려고 힘쓴다. 그 체에서 어긋나고 보면 자연히 그릇되고 볼품없어지니

관(檢書官)이 되어 박제가·유득공·서이수 등과 4검서로 이름을 떨쳤다. 저서로『청장
관전서(靑莊館全書)』가 있다.
121 이명예(李明藝): 미상.
122 홍계희(洪啓禧): 숙종 29~영조 47(1703~71). 자는 순보(純甫), 호는 담와(淡窩), 시
호는 문간(文簡). 1757년 편집당상으로『열성지(列聖誌)』를 증보하고 1762년 경기도
관찰사로 김한구, 윤파(尹汲) 등과 공모해 나경언(羅景彦)의 상변(上變) 사건을 일으
켜 사도세자를 죽이는 데 박차를 가했다. 벼슬은 판중추부사에 이르렀다. 1777년에 아
들 술해(述海)와 손자 상간(相簡)이 대역 혐의를 받고 사형되자 관직이 추탈되었다.
123 『삼운성휘(三韻聲彙)』: 홍계희가 지은 운서로 1751년 간행. 중국의『삼운통고(三韻
通考)』를 본떠서 만들었다.
124 육서(六書): 한자의 구성과 운용에 대한 여섯가지의 기본 방법. 상형(象形)·지사(指
事)·회의(會意)·형성(形聲)·전주(轉注)·가차(假借) 등이 바로 자학(字學)을 뜻한다.

이른바 목에 걸릴까 해서 밥을 먹지 않으려는 격이었다. 남곤[125]과 심정[126]이 정암 조광조[127]를 죽이고 나서 『소학小學』을 흉측한 책이라 하여 사람들이 보는 것을 금한 것과 같은 짓이었다. 육서 또한 『소학』과 같은 유이다.

참소하는 말들이 그와 같았지만 선왕이 말년에 명령으로 『규장전운옥편』을 편찬하게 하고 검서관 유득공으로 하여금 이가환, 정약용 등에게 문의해 그릇됨을 바르게 하라 하여 그렇게 해서 다시 임금의 재가裁可를 품의해서 만들었으니 그것은 모두 어정御定의 책이었다. 임금이 승하하시니 당파싸움하는 자들이 경시관[128]으로 호남에 내려가 방을 붙여 수험생들에게 경고하기를 "자체字體에 『규장전운』을 사용한 사람은 낙방시킨다"라고 했다. 그렇지만 여러 수험생들이 『규장전운』의 꼴도 구경 못하고 시험장에 들어온 사람들이라 해괴하여 어찌할 줄 몰랐다. 옛날 송나라에서 정국이 뒤집히자 왕씨(왕안석)의 『자설字說』 사용을 금한 적은 있지만 어정의 책에다 그러한 습속을 써먹는다면 불공不恭함도 너

---

125 남곤(南袞): 성종 2~중종 22(1471~1527). 자는 사화(士華), 호는 지족당(知足堂)·지정(止亭). 훈구파 대신으로 1519년 심정(沈貞) 등과 함께 기묘사화를 일으켜 신진사류인 조광조(趙光祖) 등을 숙청하고 영의정에 올랐다.

126 심정(沈貞): 성종 2~중종 26(1471~1531). 자는 정지(貞之), 호는 소요정(逍遙亭), 시호는 문정(文貞). 1506년 중종반정에 참여하여 정국공신 3등으로 화천군(花川君)에 봉해졌다. 1519년 남곤 등과 기묘사화를 일으켜 1527년 좌의정에 올랐다가 복성군의 옥사가 일어나자 김안로의 탄핵으로 삭직, 이어 경빈박씨(敬嬪朴氏)와 통정(通情)했다는 죄로 사사되었다.

127 조광조(趙光祖): 성종 13~중종 14(1482~1519). 자는 효직(孝直), 호는 정암(靜菴). 시호는 문정(文正). 1519년 대사헌이 되어 현량과(賢良科)를 실시하였으며, 자기 일파의 신진사류를 등용해 요직에 안배하는 한편 급진적인 개혁을 단행하여 훈구파를 외직에 몰아냈다. 이에 훈구파의 반발을 사서 기묘사화를 만나 사사되었다. 저서로 『정암집(靜菴集)』이 있다.

128 경시관(京試官): 3년마다 각 도에서 과거를 보일 때 서울에서 파견하던 시험관.

무 심한 일이었다.

갑인년(1794, 53세) 여름에 유생 윤신尹愼 등이 통문을 내어 홍수보 판서 부자(아들은 인호仁浩다―원주)[129]를 공격했는데 이 논란은 처음에 한韓 씨[130](예안장禮安丈이 홍에게 전한 말이다―원주)가 일으켜서 중간에 박씨에 게서 격렬해지고(박명섭[131]이 청교조씨淸橋趙氏 궁관宮官에게 전했다는 설이다― 원주) 집집마다 말하지 않는 집이 없게 되자 임금에게까지 알려졌으며 마침내 대동大同의 논論이 되었다. 이에 이르러 홍수보는 굳게 그 글이 정헌이 지은 것이라 하여 마침내 원수가 되었다. 그것은 실제로 정헌이 기초한 사실이 없는 것이었다. 최영춘崔靈春(최헌중崔獻重이다―원주)은 명확히 그 출처를 알고 있었는데 끝내 말을 하지 않았기에 홍씨가 공을 잘못 의심하여 문제가 끝까지 풀리지 않고 말았다.[132]

---

129 홍수보(洪秀輔) 판서 부자: 홍수보와 그의 아들 인호(仁浩)·의호(義浩)를 일컬음.

130 한(韓)씨: 예안(禮安) 고을에 살던 한광전(韓光傳)인 듯하다.

131 박명섭(朴命燮): 영조 19(1743)~? 자는 영수(永叟), 휴익(休益)의 아들. 1783년 증광 문과에 을과로 급제.

132 특히 홍의호는 신유옥사 때 독수를 휘둘렀는데 이런 오해 속에서 빚어진 일이었다 면 역사에 대한 의구심이 들게 만든다.

복암 이기양 묘지명

공의 이름은 기양基讓, 자는 사흥士興, 호는 복암伏菴으로 광주이씨廣州李氏다. 그분의 선조에 좌의정 극균克均이 있는데 연산군燕山君 때에 화를 입었다. 이분으로부터 아래로 4대는 떨치지 못하다가 한음漢陰 덕형德馨에 이르러서야 또다시 벼슬하여 영의정이 되었는데 공훈과 덕행이 특별히 뛰어났다. 한음의 아들 여규如圭는 음사蔭仕로 판결사判決事가 되었으며 그 아래로 5대가 쭉 이어오다가 건륭 갑자년(1744)에 이르러 공이 태어났다. 느지막이 벼슬길이 높아져 가선대부嘉善大夫 예조참판이 되었지만 가경 신유의 화에 단천으로 귀양 가 오래지 않아 유배지에서 돌아가셨으니(1802년 2월 6일) 군자들이 슬프게 여겼다.

공은 태어날 때부터 모습이 크고 훌륭하여 영걸로서의 용모를 지녔으니 이마가 둥글고 높았으며 눈썹과 눈이 확 트이고 넓은 코와 입에 볼이 제격으로 보완해주어 모두가 웅준雄峻하고 풍만했으며 키가 팔척이나 되는데다 얼굴빛과 살결이 희어 풍채와 의기가 당당하였고 턱수염이 듬성듬성 나 있었다. 변설을 하기 시작하면 큰 강물이 흐르는 듯하고 우연히 마음이 통하는 사람과 만나게 되면 고금의 일을 득의양양하게 이야기하며 털끝만큼의 잘잘못도 변론하고 분석해내는 것이 마치 영郢에 살던 사람이 장석匠石이라는 이름난 공인工人이 나무를 쪼개려 든 자귀에서 휘두르는 바람소리가 들리는데도 조금도 끄떡 않던 것[133]처럼 구애받지 않았다.

벌써부터 정산貞山 이병휴李秉休 선생의 학문을 따랐고 장천 이철환[134] 선생을 따라 노닐었으니 이들은 모두 성호선생의 문하였다. 이들로부터 천인성명의 학문[135]을 들었고 집에 돌아와서는 경전과 역사책을 익혀 모든 것에 박식하고 정통하였다. 순암 안정복, 녹암 권철신과 더불어 학문을 강습하여 더욱 덕이 나아갔다.

갑오년(1774, 복암 31세) 겨울에 진사 장원에 뽑혔으며 4년 후에 벼슬길에 들어가 영릉 참봉寧陵參奉이 되었는데 7년 동안 이곳저곳으로 여러 번 옮겼고 근무 기준이 이미 지나서야 외직으로 나가 문의현령文義縣令이 되었다. 자혜로운 정치를 하였다고 이름이 났으나 파면되고 돌아와 보니 송곳 하나 꽂을 만한 땅도 없어서 이천利川에 있는 초옥 한간에서 임시로 살았다. 지붕을 못 이어 서까래도 가리지 못한 채 울타리도 낮아 비바람이 들이쳐 집 안은 쓸쓸하기만 했다. 까닭없이 허기지는 병에 걸려서 한 끼니에 여러 되의 곡식을 먹어야 했건만 오히려 밥 짓는 일이 끊어져 명아주나 콩잎도 먹을 수 없는 지경이었다.

---

133 이 이야기는『장자(莊子)』서무귀(徐无鬼) 편에 나온다. 영나라 사람이 코끝에 흰 오물을 묻혀두고 파리가 날아와 앉자 그 파리를 장석을 시켜 자귀로 잡으라 했다. 장석이 자귀 휘두르는 소리가 바람소리처럼 들리는데도 그가 끄떡 않고 있어서 장석이 코를 상하지 않은 채 파리와 오물만 깎아냈다는 고사.

134 이철환(李嘉煥): 자는 길보(吉甫), 호는 예헌(例軒)·장천(長川), 본관은 여주(驪州). 성호 이익의 종손으로 광휴(廣休)의 아들. 이가환의 육촌형이다.

135 천인성명(天人性命): 동양의 전통적 유학. 하늘·사람·성명에 관한 학문. 성리학의 다른 이름이기도 하다.

몇해를 지내고 또 벼슬하여 진산현감이 되었으니 이해는 건륭의 말년이었다. 이 무렵 우리 정조는 번옹 채제공을 임용해 정승으로 삼고 붕당의 싸움을 분쇄하여 정치의 모범을 보이고자 어진 사람을 급히 구하는 일을 목마른 사람 물 찾듯 하였다. 또 8년 후인 을묘년(1795, 52세) 봄에 이가환을 발탁하여 정경正卿으로 삼고 정약용을 발탁하여 하대부[136]로 삼았다. 악당들이 이를 시기하여 서로 선동하고 모함을 해서 훼방하였다. 이해 여름 6월에 악당들이 사주하여, 대사헌 권유가 채정승을 공격하며 사당邪黨을 옹호하고 있다고 지목하였다. 가을 7월에는 산반[137]인 박장설로 하여금 이가환을 공격하도록 사주해 나쁜 무리의 우두머리라고 지목하자 뜬소문들이 날마다 치열해져서 임금도 괴롭게 여겨 이가환을 충주목사로, 정약용을 금정찰방으로 좌천했으니 요컨대 조절하여 분노를 식히게 하려던 것이었다.

이렇게 되자 진산현감인 공에게 서울로 올라와 태학에 와서 시험을 보게 했는데 임금이 불러다 보시고 크게 기뻐하며 부賦 한편을 시험해 보고는 특별과거로 급제를 내렸으니 그해 9월의 일이었다. 10월에는 중비中批로 홍문관 부수찬으로 임명하고 채정승에게 말하기를 "경은 이제 늙었소. 경을 대신할 만한 사람이 없었는데 이기양을 얻고 보니 나는 걱정이 없습니다"라고 하셨다.

이가환과 정약용도 역시 곧 부름을 받고 돌아왔고 옛날 정승 허적許積의 복관復官 명령도 내려졌다. 이때 악당들이 두 사람(이가환·정약용)을

---

136 하대부(下大夫): 정1품부터 종4품까지를 대부라 하는데 하대부는 그중 아래 서열에 속하는 대부. 이때 다산은 정3품 당상관인 동부승지였다.
137 산반(散班): 품계만 있지 실제 관직이 없는 벼슬. 당시 박장설은 부사직(副司直) 이었다. 이 일 때문에 신유옥사 후 사학(邪學) 금지에 공이 크다 해서 참판의 벼슬에 올랐다.

제거하고 싶어했기에 임금이 그 정황을 아시고 명목상 두 사람을 좌천했는데 결과적으로는 늘어나 세 사람으로 되자 악당들은 크게 원한을 품게 되었다. 금옹 이가환이 충주에 있을 때 내게 보낸 편지에 "사홍 이기양이 은혜를 입음은 착한 부류에게는 다행스러운 일이나 두 갈래의 갈고리 창槍이 앞으로는 세 갈래의 창으로 되겠네"라던 말이 이것을 말함이었다.

공은 두 아들이 있었으니 큰아들은 녹암 권철신의 사위가 되었고 둘째아들은 금옹의 딸과 약혼을 했었는데 이때를 당해서 악당들의 지목이 날로 심해지자 금옹이 두려워하여 성혼하지 않고 싶어했다. 임금이 그 이야기를 들으시고 "두 사람(가환과 기양)이 앞으로 협력을 하지 않으려나보군. 안에서 틈이 나는 걸 걱정해야지 왜 밖에서 업신여기는 것을 두려워하나"라고 하셨다. 그러고는 이익운과 정약용 등으로 하여금 이가환을 심하게 책망하여 절대로 약혼을 어기지 못하도록 하셨기에 마침내 결혼을 시켰다. 결혼한 후 얼마 되지 않아 복암이 승진하였으니 임금이 신하들을 집안사람처럼 여기시던 것들이 그런 정도였다.

병진년(1796, 53세) 봄에 공에게 곧바로 헌납獻納 벼슬을 주시고 3사三司를 들고 나며 벼슬하게 하였고, 정사년(1797) 봄에는 의정부에서 공을 불러다 검상檢詳을 삼았다. 8월에는 하대부로 발탁하여 승정원 승지를 제수하셨고 10월에는 대신의 추천으로 의주부윤義州府尹이 되었다. 임금이 빨리 임용하여 공의 지위를 경상卿相까지 오르게 하고자 하셨기 때문에 차례를 밟지 않음이 이와 같았다.

공이 젊어서 가난하고 군색하였기에 사람들은 의주부윤으로 가면 당연히 살림이 윤택해질 거라고들 했다. 그렇지만 공은 매일 돈을 똥이나 흙처럼 뿌려서 가난한 친구와 곤궁한 일가들에게 나누어주었으니 그곳으로 찾아온 사람 모두에게 요구하는 대로 채워주었다. 사신을 따라 다니던 역관들이나 중국과 무역하는 의주 상인들이 감추어가지고 오는 화물 가운데 붙잡힌 것들은 창고에 보관해두었다가 사신의 행차가 멀어지면 모두 범법자에게 돌려주며 추호라도 가지지 않으니 환성歡聲이 우렛소리처럼 퍼져 서울에까지 소문이 들렸던 것은 고금에 없던 일이다. 한해 이상을 그곳에서 지내다가 돌아오려 할 때 의주부의 재산이 80만전錢이나 부족했다. 친구들과 그를 아끼던 사람들이 공이 범법하여 가난한 사람을 구제한 것은 잘못한 일이라고 허물하자 공이 말하기를 "나도 정말 죄인 줄 안다. 그러나 장부상으로 타산에 맞도록 회계를 해놓고 그 나머지로 사용하는 사람은 가난한 사람을 구제하는 일은 종신토록 못할 것이다"라고 하였으니 역시 지당한 말이었다.

기미년(1799, 56세)에는 내직으로 들어와 호조참판이 되었고 이해 봄에 번옹이 돌아가셨다. 겨울 10월에는 공이 호조참판으로 연경에 조공 가는 부사副使가 되었고 요즘의 정승인 김재찬[138]이 정사正使가 되어 함께 가면서 이야기를 주고받다 크게 기뻐하며 굳게 친구로 사귀게 되었다. 사신의 임무를 마치고 돌아와서는 자주 서로 내왕하며 아주 즐겁게 지냈다. 김공은 평소에 공과 어울리는 걸 좋아하지 않았는데 이렇게 바뀌니 서울 사람으로 그걸 바라보던 사람들이 이상하게 여기기까지 했다.

공이 연경에 있을 때 목화를 앗는 씨아(攪車)가 있음을 들었는데 그 모양은 축軸의 머리에다 십자로 된 풍륜風輪을 설치하고 아래에 횡목을 장치해놓고 사람이 의자에 앉아서 밟으면 하루에 수백근의 목화를 앗을 수 있었다. 공이 사가지고 돌아와서는 임금께 아뢰어 삼영문三營門으

---

138 김재찬(金載瓚): 영조 22~순조 27(1746~1827). 자는 국보(國寶), 호는 해석(海石), 시호는 문충(文忠). 벼슬은 순조 때 영의정에 이르렀다. 저서로 『해석집(海石集)』이 있다.

로 하여금 모양을 본받아 5,6개를 만들어 전국에 나누어주게 하였다. 사람들은 문익점文益漸의 공로를 공이 따라가 짝할 만하다 했으나 오래지 않아 임금이 돌아가셔서 마침내 그 일이 막히고 말았다.

경신년(1800, 57세) 봄에 병조참판이 되었다가 우승지가 되었고 여름에는 형조참판이 되었다가 한성우윤이 되고 대사간이 되었는데 6월에 이르러 정조가 승하하셨다. 가을에는 예조참판이 되고 겨울에는 좌승지가 되었다. 신유년(1801) 2월 9일 큰 옥사가 일어나 금옹의 한 무리가 이미 감옥에 갇혔으나 12일까지도 공은 오히려 승지의 벼슬에 있었는데 16일에 이르러 목만중 등이 사주해 옥당의 상소가 나오게 하여 공을 무고하니 사헌부에서 뒤따라 발계하여 마침내 공도 체포되어 옥에 갇혔다. 억울하다는 물의가 다시 일어나니 이에 목만중이 스스로 상소하여 "이기양은 이름난 선조의 후예로 여러 동료들이 평소에 무척 아꼈는데 성정이 본래 엉큼하여 엄호하기를 잘합니다. 또한 이기양과 권철신, 홍낙민, 이가환 등은 혼인으로 맺어져 있으니 이것만 보더라도 그 마음을 알 수가 있습니다. 그의 처벌은 의당 어리석게 따라간 부류와는 별다르게 해야 합니다"라고 하였다.

옥관들이 마침내 이에 근거하여 고문하고 신문하였다. 슬프다! 그분이 권철신이나 홍낙민과 혼인을 맺은 것은 영예로움만 있고 아무런 비방도 받지 않던 때의 일이고 금옹 이가환과의 혼인 맺음은 돌아가신 우리 임금도 알고 계신 일이었다. 공은 평생에 서양 사람의 책이라고는 한 글자도 보지 않았는데 다만 혼인을 맺었다는 것 때문에 이처럼 위해危害에 빠졌으니 이런 일은 기축옥사(1589)나 경신대출척(1680)의 옥사에서도 없었던 일이다. 조사해보았자 사실이 없었지만 마침내 단천으로 귀양을 보냈다. 단천은 마천령摩天嶺 아래에 있는 쓸쓸한 바닷가여

서 기후가 차가운 곳인데다 공은 본래 병을 지니고 있어 마침내 임술년
(1802, 59세) 2월 초엿새에 귀양 간 곳에서 고복[139]하였으니 악인들이 선
류善類에게 화란을 입힘도 이쯤 되면 극에 달함이었다. 8년이 지난 기사
년(1809) 가을에 영의정 김재찬이 경연에서 공의 무죄를 아뢰어 그때에
야 임금의 유시로 그의 죄명을 씻어내고 옛날의 관작을 회복하였다. 다
음해 경오년(순조 10, 1810) 가을에 나도 또한 석방의 허락이 났는데 이기
경의 대계 때문에 9년이 지난 뒤인 무인년(1818) 가을에야 비로소 살아
서 돌아올 수 있었으니 공의 일 하나만으로도 그 일이 억울했음은 분명
하다.

오호라! 정여립이 역적이 아닐 리야 없지만 기축의 억울한 사람으로
는 최영경[140]·정언신[141] 등 많은 사람이 죄 때문이 아니었다고 사람들은
말한다. 허견[142]이 역적이 아니지는 않지만, 사람들은 경신년의 억울한
사람으로 이원정[143]·유혁연[144] 등은 모두 그의 죄 때문이 아니었다고들

---

139 고복(皐復): 죽은 사람의 혼을 길게 불러대는 것. 죽었다는 뜻.

140 최영경(崔永慶): 중종 24~선조 23(1529~90). 자는 효원(孝元), 호는 수우당(守愚堂).
남명 조식의 문인. 희대의 인물이요 당대의 문사이자 학자. 1589년 정여립의 모반사건
때 무고하게 죽었다. 선조가 뒤에 후회하고 대사헌 벼슬을 증직했다.

141 정언신(鄭彦信): 중종 22~선조 24(1527~91). 자는 입부(立夫), 호는 나암(懶菴). 선
조 때의 우의정. 어진 정치를 편 일세의 명신이었으나 정여립과 친교가 있다는 이유
로 탈관삭직되어 옥에 갇혔다 갑산(甲山)으로 귀양 가서 사사되었다. 선조가 뒤에 후
회하고 복관하고 면죄함.

142 허견(許堅): ?~숙종 6(1680). 영의정 허적의 서자. 1680년 반역음모로 경신대출척
의 발단이 된 사람이다.

143 이원정(李元楨): 광해군 14~숙종 6(1622~80). 자는 사징(士徵). 호는 귀암(歸巖), 시
호는 문익(文翼). 총명이 뛰어나 여덟줄씩 글을 읽었다 함. 효종 3년 문과에 급제. 옥당
을 거쳐 대사헌·이조판서를 지냈다. 경신옥사에 무고로 초산(楚山)에 귀양 갔다가 다
시 불려와 고문으로 죽었다. 뒤에 복관되었다.

144 유혁연(柳赫然): 광해군 8~숙종 6(1616~80). 자는 회이(晦爾), 호는 야당(野堂), 시
호는 무민(武愍). 뛰어난 무신이었다. 인조 때 무과에 급제. 훈련대장·공조판서를 지

하였다. 그러고 보면 역적을 구실 삼아 함께 섞어서 죄를 주는 옥사에서 억울하게 몰려서 사화士禍를 당한 것이다.

공은 젊은 시절에 날랜 새나 맹수인 듯 사납고 거칠었지만 단가서丹家書(도교 관련 서적)를 얻어 보고 재미를 느껴 살생을 하거나 해를 끼치는 일은 좋아하지 않아 땅강아지·개미·이·서캐 등속까지도 밟거나 죽이지 않았다. 그래서 그가 목민관이 될 때마다 언제나 자애롭고 화평하게 풍속에 따랐고 엄하게 백성을 구속하는 일은 하지 않았다. 언젠가 말하기를 "선조대왕宣祖大王 이전에는 이름난 신하와 훌륭한 재상 들이 좋은 정치 혜택을 남겨서 지금 조정에서 벼슬하는 사람들은 대부분 그때 혜택을 받은 사람들의 자손들인데 현종顯宗·숙종肅宗 이후부터는 당파 의논이 더욱 고질화되어 서로 죽이고 해치는 일을 그만두지 않는다. 때문에 그 시절에 정치의 주역이던 신하들의 자손들 대부분이 초췌하다"라고 했으며 이런 까닭에 평생 동안 편파적인 당쟁 문제에 대해서는 입으로 말하지 않았다.

장헌세자가 임오년(영조 38, 1762)에 돌아가셨는데 세상에서는 두가지 논의가 있었다. 그 하나는 당시에 투서했던 사람들을 임금에게 올바르게 간諫했다고 여기는 일이요, 또 하나는 속임수와 허풍이라 하여 모두가 모년의리某年義理라고 하던 일이다. 무릇 정조의 조정에 있던 사람이라면 그가 집에 있건 조정에 나와 벼슬하건 간에 반드시 두가지 논의 중 한가지는 주장했는데 격렬한 사람들은 분함을 느껴 격앙되어 눈물을 흘리는 사람까지 있었다. 공은 평생에 입으로 흑이다, 백이다 하는 말을 하지 않아서 아무리 친하게 사귀고 밀접한 친구라도 얻어들을 수 있는

냈으며 1680년 경신대출척으로 제주도에 위리안치되어 사사됨. 뒤에 영의정에 추증.

사람이 없었다. 그가 주장하는 뜻이 있는 곳을 공은 비록 말하지 않았을지라도 나만은 알았다.

그분의 마음은, 이 일은 신하들이 감히 꺼내거나 차마 말할 수 있는 것이 아니며 누구를 포상하고 누구를 죽이자는 것은 모두 당黨을 두둔하는 마음이니 차라리 말하지 말자는 것이었다. 세상에서 이 문제를 논란한 사람들은 빗발친 그들의 상소에서 언필칭 감히 말할 수 없고 차마 말할 수 없다고들 했으나 감히 말할 수 없다, 차마 말할 수 없다고 한 것 자체가 역시 말을 꺼냈음이요, 실제로 감히 말하지 않고 실제로 차마 말 못할 일이라고 한 사람은 오직 공 한 사람이었을 뿐이다.

공은 경전 공부에 있어서 모두 성호의 학문을 따랐다. 그러나 자신이 혼후渾厚한 학문적 주장을 지녔으면서도 가볍게 말하지 않아 고금의 시비에 있어서 비록 친한 사이더라도 그의 주장하는 바가 어떤 학설인지 알 수 없었으며 다만 그가 지은 문장에서 알아볼 수 있었는데, 강물이 넘쳐흐르듯 조리에 맞게 뻗어나가 무성한 모습이었고 깎아내고 살펴보는 것이 정밀하고 명쾌해 속유俗儒로서는 따라갈 수 없는 지경이었다.

『복암유고茯菴遺稿』 4책이 있으나 아직 편을 나누는 일에도 미치지 못하고 있다.

아버지의 이름은 종한宗漢으로 이조참판을 증직받고, 할아버지의 이름은 광운光運으로 이조참의參議를 증직받았으며, 증조의 이름은 복인復仁으로 음사로 하양현감河陽縣監을 지냈다. 생가生家 할아버지의 이름은 광기光箕인데 진사였고 증조의 이름은 우인友仁으로 음사로 현풍현감玄風縣監을 지냈으며, 두 집의 증조부 사이는 사촌간이었는데 아버지께서 광운의 아래로 양자를 가신 때문이었다. 어머니는 동래정씨東萊鄭氏 현서玄瑞의 딸이었다. 계모繼母는 청송심씨青松沈氏로 경한經漢의 딸이었다.

두분 모두 정부인貞夫人에 증직되었다.

아내는 정부인 양천허씨陽川許氏로 아버지는 경繁이었고 할아버지는 원源이었는데 음사로 목사까지 지냈다. 두 아들을 키워냈는데 큰아들은 총억寵億으로 을묘년(1795)에 진사가 되었고 둘째는 방억龐億으로 상전 벽해의 난리를 지내고 나서 금년[145]에야 진사가 되었다. 사람들이 말하기를 마른 고목에서 꽃이 피었다고들 했다. 방억이 아들 하나가 있는데 총억의 양자가 되었다.

공의 널이 단천으로부터 이르러 와 광주廣州 율현리栗峴里 뒤쪽 언덕에다 장사지냈다.

명에 이르기를

임금이 어진 이 구하기를	維聖急賢
목마른 사람 물 찾듯 하였는데	如渴求淸
공이 남쪽에서 올라오자	公來自南
임금이 조정에 부르셨네.	王召于庭
마침내 고을 원님 벼슬에서 풀려나	遂解縣紱
갑작스레 옥당에 올랐으니	欻焉登瀛
세월은 3년인데	歲旣三周
아경[146]의 위치에 뛰어오르셨네.	超躋亞卿

---

145 금년: 글을 지은 해. 아마 다산이 귀양에서 풀려온 후 회갑을 맞은 1822년인 듯하다.
146 아경(亞卿): 종2품에 해당하는 벼슬. 판서는 정경(正卿)·상경(上卿), 참판급이 아경이다.

위엄있는 용모에 깊은 학식	偉貌邃學
명조名祖를 이어받고	祖德友聲
좋은 벗들 사귀었네.	

| 두 사람을 쫓아내려는 뜻이 아니라 | 匪伊兩黜 |
| 세 사람을 발신시키려 함이었네. | 俾爾三成 |

하늘만이 스스로 징험이 있어	天惟自徵
호걸스런 영웅을 배출했는데	輩出豪英
목을 벨까 사냥할까 망을 보더니	候薙候獮
북쪽 바닷가로 귀양을 보냈구려.	投畀北冥

흉악한 무리들이 날뛰면서	憸人踊躍
태평세상 누리겠다 꾀한다지만	謀享太平
나라의 병들고 초췌해짐	邦之殄瘁
누가 그 기울어짐 떠받들 건가	疇柱其傾

그대의 시체가 북쪽에서 올 때만 해도	公來自北
그 명정銘旌 초라하더니	孑孑其旌
총애를 베풀어주신 벼슬 예대로 되니[147]	寵秩如故
슬픈 영광이라고 말하는구려.	民曰哀榮

---

147 죽은 후 신원이 되어 옛 관작이 복구된 것을 일컫는다.

부록으로 적은 일화 몇조항

옛날에 대교초당[148]에서 나와 함께 『주역대전周易大傳』 몇절을 강론했는데 공이 말하기를 "'형이상形而上이라는 것을 도道라 이르고 형이하形而下라는 것을 기器라 이른다'(『주역』 계사)라고 하였는데, 도와 기는 모두 형形에서 떨어져나가지 않는 것인가?"라고 하기에 내가 "도는 형에서 뛰어넘었고 오직 기만이 형에서 떨어져나가지 못합니다"라고 말했다. 공이 "형이하라는 것이 저절로 형이하가 되었다면 형이상이라는 것도 역시 저절로 형이상이라고 믿어야 하지 않겠는가. 글의 예例가 아주 똑같은데 자네는 도는 형에서 뛰어넘었고 오직 기만은 떨어져나가지 못했다고 하니 어떻게 공언公言이라고 하겠는가?"라고 하였다. 내가 "형에서 뛰어넘었기 때문에 형이상이라 이르고 형에서 떨어져나가지 못했기 때문에 형이하라고 이릅니다"라고 했더니 공이 "형이상이 형에서 뛰어넘은 것이 된다면 형이하 또한 마땅히 형에서 떨어져나간 것이 되어야지, 형이하는 형에서 떨어져나간 것이 되지 않는다면 형이상만 어떻게 홀로 떨어져나감이 되겠는가? 조령鳥嶺 이북을 충주忠州라 이르고 조령 이남을 상주尙州라 이른다면 두곳은 모두 영에서 떨어져나가지 않은 것이지 어떻게 홀로 충주만을 영에서 뛰어넘었다고 하겠는가?"라고 하며 마침내 손으로 땅에다가 선 하나를 그어놓고는 "선에서 왼쪽을 동이라 이르고 선에서 오른쪽을 서라 이르니 그게 선으로써 경계가 되는 사실이 털끝의 차이가 없는 뒤에야 그때에 선의 이좌而左니 선의 이우而右를 말할 수 있는데, 자네는 앞으로 형이 도와 기 사이에 있음을 영이

---

148 대교초당(碓橋草堂): 복암이 거처하던 곳.

충주와 상주 사이에 있음과 선이 좌와 우 사이에 있는 것처럼 말하려는 가?"라고 말하며 반복해서 토론했지만 끝내 나의 말로써 공정하지 못함으로 여겼으니 그분의 해학諧謔을 잘하시던 게 그와 같았다.

대개 공이 모르셨던 게 아니라 글을 대하여 뜻을 파악함에는 마땅히 정밀하게 살피고 엄혹하게 하여야지 다만 고훈詁訓으로써 과정을 마쳤다고 해서는 안된다는 까닭에서였다. 이것만 보더라도 공이 경전을 연구하는 일에서 그렇게 세밀하게 관찰하고 깊이 탐구했던 것이니 확실히 주장하는 바가 있었음을 알 수 있으리라(기미년(1899) 가을에 들은 것이다―원주).

공이 일찍이 소갈증消渴症으로 앓아누우셔서 내가 찾아가 뵈었는데 공은 마침 정신이 어릿한 상태로 계셨다. 내가 앉아 계신 손님과 이야기하기를 "옛사람들이 글을 배울 때에는 육서六書에 주력하여 글자마다 연구하고 살펴서 글자의 모형과 소리, 뜻과 일의 각각을 스스로 완전히 해득한 뒤에 글을 지었습니다. 그래서 글자를 잘못 사용함이 없었는데 후세에 와서는 온 구절로써 배우고 있으니 문체가 날로 내리막길입니다. 옛사람들은 의술을 배움에 약초의 근본에 주력하여 종류마다 먼저 시험하여 그 성미性味·기분氣分의 각각을 스스로 완전히 해득한 연후에 제조하여 약을 지었습니다. 그래서 약을 오용하는 일이 없었는데 요즘 사람들은 약을 짓는 방법으로써 배우고 있으니 의술이 날로 졸렬해집니다"라고 하며 말을 다 끝마치지도 않았는데 공이 불쑥 일어나 관冠을 바르게 하고 앉으며 탁상을 치면서 유쾌해하며 "내가 오늘 병이 나았다. 오늘 지극한 이치의 말을 듣고 승복하고 보니 맑고 서늘함이 솟는구려"라고 하시고는 밥상을 올리라고 명하여 실컷 드시고 나서 기쁜 듯이 담론하며 그 의미를 부연하셨는데 그분이 착함을 즐겨하여 용감하게 받아들이던 게 그와 같았다.

내가 전에 『대학』에 관한 임금의 물음에 답변한 책문에서 효·제·자로써 명덕[149]의 뜻을 밝혔는데, 임금이 일등으로 삼으려 했으나 번옹이 명관[150]으로서 2등으로 내려버렸다. 며칠 뒤에 번옹이 내게 말씀하시기를 "여강驪江께서 오래 전에 명덕으로써 효·제·자가 되게 하였는데 사흥 이기양 역시 그 뜻에 따랐었네. 자네의 책문 답변도 또한 필연코 거기에서 취함이 있었겠지. 그래서 내가 2등으로 내려놓았네"라고 하셨다. 또 "사흥이 전에 여강의 글은 구천현녀[151]와 같고 옥돌을 부숴서 끝없는 하늘에 뿌려놓은 듯하여 속세에서 살아가는 일반인의 창자나 위에는 받아들여질 수 없는 것이라 하기에 내가 비웃으면서 그분의 글도 역시 숙속[152]이지 그런 기미氣味는 없다고 하였네"라고 하시기에 내가 이 말을 복암께 얘기해드렸더니 복암은 "그건 내가 젊었을 때의 이야기네. 그렇지만 현녀에 대한 이야기는 기억나지 않는구려"라고 하였다(여강은 하헌 윤휴를 말한다— 원주).

을묘년(1795)에 상국相國 허적의 억울함이 풀려 물러났던 관직에 다시 돌아왔는데 그의 증손 허복許澓이 탄원했던 호소문은 복암이 지은 것으로 천마디 만마디의 글에서 먼저 그분의 충성스럽고 부지런한 점을 열

---

149 명덕(明德): 『대학』의 중요한 명제로 그 의미 해석에는 학설이 구구하다. 주자는 "명덕이란 것은 하늘에서 태어날 때 받은 허령불매한 것으로 온갖 이치를 두루 갖추고 있어 온갖 일에 다 응할 수 있는 것이다(明德者 人之所得乎天 而虛靈不昧 以具衆理 而應萬事者也)"라고 했고, 윤휴·권철신·정약용·이기양 등은 모두 명덕이란 효(孝)·제(弟)·자(慈)라고 해석하였다.

150 명관(命官): 임금이 몸소 관람하는 과거를 주재하던 시관(試官).

151 구천현녀(九天玄女): 『황제내경(黃帝內經)』에 나오는 신비로운 여신. 오묘한 문장을 비유함.

152 숙속(菽粟): 콩과 조를 가리키며 세상 사람은 누구나 읽을 수 있게 평이하여 읽을수록 맛이 나는 글이라는 뜻.

거하고 뒷부분에서 그분의 무고당함과 억울함을 변론하니 선왕(정조)이 무릎을 치며 칭찬하시고 마침내 은혜로운 명령을 내렸으며, 공도 또한 오래지 않아 과거에 합격하였으니 글솜씨로 임금을 감동시키던 게 그러하였다.

복암이 옛날에 돌아가신 중형(약전) 집에서 암실에 유리를 장치해놓고 눈으로 거꾸로 된 그림자를 취하여 화상畫像의 초본을 뜨는데, 뜰 가운데 의자를 놓고 해를 향해 앉아 계셨다. 털끝만큼이라도 움직이면 사진으로 본뜰 길이 없어서 공은 응고된 듯, 마치 진흙으로 빚은 모형인간처럼 오래도록 조금도 움직이지 않았으니 역시 사람이 하기 어려운 것이었다.

돌아가신 우리 중형이 충주에서 돌아오던 중 비를 맞으며 단천丹川(이천 땅에 있다─원주)의 초옥으로 공을 찾아뵈었는데 공이 계시지 않았다. 동자에게 물어 함께 이웃집으로 가서 보니 부서진 집 한칸이 오랜 장마에 비가 새들어 흙탕물이 부엌까지 가득 차 있었는데 공은 마침 부엌 곁에 조그마한 흙솥을 걸어놓고 땔감을 모아다 미음을 끓이고 있었다. 땔감까지 습기에 젖어 타지를 않으니 공이 손에 찢어진 부채를 들고는 부채질을 하는데 폭폭 팍팍 핑핑 포포하였다. "무얼 하고 계십니까?"라고 여쭈었더니 복암이 "절하지 말게"라고 하고는 조금 지나자 미음을 들고 방으로 들어갔다. 괴상한 모습의 노파가 보였는데 발가벗은 몸으로 기운이 빠져 변이 나오는 것도 분간하지 못하여 악취를 감당할 수가 없었다. 그런데 복암이 부축해 일으켜서 죽그릇을 기울여 마시게 하며 따뜻한 말씨로 권하니 노파는 여러 차례 얼굴을 찡그리고 신음하다가 공이 이끄는 대로 순종하여 결국 죽을 마시고 돌아누웠다. 그때야 손님을 데리고 초옥으로 돌아왔다. 중형이 묻기를 "어떤 노파입니까?"라고 하니 복암이 "내게는 계집종이 없어서 내가 아팠을 때 그 노파에게 의지해 살아났는데 노파가 반대로 되자 아들·딸·친척까지 없고 마을조차 외로운 곳으로 인접한 이웃도 없어서 내가 그렇게 하였네"라고 하셔서 서로 크게 웃었다고 한다. 중형이 항상 이 이야기를 하면 사람들이 마음속까지 기뻐하였다.

유자儒者들이 쓰는 복건幅巾 만드는 법이 잊혀져 주자가 말한바 횡으로 접는 방법과는 같지 않았다. 그래서 남인들은 복건을 착용하지 않았는데 병진년(1796) 겨울에 임금이 경연의 신하들에게 "같이 한 조정에 있으며 두건을 쓰는 제도가 다르니 큰 잘못이다. 좌상 채제공, 이가환, 이기양, 정약용 네 사람만 착용하면 남인들이 반드시 모두 착용할 것이다"라고 하셨다. 다음날 네 사람이 마침 모두 입궐하자 함께 복건을 착용하였는데 금호문[153] 밖으로 나오자 벗어버렸다. 이때에 네 집안에서는 밤새 검정천을 사왔으며 부인들이 또한 만드는 법을 알지 못하여 쪽지를 써서 보내 서인의 두건을 빌려다가 밤을 새우며 아침 출근할 때까지 만들었으니 괜찮던 시절의 이야기였다. 그 무렵 노론은 반드시 선건禪巾이어야 한다 했고 소론은 반드시 겹건裌巾이어야 한다고 했다. 내가 승정원에 도착하자 서로 먼저 어떤 건이 옳은 것이냐고 물어대기에 내가 웃으면서 "속담에 이왕 물릴 바에야 큰 호랑이에게 물리라고 했다"라고 하니까[154] 네 사람이 모두 선건을 착용하였는데 노론 여러 사람들이 모두 매우 기뻐하였다(겹건은 소론이 만든 것이고 선건은 노론의 것이다 —원주).

---

153 금호문(金虎門): 창덕궁 돈화문 서쪽의 대신들이 출입하던 문.
154 이왕 편을 들려면 강자인 노론 편을 들자고 말했다는 것이다.

매장 오석충 묘지명

옛날 돌아가신 임금(정조) 시대의 을묘년(1795) 봄에 약용이 새로 하대부에 올랐는데 명례방[155]의 집에서 살고 있었다. 용진龍津에 살던 민노인[156]이 집에 오셔서 자리를 잡고 앉아 계실 때였다. 갑작스럽게 매장梅丈이 충주에 사는 허복을 이끌고 들어오셨는데 민노인은 알지 못하는 분이었다. 약용이 말하기를 "이상도 하구나. 옛날 숙종 때 허공[157]께서 영의정이셨고 민공[158]께서 좌의정, 오공[159]께서 우의정으로 계셨는데,

---

155 명례방(明禮坊): 지금 서울의 명동.

156 민(閔)노인: 우의정을 지낸 석호(石湖) 민의(閔熙)의 후손인 듯하다.

157 허공(許公): 허적(許積). 광해군 2~숙종 6(1610~80). 자는 여차(汝車), 호는 묵재(默齋)·휴옹(休翁). 1659년 형조판서로 효종이 죽어 자의대비(慈義大妃)의 복상(服喪) 문제가 일어나자 남인으로서 3년설을 주장했으나 채택되지 않았으며, 1671년 영의정이 되었다. 1674년 인선대비(仁宣大妃)가 죽은 후 자의대비의 제2차 복상 문제가 일어나자 기년설을 주장, 채택되어 영의정에 복직, 남인 집권을 이룩했다. 1680년 그의 서자 견(堅)의 역모사건에 연좌되어 사사되었고 1689년에 신원되었다. 다시 삭탈되었다가 정조 때 복관되었다.

158 민공(閔公): 민희(閔熙). 광해군 6~숙종 13(1614~1687). 자는 호여(皞如), 호는 설루(雪樓)·석호(石湖), 시호는 문충(文忠). 1680년 좌의정에 올랐으나 경신대출척으로 관작이 삭탈되어 위리안치되었다가 풀려나 죽었다. 1689년 기사환국(己巳換局)으로 신원되었다.

이제 삼공의 손자들이 함께 한자리에 앉아 있으니 희한하고 기특한 일이로구나. 왜 서로 예로써 인사들을 아니하십니까?"라고 했더니, 그때서야 민노인이 왼손으로 허의 손을 붙잡고 오른손으로 오의 손을 붙잡은 채 목 놓아 큰 소리로 우셨다. 서둘러 술을 사다가 기쁨을 나누었는데 온 방안이 슬픈 기색으로 쓸쓸해짐을 느끼게도 했지만 다정했던 연燕나라와 조趙나라 사람끼리 서로 만난 듯하기도 했다. 당파싸움으로 길이 막혀버린 이후 옛날 이름있던 집안 후손들의 외로운 삶과 쓸쓸함이란 슬픔을 자아내기에 충분했지만 즐거워하는 모습은 이와 같기도 하였다. 7년 뒤(1801)에 매장이 또 옥사에 걸려들어 죽어갔으니 슬픈 일이다.

매장의 이름은 석충錫忠, 자는 유원幼源이며 그분이 매자항에 사셨기 때문에 사람들이 매장이라 불렀다.[160] 오씨의 본관은 동복同福이고 먼 선조는 식軾으로 시호는 문간공文簡公이었다. 문간공의 아래로 3대는 벼슬이 높았고 또 3대는 음사로 벼슬하였으며, 억령億齡은 홍문관 제학을 지냈고 백령百齡은 이조참판이 되었으니 이로부터 번창함이 불꽃처럼 빛났고 온갖 꽃이 함께 피어나는 듯했다. 백령의 아들 단端과 단의 아들 정원挺垣은 모두 문과에 급제해 관찰사를 지냈다. 정원이 막내숙부 횡竑의 양자로 나갔는데 이분이 시수始壽를 낳았다. 시수는 우의정을 지냈으

---

159 오공(吳公): 오시수(吳始壽). 인조 10~숙종 7(1632~81). 자는 덕이(德而), 호는 수촌(水村). 1675년 현종(顯宗)이 죽어 청나라에서 조제사(弔祭使)가 재차 왔을 때 원접사가 되어 이들을 맞았으며, 뒤에 왕에게 조제사가 다시 오게 된 경위를 보고할 때 황해도 관찰사 윤계(尹堦)와 내용이 서로 다르자 숙종은 오공의 말이 옳다고 판단, 윤계를 먼 곳으로 귀양 보냈다. 1679년 우의정에 올랐으나 이듬해 경신대출척이 일어나자 서인들로부터 허적에게 아부했다는 탄핵을 받고 유배, 다시 그들로부터 청나라 조제사가 왔을 때 왕에게 허위보고를 했다는 탄핵을 받고 사사되었다. 1689년 기사환국으로 복관되고 1694년 갑술옥사(甲戌獄事)로 다시 관작이 삭탈되어 정조 때 복관되었다.
160 매장(梅丈): 매자항(梅子巷)의 어르신네라는 뜻.

며 공의 증조부다. 할아버지 이름은 상부尙溥로 진사였고 아버지의 이름
은 기운箕運, 모두 포의로 마쳤으니 세상을 잘못 만난 탓이었다.

우의정공이 옛날에 원접사가 된 적이 있었다. 청나라 사신이 '임금은
약하고 신하들이 강하다主弱臣强'라는 말을 한 것을 역관驛館에서 우의정
공이 들었는데, 마침내 그것 때문에 죄가 되어 숙종 경신년(1680)에 큰
옥사가 일어났을 때 당쟁하는 사람들이 우의정공을 얽어매어[161] 다음해
인 신유년 봄에 사사되었다. 기사년(1689)에 그 억울함을 풀었으나 갑술
년에 다시 관작을 빼앗기고 오래도록 회복하지 못하고 있었다.

공이 포의로 분발해 일어나 여러 차례 죽음을 무릅쓰고 억울함을 하
소연했지만 당시의 책임자들이 오히려 가로막아버렸다. 번옹 채제공이
청국 사신으로 심양瀋陽에 갔을 때 청나라 사람의 문자를 얻어가지고
왔는데 당시의 '임금은 약하고 신하는 강하다'라는 말이 아주 자세하게
기록되어 있었다. 이렇게 해서 우의정공이 거짓으로 말을 만들어냈다
고 할 수 없게 되어 마침내 선왕의 은혜를 입어 다시 억울함을 풀고 관
작을 회복하였으니, 사람들은 공의 효성 탓이라고 말하였으며 이름이
일세에 널리 알려졌다.

공은 기개 있고 활달함이 비범했고 옛 집안의 풍모를 지녔으며 신장
은 9척이 넘고 풍골風骨이 준수하고 목소리가 웅량雄亮하여 비록 춥고
배고파서 고달팠지만 기개는 펄펄 날아 조금도 좌절함이 없었다.

건륭 갑진년(1784) 무렵에 채번옹이 참소를 받아 교외에 나가 쉬고 계

---

161 이건창(李建昌)의 『당의통략(黨議通略)』에 의하면 역관(譯官)과 대질했는데 역관
은 그런 말이 없었다고 하고 우의정공은 있었다고 하였다. 당시 노론들이 척족이 되어
정권을 휘두르고 있었으므로 당시의 상징적 이야기가 '주약신강(主弱臣强)'인데 노론
쪽에서 이를 못마땅하게 여기고 공에게 죄를 주었다고 한다.

셨는데, 채홍리·목만중 등이 모두 딴마음을 먹고 번옹에게 피해를 주었다. 공은 비록 누더기옷을 입은 천한 사람이었으나 집 안에 있으면서도 사림士林의 영수領袖로서 준엄한 논의를 펴고 있었다.

이때 승지 유항주가 번옹에게 편지를 올려 채홍리의 배은망덕함을 고하고, 목만중이 채홍원이 채홍리와 절교한 것이 부당하다고 했다며 공격하였다. 공이 직접 목만중과 얼굴을 대하고 윽박지르기를 "홍원이 절교함이 잘못이라면 아버지 없는 나라가 되어버린다"라고 하였다. 이것 때문에 목만중의 비위를 거스르게 되었다. 무신년(1788) 봄에 번옹이 정승으로 들어와 12년 동안 정권을 잡고 있었지만 공의 발걸음은 번옹의 집에 거의 드나들지 않았고 번옹도 위로의 추천도 해주지 않아 예전처럼 불우하게 지냈지만 끝내 원망하는 기색이 없었으니 그분의 평소의 지조를 알아볼 만했다.

을묘년(1795) 무렵에 목만중이 이가환을 죽일 음모를 꾸미며 공이 또 윤신에게 편지를 보내어 이가환의 무죄를 밝히니 또다시 불평을 품고 함부로 행동하는 무리의 눈 밖에 나게 되었다. 신유년 봄에 목만중·홍낙안 등이 대사간 신봉조를 사주하여 발계하기를 "오석충은 바로 이가환의 호법선신護法善神이며 또 흉얼과 결탁하여 성원해주고 있다"라고 했는데, 흉얼은 바로 홍봉한[162]의 아들 홍낙임을 넌지시 가리키는 것이었다.

공이 체포되어 감옥에 갇힌 후 이에 대해 심문을 받는데 고문은 참혹하고 댈 만한 사실은 없자 까무러쳐서 억지소리를 만들어 말하기를 "병신년(1776) 가을에 한번 찾아가 만났다"라고 하였다. 오호라! 병신년 가

---

162 홍봉한(洪鳳漢): 숙종 39~정조 2(1713~78). 자는 익여(翼汝), 호는 익익재(翼翼齋). 시호는 익정(翼靖). 사도세자의 장인, 정조의 외할아버지.

을이라면 홍인한[163]이 사사되던 때였는데 홍낙임을 찾아가 볼 사람이 있었겠는가.

옥사가 오래도록 해결되지 못하고 있었는데 하루는 옥관이 약용에게 물어오기에 약용이 비분강개하여 "오석충과 나는 가장 친한 사이다. 내가 군직록軍職祿으로 쌀 두말을 받으면 매자항에다 반드시 절반씩 나누어주었다. 오래 장마가 지거나 날씨가 몹시 추워 아무데도 땔감 파는 장사가 없어지면 나는 땔감 한짐이라도 있으면 꼭 매자항으로 보내주었다. 석충이 흉얼과 결탁한 사실이 있다면 천 사람이 모르더라도 나만은 반드시 알았을 것이다. 오석충은 결탁한 사실이 없다"라고 대답했다. 옥관이 묻기를 "이가환이 말하기를 목만중에게 물어보면 결탁한 일에 대해 알 수 있다 했는데 이 이야기는 어떻게 된 건가"라고 하기에 약용이 "그건 이가환이 잘못 말한 거다. 내가 가장 친한 사이고 그다음은 이가환이며 목만중 같은 사람은 원수지간이었다. 만약에 결탁한 사실이 있다면 내가 맨 먼저 알았을 것이고 이가환이 알게 되고 천 사람 만사람이 알고 난 후에 목만중은 그때나 알게 될 것이다. 결탁하는 일이란 남몰래 비밀리에 하는 일인데 친한 사람은 알지도 못하고 원수가 먼저 알 수 있겠는가"라고 했더니 옥관은 그때서야 이해하고 그후부터는 매때리면서 신문하지는 않았다.

모함한 사람들은 오석충이 앞으로 죄가 없음이 밝혀져 방면될 것을 알고는 몰래 다른 죄수의 집을 조사하여 가져온 서서西書 한권을 오석

---

163 홍인한(洪麟漢): 경종 2~정조 즉위(1722~76). 자는 정여(定汝). 홍봉한의 아우. 1774년 좌의정에 올랐으며, 세손(정조)과 사이가 나빠 다른 풍산홍씨들이 시파에 가담하여 세손을 보호했으나 그는 벽파에 가담하여 세손의 즉위를 반대했다. 1776년 정조가 즉위하자 고금도(古今島)에 위리안치되었다가 사사되었다.

충의 집에 있는 문서뭉치 속에 섞어놓았는데 옥관은 이것으로 장물贓物을 삼아 임자도로 귀양 보내기로 의결해버렸다. 임자도는 영광靈光의 바다 가운데 있었다. 공이 옥에서 나오며 탄식하기를 "우리 할아버지께서 신유년(1681) 봄에 감옥에 갇혀 돌아가셨는데 내가 또 신유년(1801) 봄에 감옥에 갇혔으니 이건 도대체 어떤 해인가"라고 하였다. 몇년이 지난 후 약용이 동전 두 꿰미를 바다의 장사꾼을 통해 섬 가운데로 보냈는데 이미 공이 죽은 지 몇달이 지난 때였다. 죽은 해와 달도 정확히 알 수 없다. 묘가 있는 곳도 자세히 알 수 없다. 다만 묘지墓誌를 지어놓고 앞으로 알아줄 사람을 기다리는 수밖에 없다(병인년(1806) 9월에 죽었고 묘는 과천 금정의 선영 남쪽에 있다 — 원주).

공은 딸 하나가 있었는데 권상문權相問의 아내가 되어 두 아들을 낳았지만 공은 끝내 뒤가 끊기고 말았다. 누가 그분을 알아줄 것인가. 오호 슬프다.

명에 이르기를

하늘과 땅 사이에 기氣가 차 있는데	氣在穹壤間
바른 사람만이 그 기운을 받아	正人其受之
굽히려 해도 꺾이지 않고	屈之而不挫
위협해도 끄떡도 안해	武之而不移
죽음에 이르도록 인仁에만 의존했는데	至死依乎仁
악한 무리들이 눈을 부릅뜨고 달려들었네.	衆惡所盰睢
현인賢人과 철인哲人들을 짓밟아 죽여놓고도	魚賢而肉哲

희희낙락하며 서로들 기뻐하누나.　　　　樂樂以相怡

이게 바로 매장의 묘이니　　　　　　　是唯梅丈墓
후세 사람들이여 마땅히 알아 모시구려.　　後世其宜知

부록으로 적은 일화 몇조항

공은 말소리가 웅량하여 비록 평상시에 심각한 논의를 하면서도 소곤소곤하거나 귀에 대고 말하는 그러한 태도는 없었다. 오직 의리의 옳고 그름을 명쾌하게 헤아리고 생각할 뿐 이롭고 해로움이라든지 성공하고 패배하는 일 같은 것에는 조금도 마음을 쓰지 않으셨다. 악한 놈을 싫어하고 간사한 놈을 증오하면서도 직언과 정론을 펴는 일 외에 은밀하게 무엇을 짜내거나 비밀한 계획을 세우는 따위는 털끝만큼도 마음속에 지니지 않았다. 법도에 맞는 행위와 태도는 엄연하여 옛날의 큰 인물들이 지녔던 아량과 생각을 지니셨다. 일반 속류에서 훨씬 벗어나 아주 먼 곳에 있었다.

영의정 허적의 손자 허복과 갈암[164]의 손자 이중조가 그들 할아버지의 억울함을 풀려고 계획할 때 공이 주동 역할을 하였다. 지도해주는 일이 명확하고 행동거지와 일처리를 적의하게 하여서 옛날 이름있는 집

---

164 갈암(葛菴): 이현일(李玄逸)의 호. 인조 5~숙종 30(1627~1704). 자는 익승(翼升), 시호는 문경(文敬). 1694년 갑술옥사로 남인들이 추방당하자 조사기(趙嗣基)의 죄 없음을 밝히다가 안세징(安世徵)의 탄핵을 받아 종성(鐘城)에 위리안치되었다. 1704년 풀렸으나 곧 죽었다. 이황의 학통을 계승한 영남학파의 거두였다.

안의 후손들이 모두 공에게 의지했다. 포의를 면치 못했으면서도 기대하던 바는 태산북두泰山北斗만큼이나 크고 무거웠다.

번옹이 참소를 받았을 때 공이 혼자서 사림의 기둥 역할을 하여 요동하여 무너뜨리는 못된 이론들을 가로막았는데, 번옹이 정승으로 들어간 후에 공이 태평스럽게 혜택을 받도록 하는 것을 잊어버렸으나 이를 조금도 상관하지 않았다. 정헌 이가환이 광주廣州와 송경松京의 유수가 되었을 때에도 역시 위급함을 구원해주는 혜택을 주지 않았다. 그래서 사림들이 모두 애석하게 생각했지만 공은 빙긋이 웃으며 보답에 대해서는 말도 꺼낸 적이 없었다.

남고 윤지범 묘지명

옛날 선왕(정조) 시대 갑인년(1794, 남고 43세) 9월 중순에 남고南皐 윤공이 벗 5,6명을 데리고 백운대白雲臺의 절정에 올라 거만스럽게 휘파람을 불고 노래를 읊었다. 주변에 아무도 없는 듯했으나 사실은 약용도 함께 있었다. 돌아와서는 죽란서옥[165]에서 촛불에 국화 그림자 구경하는 잔치[166]를 벌였는데 모인 사람은 8,9명이었고 남고가 주맹主盟이었다. 술을 마셔 주흥이 한창 오르자 사람마다 시를 지어 수십 편이 될 정도였는데, 오직 소리 가락이 격렬하게만 지었을 뿐 다른 면은 고려하지 않았다.

돌아가신 나의 중형 손암과 한혜보韓徯甫(치응), 채이숙蔡邇叔(홍원), 윤무구尹无咎(지눌) 등 여러 사람이 추대하여 공을 사백詞伯으로 삼았기에 작품 한편이 지어질 때마다 공이 길게 끄는 소리로 낭송하면 변화무쌍

---

165 죽란서옥(竹欄書屋):「죽란시사첩서(竹欄詩社帖書)」에 나와 있듯 다산이 살던 집을 말하며 대로 난간을 만든 집이어서 그렇게 불렀다. 명례방, 즉 지금의 명동에 있었다.
166 국화 그림자 구경하는 잔치: 다산의 「국영시서(菊影詩序)」에 보면 다산 자신이 국화 구경하는 법을 새로 창안했는데 그것은 밤에 촛불을 켜놓고 구경하는 국화의 아름다움이다. 촛불에 비친 국화의 그림자〔菊影〕야말로 국화 구경의 극치라는 것이다. 술을 마셔 취기가 오르자 서로 부시(賦詩)하며 즐겼는데 이주신·한혜보·윤무구·윤이서 등과 함께 모여 구경했다는 것이 바로 이 글과 일치한다.

한 가락이 맑고 깨끗하게 울려 온 주변이 적막한데 오로지 공의 목소리만 들렸다. 그 시절은 바로 번옹이 정승으로, 대릉과 소릉[167]이 재신으로 보필하며 쭉 늘어서 있고 나이 젊은 사람들은 그 뒤를 따르며 모여 있을 때였다. 풍류風流가 너그럽고 온전하여 칭찬받기에 충분했으니 참으로 번성하던 한때의 찬란함이었다.

6년이 지난 기미년(1799, 48세) 봄에 번옹이 세상을 떠났고 이듬해 여름에 선왕(정조)이 승하하셨다. 그다음 해인 신유년(1801) 봄에는 화란이 일어나 약용은 장기로 귀양 가게 되었는데 무릇 나와 좋아하며 사귀던 사람들로 뜻밖의 횡액에 걸려들지 않은 사람이 없을 정도였다. 풀을 베듯 짐승을 죽이듯 하는 함정에 많은 이들이 잘못 빠져버렸고, 모두 잡아다 조사해서 처단하자는 무리들 앞에서 초교[168] 같이 생명 있는 것들은 모두 겁 먹고 벌벌 떨며 법망[169]에 걸려들 것을 두려워했다. 그러나 공은 그런 때에 장기에서 귀양살던 나에게 시를 보내왔다.

산골짜기에서 산발한 채 긴 노래 읊조리니   巖阿散髮劃長吟
망망대해 동쪽 큰 바다 만리쯤 깊으렷다.   瀛海茫茫萬里深

맑은 눈물 하만자[170]에 흘리지 말게나.   清淚莫垂何滿子

---

167 대릉(大陵)과 소릉(少陵): 대릉은 윤필병·채홍리·이정운 형제이며, 소릉은 이가환이다. 이들이 정릉(貞陵)에 살고 있었기 때문에 붙은 이름이다.

168 초교(肖翹): 『장자』 거협(胠篋) 편에 나오는 말로 미세한 식물이라는 설도 있고 하루살이 같은 동물이라는 설도 있다.

169 법망(法網): 원문은 기벽(機辟)인데 『장자』 소요유 편에 나오는 말로 해설이 구구하다. 여기서는 법망의 뜻으로 쓰인 듯하다.

170 하만자(何滿子): 본래 당나라 교방곡(敎方曲)으로 가수의 이름에서 따다 노래 이름으로 삼음. 하만자는 당나라 현종 때 사람으로 절묘한 창법으로 유명했는데 죄를 지

바라는 소식 광릉금[171]이나 잘 지켜주는 일.　　希音幸保廣陵琴

벗들이 없을까마는 편지 한장 없을 테고　　豈無親友無書到
있을 거라곤 고향 산천 꿈속에선 찾으리라.　　秪有家鄕有夢尋

천고의 백운대야 무너지지 않으리니　　千古白雲臺不圮
오래도록 우리들의 등산 흔적 남아 있겠지.　　長留吾輩昔登臨

　나는 이 시를 받아보고서 깜짝 놀라 혀를 내둘렀다. 공처럼 가난하고
파리하기만 하던 분이 마음이 침착하고 의지가 강한 사람만이 지을 수
있을 듯한 이런 시를 지을 것이라 예기하지 못해서였다.

　10여년이 지난 뒤에 공이 원주原州로부터 배를 타고 두릉[172]을 지나다
가 나의 처자를 위문해주었고 서루書樓에까지 들어와 내가 다산에 있을
때 지은 여러 시들을 읽으며 또 기다란 소리로 낭송하다 비분격렬해졌
으니 듣는 사람이 눈물을 흘리기도 했다 한다.

　무인년(1818, 67세) 가을 나는 임금의 은혜를 입어 향리鄕里로 돌아왔
는데 몇년 뒤에 공이 또 원주로부터 내게 와서 사흘간을 주무시며 20년

───────────

어 목을 베이게 되었다. 노래를 부르면 죽이지 않겠다 하여 노래를 불렀으나 끝내 용
서받지 못하고 목이 잘렸다는 고사에서 따온 말. 단장사(斷腸詞)라는 별명이 있는데,
이 노래를 듣고 당나라 문종(文宗)의 창자가 끊어졌다는 고사에서 애조(哀調)의 상징
으로도 쓰이니, 여기서는 이 두가지 뜻을 다 포함하고 있는 듯하다.

171 광릉금(廣陵琴): 광릉산(廣陵山)이라고도 하며 거문고 곡명이다. 죽림칠현의 한 사
람인 혜강(嵇康)은 거문고를 잘 타고 시서(詩書)에 뛰어났으나 종회(鍾會)가 개인적
인 원한으로 사마소(司馬昭)에게 참소하여 참형당했다. 혜강이 죽어 그 유명한 광릉
산이 전해지지 않았으니 여기서는 죽지 않고 살아남아 자신의 학문을 후세에 전해 달
라는 비유인 듯하다.

172 두릉(斗陵): 다산이 살던 고향 언덕.

동안 맺혔던 울분을 어느정도 풀었다.

신사년(1821, 70세) 가을에 공이 돌아가시니 그다음 해에 공의 아들 종결鍾杰이 공의 시문詩文·유고遺稿 20여권을 보내면서 "선인先人을 알아주실 분은 어르신뿐이고 선인의 마음을 아실 분도 어르신뿐이며 선인의 시와 문장을 아실 분도 어르신뿐이니 골라 엮고 서문序文을 쓰는 것도 오직 어르신만이 하실 수 있는 일입니다"라고 하였다. 약용이 말하기를 "나는 저승의 사람인데 감히 글을 지어 공에게 누를 끼쳐서는 안되네. 오직 무덤 속에 넣는 명銘만은 깊은 곳에 묻어도 오래 갈 수 있으니 그것만은 내가 시도해보겠네"라고 했다.

가장家狀을 살펴보니 공의 이름은 지범持範, 신유년(1801)에 고쳐서 규범奎範이라 불렀다. 자는 이서彝敍, 남고는 그분의 호이다. 윤씨는 대대로 해남에서 살았으며 그 근원은 아주 오랜데, 조선왕조에 들어와 진사를 지낸 효정孝貞이라는 분이 계셔서 고기 잡고 풀 베는 곳에 숨어 살았지만 후손들에게 자랑으로 여겨진다. 이분이 귤정橘亭 구龜를 낳았는데 벼슬이 홍문관 응교應敎에 이르렀고 이분이 홍중弘中을 낳아 벼슬은 예조정랑禮曹正郎까지 지냈다. 아들이 없어 그의 아우 좌참찬 의중毅中의 아들 유기唯幾를 데려다 뒤를 삼았는데 벼슬은 강원감사까지 이르렀다. 감사가 또 아들이 없어 그의 형 예빈시禮賓寺 부정副正을 지낸 유심唯深의 아들 선도善道를 데려다 뒤를 삼았으니 이분이 바로 우리 고산선생이시다. 예조참의로 이조판서에 증직되고 충헌공忠憲公이라는 시호를 하사받았다. 이분이 인미仁美를 낳았는데 고산이 세상의 꺼림을 받았기에[173] 벼슬은 성균관 학유學諭에 그치고 말았다. 이분이 이석爾錫을 낳아 음사로 종친부 전부

---

173 고산 윤선도는 남인으로 효종의 사부(師傅)를 지냈으나 효종 사후 복제(服制) 문제로 노론의 송시열에 반대의견을 제시해 배척받고 노론에서 원수같이 보던 처지였다.

宗親府典簿를 지냈으며 아들이 없어 사촌동생으로 사헌부 지평을 지냈고 이름이 이후爾厚이던 분의 아들 두서斗緖로 뒤를 삼았으니 공의 증조였다. 어진 사람인데다 예능까지 뛰어나 세상에서 삼절三絶이라 칭하였고 호는 공재恭齋라 했다. 할아버지의 이름은 덕현德顯으로 문행文行이 있던 분인데 자신을 감추고는 스스로 포상노인浦上老人이라고 불렀다. 공재의 아홉 아들 중 그분이 넷째였다.

아버지의 이름은 위悼로 문행이 있었으나 일찍 돌아가셨으며 호는 범재泛齋인데 내가 옛날 그분의 유고에 서문을 짓기도 했다. 어머니는 사천목씨泗川睦氏로 정랑正郎을 지냈고 이름은 시경時敬이라는 분의 딸이며 병조판서 창명昌明의 증손이다.

건륭 임신년(영조 28, 1752) 12월 초2일에 한양의 남쪽 청파동靑坡洞 집에서 공이 태어났다. 공은 태어나면서 총명하여 말을 배울 때 이미 글을 읽을 줄 알았다. 5세에 아버지를 여의자 울고 슬퍼함이 어른 같아서 사람들이 목메어 울었다. 외가에 의탁하여 어머니께 이끌어 가르치심을 받았는데 낮에는 바깥의 스승을 따라 배웠고 밤에는 돌아와 어머니 곁 등불 아래서 책을 읽었다. 과부의 아들 같은 점은 보이지도 않았지만 동무 삼으려 하지 않는 것 때문에 눈물 흘리며 몰래 아파하며 더욱 스스로 각고의 노력을 했다. 더러 장난치고 놀며 시간을 보내면 어머니께서 즐거워하지 않는 낯빛을 보여 공이 그 낌새를 알아차리고는 번뜩 고쳐서 유순한 얼굴, 고운 목소리로 만단으로 기쁘게 해드려 어머니의 낯빛이 풀어진 뒤에야 그만두곤 했다.

열살 때 벌써 도하都下에 이름이 울려 이지억[174] 판서, 채제공 정승이

---

174 이지억(李之億): 숙종 25~영조 46(1699~1770). 자는 덕수(德廋)·항승(恒承)·대수(大廋), 호는 성헌(醒軒). 벼슬은 예조판서에 이르렀으며 영조의 총애를 받았다.

모두 그 이마를 어루만지며 칭찬해주기를 "이 아이는 문장과 행실이 함께 진전하고 있으니 참으로 상서롭구나"라고 했다.

정해년(1767, 16세)에 할머니의 상을 당했고 무자년(1768)에는 해남으로 낙향했다. 시골 마을이 벽지의 누추한 곳이므로 공은 더욱 힘써 정밀하게 연구하고 사색하며 문장과 역사서 공부하기를 게을리하지 않았다.

임진년(1772, 21세)에는 할아버지의 상을 당했다.

건륭 정유년(1777, 26세)은 우리 정조께서 임금의 자리에 오르신 원년인데 증광동당의 시험에 공이 회원會元으로 마침내 회시에 병과로 합격하니 그때 나이 26세였다.

얼굴은 옥을 깎은 듯하고 문사文詞를 갈고닦은데다 일찍이 과거에 합격했으니 법대로 한다면 당연히 궁궐에서 임금을 보좌하고 예원藝苑에서 재주를 날렸어야 했다. 그러나 충헌공忠憲公(윤선도)의 후손이었음에랴. 모두 함께 벼슬길을 막아 준례대로 등용하지 않으니 승문원 부정자副正字로 첫 직책만 받고는 12년 동안 바닷가 변두리에 몰락해 지내느라 비천한 사람과 똑같았지만, 공은 마음을 편히 가지고 구차스럽게 생각지 않으며 날마다 시를 읊고 글을 지으며 살아갔다.

기유년(1789, 38세) 여름에 우리 장헌세자의 묘를 수원부 북쪽에 개장하게 되었다. 그곳은 사람들이 좋은 묏자리라 하던 곳으로, 충헌공이 오래 전에 효종孝宗의 장지로 추천한 곳이다. 임금이 마침 지난 일에 생각이 잠겨 있어 주서注書 심규로[175]가 공을 끌어다 가주서假注書를 시켰으나 서전西銓(병조판서)이 또 군함[176]을 주지 않자 임금이 매우 엄하게 책망

---

175 심규로(沈奎魯): 영조 37(1761)~? 자는 화오(華五). 1797년 이후 교리·수찬·사간 등을 역임했다. 1805년 승지로서 추탈죄인 채제공의 신원을 청했다가 삭출되었다.

176 군함(軍衡): 조선시대 오위(五衛)에 속한 상호군(上護軍)·대호군(大護軍)·호군(護

하시며 곧바로 그날 밤에 전관銓官을 불러다 군함을 주게 하였다. 10월에 현륭원顯隆園의 장사를 마쳤다.

그다음 해인 경술년(1790, 39세) 여름에 공은 죽포 심규[177]의 집에서 살고 있었다. 이때 특별히 성균관 전적典籍을 제수하고 다음날 경모궁령景慕宮令을 제수하고 또 다음날에는 병조좌랑兵曹佐郞을 제수했으니, 총애 받음을 투기하는 사람들이 말하기를 "이처럼 계속한다면 앞으로 태중대부太中大夫가 되겠군"이라고들 했다. 적신賊臣 권유가 상소하여 충헌공을 추폄追貶하며 무고하게 깎아내렸는데 그의 본뜻은 충헌공의 후예들에게 벼슬길을 영영 막아버리고자 함이었다. 이에 공이 병을 핑계하여 벼슬길에 나가지 않았으나 임금이 교체해주지 않았다. 하루는 군대의 감찰관으로 명령하였는데 공이 임명장을 받지 않자, 임금이 "군대의 임무를 감히 이렇게 할 수 있는가"라고 하시며 승정원의 하인배 열명을 보내어 도로에 쭉 서서 소리를 질러 임명장 받기를 재촉하게 했으나 공은 끄떡도 하지 않았다. 임금이 "마땅히 군법으로 처리해야겠구나"라고 하셔서 정랑 이복윤[178]이 임금의 말씀을 전해주었다. 마침 그때 임금이 효창묘[179]에 행차하셨는데 공이 노상에서 대죄待罪하고 있으니 임금이

軍)·부호군(副護軍)·사직(司直)·부사직(副司直)·사과(司果)·부사과(副司果)·사정(司正)·부사정(副司正)·사맹(司猛)·부사맹(副司猛)·사용(司勇)·부사용(副司勇) 등 서반(西班) 벼슬의 총칭. 즉 모든 동반(東班)의 벼슬아치는 실직이 있고 실직에서 물러나면 서반의 군직(軍職)·군함에 임명토록 되어 있다.
177 심규(沈逵): 영조 18~순조 20(1742~1820). 호는 죽포(竹圃), 본관은 청송(靑松). 채제공 문하를 출입하던 선비로 죽파 유항주, 죽대 이종화와 함께 채공문하삼죽(蔡公門下三竹)이라는 칭호를 듣도록 지조가 있었다. 벼슬은 진산군수를 지냈다.
178 이복윤(李福潤): 영조 17(1741)~? 자는 백우(伯雨), 록(錄)의 아들. 1775년 정시문과에 병과로 급제, 1780년 식년문과에도 병과로 급제했다. 벼슬은 정랑, 지평 등을 역임했다.
179 효창묘(孝昌墓): 정조의 장자 문효세자(文孝世子)의 묘소.

좌승지 권엄을 시켜 군문軍門으로 들어오게 하여 유시를 듣게 한 후 보내주셨다.

6월말에 벼슬아치들의 성적을 매기는 모임이 있었는데 공이 또 참석하지 않았다. 병조에서는 이에 중中의 점수를 매겼는데 임금이 고쳐 쓰시기를 "좌석에 참석할 수 없는 처지였으므로 상上의 점수를 매김"이라 했다. 이때 임금이 얼굴에 작은 부스럼이 나 편치 못했는데 공을 불러들여 생달수生達樹 열매로 기름을 짜서 종기를 낫게 할 수 있느냐고 물으셨다. 공이 전에 그걸 알고 있다 해서였다.

그 뒤에 진산사건이 있자 또 벼슬이 풀리지 않은 채 여러 해를 한가롭게 살았다. 채제공이 어머니를 모시고 북쪽으로 돌아오기를 권해 공이 돌아왔으나 집이 없었다. 이시우李是鈺가 집을 세내어 소릉에서 살았는데 아직 몇간 집이 비어 있는 게 있어 마침내 그곳에 들어가 살며 자호自號를 기원畸園이라 했다. 춥고 배고픔의 괴로움이 말할 수 없이 커서 나는 날마다 찾아가 괴로움을 위로해주었고 신광하 승지, 이가환 공, 이정운 판서, 이익운 참판 등이 모두 공과 함께 모여서 재미나는 이야기로 밤을 새우곤 했다.

이에 앞서 임금이 수원에다 새로운 도시를 만들며[180] 윤씨들에게 첫 번째 구역을 하사해 충헌공의 자손들이 살도록 한 일이 있다. 을묘년(1795, 44세) 겨울에 공이 그곳으로 이사해 살았으며 병진년(1796) 봄에

---

180 사도세자의 묘를 옮기며 화성(華城)을 신축하고 도시계획을 새로 했는데, 그곳이 윤선도가 잡아놓은 묏자리여서 그 후손에게 은혜를 베풀었다는 것이다. 본래 사도세자의 묘소는 양주 배봉산(拜峯山)에 있어 영우원(永祐園)이라 했는데 풍수지리가 좋지 않다 하여 정조 13년(1789) 수원부 북쪽 8km 지점인 현재의 묘로 옮겨 현륭원이라 개칭했다. 또한 화산(華山)의 아래 있던 본래의 수원부 도시 전체를 현재의 팔달산(八達山) 아래로 옮기며 화성이라 하고 성(城)을 개축하였다. 사도세자는 고종 때 장조로 추존되면서 능 이름도 융릉(隆陵)으로 바뀌어 현재는 그렇게 부르고 있다.

임금이 새 도시로 행차해 공을 불러들여 입시入侍케 하고는 좌우에 말하기를 "이 사람은 문장과 행실이 모두 갖추어져 있으나 지금까지 늙고 쇠하기만 했으니 세도世道의 잘못이다"라고 하셨다. 이에 승지 채홍원이 "윤아무개는 「낙남헌송」[181]을 지었는데 글이 뛰어나게 훌륭합니다"라고 말했다. 임금이 좌의정 채제공을 돌아보시며 "경도 역시 보았습니까"라고 하니 그가 대답하기를 "신도 역시 보았습니다. 말의 기운이 웅장하고 화려하여 참으로 걸작입니다"라고 했다. 다음날에 사헌부 지평을 제수하고 또 "이 사람은 시종으로 두기에 합당하나 수십년 동안 몰락해 있었으니 애석하구나"라고 하며 곧바로 임금의 수레를 호종扈從하도록 명하셨다. 공이 창졸간에 복장도 없어 백의白衣로 호종하니 사람들이 모두 이를 영화롭게 여겼다. 임금이 지지대[182]에서 수레를 멈추어 시를 읊고는 공에게 화답시를 짓도록 명하셨다. 시흥始興의 행궁行宮에 이르러 사간원 정언으로 고쳐서 제수하셨다. 나도 또한 자주 공의 품행과 글재주를 말씀드렸는데 임금은 일찍 등용하지 못했음을 후회하곤 했다.

정사년(1797, 46세) 봄에 또 정언을 제수했는데 마침 공이 위소違召하자 임천군수林川郡守로 보직을 주어 나가게 하셨다. 임금께 인사하고 떠날 때 임금이 "외직으로 보補한 것은 너의 집안의 옛일을 생각해서다. 또 너의 집이 가난하고 어버이가 늙으셨음을 위해서다. 가거든 일을 잘 보아 나에게 잘한다는 소리가 들리게 하라"라고 하셨다. 공이 임지에 도착하자 기생의 노랫소리를 막고 뇌물을 물리치며 백성들의 고통스러

---

181 「낙남헌송(洛南軒頌)」: 낙남헌은 수원 팔달산 아래 있는 행궁의 한 전각으로 1794년에 지었으며 편액은 조윤형(曺允亨)이 쓰고 상량문은 심환지가 썼다. 이 낙남헌을 노래한 것이다.
182 지지대(遲遲臺): 현재 수원시 북쪽 경수국도(서울-수원)변 고개 위에 있는 누대로 이곳에 오르면 수원에 있는 사도세자의 능이 보인다.

움을 자세히 들어서 아침부터 밤늦게까지 다스리는 일에 몰두하였다.

군에서 생산되는 모시포 가운데 가늘게 짠 것은 비단처럼 고왔는데 모두가 그릇된 예규 때문에 최상품은 없어져가고 부녀자들이 모두 굵게 짜기만 했으며, 사비泗沘 연안에서 어업을 하는 집에서 해마다 홍어鱝魚 값으로 3만전을 거두어들이고 있었는데, 이를 모두 없애버렸다. 유민游民을 등록하여 군관軍官으로 삼고 그들이 번番을 면제받는 세금 8만전을 모두 풀어서 군기軍器와 전선戰船을 수리케 하였다. 또 흉년이 들자 창고를 열어 진휼하였다. 군에 숨기거나 누락된 전결田結이 있어 수령과 아전들이 그 장물贓物을 나누어 가졌는데 해마다 과분한 이득을 얻는 것이 수천냥이었다. 공은 이것으로 재해를 당한 해의 세금을 충당했고, 그밖에 또 진전陳田을 조사하여 충액하기도 했으니 백성들이 아주 기뻐하였다. 잘 다스린다는 소문이 사방에 퍼지자 임금도 염찰하여 알아내고는 정승과 한두명 가까운 신하를 대할 때마다 임천군에서 정말로 잘 다스린다고 자주 칭찬하며 얼굴에 기쁜 모습을 짓기도 하셨다 한다.

군에는 호족이 있어 세력을 믿고 못된 짓을 다하는데 심지어는 살인도 하고 또 포도수[183]가 되어주기도 했다. 군수로 오는 사람들도 아무도 건드리지 못했는데, 공은 그중에서도 더욱 세력이 강해 제어하기 어려운 몇사람을 데려다 다스렸다. 그중 한 사람이 어렵사리 숨어서는 공의 친구들로부터 상자 가득 청탁 편지를 얻어내 적당히 구슬러 일을 지연하여 모면하려 하자 공은 더욱 급박히 몰아붙였고, 그 사람은 끝내 도망가버렸다. 누락된 군정軍丁 백여명을 찾아내 군액軍額에 등록하기도 했다. 강가의 빈 땅 중에서 진흙이 나오는 곳을 전답으로 만들어놓았는데

183 포도수(逋逃藪): 죄를 범하고 도망한 사람이 숨어 있는 은신처.

이것을 세력 있는 집안이 토지대장에서 빼내 힘으로 점유하여 그 이익을 독점하고 있었다. 이것들도 공이 모두 빼앗아 백성들에게 나누어주었다.

군의 위치가 호서湖西 남쪽에 끼여 있어 친척과 친구 들의 오감이 줄 잇듯 했는데 공은 모두를 기쁘게 맞아들여 후하게 나누고 상구喪具나 혼구婚具를 만들어주니 일년 남짓하여 포흠逋欠으로 빚진 게 3천냥 정도였다. 임금이 채제공에게 "그 사람에게 백리百里를 맡긴 것은 그 재주를 시험해보고 또 그의 가난을 생각해서 한 일인데, 포흠으로 빚이 많다 하니 내가 뜻한 바는 아니구려"라고 하셨다고 채제공이 편지로 알려주었다. 공의 어머니께서 병이 나자 온 고을의 부로父老들이 관문 밖에서 안부를 살피다가 병이 완쾌되자 헤어졌다. 공이 이를 듣고서 잔치를 베풀어 여러 부로들을 모이게 하여 술을 마시며 함께 즐기고 쌀과 고기를 후하게 내려주기도 했다.

무오년(1798, 47세)에 나라에서 재해를 만나 구언求言하자 공이 그에 응하여 상소했는데 백성을 편의便宜케 할 7조목을 개진하였다. 첫째 쌍수성雙樹城의 군량미를 옮겨서 굶주린 백성을 구휼하자, 둘째 전선戰船으로 삼세미[184]를 운반해 쓸데없는 비용을 줄이자, 셋째 군과 현으로 하여금 한해 걸러 진전陳田의 실태를 조사케 하여 소득 없이 세금을 물리거나 소득이 있는데 세금에서 누락되는 일이 없도록 하자, 넷째 목민관으로 하여금 백성을 모집해 황무지를 개간하고 세율을 감해주거나 몇해에 한해 세금을 걷지 않도록 하고 이 일로 수령의 부지런함과 게으름을 조사하여 전최[185]를 매기자, 다섯째 저수지를 증설하고 산림의 벌채

---

184 삼세미(三稅米): 대동미(大同米)와 전세(田稅)와 군포미(軍布米).
185 전최(殿最): 조선시대 감사가 6월과 섣달에 관아 수령의 치적을 심사하여 정부에

를 금하도록 장려하여 한해(旱害)를 대비하자, 여섯째 강가의 진흙땅에 지방 호족들이 입안(立案)하는 것을 엄금하자, 일곱째 예비로 창고에 거두어 둔 곡식(倉耗)의 거래를 강변 연안의 읍에만 허용하여 곡가의 폭등을 조작하는 일을 막자는 청이었다.

임금이 읽어보고 얼굴빛을 바꾸며 칭찬하고 비답을 내려 많은 부분을 채택하셨다. 그중에서도 전선으로 세미를 운반하자는 것은 나라 다스리는 경륜(經綸)으로 허락하고[186] 묘당(廟堂)의 담당 관리로 하여금 자세하게 확정하여 올려바치라 하셨다. 나머지도 또한 이치에 맞는다고 칭송하며 곧바로 품의해 처리하도록 하셨다. 창모 방출을 닦달하며 편중하여 방출하지 못하도록 금령을 준수하라고 하셨다. 또 연안 읍과 산간 읍의 호구를 모두 비교해 양곡을 헤아려 고르지 않게 하지 말라고 하셨다. 비변사에서 불분명한 답변으로 아뢰자 임금이 꾸짖어 유시하기를 "경들은 임금의 녹을 먹고 임금의 녹으로 옷을 입으며 옷으로 몸을 가리고 곡식으로 배를 채워 영화와 총애를 두루 갖추었는데 조그마한 고을의 일개 군수의 상소를 회계[187]함에 있어서 진흙을 물에 섞어버리듯 하려고만 하니 경들의 죄를 엄중히 조사해 풍속과 시세를 경계하고 교정하게 해야겠소"라고 하시고는 연신(筵臣)에게 유시하기를 "윤아무개의 상소가 어찌 기특하지 않은가. 이러한 문장과 식견이라면 어떤 일인들 못하랴"라고 하셨다.

보고했는데, 여기서 구분하던 우열의 표시. 가장 잘한 치적은 최(最), 가장 낮은 치적은 전(殿)이라 한 데서 유래함.

186 전선으로 세미를 운반하자는 방안은 다산도 몹시 훌륭한 대책으로 여긴 듯 그의 『경세유표』 권14에 「전선사용의(戰船使用議)」를 부록으로 하여 임천군수 윤지범의 응지상소문(應旨上疏文)을 장황하게 인용하고 자기 입론의 근거로 삼고 있다. 이것을 보면 그때 남고의 주장은 매우 탁월한 대책이었음을 알 수 있다.

187 회계(回啓): 임금의 물음에 심사하고 토의해 임금께 아룀.

기미년(1799, 48세) 초봄에 어머니 목씨睦氏가 군의 관서官署에서 돌아가셔서 고을 사람들이 예에 따라 부의賻儀를 바치자 공이 물리쳤다. 백성들이 울면서 애걸하기를 "이렇게 하시면 원님의 은혜를 갚을 길이 없으니 이 고을에서 한 사람을 뽑아 큰 새끼나 끌게 해주시기를 원합니다"라고 하자 공이 마지못해 허락하였다. 공의 슬퍼함이 절도를 넘고 눈물을 그칠 때가 없어 볏짚베개[188]가 썩어서 대상大祥도 지나지 않아 세번이나 바꿔야 했다.

경신년(1800, 49세) 6월에 우리 정조께서 돌아가셔서 예관禮官이 정순태비貞純太妃의 복제에 대해 의논하기를 "'정이부체'[189]로 당연히 기년朞年이어야 한다"라고 하자 공이 상소하여 재최齊衰 3년복은 삼조三朝에 걸쳐 이룩된 명제라고 논란하고자 했으나 내가 "그렇지 않다. 효종의 '체이부정體而不正'에 대해서는 갑은 서庶라 하고 을은 적適이라 하여 더러 다툴 만한 도리가 있으나 돌아가신 임금의 '정이부체'는 할아버지는 할아버지라 하고 손자는 손자라 하니 서로 논란할 말이 없다"라고 하자 공이 "그대 말이 옳다"라고 하여 마침내 그만두었다.

신유년(1801, 50세) 봄 도당회권[190]에 대제학大提學(윤행임尹行恁 — 원주)이 공을 기록하고 싶어 "이는 선왕의 유의遺意다"라고 했으나 대신 중에

---

188 볏짚베개: 옛날에 상인(喪人)은 볏짚[稿]으로 베개를 만들어 사용했다.
189 정이부체(正而不體), 체이부정(體而不正): 정이부체는 적장자(嫡長子)이나 가통을 잇지 못했음을, 체이부정은 가통은 이었으나 적장자는 아님을 뜻한다. 『예기』에 나오는 말로 복(服)의 햇수를 정하는 준거가 되며, 조선시대 예송논쟁의 발단이 되었다.
190 도당회권(都堂會圈): 도당이란 의정부의 별칭이나 여기서는 도당록회권(都堂錄會圈)을 말하는 것이다. 도당록은 홍문관 교리 이하의 직을 임명할 때 먼저 부제학 이하의 제원(諸員)이 자격 있는 사람을 고른 뒤에 다시 영의정이 골라 뽑는 일이며, 회권이란 도당록을 만들 때 전임자들이 모여 선출될 사람의 성명 위에 권점(圈點)을 찍던 일이다.

가로막는 사람이 있어 도당록에 오르지 못하고 말았다. 이때를 당하여 조정 판도가 급변하여 선왕이 마음에 들어 임용한 사람들이 더러는 죽음을 당하고 더러는 귀양으로 쫓겨났으며 그 여파가 미치는 사람은 악의를 가지고 죄에 빠뜨려 거의 없애버릴 지경이라 당인黨人들이 샅샅이 찾아내려 했으나 공에게서는 잘못을 찾지 못하여 마침내 완인完人[191]이 되었다. 그러나 이로부터 12년 동안 한치의 녹도 더하지 못했다.

임신년(1812, 61세) 봄은 선왕의 회갑의 해여서 무릇 임금을 모시던 신하들 중에 임신년에 태어난 사람은 모두 한 등급씩 올려주니, 드디어 통정대부通政大夫에 올라 용양위龍驤衛 부호군副護軍의 직함을 받았다. 7년이 지난 무인년(1818, 67세) 겨울에야 당시 의논으로도 공에게 너무 심했다는 것을 깨달아 처음으로 첨지중추부사僉知中樞府事 벼슬을 주었다. 기묘년(1819) 여름에는 병조참의를 제수했는데 겨울에 병으로 면직하였다. 신사년(1821, 70세) 여름에 오위장五衛將을 제수했으나 8월 25일에 병으로 죽으니 향년 70세였다. 석달이 지난 21일(9월 21일)에 남양부南陽府(지금의 경기도 화성시) 호련산瑚璉山의 계癸 방향 언덕에다 장사지냈다.

공은 풍채와 거동이 수려하고 깨끗하여 속된 세상의 기름진 모습은 없었다. 만어정晩漁亭 권사언權師彦[192]은 사람을 알아보는 감식력이 있던 분인데 전에 말하기를 "윤이서는 옥산요림玉山瑤林[193]이니 하늘 바깥으로 뛰어나오도록 뛰어나다"라고 하였다. 파리하고 가냘퍼 옷도 이기지 못할 것 같으나 지조를 지킴이 굳건한 데 있어서는 맹분과 하육[194]의 힘으로도 꺾

---

191 완인(完人): 명예와 신분에 아무 흠결이 없는 사람.
192 권사언(權師彦): 숙종 36(1710)~? 자는 중범(仲範), 세달(世達)의 아들로 본관은 예천. 1756년 정시문과에 병과로 급제했다.
193 옥산요림(玉山瑤林): 옥으로 된 산의 구슬 숲. 인품이 뛰어나고 고상한 사람을 가리킴.

을 수 없었다. 조정의 관리로 등용된 지 45년간 막히고 묻혀서 불행하게 도 끝내 떨치지 못했으나 하늘을 원망하고 사람을 미워하는 말 한마디 도 입에서 꺼내지 않았다.

갑인년(1794), 을묘년(1795) 사이에 선비들의 추세가 둘로 갈라져 채제 공 문하의 사람들끼리 공격하는 일이 무척 심했는데 공이 걱정하면서 "번옹을 위해서 적으로 삼는 것은 꾀할 일이 아니다. 옛 친구가 뭇 비방 을 모아 받고 있더라도 옛 친구란 옛날 친구 삼았던 것을 버릴 수 없다" 라고 했다. 공을 잘 알지 못하는 사람은 공이 나약하다고 의심했으나 공 을 아는 사람은 이런 방법으로 막으려 했던 것도 어려운 일이라고들 하 였다.

세상이 타락하여 문장도 쇠퇴하자 시맥詩脈이 전해지지 못하고 있었 는데 공이 고단한 세력과 가냘픈 기개로 끝내는 아담하고 바른 시율[195]에 이름을 드날리게 되었다. 그분의 시는 깨끗하게 트이고 소담하여 수식 하는 데는 힘쓰지 않았지만 어떤 정경을 모사하는 데 있어서만은 흔연 히 본래 모습을 그려내 자질구레하게 늘어놓은 것을 능가하니 나는 항 상 스스로 그와 같이 하지 못함을 안타까워하곤 했다. 일찍이 「검무편劍 舞篇」이라는 시가 있었는데 번옹이 차탄하며 "한악[196]도 더할 수는 없으 리라"라고 하였다. 또 전에 지은 시구로 "가을이 깊으니 정신이 나무 끝 에서 일어나고, 달 밝은 소식은 다락의 서쪽에 있구나秋至精神生木末, 月

---

194 맹분(孟賁)과 하육(夏育): 춘추전국시대의 힘이 센 용사.

195 원문의 '곡종지주(曲終之奏)'란 『사기』 「사마상여전(司馬相如傳)」에 나오는 말로 언 어·문장·행실에서 마지막에 특수한 정채(精彩)를 나타냄을 뜻한다.

196 한악(韓偓): 한악(韓渥)의 오식인 것 같다. 한악은 당나라 말기 시인으로 재주가 뛰 어났고 감개한 시 짓기로 유명하다. 한림학사를 지냈고 당나라에 충성을 바치다가 후 량을 세운 주전충(朱全忠)의 미움을 사 쫓겨났다.

明消息在樓西"라는 게 있는데 번옹이 외우면서 "기상이 힘차고 막힘이 없어 그의 평생을 점칠 만하다"라고 하였다.

공은 재화나 이익에 욕심이 없고 남에게 베풀기를 즐겼는데 전에 자제들에게 경계하기를 "세상에서 창고만 지키는 사람은 모두 사리에 밝지 못하다. 내가 볼 때에 고금에 재물과 보물을 모으고 전답과 재산을 관리한 사람이야 수없이 많았지만 유독 노숙[197]의 쌀창고와 범요부의 보리 실은 배[198]만이 천고에 썩지 않고 있으니 이는 무릇 남에게 베푼 것만이 바로 자기의 재산인 것이다"라고 하였다.

공은 승진하는 일에는 담박하였고 말하거나 입 다무는 데는 삼갔다. 병인년(1806, 55세) 봄에 당로자의 한 사람이 용감히 말할 수 있는 사람을 얻어서 당파짓는 사람을 배척하고 싶어했는데 어떤 사람이 공을 위해 그 사실을 말해주자 공은 "그대가 나의 힘들고 엇갈리는 삶을 생각해 지름길을 지시해주심은 고마운 일입니다만, 그러나 아무리 공정한 마음을 지니고 일한다 하더라도 만약 사주를 받아 하는 일이라면 역시 사냥하는 매나 개이고 괴뢰일 겁니다"라고 했다. 전에 병조에 근무할 때 어떤 권세 있는 재신宰臣이 공에게 한번 찾아와주기를 바랐는데 공은 "평생에 내 발은 귀인의 집에 가본 적이 없는데 이제 늙어 백수白首에 수릉[199]으로 가는 오랜 발걸음을 감히 버릴 수 없습니다"라고 했다.

---

197 노숙(魯肅): 이름은 순인(純仁), 자가 요부(堯夫). 문정공(文正公) 중엄(仲淹)의 아들로 효자로 유명하다. 송나라 오현인(吳縣人)이며 관문전 대학사(觀文殿 大學士)가 됨. 아버지 중엄이 의전(義田)을 만들어 가난한 사람을 먹여살렸는데, 그 뜻을 이어 노숙도 많은 어려운 사람을 도왔다. 충선공(忠宣公)의 시호를 받음.

198 범요부(范堯夫)의 보리 실은 배(麥舟): 북송의 재상 범중엄(范仲淹)이 아들 요부에게 고향에서 보리 500석을 배에 실어오게 했는데, 범요부가 도중에 부모와 아내를 잃고도 상을 치르지 못한 사람을 만나니 보리 500석을 실은 배를 통째로 내주고 돌아왔다는 고사에서 유래한 말. 어려운 처지의 사람을 아낌없이 돕는 일의 비유.

공은 어머니를 효로 섬겼으니 요강이나 더러운 깔개는 반드시 몸소 씻었고 추운 겨울에는 자주 손으로 이불 속을 더듬어보아 차가우면 땔 감을 더했다. 아무리 깊은 밤에 눈바람이 치더라도 반드시 몸소 불을 땠고 땔감이 없으면 울타리 막대라도 꺾어다 계속해서 피웠으며 끝내 비복을 부르지 않았으니 어머니께서 알아차리고 또 부르시면 천한 사람들이 어머니를 원망할까 해서였다.

아내는 완산이씨完山李氏로 선비 호석虎錫의 딸이며 왕자 임영대군臨瀛大君의 후손이었다. 1남 2녀를 낳았으니 사내는 종걸鍾杰인데 경의經義 시험에 합격하여 진사가 되었다. 큰딸은 심학증沈學曾에게, 둘째딸은 정대수丁大修에게 시집갔다. 두 사람 모두 일찍 과부가 되었다. 종걸은 세 아들을 두었으니 큰애는 봉호鳳浩이고, 나머지는 어리다. 두 딸 중에 큰딸은 성달수成達修에게 시집가고 둘째딸은 이병필李秉弼에게 시집갔다. 심학증의 1남 1녀 중 사내는 영로永老이고, 딸은 어리다.

명에 이르기를

멀고 먼 기해년[200]	遙遙己亥
이백년이 흘렀는데	垂二百年
말 한마디 촉오[201]한 게	一言觸忤

---

199 수릉(壽陵):『장자』추수(秋水) 편에 연나라 도읍의 뜻으로 나오나『후한서(後漢書)』광무기(光武記)에는 묘를 쓰고 아직 이름을 짓지 못한 능(陵)을 말한다 했으니 영원토록 남아 있을 묘라는 뜻으로 쓰인 듯하다.

200 기해년: 효종 10년(1659)으로 5월에 왕이 죽자 자의대비 복제 문제로 서인과 남인 사이에 싸움이 일어났으니, 당시 남인이던 윤선도는 송시열에 대립하여 상소를 올렸는데 이 일로 노론천하 세상에서 그 후손까지 푸대접받은 일을 말한다.

201 촉오(觸忤): 웃어른의 비위를 거슬러 크게 성내게 했다는 뜻.

그 화란 면면綿綿해라.　　　　　　　其禍綿綿

운손·잉손[202] 다 되는데　　　　　　旣雲旣仍

아직도 그분 후손이라 한다네.　　　猶曰其延

젊은 나이 급제하여 벼슬길 트고도　英年通籍

한결같이 가팔랐네.　　　　　　　壹是屯邅

뛰어난 문장, 깨끗한 행동으로　　　高文潔行

높이 있어 고결해라.　　　　　　　孤標嚼然

옥산玉山의 고운 구슬　　　　　　　玉山瑤林

하늘 높이서 비추네.　　　　　　　照映雲天

임금도 그대 옳음 허락하고　　　　王曰予嘉

정승마저 그대 어질다 해도　　　　相曰其賢

무리지어 억압하니　　　　　　　　衆共抑壓

임금도 힘없어라.　　　　　　　　太空無權

호랑이와 표범이 꼭꼭 지키니　　　虎豹毅守

난조와 봉황[203]은 멀리서만 날았다네.　鸞凰退翩

누렇게 시들어버리니　　　　　　　旣槁旣黃

모든 사람 가련해하고　　　　　　人亦曰憐

병조참의 벼슬 하나를　　　　　　維小司馬

---

202 운손(雲孫)·잉손(仍孫): 운손은 8대손, 잉손은 7대손이라는 뜻으로 여기서는 먼 후
　손을 가리킴.

203 난조(鸞鳥)와 봉황(鳳凰): 모두 전설상의 상서로운 새로 점잖고 우수한 선비를 상
　징한다.

명銘으로 새겨야겠군.

남겨놓은 글 모두 모으고 보니

시만 해도 천편이라네.

以銘以鑴

叢殘遺馥

有詩千篇

무구 윤지눌 묘지명

군의 이름은 지눌持訥, 자는 무구无咎이고, 뒤에 고친 이름은 규응奎應, 호는 소고小皐, 해남윤씨였다. 먼 선조인 존부存富는 고려 때 사람이다. 그 뒤로 면면히 이어오다가 조선조에 들어와 진사 효정이 있었는데 맑은 선비라는 이름을 들었다. 이분이 귤정 구를 낳았는데 홍문관 학사로 호당에서 사가독서[204]를 한 분이다. 그 뒤로 종계宗系가 자주 끊어져 여러 양자를 세워 이어왔다.

종계로 보면 귤정의 아들로 예조정랑을 지낸 홍중, 강원도 관찰사를 지낸 유기, 예조참의를 지낸 충헌공 선도, 성균관 학유를 지낸 인미仁美, 종친부 전부를 지낸 이석爾錫, 진사 공재선생 두서까지 6대가 된다.

혈맥으로 보면 귤정의 아들 좌참찬 의중, 예빈시 부정 유심, 참의 선도, 진사 의미義美, 사헌부 지평 이후爾厚, 진사 두서까지 6대가 된다. 이후가 또 출계出系하여 숙부 예미禮美의 뒤가 되었고 예미가 또 출계하여

---

204 호당(湖堂)에서 사가독서(賜暇讀書)를 하다: 호당은 독서당(讀書堂)의 별칭. 젊고 재주있는 문신들이 임금의 특명에 의해 공부하던 곳. 사가란 겨를을 준다는 뜻으로 겨를을 주어 독서당에서 공부함을 말하는데 이는 문신들에게 대단히 영예로운 일이었다.

숙부 선언善言의 뒤가 되었으니 선언은 충헌공의 아우며 유기 역시 본래는 좌참찬의 아들이었다.

공재의 아들은 아홉명인데 그 셋째가 덕훈德熏으로 군의 할아버지다. 아버지의 이름은 운惲이요 어머니는 고령신씨高靈申氏로 아버지는 호潚며 두 오라버니는 광수光洙와 광하光河인데 모두 문장으로 울렸고 벼슬은 승지까지 지냈다. 집이 보령에 있었는데 그곳에서 두 아들을 낳았으니 군은 그 막내다. 건륭 임오년(영조 38, 1762) 11월 11일에 태어나 나와는 동갑이고 또 성姓이 다른 형제간으로 군이 아우가 된다.

기유년(1789, 무구 28세) 겨울에 우리 정조께서 장헌세자의 묘를 수원부 북쪽에 개장하면서 이름을 바꾸시기를 현륭원이라 했다. 충헌공과 옛날에 이 묏자리를 의논한 적이 있었기 때문에 임금이 마침 그윽하게 생각하던 참인데, 군이 이 무렵에 서울에 와 노닐고 있어 내가 북한산에 있는 승방僧房에서 글을 읽도록 권했다.

그다음 해 경술년(1790, 29세) 2월 임금이 태학에 행차하셔서 알성시사[205]를 했는데 군이 병과에 합격하니 바로 금경방金檠榜이었다. 합격자를 호명하자 임금이 그가 충헌공의 후손임을 알고 크게 기뻐하고 좋은 낯빛으로 맞이해주셨으며 며칠 뒤에는 규장각 월과문신으로 뽑아주시고 다시 며칠이 지나서는 한림翰林으로 회권會圈하라고 명령하였다. 번암 채제공과 대제학 홍양호[206]가 심능적,[207] 김이교金履喬, 정문시,[208] 홍

205 알성시사(謁聖試士): 알성이란 임금이 성균관에 있는 문묘(文廟)의 공자 신위에 참배함을 말하고, 시사란 선비들을 시험 보이는 일. 임금이 알성한 뒤에 보이던 문과(文科)를 말한다.
206 홍양호(洪良浩): 경종 4~순조 2(1724~1802). 초명은 양한(良漢), 자는 한사(漢師), 호는 이계(耳溪), 시호는 문헌(文獻). 정조 때의 학자·문신. 박학으로 유명함. 급제 후 대제학, 이조판서 역임. 실학 학풍의 많은 저술이 있다.

낙유,[209] 정약용, 윤지눌 등 여섯명을 선발하였다. 정조가 임금으로 오른 이후 이렇게 당파를 초월한 인선이 처음이었고[210] 군이 또 충헌공의 후손이어서 당파짓는 사람들이 대관臺官을 사주하여 한림 선발과 추천에 공을 잊고 사로써 했다고 논하자 여섯 사람은 어전 시험에 불참하였다. 임금이 대로하여 인정전에 납시어 당시의 명사들을 들어오게 해 준엄하게 꾸짖고 붕당을 위해 질투심으로 간사스럽게 남을 모함하는 일을 죄 주겠다고 하자 여러 신하들이 두려워 다리를 떨며 감히 우러러보지도 못했다. 그날 나와 김이교가 피선되어 한림에 들어갔다.

몇개월이 지나 주서注書 심규로沈奎魯에게 명하여 즉각 윤지눌을 추천케 하여 승정원 주서가 되었다. 6월에는 병조좌랑으로 승진하고 특별히 사헌부 지평을 제수받고 이어서 임금이 특별명령으로 상원군수祥原郡守로 나가 보임케 하였으니, 총애의 융성함과 급히 시험하여 임용하던 것이 그때 세상에서는 견줄 사람이 없었다.

신해년(1791, 30세) 여름에 태부인太夫人이 돌아가셔서 반장返葬하여 서울에서 거려居廬하였다. 겨울에는 진산사건이 있었는데 악인 홍희운이

---

207 심능적(沈能迪): 영조 37(1761)~? 자는 혜길(惠吉), 건지(健之)의 아들. 1789년 알성문과에 을과로 급제, 다산과 함께 초계문신이 되었으며 1792년에 한림(翰林)이 되었다.
208 정문시(鄭文始): 영조 37(1761)~? 자는 계직(季直), 창순(昌順)의 아들. 1789년 정시문과에 을과로 급제. 다산과 함께 한림이 되었다.
209 홍낙유(洪樂游): 영조 37(1761)~? 자는 숙예(叔藝), 명조(明浩)의 아들. 1789년 정시문과에 병과로 급제, 1797년 교리, 1800년 이조참의를 역임했다.
210 조선시대 관리 임용에서 가장 명예로우면서도 한편 문제가 많던 것이 회권(會圈)을 통한 인선이었다. 도당회권(都堂會圈)은 홍문관, 즉 옥당에 들어가는 것이고 한림회권(翰林會圈)은 예문관(藝文館), 즉 한림원에 들어가는 것이다. 효종 이후 노론이 주도권을 잡아 노론 사람이 옥당과 한림을 독차지해왔고 타당 사람은 가뭄에 콩나듯 했는데 정조가 남인 일파를 옹호하면서 탕평의 일환으로 대거 남인들을 등용했다. 이에 노론 측에서 반발해 들고일어났다. 2부 주190 참조.

기회를 틈타서 착한 무리를 모두 함정에 빠뜨리고 싶어 윤씨는 별다른 씨족이라고 지껄여대며 채정승과 진산군수 신사원에게 편지를 보냈다. 군이 사건의 전모를 미리 알아차리지 못하고 마침내 나와도 힘을 합하지 않으려 했으니 임금도 잘못이라 하셨다. 계축년(1793, 32세)에 어머니 복服이 끝났으나 벼슬길에 오르지 못한 것이 여러 해였다. 그러나 임금이 애호하는 뜻을 내려주심은 그대로였다.

을묘년(1795, 34세) 이후로 남고 지범씨가 임금의 은혜로 정언, 지평이 되었고 군도 역시 내직內職에 벼슬하였다. 을묘년 여름에 임금이 주서를 추천하라고 명령하셨다. 임금의 뜻은 유아무개에 있었는데 군은 고집스럽게 나의 돌아가신 중형 천전天全(약전)만을 추천하려고 했다. 임금이 두세 차례 설득했지만 바꾸려 하지 않으니 임금이 성이 나 철원부鐵原府로 귀양 보내도록 명령하고는 곧이어 풀어주어 귀양 간 며칠 만에 돌아왔으니 그 사람의 의지의 견고함이 그런 정도였다.

경신년(1800, 39세)에 임금이 돌아가시자 군이 남고와 함께 상소하여 태비의 복제에 대해 논하고자 했으나 나 때문에 곧바로 그만두었다.

신유년(1801) 봄에 내가 열상洌上에 있을 때 한성부에서는 책상자 사건이 일어나 화란의 기미가 무섭게 불어닥치고 있었지만 오래전부터 친하게 지내던 사람들 중 한 사람도 알려주는 사람이 없었다. 그러나 유독 군과 이주신李周臣만이 서로 의논하여 내게 빨리 서울로 들어오라고 편지로 알려주었다. 내가 진흙길을 달려 상경한 밤으로 주신과 함께 군의 집에서 만났는데 군은 조그마한 약탕관에 인삼 세 뿌리를 달여서 마시게 하면서 "혹시 그대가 정신을 똑바로 차리지 못할까 해서요"라고 하였다. 옥에서 나오자 나의 두 아들(학연, 학유)이 하남[211]에서 나를 송별하고 서울로 돌아갔는데 군과 주신이 작은 솥에 고기를 끓여 먹이고 울면서 이불 속으로 붙잡아들여 서로 껴안은 채 잠을 재우고 나서 보내주었으니, 오호라! 말세의 속된 세상에서 몇사람이나 이러한 일을 할 수 있겠는가.

악당들이 평소에 공을 미워했던데다, 공의 누님이 강준흠姜浚欽의 큰어머니로 낳은 아들이 복흠復欽이었으나 준흠이 촌수가 먼 사람의 아들을 데려다 그 종가를 잇게 하고는 복흠 모자를 쫓아내서, 군이 그 윤기倫氣 어지럽힘을 공공연히 말했기 때문에 악당들이 기필코 해를 주고자했다. 그러나 주신은 북녘 변두리茂山로 귀양을 갔으나 군은 끝내 탈이 없었으며 마침내 호중湖中으로 미련없이 귀향해버렸다. 처음에는 한산韓山에서 살다가 또다시 서천舒川으로 이사하였다.

지금의 임금(순조)이 그 벼슬살이 이력을 생각해내시고 특별히 사헌부장령司憲府掌令을 제수하자 군은 상소하여 채상국蔡相國의 억울함을 아뢰고 싶어했으나 벼슬이 바뀌는 바람에 그만두었다. 을해년(1815, 54세) 모월 모일에 하찮은 질병으로 죽으니 오호 슬프다!

군의 사람됨은 착함을 즐거하고 의로움을 좋아하며 과단성 있게 행동하고 머뭇거리지 않아 마음에 합당하기만 하면 끓는 물과 불이라도 밟을 수 있었다. 계축년(1793) 이후에는 외곬으로 천전만 좋아하였고, 날마다 이주신·한혜보·윤외심·강인백[212] 등과 남산 아래 모여 술 마시고 떠들어대며 잡스러운 오락을 즐겼고, 더러는 소릉에서, 더러는 직금방織錦坊에서 모이기도 하며 자주 모이는 장소를 바꾸었다. 나와 채이숙

---

211 하남(河南): 한강의 남쪽을 말함. 다산시 「사평별(沙坪別)」을 보면 그곳은 한강의 남쪽에 있으며 그곳에서 처자와 이별했다 함.

212 강인백(姜仁伯): 강이원(姜履元)의 자가 인백이다. 1785년 진사로서 이승훈을 알게되어 천주교에 입교, 1787년 김석대(金石大)의 집에서 천주교리를 강습받다가 발각되었으나 양반이라 하여 처벌을 면했다고 한다.

(채홍원─원주)은 자주 그들의 단아하지 못함을 욕했기 때문에 배척받아 그 모임에 어울리지 못했다. 그들 모두는 비분강개하여 속된 세상을 흘겨보면서, 시속에 아첨하여 세상과 함께 부침하는 태도를 수양과 근신으로 이겨내려 했다. 그러나 오직 혜보만은 조금 마시고도 곧장 취하여 무턱대고 말하는 일이 없었다.

천전이 전에 내게 말하기를 "너는 아무개 상서, 아무개 시랑 들과 좋아 지내지만 나는 술꾼 몇사람과 구애됨 없이 큰소리치며 이렇게 살아간다. 바람이 일어나고 물이 치솟으면 어느 쪽이 서로를 배신할지는 알수 없는 일이다"라고 했다. 신유년에 화란이 일어나자 이 무리들 몇사람은 서로 돌보고 보살피기가 평상시와 같았다. 윤외심만 해도 대관 박장설에게 큰소리치며 우리 형제(약전, 약용)의 생사를 알아내려 하였고 강인백만 해도 화원花園에서 호곡하면서 취중에도 우리 형제가 그 좌우에 있는 듯 찾아댔는데, 지위 높고 훌륭한 여러 대부[213]들은 곧장 연명聯名 상소를 올려 나를 공격했으니 오호라! 이런 게 내가 우리 형님을 따라가지 못하는 부분이었다.

군은 일찍 아버지를 여의었으나 어머니가 본래 글을 잘해서서 이소[214]의 누이 같으니 이 때문에 가르침을 많이 받은 탓인지 그가 지은 시는 왕왕 청경淸警하여 외삼촌(신광수, 신광하)들의 시풍이 있었다. 다만 글 짓고 글씨 쓰는 일에 부지런하지 못했고 또 여기저기에 흩어놓고 모으지 않았기 때문에 전할 것이 없다.

---

213 여러 대부(大夫): 권엄, 이익운 등을 말한다.
214 이소(二蘇): 동파(東坡) 소식(蘇軾), 영빈(潁濱) 소철(蘇轍) 형제. 아버지 노천(老泉) 소순(蘇洵)과 함께 당송8대가의 3인. 동파의 누이 소소매(蘇小妹)도 둘 못지 않은 문장가로 알려졌다. 여기서는 외삼촌인 신광수, 신광하 두 형제를 이소에 비기고 어머니를 소소매에 비유했다.

중년에 몹시 가난하여 거간을 불러다 말하기를 "이 조그만 언덕배기 집은 본래 9만전의 값이 나가는 것이니 네가 나를 위해 귀신이 많다는 집을 구하여 싼값으로 몸을 의탁할 수 있게 하고 4,5만전을 이득 보아 나의 술값 빚을 갚게 해달라"라고 하니 거간꾼이 "소공주小公主 거리에 귀신 많은 집이 있지만 귀신들이 너무 설쳐 살 수 없을 겁니다"라고 했다. 군이 곧 그 집으로 들어가서 깨끗이 청소하고 뒷간을 치우고 그곳에 모셔놓은 쪽빛 속옷, 자주색 큰 갓, 황색 적삼, 붉은 치마 등을 모두 꺼내다 불살라버리고 그곳에 있는 쌀을 일어 밥을 짓고 돈을 찾아내 술을 사오고 홍어를 씻어 국을 끓여 아내, 첩, 비복들과 함께 즐겁게 한껏 배를 채웠다. 그날 저녁에 귀신이 드디어 물러가 다시는 울부짖는 소리가 들리지 않았다.

아내는 숙인淑人 모씨로 아이를 낳지 못하여 육촌형제의 아들 종대鍾待를 데려다 대를 이었는데 자字는 계황季黃으로 계황이 세 아들을 두니 모두 영특하고 뛰어나 문장과 사서史書를 배웠으니 무구는 그의 후계자가 있음이다.

묘는 모처에 있으며, 명에 이르기를

참된 사귐과 거짓 사귐이란	交之誠僞
환란을 당해야 결판이 나고	決於患難
선비의 맑음과 흐림은	士之淸濁
상란喪亂을 당해야 분별이 된다.	別於喪亂

| 나 한창 벼슬할 때 | 我之方穀 |
| 그대 내 나무람 들었지만 | 子受我訕 |

엎어지고 쓰러짐 당해서는   既顚既踣
오직 그대만이 위배됨이 없었네.   唯子弗畔

술도 역시 마실 만한 거고   酒亦可飲
바둑도 역시 즐길 만한 거로군.   碁亦可翫
겉만 위엄있고 내면이 유약함을[215]   色厲內荏
군자는 세지 않는 것이로다.   君子不算

---

215 『논어』 양화(陽貨) 편에 나오는 '색려이내임(色厲而內荏)'으로 위선적인 행동이
라는 뜻.

금리 이유수 묘지명

공의 이름은 유수儒修, 자는 주신,[216] 호는 금리錦里로 벼슬은 사헌부 장령으로 마쳤으며 함평이씨咸平李氏였다. 그 조상의 근원은 아주 먼데 우리 조선에 와서 훈신勳臣 이종생李從生이 있으니 무과를 통해 한성좌 윤漢城左尹이 되었다. 이분의 아래로부터 이어져 병마절도사를 지낸 양良, 도호사를 지낸 세번世蕃, 사용司勇을 지낸 윤보允寶, 시정寺正을 지낸 필필秘, 직장直長을 지낸 시원時元, 징사[217] 자滋까지 7대가 면면히 이어졌다. 자는 상대[218]에 피선되었고 그분의 형 온溫도 시강원侍講院 문학을 지냈으니 또 한번 빛났었다.

그 뒤로는 세상이 잘못되어 벼슬하지 않았다. 아버지 이름은 태운兌運, 할아버지 이름은 창언昌言, 증조부 이름은 수태受泰였으며, 창언의 본생本生 아버지는 수함受咸인데 모두 포의로 생을 마쳤다. 수함은 문학 온

---

216 주신(周臣): 다른 기록에는 주신(舟臣)이라고도 썼다.
217 징사(徵士): 학행(學行)이 뛰어나 임금의 부름을 받은 선비.
218 상대(霜臺): 어사대(御史臺)의 별칭으로 고려 때 관직이며 조선조의 사헌부를 칭한다. 여기서는 대관(臺官)으로 추천되었다는 뜻이다.

의 증손자요 수태는 징사 자의 증손이다. 어머니는 풍산홍씨로 진사 문한文漢의 딸이다. 건륭 무인년(영조 34, 1758) 2월 18일에 공은 면천沔川의 시골 농막에서 태어났다. 공은 태어나면서 영특하여 10여세에 벌써 문장이 격식을 이루었고 글씨 솜씨가 물 흐르듯 하였다. 얼굴이 눈처럼 희고 몸집은 작았으며 눈동자가 번쩍번쩍 빛이 났다. 계묘년(1783, 금리 26세) 봄에 증광별시를 볼 때 향시鄕試 양장兩場에 합격하고 또 동당시東堂試에 합격했으며, 서울에서 보는 회시에서 또 삼장三場에 모두 합격하여 백패 2개와 홍패 1개[219]를 세우고 거리를 지나가니, 그때 나이 26세로 아직 수염도 나지 않은 청년이라 성안의 모든 사람들이 모여 구경하였는데 근래에 없던 일이다.

그때 우리 정조께서 규장각을 열고 문학文學의 선비들을 가려뽑아 성경聖經을 강론하고 당시의 예술을 익히도록 하셨는데, 한차례 공을 만나보고는 아주 기뻐하여 마침내 월과문신月課文臣으로 삼으시니 올려바치는 편마다 곧바로 칭찬을 받았다. 하루는 「서호항주지미」[220]라는 부賦를 지었는데 주비가 전편에 가득하여 백화가 어울려 있는 듯했으니[221] 최고 점수로 발탁하여 말을 하사함으로써 총애하셨기에 이름이 나라 안

219 백패(白牌)·홍패(紅牌): 시골에서 보는 초시(初試)는 초장(初場)과 종장(終場)이 있어 양장(兩場)이라 하고, 동당시(東堂試)는 정식 과거시험으로 합격하면 문과 급제로 홍패를 받는다. 회시(會試)는 초시에 합격한 사람이 서울에 모여 보는 시험으로 초장·중장·종장이 있어 삼장이라 하는데 초·중장에 합격하면 진사가 되어 백패를 받고 종장에 합격하면 생원이 되어 또 백패를 받으므로 백패 2개, 홍패 1개라 한 것이다.
220 「서호항주지미(西湖杭州之眉)」: 서호는 중국 저장성(浙江省) 항저우시(杭州市) 성의 서쪽에 있는 호수로 경관이 뛰어나 예로부터 예술작품의 소재가 되었다. 이 시도 서호가 항저우 명승지의 제일이라는 내용이다.
221 주비(硃批)는 신하의 상주문(上奏文)을 임금이 주필(朱筆)로 평하는 것. 비(批)는 비점(批點)으로 시나 문장의 묘행(妙行)에 치는 점이며 여기서는 아름다운 구절이 많아 빨간색 비점이 겹겹이 있어 백가지 꽃이 어울려 있는 듯하다 한 것이다.

에 진동하였다.

첫 벼슬로 승문원 부정자가 되었으며 곧이어 사부詞賦로 점수를 많이 얻어 특별히 승진하여 성균관 전적成均館典籍과 병조좌랑이 되었고 청로에 들어서는[222] 사간원 정언·헌납獻納, 사헌부 지평·장령이 되었다. 외직으로는 직산稷山현감·무장茂長현감, 평안도와 황해도의 향시鄕試를 주관하는 도사都事로 시용試用되었다. 또 자주 내각으로 불려들어가 교서하고 시를 읊기도 하였는데, 기유년(1789, 32세)·임자년(1792, 35세)의 도당록[223]에 모두 누락되어 홍문관의 관원으로 선발되지 못했으니 사류士流들이 애석하게 여겼고 임금 역시 선발과정이 공정치 못했나 의심하셨다.

10년간 빛을 못본 채 사헌부와 승정원 사이를 맴돌았다. 날마다 나의 중형 천전(정약전—원주)·한혜보(한치응—원주)·윤외심(윤영희—원주)·윤무구(윤지눌—원주)·이한여李翰如(시우是釪—원주)·강인백(강이원—원주)과 더불어 왕래하고 교제하며 술을 흠뻑 마셔 쾌활한 이야기나 하였고, 옛날 동료 여러 사람이 귀신貴臣이 되고 권한 있는 재신이 되었으나 공은 한번도 찾아가지 않았다. 번옹에 대해서도 비록 기갈이 든 것처럼 그 덕은 사모하였으나 역시 드물게 그분 댁에 갔기 때문에 채이숙(채홍원—원주)이 농담처럼 꾸짖기도 하였다.

경신년(1800, 43세) 여름에 임금이 승하하시고 그다음 해 신유년 봄에 화란이 일어나 나는 장기로 귀양 갔고 중형도 해도海島로 귀양 가야 했다. 한창 악당들이 선동하고 있을 때 공이 편지를 보내 이를 내게 알려

222 청로(淸路)에 들다: 학식과 문벌이 높은 사람이 규장각, 홍문관 등의 벼슬에 오르는 것. 지위와 녹봉은 높지 않으나 뒷날에 높이 될 자리였다.

223 도당록(都堂錄): 2부 주 190 참조.

내가 급히 서울로 들어와 변란을 관망하게 해주었으며, 이윽고 귀양 살러 가자 나의 두 아들을 어루만지며 계속하여 눈물을 줄줄 흘렸다. 악당들이 유언비어로 공이 술을 차고 와 우리 형제를 강 위에서 전별했다고 하고 곁눈질하며 이를 갈면서 기필코 처벌할 것을 별렀다.

겨울이 되자 목만중·이기경 등이 바야흐로 번암 채정승의 관작을 추폄하려 음모하여 화색禍色이 날로 치열해졌는데, 정순대비도 본래는 채공을 추폄할 뜻이 없었고 심환지, 정일환 역시 관작을 추탈하는 것은 옳지 않다고 했다.

공이 오래 전에 듣기를, 대행왕[224]이 전에 채정승에게 김귀주의 아들들을 처벌하고 싶다고 의논한 적이 있었는데 번옹이 입을 다문 채 응하지 않고 은근히 풍자함으로써 임금의 뜻을 돌리게 했다고 한다.[225] 김용주[226]가 이사 와서 공과 대문을 맞대고 살아서 때로 왕래하며 가까이 지냈는데, 우연히 말이 거기까지 미쳐 공이 채정승의 화란을 완화해보고 싶어했다. 김용주도 또한 그러겠다고 하여 공과 친밀하게 지내던 사람이 있어 알렸는데 그 말이 악당들에게까지 흘러들어갔다. 이렇게 되자 이기경이 속임수로 윤신을 시켜 자기(이기경 ─ 원주)에게 대항하는 편지

---

224 대행왕(大行王): 죽은 후 아직 시호가 결정되지 않은 왕. 여기서는 정조.
225 김귀주(金龜柱): ?~정조 10(1786). 본관은 경주(慶州). 누이가 영조의 계비(정순왕후)로 들어가 20세에 음보로 벼슬에 올라 궁중을 출입하였다. 1762년 임오사변 때 김상로, 홍계희 등과 함께 사도세자를 무고하여 죽게 하고 이듬해 증광문과에 합격, 부수찬 등을 거쳐 1767년 강원도 관찰사, 좌승지 등을 지냈다. 이 무렵 시파 홍봉한과 대립, 벽파의 영수가 되어 홍봉한을 실각시킴. 영조 말엽에는 홍국영에게 아부하여 죄를 은폐하고자 했으나 정조가 등극 후 흑산도로 유배 가고 1784년 나주에 이배되어 그곳에서 죽었다. 정조가 죽은 후 정순대비가 수렴청정하자 다시 그 집안이 득세하기 시작했고 결국 신유옥사는 그들 잔당이 남인 내의 공서파와 합세하여 일으킨 옥사였다. 김귀주의 아들들은 정순대비의 조카들이다.
226 김용주(金龍柱): 정순대비의 종제(從弟)로 1805년 동부승지를 지냈다.

를 보내 번옹이 옛날에 연석筵席에서 온전히 은혜를 베풀어주자고 아뢰
었으니 그 관작을 추폄할 수 없다고 말하도록 했다. 그래 놓고 이기경은
윤신에게 답서를 보내 그 말의 발설자를 끌어다가 '말을 지어낸 법률'
로 처벌하고자 했다. 대개 은근한 풍자는 본래 연석에서 아뢰지 않음을
알고 있어서였다. 또 세상에 유언비어를 퍼뜨리기를 "이현김씨泥峴金氏
는 이유수의 간사한 말을 믿고서 몰래 채제공의 처지를 위해서 그 관작
을 추폄하고 싶어하지 않는다"라고 하여 김씨들을 성나게 했다.

이렇게 되자 시론이 크게 바뀌어 채공의 관작을 추탈하고 혐의 받을
것을 멀리하려고 이숙(채홍원)을 온성穩城으로 귀양 보내고 모두 붙잡아
다 조사하기로 되었으니, 이 일은 본래 목만중이 짜낸 계책이었다. 악당
들은 이것으로 옥사를 일으켜 끝내 공을 죽이고 싶어했으나 김용주가
말을 주고받은 것으로 옥안獄案(조서)을 번거롭게 하고 싶어하지 않았다.
이에 악당들이 그 사람(용주)이 다칠 것을 꺼려하여 감히 움직이지 못하
고 단지 공이 이가환·정약용 등과 사귄 일만을 논하여 무산부茂山府에
다 던져버렸다. 공은 평소에 몸이 파리한데다 먼 변두리의 기후가 나빠
거의 죽을 지경에서 살아났으니 계해년(1803, 46세) 겨울에 마침내 태비
의 은혜를 입고 풀려서 돌아왔다.

마침내 면천으로 완전히 낙향하였고 이숙 또한 변두리에서 돌아와
홍주洪州에 거주하고 있었으니 공은 때때로 서로 오가며 다시는 한강을
넘지 않았다. 이어서 어머니 상을 당했고 복을 다 마치자 장령에 제수되
고 좌통례[227]로 승진하였다. 무인년(1818, 61세) 가을에 내가 남쪽에서 돌
아오자 공은 "벗이 돌아왔는데 내가 세속에 관한 생각을 하랴" 하고는

---

227 좌통례(左通禮): 조선시대 국가의 의식(儀式)을 맡아보던 관청인 통례원(通禮院)의
   벼슬. 정3품 당하관 품계.

기묘년(1819) 가을에 열상으로 나를 찾아와 20년 동안 가슴속에 깊이 담았던 울분을 풀었다.

경진년(1820, 63세) 겨울에 김이교가 이조판서가 되자 공이 영해부사寧海府使로 제수되었다. 공이 이조판서를 만나고 떠나려 할 때 이조판서가 "공은 아주 친하게 지내는 친구가 있나요"라고 해서 "20년 동안 바닷가에 몰락해 있어 서로 알고 지내는 사람도 없소"라고 하니 그가 "오직 정약용 한 사람뿐인가요"라고 해서 공이 웃으면서 대답하기를 "그렇소"라고 했다 한다. 그것은 옛날 김공 후金公厚(김이재—원주)가 고이도皐夷島(고금도)의 가시울타리 속[228]으로부터 사면되어 향리로 돌아갈 때 내게 들러 가면서 묻기를 "풍파가 몹시 심하던 동안에도 능히 임하[229]를 저버리지 않은 사람이 있었는가"라고 하기에 내가 "이주신(이유수) 한 사람뿐이네"라고 말하고 신유년에 있었던 일을 자세히 말해준 적이 있는데, 그가 그의 형제간(김이교, 김이재)에 공이 나와 친하게 지냄을 이야기했기 때문에 나온 말이었다.

이 무렵 영해寧海 지방은 탐학질하는 부사가 자주 거쳐갔으므로 아전과 백성들 사이에 다툼이 있었는데 공이 불러들여 잘 해결하자 10여일 사이에 안정이 되었다. 가을에 전문[230]을 가지고 서울에 올라왔을 때 몹

---

228 가시울타리 속: 김이재가 벽파에 몰려 한때 고금도에 위리안치된 적이 있었기 때문에 가시울타리에서 풀려났다고 한 것이다.

229 임하(臨賀): 임하는 임하태위(臨賀太尉)로 쫓겨났던 당나라 때의 경조윤(京兆尹) 양빙(楊憑)을 가리킨다. 그래서 다른 곳에서는 양임하(楊臨賀)라고도 호칭했다. 양빙은 서회(徐晦)라는 사람과 친밀했는데 양빙이 임하태위로 내침을 당하자 모두가 돌보지 않았지만 오직 서회만은 주변을 살피지 않고 쫓겨나던 양빙을 돌봐준 고사(故事)가 있다. 불행한 처지에 놓인 친구를 저버리지 않고 의리를 지킨 대표적인 인물로 '임하를 저버리지 않은 사람'의 뜻으로 전해지고 있다. 『신당서』 양빙열전과 『구당서』 서회열전에 나온다.

230 전문(箋文): 길흉의 일이 있을 때 임금에게 고하던 4·6체의 글.

쓸 돌림병이 크게 번지고 있었다. 공이 내 집에서 10여일 머물렀고 병에 걸려 있으면서도 억지로 힘을 내 서울로 갔다가 면천으로 해서 영해로 갔는데 드디어 병이 깊어져 치료할 수 없게 되었다. 공이 "나는 끝내 영해의 귀신이 될 수는 없다"라고 하여 또 병을 무릅쓰고 상장喪葬의 채비를 짊어진 채 조령鳥嶺에 도착했으나 병이 위급해져 새재를 넘지 못하고 죽으니, 즉 도광道光 임오년(1822, 65세) 정월 19일이었다. 면천의 흑석리黑石里 뒤쪽 언덕에다 반장하였다.

아내는 연안이씨延安李氏로 만휴萬休의 딸이요 홍문관 교리 지담之聃의 누이였다. 아들이 없어 사촌형제의 아들 조서兆緒를 데려다 뒤를 삼았으며, 첩의 아들 둘이 있다.

명에 이르기를

공이 옛날 드날릴 때	公昔蜚騰
삼장三場에서 높은 점수 얻어냈고	珠貫三場
금마문[231]에서 올리던 글솜씨	金門奏技
임금의 칭찬 찬란하여 상을 탔네	袞褒煒煌
용이 정호에서 올라가자[232]	龍升鼎湖
불이 곤강에서 타올라서[233]	火烈崑岡

---

231 금마문(金馬門): 궁궐의 문으로 문학지사(文學之士)가 출입하던 곳.
232 정호(鼎湖)는 『사기』 봉신서(封禪書)에 나오는 말. 황제가 형산 아래서 솥을 주조하여 솥이 만들어지자 용을 타고 신선이 되어 올라가서 뒷사람들이 그곳을 정호(鼎湖)라 하였고 이 때문에 왕이 죽는 것을 비유함.
233 곤강(崑岡)은 『서경』 윤정(胤征) 편에 나오는 말. 불이 곤강에서 타면 옥과 돌을 함께 태워버린다 함. 즉 화란이 일어나 옥석을 구분 않고 마구 잡아다 죽임의 비유로 신유옥사의 참혹상을 상징한다.

참소하는 놈들 주도권을 잡아　　　　憸夫握算
승냥이 이빨 떡 벌리고 있었네.　　　　豺齒森張

북쪽 끝 불모지에 던져버리니　　　　投之窮髮
장백산도 비통하다고 슬퍼해라.　　　　長山慘蒼
백번이나 죽음을 넘겨 돌아와보니　　百死歸來
아롱[234]은 이미 없어져버렸네.　　　　鵝籠既亡

면천에서 영해에서　　　　　　　　　于沔于海
허연 머리 휘날리며 지내다가　　　　皓首栖遑
마침내 영남 땅에서 쓰러졌으니　　　卒踣嶺表
붉은 명정銘旌만 휘날리누나.　　　　丹旐悠揚

소인들이야 뛸 듯이 좋아하지만　　　小人所躍
군자들은 슬퍼하였소.　　　　　　　君子攸傷
그 누가 그대를 기쁘게 맞아준다고　孰爲大招
호서湖西의 시골로 돌아왔느뇨.　　以反湖鄕

---

234 아롱(鵝籠): 지기라는 뜻으로 자기의 인물됨을 알아줄 사람. 본래 우화(虞龢)의 「왕
　　서론(王書論)」에 나오는 말. 왕희지(王羲之)가 아(鵝)를 아주 좋아해 도사(道士)에게
　　도사가 가장 좋아하는 도덕경(道德經)을 써주고 바꾸었다는 데서 연유해 상호간에
　　가장 좋아하는 것을 서로 바꾼다는 뜻으로 서로 알아줌을 말함. 이곳의 아롱은 농아
　　(籠鵝)의 의미다.

옹산 윤서유 묘지명

공의 이름은 서유書有, 자는 개보皆甫이고 해남윤씨다. 중세에 강진으로 이사 와 살았다. 윤씨의 자취는 어초漁樵에 숨어 살았던 효정에서 처음으로 세상에 알려졌으니 그의 아들 귤정 구는 호당湖堂의 학사가 되었다. 효정의 형 효례孝禮도 역시 품행이 바르고 도의가 있던 분이니 공의 선조였다. 그후로 면면히 이어오다 더러 음보蔭補로 벼슬하기도 했다. 증조부의 이름은 홍좌弘佐, 조부의 이름은 극효克孝로 모두 벼슬하지 못했다. 아버지의 이름은 광택光宅으로, 역시 포의로 끝마쳤지만 사람됨이 침착하고 의지가 강하며 지용智勇이 비범했으니 천만의 재산을 모아 위급한 사람들에게 베풀기를 즐겨하였고 빈객을 좋아하고 의기意氣를 숭상하였다.

나의 선인先人이 화순현감으로 계실 때에 백련동[235]으로 놀러 가면서 길을 강진으로 경유하며 목리[236]의 농막으로 공(윤광택)을 방문했는데 즐

---

235 백련동(白蓮洞): 해남윤씨 종가가 있는 다산의 외가 마을.
236 목리(牧里): 항리(項里)라고도 하며 황촌(項村)이라는 곳인데 다산이 잘못 표기한 듯하다. 전남 강진군의 마을이다.

겁게 이야기하며 하룻밤을 새우고 시를 지어주고 이별했으니[237] 건륭

무술년(1778, 옹산 15세) 연간의 일이다. 또 재산을 쪼개어 여러 아우들에

게 나누어주고 여러 아들과 조카 들을 매로 닦달하며 힘써 글짓기를 배

우도록 했다. 제사 예법을 정하고 제기를 갖추었으며 며느리를 얻을 때

면포棉布로 폐백을 드리게 하고 대대로 전하여 가법家法으로 삼게 하였

다. 물건을 주고받는 데 인색하지 않아 얻어먹고 다니는 사람들이 해

룡[238]이라 불렀으니 공은 거의 윤씨의 중시조中始祖였다.

건륭 갑신년(영조 40, 1764) 11월 28일에 목리에서 공이 태어나 취학할

때 벌써 산동山東의 깊은 골짜기 안에 따로 서당을 세워 진사 윤은서[239]

를 맞아다 선생으로 삼으니 은서가 본디 박학한 분이라 잘 가르쳐주었

다. 관례冠禮를 마치고는 진산珍山으로 보내 경의과經義科 시험을 공부하

게 했으니 바로 나의 외삼촌의 집이었다.[240] 책과 붓, 먹을 사는 것 외에

는 돈과 재물을 보내주지 않았으며 춥고 배를 곯게 하여 힘줄과 뼈의 아

픔을 알게 하고 소박한 음식을 먹어 뱃속을 맑게 하도록 했으니 그분이

절도 있게 자식을 가르침이 그러했다. 그래서 공(옹산)은 부유한 집에서

나서 자랐음에도 검약을 숭상하고 꾸미고 화려한 것을 싫어할 줄 알았

으며, 인정이 많고 성실하며 말을 삼갔고 문장과 식견이 뛰어나고 넓어

---

237 윤서유의 아버지 윤광택은 당시 대부호로 많은 일화를 남기고 있다. 다산초당 아
랫마을 귤동(橘洞)에 거주하는 81세의 낙천(樂泉) 윤재찬(尹在瓚) 옹에 의하면 다산
아버지가 그 집을 방문한 날 큰 황소를 잡아 환대했는데 그 집 사람들이 소 잡기를 주
저하자 큰 소리로 호령하여 끝내 황우를 잡았다고 하며 다산의 생계에도 많은 도움
을 주었다고 전해진다.

238 해룡(海龍): 해로(海驢)라고도 하며 강치과에 속하는 바다 짐승. 여기서는 국량과
아량이 큰 인물의 비유로 쓴 듯하다.

239 윤은서(尹殷緒): 본관은 해남, 고산 윤선도의 후손으로 진사였다.

240 뒷날 다산의 외종으로 진산사건을 일으킨 윤지충의 집.

속유俗儒들은 미칠 수 없는 지경이었다.

경술년(1790, 27세) 무렵 공이 북쪽으로 노닐며 서울에서 소릉으로 이가환 공을 찾아뵈었고 또 우리 형제들과 벗 삼아 지냈다. 그후 12년이 지난 신유년(1801, 38세) 겨울에 내가 장기로부터 옮겼는데, 이때를 당해 마침 강진에서도 무릇 나나 소릉과 더불어 좋아하던 사람들이 모두 그물에 걸려들었다. 공 역시 도강²⁴¹의 감옥에 붙들려 들어갔으나 증거가 없어 풀려나온 것이 겨우 몇달 되던 참이라 이 때문에 벌벌 떨며 감히 서로 문안도 할 수 없었다.

이듬해인 임술년(1802, 39세) 겨울 공이 아버지의 명을 받아 그의 사촌 동생 시유詩有를 보내 몰래 읍으로 숨어들어와 만나보도록 했다. 그가 말하길 "큰아버지(윤광택)께서 친구의 아들이 곤궁하게 되어 우리 고을로 귀양 왔는데 당신은 두렵고 겁이 나 끝내 안부도 묻지 못했노라고 하셨습니다. 비록 숙식은 시켜줄 수 없으나 술과 고기를 주면서 위로해주라 하셨습니다"라고 하였다. 이로부터 혹 밤이면 와서 좋게 지내던 정을 계속했다. 마침 교리 김이재가 고이도에서 귀양 살고 있던 참이라 나로 인하여 공의 형제와도 알고 지냈는데, 그가 우리 사이는 대대로 지내온 교분이 무척 두텁다는 것을 널리 이야기하자, 이속吏屬들이 모두 깨닫고 마침내 왕래를 막지 않았다.

내가 다산으로 이사 와서(1808) 살 때에는 더욱 공의 집과 가까워져서 십리도 못되었다. 공이 아들 창모昌謨를 내게 보내 경사經史를 배우게 하였고, 마침내 혼인을 의논하고 이사해 옮겨갈 것을 의논하였다. 가경 임신년(1812, 49세)에 창모가 우리 집으로 장가들었고 그다음 해 계유년

---

241 도강(道康): 전라남도 강진의 옛이름.

(1813)에 공의 온 가족이 북으로 한강을 건너 귀어촌歸魚村에서 살기 시작했다. 지금에 와서는 이웃에 사는 격이니 이것이 두 집안이 서로 어울리게 된 본말이다.

공은 경의經義로 두번이나 향시에 합격하였고 북쪽으로 와서 4년이 지난 병자년(1816, 53세) 가을에 정시庭試 병과 제13인으로 합격하였으며 그다음 해에 권지승문원 부정자權知承文院副正字가 되었다. 공의 나이 54세였으니 법으로 보면 당연히 6품으로 올라야 하는데 당인黨人에 방해하는 사람이 있어 이조吏曹에서 보류하였다.

무인년(1818, 55세) 여름에 심상규 공이 직접 이조판서로 써서 성균관 전적이 되었고 가을에 사헌부 감찰로 옮겼다. 기묘년(1819) 여름에 사직서령社稷署令으로 옮기고 겨울에 예조정랑으로 승진하였다. 경진년(1820) 가을에 연조사延詔使로 도감都監의 일을 보고 도광 신사년(1821) 봄에 효의왕후孝懿王后(정조 비)가 승하하자 빈전도감랑殯殿都監郎으로 차출되어 수고가 많았다. 여름 6월에 병들어 누워 이미 위급했는데 사간원 정언으로 제수되어 임명장이 내려오자 이부자리에서 조복을 입고 임명장을 받고 잠깐 뒤 운명하니 7월 초하루였다.

판서 한치응[242]이 애석함을 차탄하며, 문文과 질質을 겸비하여 우리 주변에서 쉽게 얻을 수 없는 사람이라고 말했다. 사림이 모두 애도하고 당로의 경과 대부 판서 김노경,[243] 참판 신재식,[244] 승지 유화[245] 같은 사

---

242 한치응(韓致應): 영조 36~순조 24(1760~1824). 본관은 청주(淸州). 자는 혜보(徯甫), 호는 부산(釜山). 1784년 정시문과에 장원급제한 뒤 바로 초계문신으로 뽑혔고, 병조판서·한성판윤 등을 지냈다. 시문에 뛰어나 정약용 등과 죽란시사의 일원으로 활동했다. 저서로 『부산집』이 있다.
243 김노경(金魯慶): 영조 42~헌종 6(1766~1840). 자는 가일(可一), 호는 유당(酉堂). 추사(秋史) 김정희(金正喜)의 아버지. 이·공·형·예·병조의 판서 및 대사헌 등을 역임했고 1830년에 앞서 익종이 대리청정할 때 중직(重職)에 있으면서 전권(專權)을 했다는

람들로 무릇 공을 깊이 아는 사람들은 모두 "남인의 사람 수가 감해졌다"라고 했다.

공은 온갖 책을 널리 읽었고 감별함이 정밀하고 핵심을 알아냈으나 안에다 감추고 아는 체하지 않았으며 부지런하고 온유하며 말이 적어 평생에 남의 잘잘못을 말하지 않았다. 강진은 호향이었는데 온 고을에서 모두가 어진 선비라 하였고[246] 조정의 벼슬살이는 잠깐 지나는 나그네 생활이었는데 친했던 사람은 모두 착한 선비라고 하였다. 나아갈 길이 유원悠遠한데 중도에서 그쳐버렸으니 오호, 그것이 슬픈 일이로다.

목리 서쪽 옹중산翁仲山에 조그만 농막이 있어서 자호를 옹산翁山이라 했다. 그 동쪽에 용혈[247]이 있는데 제법 경치가 아름다운 곳이며, 또 그 서쪽에는 농산農山의 별장과 덕룡산德龍山의 여러 봉우리들이 늘어서 있고 집과 마주보는 곳에 조석루[248]가 있어 산의 나무와 절하는 듯하였다. 옛날에 나와 함께 노닐 때 봄가을마다 날씨 좋은 날에는 민어(鮸魚)를 회로 만들고 낙지를 삶아 술을 마시고 시를 읊으며 유쾌히 포식하였

것과 이조원(李肇源)의 옥을 밝히지 않았다는 죄로 탄핵당해 고금도에 위리안치되었다가 1840년에 사사되었다. 1858년에 관작이 복구되었다.
244 신재식(申在植): 영조 46(1770)~? 자는 중립(仲立), 호는 취미(翠微), 시호는 문청(文淸). 벼슬은 1818년 대사간 및 이조참판을 거쳐 대사헌 및 이조판서를 역임했다.
245 유화(柳訸): 정조 3(1779)~? 자는 화지(華之), 의양(義養)의 아들. 1801년 정시문과에 을과로 급제, 1815년 홍문록(弘文錄)에 들었다.
246 호향(互鄕)은 옛 중국의 지명. 『논어』 술이(述而) 편에 "호향난여언(互鄕難與言)"이라 했는데 착한 사람이 적은 시골을 뜻한다(其人習於不善 難與言善)는 주가 붙어 있다. 여기서는 벽지여서 행실의 옳고 그름을 칭찬받기 어려운 곳인데 아주 어질어 칭찬받을 수 있었다는 뜻으로 쓰였다.
247 용혈(龍穴): 전남 강진군 도암면에 있는 명승지로 용이 승천했다는 굴이다.
248 조석루(朝夕樓): 다산의 다른 글 「조석루기(朝夕樓記)」에 그곳의 경치와 그 어렵던 유배시절 옹산과 어울려 경치 좋은 곳으로 다니며 술 마시고 생선회 먹으며 시를 읊고 노래하며 세월 보내던 이야기가 자세히 적혀 있다.

다. 공이 이사한 후 6년이 지난 무인년(1818)에 내가 처음으로 북으로 돌아와 사라담錄羅潭에 배를 띄우고 물을 따라 내려가며 갓끈과 발을 씻으면서 노년의 세월을 보낼 때 더불어 아픔을 걱정하고 함께 즐거움을 나누며 주진[249]의 좋아함을 누렸다.

공의 전원田園이 모두 남쪽 천리나 먼 곳에 있어 보내주는 양식이 늘 보급되지 않았고 과거에 급제한 뒤에는 집안이 날로 가난해져 해를 보낼 계책이 없었는데 금마문으로 벼슬길이 터지니 죽어가면서도 후회스런 모습이 없었다. 바람 앞의 촛불처럼, 번쩍 켜졌다가 꺼지는 부싯돌처럼 손가락 퉁기는 짧은 시간에 죽었으니 슬픈 일이로다.

어머니는 여흥민씨驪興閔氏로 사인士人 백언百彦의 딸이다. 아내는 창령조씨昌寧曺氏로 구림처사鳩林處士 광수光秀의 딸인데 세 아들을 낳았다. 큰아들은 창모昌謨인데 자는 백하伯夏, 둘째는 창훈昌訓인데 자는 중은仲殷, 다음은 창고昌誥인데 자는 계주季周니, 공의 이름과 자, 그리고 아들의 이름은 『서경』의 체제로 지은 것이다.[250] 창모 등은 각자의 소생 자녀가 있으나 어려서 기록하지 않는다. 묘는 초부草阜의 북쪽 조곡鳥谷 서쪽 곤坤의 방향 언덕에 있다.

명에 이르기를

---

249 주진(朱陳): 마을의 이름. 두 성씨끼리 혼인 맺는 일을 뜻한다. 백거이(白居易)의 「주진촌시(朱陳村詩)」에 "옛날 서주의 풍현에는 주진이란 마을 있었네. 한 마을에 두 성씨가 살아 대대로 혼인을 맺었다네(徐州古豐縣, 有村曰朱陳, 一村有兩姓, 世世爲婚姻)"에서 유래함. 여기서는 다산과 옹산이 사돈을 맺고 정의가 두텁게 지냈음을 뜻한다.
250 옹산의 이름이 서유(書有), 자는 개보(皆甫)이므로『서경』의 모(謨, 대우모大禹謨·고요모皋陶謨)와 훈(訓, 이훈伊訓·태갑훈太甲訓) 및 고(誥, 소고召誥·낙고洛誥) 등의 체(體)를 따고 하·은·주 삼대를 상징하여 백하(伯夏)·중은(仲殷)·계주(季周)라 했다는 것이다.

남쪽의 사람들은   南方之人兮

공이 이사 감을 애석해하였고   惜公徙

북녘의 사람들은   北方之人兮

공의 죽음을 애석해했노라.   惜公死

스스로 선조가 됨이여   自我爲祖兮

북쪽의 시조始祖가 되겠네.   爲北宗

면면히 이어져 무성해다오   綿綿蘱蘱兮

공에서부터 벼슬이 시작되었으니.   仕于公

제3부에 모은 글은 다산의 집안 어른 및 자손들의 묘지명이다. 혈육들의 죽음에 부친 글이어서 다산의 인간미를 알아보는 데 더할 수 없이 귀중한 자료이며, 그중에서도 지기이자 학문의 선배인 중형 약전의 묘지명은 신유옥사로 자신과 함께 탄압받았던 기록으로, 다산이 자신의 묘지명에서 못다한 내용을 담고 있다.

「아버님을 회상하며先人遺事」는 다산이 자신의 아버지 정재원丁載遠 (1730~92)의 일생을 기술한 추억담이다. 본디 정재원의 일생에 대한 상세한 기록은 영의정을 지낸 번암 채제공이 「통훈대부 진주목사 정공 묘갈명」이라는 글로 써서 『번암집樊巖集』에 실려 있다. 다산은 어려서부터 특별한 스승이 없이 아버지에게서 경사經史에 대한 글을 독실하게 배워 큰 학자가 되었다. 그렇다면 다산의 아버지 또한 대단한 학자였겠으나, 저술을 남기지 않아 그 학문에 대해서는 알 길이 없다. 여러 고을의 수장을 역임하여 큰 업적을 남겼던 것으로 보면 다산의 『목민심서』 저술과 그 일생에 많은 영향을 미친 분이니, 다산을 알려면 그 아버지에 대해서도 알아야 할 필요가 있다. 채제공도 그 학식과 인품을 크게 칭찬했지만, 다산도 아버지의 인품과 성실함, 높은 학식에 아낌없는 찬사를 바치고 있다. 정승의 재목으로 모두의 추앙을 받았으나 겸손 때문에 끝내 과거시험에 응시하지 않았던 그의 겸양의 태도가 다산의 이 글에 돋보이게 나타나 있다.

「선백씨 정약현 묘지명先伯氏進士公墓誌銘」은 1821년 다산이 자기의 맏형인 진사공進士公의 사적을 적은 글이다. 정약현의 자는 태현太玄, 호는 부연鮒淵, 당호는 망하정望荷亭으로 1751년 5월 6일 마현馬峴에서 태어나 1821년 9월 4일 71세로 생애를 마쳤다. 약현은 1783년 감시에 합격하고 1795년 진사시에 합격했으며 저서로는 『시고詩稿』 3권이 있다 한다. 묘는 충주 하담荷潭에 있으며 다산의 이복형이다. 이 글에서 우리는 정약현의 혈연들이 한국 천주교 전래 및 신앙의 토착화에 지대한 영향을 미치고 있음을 알 수 있다. 즉 처남 이벽, 매제 이승훈, 친제 정약종, 외손 홍재영洪梓榮 등 초기의 유명한 천주교 호교론자들이 모두 그와 밀접한 인척관계였다.

「선중씨 정약전 묘지명先仲氏墓誌銘」은 다산의 중형 손암 정약전의 사적을 1822년에 기술한 글이다. 정약전의 자는 천전天全, 호는 매심每心·손암, 누호樓號는 일성재一星齋, 어렸을 때 이름은 삼웅三雄으로 다산의 둘째형이며 동포同胞이다. 1758년 3월 1일에 태어나 1816년 6월 6일 귀양지 내흑산도內黑山島 우이보牛耳堡에서 59세를 일기로 생을 마쳤으며, 묘는 충주 하담에 있다. 1790년 증광별시에 합격하여 병조좌랑을 지냈고 1798년 『영남인물고嶺南人物考』를 편찬했으며, 유배지에서 『논어난論語難』 2권, 『역간易柬』 1권, 『현산어보玆山魚譜』 2권, 『송정사의松政私議』 1권 등의 저술을 남겼다. 손암의 젊은 시절은 호학好學의 군주인 정조가 새로이 등극하여 문풍文風이 일고 학풍이 변하던 시절이었는데다 그가 성호 이익의 직계 문인인 녹암 권철신에게 집지執贄하여 퇴계에서 성호로 이어지는 학문을 골똘히 연구할 수 있던 처지였기에, 다산과 함께 소장 학자의 중심이 되어 새 시대를 열어젖히려는 기개가 있었다. 그러나 불행하게도 다산과 함께 여러 차례 천주교인으로 몰려 벼슬길이 열리지 않았고, 신유옥사에 무고하게 연루되어 또 한 아우 약종과 사별하고 다산과 함께 귀양살이로 끌려다니다 끝내는 바다 가운데 흑산도 유배지에서 16년째 되던 해에 세상을 뜨고 말았다. 그는 이 나라 최초로 바다의 어류魚類를 종류별로 분석하고 정리한『현산어보』를 남겼다. 그러나 경학 연구서로 가치가 높을 것 같은『논어난』『역간』을 비롯해 정치 경륜을 피력한『송정사의』등의 저술은 많이 보급되지 않고 있다. 다산은 중형을 큰 학자로 또한 지기로 존경하고 있었다.『사암연보』에 다산의 저술인 경서의 서문序文으로 손암의 글이 두세편 전해지는데, 그의 해박한 학문과 유려한 문장을 알아보기에 충분하다. 다산의 이 묘지명은 한 사람의 지식인이 당했던 탄압의 역사와 18세기 말엽에서 19세기 초의 생생한 역사적 현실이 기록된 고발문학이자, 혈육이자 지기를 잃은 슬픔과 눈물, 아쉬움과 그리움이 사무치는 수준 높은 애상의 문학이다. 제6부의「매심재기每心齋記」와 더불어 읽으면 도움이 될 것이다.

「서모 김씨 묘지명庶母金氏墓誌銘」은 다산의 서제 약횡의 친어머니인 김씨의 묘소를 옮기면서 지은 글이다. 서모 김씨는 본관이 잠성岑城(지금의 황해도 금천군 우봉)으로 1773년 다산이 12세 때 서모로 들어온 분이다. 1754년 7월 9일 태어나 1813년 7월 14일 60세로 생애를 마쳤으며, 묘지는 마현 조곡에 있다. 이 글은 다산의 어린 시절에 대한 이야기가 있어 흥미로우며, 어린 자신을 돌보아준 서모 김씨의 무덤을 개장해드리고 슬퍼하는 다산의 인간미가 엿보여 주목된다.

「맏형수 공인 이씨 묘지명丘嫂恭人李氏墓誌銘」은 다산의 큰형수 구수 이씨의 묘지명이다. 다산의 형수 이씨는 바로 이벽李檗의 누님이다. 비록 31세의 젊은 나이에 세상을 떠났으나 아내 없는 다산의 아버지와 어머니 없는 시동생 다산을 어린 시절에 정말로 잘 보살펴준 공이 있다. 더구나 그의 사위 황사영黃嗣永은 뒷날 우리나라 천주교의 순교자로 이름이 높았다. 특히 이 글에는 다산의 어린 시절 개구쟁이 모습이 잘 묘사되어 있어, 다산을 이해하는 데 좋은 자료여서 새롭게 번역하여 추가했다. 짤막한 명문銘文에는 다산의 글솜씨가 역력히 살아 있으니 그의 뛰어난 문장력을 감상하는 데도 도움이 될 것이다. 한편 갑진년(1784) 4월 15일 4주기 형수의 제삿날에 누님의 제사를 모시러 찾아왔던 이벽을 통해 다산 형제(약전·약용)가 서울로 돌아오는 배 안에서 『천주실의』 등 천주교 관계 서적을 처음으로 얻어 읽어서 그처럼 파란만장한 다산의 일생이 전개되니, 그런 의미에서도 이 글은 참고할 가치가 있다.

「형자 학초 묘지명兄子學樵墓誌銘」은 손암 정약전의 아들 학초의 죽음을 유배지에서 전해듣고 지은 글인 것 같다. 학초의 자는 어옹漁翁이며 아명은 봉륙封六으로 1791년 2월 10일 태어나 1807년 7월 19일 17세를 일기로 요절했으며, 묘는 경기도 광주 초부草阜(지금의 남양주) 조곡의 산 발치에 있다. 이 글은 다산이 형님의 아들이지만 마음속으로는 자기 학문의 후계자로 점찍고 있던 학초가 죽자 말할 수 없는 비통을 짓씹으며 쓴 것이다. 제4부의 「윤면채뇌尹冕采誄」와 함께 읽으면 다산이 자신의 학문을 후세에 전하려는 간절함이 어느 정도였는가를 알 수 있으며, 그 때문에 더욱 슬퍼하던 심경을 짐작할 수 있다.

「농아 광지農兒壙志」는 다산이 강진에 귀양 온 지 얼마 되지 않은 1802년 12월경에 막내아들의 죽음을 전해듣고 쓴 글이다. 이 아들의 이름은 농장農牂으로 1799년 12월 2일 태어나 1802년 11월 30일 네살에 죽었다. 다산은 유배지에서 농아가 죽은 소식을 듣고 집으로 보낸 편지에서도 "우리 농아가 죽었다니 비참하고 비참하구나. 가련한 아이, 내 몸이 점점 쇠약해져가고 있을 때 이런 일까지 닥치다니, 세상은 아무것도 내게 관대하게 대해주는 것이 없구나"라고 안타까운 심정을 토로하기도 했다. 이 글에는 다산의 자기 아이들에 대한 육친으로서의 간절한 애

정이 담겨 있으며, 6남 3녀를 낳아 2남 1녀만 겨우 살린 애타는 마음이
기술되어 있다.

아버님을 회상하며

　돌아가신 아버지께서는 어린 나이에 아내를 맞이하였는데, 집안일을 정돈함에 법도가 정연하고 질서가 있었다. 이에 앞서서는 제사를 올리는 찬饌에 정해진 품목이 없었는데, 공이 도식圖式을 만들어서 정조鼎俎와 변두籩豆의 수효를 정했다.[1] 아우와 누이동생도 자녀처럼 길러서 은혜와 힘씀이 갖추어지기에 이르렀다. 그러므로 비록 일찍이 부모님을 잃었으나 우뚝하게 성장하여 입신할 수 있었던 것이다. 빈객을 좋아하여 한강 상류나 근처에 사는 친척이나 친구 중에 배를 타고 한양으로 가는 자는 아무리 바쁘더라도 반드시 들렀다. 손님이 오면 매우 정성스럽고 두터이 접대하고 만류하여 더러는 옷을 벗기고 신발을 감추기도 하였다. 재미있고 익살스런 이야기를 서로 주고받는 사이에 술상이 차려져 들어오므로 오는 이마다 만족한 채 떠났다. 영조 50년(1774)에 공이 한양에 들어갔다가 과거에 낙방하여 돌아가는 한강 상류와 근처 사람들을 만났는데 무려 수백명이나 되었다. 공은 그들과 동행하여 뱃머리

---

1 정조(鼎俎)와 변두(籩豆): 모두 제사에 쓰는 그릇. 여기서는 제기에 담는 음식의 가짓수를 법도에 맞게 정했다는 뜻이다.

를 나란히 하여 광나루에 이르렀다. 10여일이나 계속되는 장맛비를 만나 배 안에서 술을 마시고 시를 지으며 즐겼다. 그러다가 은석사銀石寺에 올라가 연구聯句를 짓기도 하였다. 10여일이 지난 뒤에야 비로소 소내[苕川]에 이르렀는데 비가 더욱 심하였다. 공이 그들을 위해 시골집에 나누어 유숙시켰다. 시골집에는 각각 수십명씩 들었는데, 그 가운데 어른들은 날마다 공의 집에 모였고, 젊은 사람들은 끼리끼리 모여서 지내다가 4,5일 후에야 떠났는데, 공은 좌우로 응접하여 한결같이 화락하였고 눈썹을 찌푸리는 기색은 조금도 없었다. 공이 돌아가시자 장례식에 모여든 사람이 구름과 같았고, 눈물을 흘리며 울부짖지 않는 사람이 없었다.

여러 고을의 원으로 나갔을 때에도 궁한 친족이나 가난한 친구가 오면 매우 후하게 맞이하고 비록 그가 듣지 않는 곳에서라도 일찍이 한마디 모욕하거나 멸시하는 말을 하지 않았다. 일찍이 나에게 말씀하시기를 "내가 금강산에 놀러 갔을 때 어떤 고을에 이르러 그곳의 군수와 이야기하고 있었다. 아전이 와서 손님이 왔다고 아뢰었는데 가난한 친구였다. 군수가 눈살을 찌푸리고 고개를 저으며 괴롭다고 하면서 문을 열었다. 손님이 들어오자 군수가 기쁘게 환대하면서 우스개와 농담을 거리낌없이 하니, 마치 가을 서리와 봄날의 볕이 잠깐 사이에 오가는 듯했다. 나는 이런 것을 매우 좋아하지 않는다"라고 하셨다. 그러고는 경계하시기를 "가난한 친구를 대하는 방법은 제일 좋은 것이 겉과 속이 함께 기뻐하는 것이고, 그다음이 겉과 속이 모두 담담한 것이고, 제일 나쁜 것이 마음속으로는 싫어하면서도 겉으로는 기쁜 체하는 것이다"라고 하셨다. 또 말씀하시기를 "마음에 싫을 때는 돌이켜 스스로 반성하며 자신의 마음을 화락하게 하여 기쁜 모습을 나타내는 것도 제일 좋은 방법과 그 공功이 같은 것이다"라고 하셨다. 아아, 지극한 말씀이다. (아마도 고성군高城郡인 것 같은데, 지금은 분명치 않다—원주.)

때때로 서울에서 친한 벗과 더불어 이야기하며 즐기셨는데, 고금古今을 이야기할 적에는 풍채風采가 빛났고, 좌우로 응수하며 화락한 얼굴빛을 띠었다. 그러나 시골 손님이 와서 어쩌다 남의 가려진 사사로운 더러움을 들추어낸다거나 부인들의 결점을 논하는 데 이르면, 어느새 공은 이미 잠이 깊이 들어 있었다. 평생에 입으로 남의 집의 은밀한 것에 대해서는 이야기하지 않았으며, 일찍이 말씀하시기를 "어떤 자리에서 혹시 어떤 사람이 남의 은밀한 것에 대해서 이야기하면, 나는 저절로 흥미가 없어져서 더이상 듣지 못하고 코를 골며 잠이 들게 된다. 내가 그런 이야기를 기억하는 것이 있으면 나도 말하지 않을 수 없지만, 내 마음속에는 진실로 하나도 남아 있는 것이 없다"라고 하셨다. 아아, 뛰어난 군자가 아니면 이와 같겠는가.

정선군수를 지낸 신사원申史源은 평소에 검속檢束으로 이름이 났다. 신축년(정조 5, 1781)에 처음으로 문신文臣을 뽑아 내각에서 과시課試하였다. 바야흐로 사습私習을 할 때 신공이 교수敎授가 되어 의문을 제기하고 어려운 점을 물었다. 공이 도화동桃花洞(경복궁 서북쪽에 있다—원주)에서 신공을 만났는데, 그를 꾸짖어 말하기를 "순형舜衡, 자네는 스스로 학자라고 하면서 나이 어린 문관을 위해 시골 훈장의 고달픈 짓을 하는가?" 하니, 신공이 크게 부끄러워하였다.

공은 남거南居 한광부韓光傅 공과 서로 좋게 지내어 남들이 단금지교[2]라고 하였다. 어떤 사람이 공에게 "나와 자네가 지금부터 친구로서 잘

---

2 단금지교(斷金之交): 쇠붙이도 끊을 만큼 굳고 단단한 우정.

지내기를 경선景善(한공의 자이다—원주)과 같이 할 수 있겠는가?" 하자 공이 정색하며 말하였다. "사람의 교제는 자연히 친밀해지기도 하고 자연히 멀어지기도 하는 것인데, 어찌 날을 정하고 뜻을 세움으로써 할 수 있는 것이겠는가?"

한성서윤漢城庶尹을 지내던 시절에 일찍이 윤대관[3]으로서 입시入侍한 적이 있었는데 임금의 물음에 답하는 것이 상세하고 분명하였으며 행동거지가 단아하였다. 물러난 뒤에 임금께서 시신侍臣들에게 이르시기를 "일변一邊의 사람은 인물이 보잘것없어서 재상 서열에 오른 자도 크게 쓸 만하지 못한데, 내가 보기에 정아무개는 진실로 재상감이다. 반시泮試를 보게 하여 다행히 합격하면 곧 들어 쓸 것이다"라고 하셨다. 이에 여러 사람이 애써 공에게 과거시험을 보라고 부추겼으나, 공은 웃으며 말하기를 "나는 과거 공부를 폐한 지 이미 10여년이요, 나를 아는 사람은 모두 이 사실을 아는데, 하루아침에 흰머리로 과거장에 들어가 비록 과거에 합격하기를 초개草芥를 줍는 것 같이 쉽게 한다고 한들, 아는 사람들이 나를 일러 무어라고 하겠소. 하물며 처음 발신發身할 때에 군부君父(임금)에게 가볍게 보인다면 갑자기 재상 자리에 오른다고 한들 어떻게 임금을 돕겠소. 나는 늙었으니 조그만 군을 하나 얻어서 입에 풀칠이나 하고, 조심하여 백성을 돌보아 나라 은혜에 보답하면 그뿐이오"라고 하셨다. 여러번 권했으나 끝내 과거장에 나아가지 않으셨다. (번옹 채제공이 또한 과거를 권했으나 듣지 않았다. 번옹이 탄식하기를 그 고집이 옳으니 강권할 수 없다고 하였다—원주.)

공이 벗으로 지내는 하양현감을 지낸 정홍연鄭弘淵(자는 연연淵淵이

---

3 윤대관(輪對官): 윤대는 조선시대에 여러 신하가 차례로 임금에게 정치에 관한 의견을 아뢰던 일. 윤대관은 윤대의 순번을 맡은 관리.

다 ─ 원주)과 진사 이재혁李載赫(자는 덕세德世이다 ─ 원주)은 모두 절조를
굳게 지켜 세속과 타협하지 않으며, 성품이 인륜에 돈독한 사람들이었
다. 늘 그 막에 헌납獻納 김서구金敍九(자는 성주聖疇이다 ─ 원주)와 잘 지냈
는데, 그의 태도가 강직하고 기기奇氣가 있음을 좋게 여겨서였다. 젊었
을 때 참판 윤필병尹弼秉(자는 이중彝仲이다 ─ 원주)과 권이강權以綱(자는 숙기
叔紀이다 ─ 원주)과 함께 외조부 홍길보洪吉輔 문하에서 배웠다. 윤필병과
권이강은 홍공의 사위가 되니, 공에게는 종모부從母夫가 된다. 그런데
세 사람은 모두 경술년(영조 6, 1730)에 태어났기 때문에 만년까지도 또한
우정이 변하지 않았다. 처음 채제공이 번리樊里에 물러나 있을 때 문인
과 친척이 대부분 그에게서 떨어져 나갔으나, 공은 홀로 자주 방문하였
고 마침내는 혼인관계를 맺었다. 채제공이 정승이 되자 공도 또한 벼슬
살이하여 서울에서 가까운 곳에 살았다. 그러나 발걸음이 그 집 문전에
는 이르지 않았고, 다만 정초에 한번 찾아가서 세배를 드릴 뿐이었으며,
세배하러 갈 때는 반드시 도포와 가죽신을 갖추어 신고 명함을 들인 다
음, 헐숙청[4]에서 기다리다가 문지기가 고한 뒤에야 그 집으로 들어갔다.
일찍이 이런 말씀을 하셨다. "정승의 집은 개인집이 아니다. 그런데 늘
보면 누구누구는 가죽신을 신지 않고 명함을 들이지 않는 것을 영광으
로 여기니 사람들로 하여금 대신 부끄럽게 한다."

참판 이세석李世奭은 순후하고 근엄하여 입으로 시비를 말하는 일이
없었다. 일찍이 남겨 한광부 공을 급히 불러 청하여 한공이 오자 귀에
대고 말하기를 "우리 당이 크게 나아갈 것 같소"라고 하니, 한공이 "무
슨 말입니까?" 하였다. 다시 말하기를 "동요에 이러이러한 말이 있소"

---

4 헐숙청(歇宿廳): 벼슬 높은 사람의 집에 손님이 잠깐 들러서 쉬거나 기다릴 수 있게
마련한 방.

라고 하니, 한공이 말하기를 "그렇다면 어찌합니까? 사람이 없지를 않습니까?" 하였다. 이공이 말하기를 "영상領相에는 그분(채제공을 가리킨다—원주)이 있지 않소?" 하니, 한공이 말하기를 "좌상左相은 누구입니까?" 하였다. 이공이 말하기를 "정아무개 같은 이는 오늘 과거에 급제하면 내일은 광주부윤廣州府尹이 될 것이고 또 그다음 날에는 개성유수開城留守가 될 것이니, 얼마 안 가서 좌상이 될 것이오"라고 하였다. 이공은 대체로 충담沖澹하여 옛사람 같은 인물이다. 따라서 공이 중망重望을 받고 있었음은 이와 같은 일로도 또한 알 수 있는 것이다.

선백씨 정약현 묘지명

　공의 이름은 약현若鉉, 자는 태현太玄이다. 우리 정씨의 본관은 압해인
데 지금은 나주에 속한 곳이다. 고려 때에는 무관이 연이어 9대에 끊이
지 않았다. 시조始祖 윤종允宗은 종3품 대장군이었으니 당시의 부장副將
이었다. 조선에 들어와서는 문직文職이 9대에 연이어 끊어지지 않았다.
그 사이에 숨어살던 선비 연衍이 있는데, 우리 태조가 나라를 세우던 처
음에 숨고 벼슬하지 않았지만 위를 잇고 아래를 열어주어 우리 정씨의
복을 돈독하게 해주신 분이었다.

　이분 아래로부터 승문원 교리 자급, 부제학 수강, 병조판서 옥형, 좌
찬성 응두, 대사헌 윤복, 강원도 관찰사 호선, 홍문관 교리 언벽, 병조참
의 시윤, 우부승지 도복은 모두 옥당에 들어갔으니 서로 이어진 9대가
된다. 승지공의 큰형에 도태道泰라는 분이 있는데 음보로 통덕랑[5]이었으
니 공의 고조부다. 증조의 이름은 항신恒愼인데 진사였고, 조부의 이름
은 지해志諧니 음보로 통덕랑이며, 아버지 이름은 재원載遠으로 영조 임

5　통덕랑(通德郎): 정5품의 관계(官階)로 실제 직책이 아닌 품계.

오년(1762)에 새로 합격한 진사로 연석筵席에 올라 제의祭義를 강하여 특지特旨로써 벼슬을 주어 많은 벼슬살이를 했고 백성을 다스린 행적이 있었으며 진주목사까지 이르러 재임 중에 돌아가셨다. 어머니는 숙인淑人 의령남씨宜寧南氏로 처사處士 하덕夏德의 딸이며 개국원훈開國元勳 남재南在의 후예였다.

영조 신미년(1751) 5월 초엿새에 광주의 마현 본가에서 공이 태어나고 이듬해 10월에 모부인이 돌아가셔서 유모를 따라 외가에서 자란 게 여러 해였다. 점점 자람에 따라 경서와 사서史書를 배웠고, 약관에 감시에 합격하고 계묘년(1783, 약현 33세) 봄에 감시의 양장에 합격했으나 모두 회시에는 합격하지 못했다. 을묘년(1795, 45세) 봄이 되어서야 처음으로 진사 시험에 3등 34번째로 합격하였는데 그때 나이 45세였으니 안타깝게도 늦으셨다.

공은 명리名利를 탐함이 없이 담박하고 조용했으며 뒤헝클어 고치는 일을 좋아하지 않았고, 책 읽기를 좋아해서 글 읽는 소리가 유량瀏亮하였다. 아직도 기억하는 것은 약용이 어렸을 때에 공이 한창 『장자』의 소요유逍遙遊 편이나 제물齊物 편을 읽고 있었는데 약용은 그분의 책 읽는 소리를 듣기 좋아하여 일찍이 책상 곁에 모시고 앉아 돌아갈 것을 잊고 내 책을 읽었던 일이다. 우리 선비先妣 윤숙인[6]께서 자기가 낳은 아들처럼 공을 어루만졌고 공도 어머니 뜻을 받들어 아주 잘 섬겼다. 아직도 기억하는 것으로 약용이 어렸을 때 연천漣川의 현서縣署에서 살았는데

---

6 윤숙인(尹淑人): 다산 아버지 정재원은 초취 의령남씨에게서 약현 한 사람을 낳고 재취 해남윤씨에게서 약전·약종·약용을 낳고 측실 황씨에게서는 소생이 없었으며 다른 측실 김씨에게서 약횡을 낳았다. 약현과 다산 형제는 이복인 셈이다. 제3부 「서모 김씨 묘지명」 참조.

윤숙인이 공과 형수 이씨를 불러들여 슬하에 앉히고 쌍륙놀이를 하면서 그 즐거움이 화기애애하던 일이다.

신유년(1801, 51세)의 화란에 우리 형제 세 사람이 모두 기괴한 화란에 걸려들어 한 사람은 죽고(약종), 두 사람(약전, 약용)은 귀양 갔으나 공은 적막하게 물의物議 가운데 들어가지 않고 우리 가문을 보호하고 집안 제사를 이어갔으니 한 시대가 공공연히 칭송하여 어려운 일이라고들 하였다. 그러나 하나의 목숨을 어쩌지 못해 마침내 초췌하게 죽어갔으니 오호, 슬프도다.

공의 성정은 지극히 효성스러웠다. 건륭 임자년(1792, 42세) 여름에 공이 약전, 약용과 더불어 급한 소식을 듣고[7] 운봉현雲峰縣에 이르러 밤을 새워 진주로 달려갔고 충주의 선영으로 반장했으며 또 돌아와 열수의 여廬(상세의 초막)에서 울었다. 공이 울 때마다 듣는 사람들이 감격하여 눈물을 흘리지 않는 사람이 없었다. 하루는 소맷귀에서 살짝 불그스름한 것이 비쳐 보았더니 피눈물이었다. 복을 다 마치고도 오히려 사모하는 정을 게을리 하지 않고 거처하는 집에 '망하정'이라는 편액을 걸었으니, 하담[8]이 동남쪽에 있어 이 정자에서 바라보면 아버지 묘소를 볼 수 있으리라 해서였다.[9]

주자의 『가례』에 최장방最長房으로 신주神主를 옮긴다는 말이 있는데,[10] 이것은 바로 주자가 초년 시절에 기록했던 것이고, 주자가 만년에

---

7 이해 4월 9일 부친이 진주의 임소에서 별세했다.
8 하담(荷潭): 충주의 서쪽 20리 지점으로 다산 집안의 선영이 있었다.
9 다산의 다른 글 「망하루기(望荷樓記)」에 보면 '망하정'의 내력이 상세하다. 다산의 글 중에 백씨(伯氏)에 관한 것으로는 또 「수오재기(守吾齋記)」가 있는데, 부연(鮒淵) 외에 또다른 약현의 호가 수오재(守吾齋)다.
10 『가례(家禮)』: 관혼상제의 예법에 대한 책으로 주자가 지었다. 조선시대 예법의 전범격이던 책. 최장방은 4대 이내 자손 중에 항렬이 가장 높은 이를 가리킨다.

이요경·호백량·심간[11] 등에게 답한 여러 편지에서는 모두 조거[12]하는 것이 옳다고 하였다. 성호선생과 순암 안정복도 모두 만년의 뜻을 따랐으며 또 종족이 쇠하고 막혀 제사 받들 사람이 없을 것도 생각지 않을 수 없었기에 마침내 둘째숙부 옥천공,[13] 막내숙부 가곡공[14]과 의논하여 최장방으로 신주 옮기는 예법을 버릴 것을 가법으로 전하도록 정하였다.

중년에 자호를 부연鬴淵이라 하였다. 지은 책으로는 『시고詩稿』 3권이 있다. 도광道光 신사년(1821. 71세)의 가을 돌림병이 번지고 있었는데 9월 초나흘날 옛집에서 고복皐復하였으니 나이는 71세였다.

전취前娶는 경주이씨慶州李氏로 아버지는 부만[15]이며 동지중추부사였고 조부는 달鏈로 호남병마사였으니 부제학 정형[16]의 후손이었다. 1남 3녀를 낳았으니 사내는 진흥震興으로 젖먹이 때 요절하고 큰딸은 황시복[17]에게 시집갔으며 둘째는 홍영관[18]에게 시집갔으니 영관은 지금 정

---

11 이요경(李堯卿)·호백량(胡伯量)·심간(沈僩): 모두 중국 송나라 때의 학자로 주자의 제자들이다.

12 조거(祧去): 조(祧)란 먼 조상을 한곳에 합사한다는 뜻이고 조거는 묘를 옮긴다는 뜻이다. 대수(代數)가 차면 종가의 가묘에서 조묘(祧廟)로 옮겨 제사지낸다는 것이다.

13 옥천공(沃川公): 다산의 중부(仲父)로 이름은 재운(載運), 자는 영회(永會), 호는 치와(癡窩). 지설(志說)의 양자가 되었다.

14 가곡공(稼谷公): 영조 16~순조 12(1740~1812). 다산의 작은아버지로 이름은 재진(載進), 자는 진오(晉吾). 지해(志諧)의 아들.

15 이부만(李溥萬)의 아들이 바로 이벽으로 약현에게는 처남이 된다. 이벽은 우리나라 천주교 신앙운동의 창시자인데, 이벽이 자기 누나의 제사를 지내려 다산 집안을 출입하며 다산 집에도 천주교 신앙이 번졌으니 혈연적인 면뿐 아니라 여러가지로 큰 영향이 있었다.

16 이정형(李廷馨): 명종 4~선조 40(1549~1607). 자는 덕훈(德薰), 호는 지퇴당(知退堂). 임진왜란 때 좌승지로 선조를 호종하여 공신이 되었고 부제학, 경기관찰사, 대사헌 등을 역임. 뒤에 벼슬을 버리고 성리학 연구에 전념하였다. 『동각잡기(東閣雜記)』 등의 저서로 명망 높은 학자였다.

17 황시복(黃時福): 황사영의 다른 이름. 1부 주145 참조.

언 벼슬을 하고 있다. 그다음은 홍재영[19]에게 시집갔다.

재취再娶는 의성김씨義城金氏로 아버지는 주의柱義, 조부는 응렴應濂으로 사헌부 장령을 지냈으니 학봉鶴峰 김성일金誠一의 후손이다. 3남 4녀를 낳았다. 사내는 학수學樹인데 사람됨이 자상하고 착했으며 문예文藝가 일찍 이루어졌는데 장가들고서 요절했다. 다음은 만수萬壽로 돌이 못 지나 죽었고 그다음은 학순學淳인데 지금 제사를 받들고 있다. 큰딸은 정협鄭浹에게 시집가고 다음은 권진權袗에게 시집가고 그다음은 김성추金性秋에게 시집갔으며 막내는 목인표睦仁表에게 시집갔다. 홍영관에게 2남 1녀가 있고 나머지도 아들딸이 있으나 모두 어리다.

이씨는 경자년(1780, 30세)에 예천醴泉에서 죽었으며 묘는 충주 하담의 선친 진주공晉州公의 묘 동쪽에 있다. 공이 죽었을 때에 멀리 있어 함께 묻지 못하고 의논 끝에 집 후원 산록에 묏자리로 봉할 만한 곳이 있어 한달이 넘어 장사를 지냈으니 무덤은 간艮의 왼쪽 방향이다. 뒷날 김씨를 곁에 묻기로 정해두었다.

명에 이르기를

훼손하지 않고 상처내지 않은 뒤에야	無毀無傷而後
그분이 온전한 사람임을 알았고	知其全
재앙도 없고 피해도 입지 않은 뒤에야	無菑無害而後

18 홍영관(洪永觀): 정조 1(1777)~? 자는 성지(誠之), 본관은 남양(南陽), 시부(時溥)의 아들, 약현의 사위. 1813년 증광문과에 을과로 급제.

19 홍재영(洪梓榮): 정조 3~헌종 5(1779~1839). 홍낙민(洪樂敏)의 아들. 부자가 함께 체포되어 낙민은 신유옥사 때 순교하고 재영은 광주에 유배, 1839년 전주감영에서 처형당했다. 홍재영의 아들 홍봉주(洪鳳周)는 약현의 외손으로 1866년의 천주교 박해 때 남종삼(南鍾三)과 함께 서소문 밖에서 순교했다.

그분의 어짊을 알았다.　　　　　　　　　　　　知其賢

모두 무너지고도 홀로 서 있었음에야　　　　　衆圮而獨立
그분의 견고함을 알 수 있고　　　　　　　　　知其堅
모두 잃고 말았는데 혼자 지켰으니　　　　　　衆喪而獨守
그분의 면면히 이으려 했음을 알겠노라.　　　知其綿

이곳이야말로 우리 백씨伯氏의　　　　　　　　是唯我伯氏
의관을 묻어둔 곳이니　　　　　　　　　　　　衣冠之藏
향당鄕黨·종족宗族으로 지나는 사람들　　　　鄕黨宗族過之者
공경스럽게 모시지 않을 사람 없으리라.　　　無不式焉

선중씨 정약전 묘지명

공의 이름은 약전若銓, 자는 천전天全, 누호는 일성재一星齋이고 호는 매심每心이며 섬으로 귀양 가서의 호는 손암巽菴이었으니 손巽이란 들어감(人)의 뜻이어서다.

압해의 정씨는 교리를 지낸 자급이 처음으로 벼슬하였으며 이분으로부터 계속 이어져 부제학 수강, 병조판서 옥형, 좌찬성 응두, 대사헌 윤복, 관찰사 호선, 교리 언벽, 병조참의 시윤이 모두 옥당에 들어갔으며 이후부터 쇠퇴한 세상을 만나 3대가 모두 포의로 끝마쳤다. 3대의 이름은 도태, 그다음의 항신은 진사로 이분이 지해를 낳으셨는데 공의 할아버지다. 선친의 이름은 재원, 음사로 군현郡縣을 맡는 일을 역임하시고 진주목사 재임 중에 돌아가셨다. 다섯 아들을 두셨는데 공은 그 둘째였다.[20] 선비先妣 숙인은 해남윤씨로 덕렬德烈의 딸이며 고산 윤선도의 후손이다. 공은 건륭 무인년(영조 34, 1758) 3월 초하룻날 마현의 집에서 태어났다. 돌아가신 어머니가 세 아들을 얻는 꿈을 꾸고 낳으셨기 때문에

---

20 약현, 약전, 약종, 약용과 서자 약횡이 있으니 5형제다.

어렸을 때 이름은 삼웅이라 하였다.

어려서는 얽매이지 않으려는 성격이었고 커서는 사나운 말이 아직 길들여지지 않은 듯하였지만 서울에서 노닐며 넓게 듣고 뜻을 고상하게 하였다. 이윤하[21]·이승훈·김원성[22] 등과 함께 석교[23]로 정하고 성호 이익의 학문을 이어받아 무이武夷(주자학)를 거쳐 수사洙泗(공자학)까지 거슬러오르기 위해 공손히 격식을 갖추어 강론하고 연마하며 서로 어울려 덕德에 나아가려 글을 배웠다. 이미 또 집지하고 녹암 권철신의 문하에 가르침을 청하였다.

언젠가 겨울에 주어사[24]에 머무르며 강학회講學會를 열었는데[25] 모인 사람이 김원성·권상학[26]·이총억 등 여러 명이었다. 녹암이 지켜야 할 규칙을 만들었는데 새벽에 일어나 얼음물을 떠서 세수를 하고 나서『숙야잠』[27]을 암송하고 해가 뜨면『경재잠』[28]을 암송하고 정오가 되면『사물잠』[29]을 암송하고 해가 지면「서명」[30]을 암송하도록 하였으니, 씩씩하고 엄숙하며 정성스럽고 공손한 태도로 규칙과 법도를 잃지 않았다.

---

21 이윤하(李潤夏): ?~정조 17(1793). 초기의 천주교인으로 이수광(李睟光)의 8대손, 성호 이익의 외손이며 권일신의 매부. 주어사 강학회에 참여했다.

22 김원성(金源星): 권철신의 제자로 주어사 강학회의 회원.

23 석교(石交): 돌같이 굳은 사귐.

24 주어사(走魚寺): 천진암이 있던 경기도 광주군 소재의 절.

25 다른 기록에 보면 기해년 즉 1779년으로 녹암 44세, 손암은 22세 때이다.

26 권상학(權相學): 녹암 권철신의 조카.

27 『숙야잠(夙夜箴)』: 원제는 '숙흥야매잠(夙興夜寐箴)'으로 송학(宋學)에서 독서·수신의 귀감이 되는 잠언. 중국의 학자 진무경(陳茂卿)이 지었다.

28 『경재잠(敬齋箴)』: 주자의 저작으로 경(敬)의 실행을 위한 잠언.

29 『사물잠(四勿箴)』: 송나라 정자(程子)가 지은 것으로 공자의 사물(四勿), 즉 비예물시, 비예물동, 비예물청, 비예물언(非禮勿視, 非禮勿動, 非禮勿聽, 非禮勿言)의 실천방법을 교훈 삼도록 한 잠언.

30 「서명(西銘)」: 송나라 횡거(橫渠) 장재(張載)의 글로 성리학의 중요한 이론.

이 무렵 이승훈 또한 수양에 힘쓰며 열심히 공부하고 있었으며, 서교[31]에 나가 향사례[32]를 행했는데 심유[33]를 빈賓으로 삼고 모인 사람이 백여명이나 되었으니 모두가 말하기를 "삼대三代의 의식과 문화가 찬란하게 다시 밝아졌다"라고 했으며, 그 소식을 듣고 뜻을 같이 하려는 사람이 무성한 숲처럼 무리를 이루었다.[34]

계묘년(1783, 손암 26세) 가을에 경전의 뜻을 밝혀 진사가 되었으나 과거 공부에는 노력을 기울이지 않으며 "대과大科는 나의 뜻이 아니다"라고 하였다. 일찌기 이벽을 따라 노닐며 역수曆數의 학문에 대해 듣고 『기하원본』[35]을 연구하여 정밀하고 오묘한 뜻을 파헤쳤으며 신교新敎(천주교)의 학설을 듣고서 흔연스럽게 기뻐하였으나 몸으로 종교를 믿지는 않았다.

경술년(1790, 33세) 여름에 지금의 임금(순조)이 태어나시어 증광별시를 실시했는데, 공은 "과거에 합격하지 않으면 임금을 섬길 수 없다"라고 하고는 마침내 대책對策 공부에 힘써 과거장에 들어갔다. 책문이 '오행五行'이었는데 공의 답변이 제일로 뽑혔으며 또 회시에 대책으로 합격하여 호명을 마치자 승문원 부정자로 보직을 받았으며 대신들이 또 초계하여 규장각 월과를 맡게 되었다. 이때 약용은 이미 기유년(1789)에 선발되어 서열이 더 높았기에 겨울이 되자 임금이 "형이 아우를 뒤따르니 편치 못하겠다" 하시고 각과閣課(규장각의 월과)는 면하도록 허락하셨

31 서교(西郊): 서울의 서쪽 교외. 지금의 서대문 밖이다. 다른 기록에 보면 손암 27세 때 인 갑진년(1784)의 일로 되어 있다.
32 향사례(鄕射禮): 선비들이 모여 활쏘기 대회를 열고 즐기던 주나라 때부터 있던 제도.
33 심유(沈浟): 영조 24~순조 8(1748~1808). 자는 사윤(士潤), 본관은 청송(靑松). 이기 경의 외사촌형으로 순암 안정복의 문인. 정통유학을 고수한 학자였다.
34 정인보는 이 서교(西郊)의 모임을 '신흥단체의 학회'라고 불렀다.
35 『기하원본(幾何原本)』: 청나라에서 번역한 서양 기하학서.

다. 공은 한가롭게 지내며 할 일이 없자 날마다 한치응·윤영희·이유수·윤지눌 등과 함께 어울려 다니며 즐겁게 놀았다.

을묘년(1795, 38세) 가을에 박장설이 목만중의 사주를 받아 상소를 올려 이가환을 공격하였는데, "이가환이 주시主試로 책문을 냈는데 해원[36]의 답변 내용이 서설西說을 전적으로 주장하여 오행[水火金木土]으로써 사행이 되게 했는데도 가환이 발탁하여 일등으로 삼아 음험하게 자기의 문도門徒를 합격시켰다"라고 했으니 말뜻이 참혹하고 각박했다. 임금이 시험 답안지를 가져다 읽어보고 전교하기를 "시험 답안 중 사행이라 한 것은 한번 조사해서 판단할 수 없다. 오늘 과거 답안지 전체를 보았다. 위아래로 여러번 구절마다 자세히 보았지만 말한 것처럼 애초부터 의심할 바는 없고 그럴싸하기만 했다. 오행으로부터 말을 시작해 다음에 금金·목木 이행을 말하고 그다음에 수水·화火·토土 삼행을 말하고 다시 토土를 말해 사행에 붙이고 또 오행으로써 결론을 맺음으로써 이행·삼행이라고 할 수도 있으니 만약에 망발을 했다고 한다면 혹 그렇게 말할 수도 있겠다. 당나라의 일행一行은 온 세상이 같은 문화와 문명의 혜택을 받을 수 있도록, 통일되지 않은 세상에 있어서도 대연력[37]을 만들어내 8백년 만에 하루의 차이가 나는 잘못까지 시정할 수 있었다. 그렇다면 일행의 학문도 사학으로 몰아붙이고 일행의 역법까지도 또한 서법으로 몰아붙일 수 있단 말인가. 유식한 선비들이니 어디 더 변명해보라"라고 하셨다.

며칠 뒤에 약용이 쫓겨나 금정찰방이 되었는데 임금이 전교하기를 "그가 만약 눈으로 성인들의 책이 아닌 걸 보지 않았고 귀로 상도에 어

---

36 해원(解元): 회시의 수석 합격자, 즉 정약전.
37 대연력(大衍曆): 개원대연력(開元大衍曆)으로 당나라 고승 일행이 만든 달력.

굿나는 학설을 듣지 않았다면 죄가 없는 것이니, 그의 형인들 어떻게 과거에 합격했겠느냐?"라고 하셨다. 이는 작은형님을 빠져나가게 하기 위함이었고 임금이 이 한마디 말로써 아우와 형을 살려내신 것이었다. 그러나 공은 이 일에 연루되어 벼슬길이 열리지 못하고 평탄치 못했다.

정사년(1797, 40세) 가을에 약용이 외직으로 나가 곡산谷山 도호부사가 되었고 임금이 특별히 공이 낙척하였음을 생각해 마침내 친정³⁸으로 사관史官의 6품 벼슬에 올려주고 또 이조에 명해 벼슬을 주도록 하여 성균관 전적典籍을 거쳐 병조좌랑이 되었다. 임금이 연신들에게 말씀하시기를 "아무개는 준수하고 뛰어남이 그 아우보다 낫다"라고 하니 예뻐하고 사랑하심이었다.

무오년(1798, 41세) 겨울에 임금의 명령으로 『영남인물고嶺南人物考』를 편찬하였으니 임금의 관심과 아낌이 옅지 않음이었다.

기미년(1799) 여름에 대사간 신헌조가 조정에서 공을 논란하려다가 마침 임금의 엄한 명령이 있어 파면되어 나오니, 이로부터 더욱 막혀버렸다. 이듬해 임금이 돌아가셨고 또 그 이듬해인 신유년 봄에 화가 일어나 약용이 대계에 의해 조사를 받는데 공도 또한 체포되었다. 맨 먼저 책문의 답안에 관해 신문을 받았으나 죄가 성립하지 않아 적절히 처리하라는 태비의 명령을 받았으나 옥관들의 의논은 정약전이 처음에 서교에 빠졌다가 나중에 회개한 것은 약용과 같고, 을묘년에 있었던 흉측하고 비밀스러운 일에 대해서는 그는 전해들은 것에 불과하고 참가해서 간섭한 흔적은 보이지 않으며, 또 약종이 사람들에게 보낸 편지에서 번번이 "둘째형과 막내가 함께 배우려 하지 않아서 한스럽다"라고 했으니 약전이 회개한 것은 의심할 수 없을 것 같은데 처음에 빠져들어 그 릇된 말을 퍼뜨린 죄만은 완전히 벗기 어렵다고 했고, 또 "처음에 비록 미혹되어 빠져들었지만 중간에 잘못을 고치고 회개한 흔적은 증거가 될 만한 문적이 뚜렷이 있으니 사형 다음가는 벌을 시행해야 한다"라고 하여 마침내 신지도로 귀양 보냈고 약용은 장기현으로 귀양 갔다.

이해 가을 역적 황사영이 체포되고 황심[39]의 백서를 얻어냈는데 흉측 한 계획이 하늘을 뒤엎을 듯했다.[40] 이에 홍희운·이기경 등이 음모를 꾸 미기를 "봄의 옥사에서 죽인 사람이 비록 많지만 정약용 한 사람을 죽 이지 못했으니 우리들은 끝내 묻힐 곳이 없을 걸세"라고 하였다. 이렇 게 되자 더러는 스스로 대계를 내고 더러는 실권자를 공갈하여 상소를 올리고 발계하여 약전과 약용을 다시 국문하도록 요구하고 이치훈·이 학규·이관기·신여권도 함께 붙잡아넣도록 청하니 그들의 관심은 약용 에게 있었다. 그들은 말하기를 "저들 여섯 사람은 역적(황사영, 황심)과 는 더러 가까운 혼인관계거나 더러 가까운 친척간이 되니 흉측한 음모 와 비밀스러운 계획들을 모를 리가 결코 없다"라고 하였다. 재신 정일 환은 "역적의 공초가 나오지 않았고 흉서(「백서」)가 나오지 않았는데 억 지로 '결코 모를 이유가 없다'고 해서야 되겠는가"라고 했고, 정승 심환 지도 그렇다고 했지만, 봄의 옥사에서 처벌된 후에 이기경 등이 봄의 처 리 문서를 환수할 것을 청하자 다시 잡아다 신문케 하고 심환지도 그 청

---

39 황심(黃沁): 영조 32~순조 1(1756~1801). 본명은 인철(寅喆). 이존창(李存昌)에게 교 리를 배워 천주교에 입교한 뒤 황사영과 함께 「백서」를 작성했던 천주교 신자로 황사 영을 외국으로 망명시키려다 체포되어 사형당했다.

40 「황사영백서」는 신유년 봄에 처벌된 사람의 이름을 쭉 열거하여 천주교 신심(信心) 의 정도를 밝히고 가혹한 탄압을 이길 수 없으니 중국 황제에게 이야기하여 조선을 속국으로 만들거나 외국의 힘을 동원해 조선정부를 위협해 천주교 신앙의 자유를 얻 게 해달라는 등의 내용이었다.

을 윤허했다. 이 계啓로 여섯 사람이 체포되었으니, 이것이 이른바 '겨울의 옥사'이다. 조사해보았으나 사실이 없으므로 옥사가 성립되지 않았다. 이때를 당해서 친구 윤영희가 우리 형제의 생사를 알고 싶어서 대사헌 박장설의 집을 찾았는데, 마침 홍희운이 와 윤이 골방 속으로 숨었다. 홍희운이 괴팍스럽게 주인에게 말하기를 "천 사람을 죽여도 정약용을 죽이지 않으면 장차 무엇하겠는가"라고 하니 박이 말하기를 "사람의 죽고 사는 것은 본인에게 달려 있으니 그가 살게 되어 있으면 살려주는 것이고 그가 죽게 되어 있으면 죽이는 것이다. 그는 죽일 수 없는 사람인데 어떻게 죽이겠는가"라고 하였다 한다. 홍희운이 죽여야 한다고 권했는데 박이 듣지 않더라는 것이다. 그다음 날 또 대비가 적절히 처벌하라고 명하자 옥관들이 의결하기를 "엎드려 태비의 교지를 받으니 덕성스러운 뜻이 크기도 합니다. 역적 황사영의 흉서에 참가했거나 그 사실을 들었느냐 여부를 살리느냐 죽이느냐의 경계로 밝히셨으니 신들은 머리를 모아 함께 읽으며 공경함을 이길 수 없습니다. 명령에 따르는 일에 급하여 감히 자세히 조사하여 논란하지 못했는데 정약전 형제는 황사영의 흉서에 참가하거나 간섭한 일이 없으므로 둘 다 죽이지 말기를 청합니다"라고 하여 마침내 공은 흑산도로 귀양 가고 약용은 강진현으로 귀양 가게 되었다. 나란히 고삐에 매인 듯, 재갈에 물린 듯 함께 묶여 같은 길을 떠났다. 나주성羅州城 북쪽 율정점[41]에서 손을 붙잡고 서로 이별하고 각기 귀양 살 곳으로 떠났으니 때는 신유년 11월 하순이었다. 헤어져 16년 만인 병자년(1816, 59세) 6월 6일 공이 내흑산 우이보 아래서 돌아가시니 나이는 겨우 59세, 오호 슬프다!

---

41 율정점(栗亭店): 전남 나주읍 북쪽 5리 지점에 있던 주막거리. 다산의 시 「율정의 이별(栗亭別)」에 상세하다.

공은 바다 가운데로 들어간 때부터 더욱 술을 많이 마셨는데 상스러운 어부들과 천한 사람들과 패거리가 되어 친하게 지내며 다시는 귀한 신분으로서의 교만을 부리지 않았기 때문에 더욱 섬사람들이 기뻐하여 서로 다투어 자기 집에 있어주기를 원했다. 그러는 동안 우이[42]로부터 흑산에 들어가서 살았는데 약용이 석방된다는 것과 또 이미 대계가 정지되었다는 소식을 듣고는 "차마 내 아우로 하여금 바다를 두번이나 건너 나를 보러 오게 할 수는 없지 않은가. 내가 마땅히 우이보에 나가서 기다려야지"라고 하고 우이로 돌아가려 했다.[43] 흑산도 사람들 중에서 말깨나 하는 사람들이 모두 일어나 공을 붙들고 떠나지 못하게 하자 공이 우이보 사람을 시켜서 야밤을 틈타 안개 낀 때에 첩과 두 아들[44]을 배에 싣고 돛대도 내리고 몰래 빠져나갔다. 안개가 걷히고 날이 밝자 흑산도 사람들이 알아차리고서 급히 배를 타고 바다 가운데까지 쫓아와 배를 빼앗아 돌아오니 아무리 사정해도 방법이 없었다.[45] 한해가 넘도록 공이 섬사람들에게 약용과의 정리를 가지고 애걸하여 겨우 우이보로 돌아올 수 있었다. 마침 강준흠이 상소하여 가로막아 의금부에서 해배 명령서를 보내지 못하게 되어, 공이 우이보에서 나를 기다린 것이 3년이나 되었지만 약용이 끝내 오지 않자 마침내 아우를 만나보지 못한 한

---

42 우이(牛耳): 우이보가 있던 곳으로 우이는 섬이름이고 보는 지금의 해안 초소와 같은 곳이다. 오늘날의 전남 신안군 도초면에 속한 우이도를 말하며, 흑산도로 들어가는 입구에 있는 섬이다. 여기서 큰 바다를 건너야 대흑산도가 있다.

43 다산이 해배되면 자기를 찾아올 것으로 여기고 있었다 한다.

44 손암은 귀양살이 중 자기 학문의 후계자로 지목했던 외아들 학초가 요절하자 흑산도 유배지에서 첩을 얻어 두 아들을 낳았다.

45 손암의 인격과 덕성에 감동한 섬사람들이 같이 지내고 싶어하던 모습이다. 다산이 자기 아들에게 보낸 편지에서 "귀양살이하는 사람이 한 섬에서 다른 섬으로 옮겨갈 때 본래 있던 곳의 사람들이 길을 막으며 더 있어 달라고 했다는 말은 우리 형님 말고는 들어본 적이 없다"라고 했던 것은 바로 이 때문이었다.

을 품은 채 돌아가시고 말았다. 돌아가신 후 또 3년이 지나서야(1818) 겨우 율정의 길목을 거쳐 돌아올 수 있었으니 악한 자들의 착하지 못함을 쌓던 것이 이와 같았다.

약용이 다산에 있으면서 큰 바다 하나를 사이에 두고 서로 바라보고 그리워하면서 떨어져 있는 수백리 사이에도 자주 편지를 하여 안부를 물었다. 『역전易箋』(『주역사전周易四箋』)이 완성되었을 때 공이 읽어보고 "세 성인[46] 마음속의 오묘한 이치가 이제야 찬연하게 밝혀졌구나"라고 했고, 또 초고를 고쳐서 보내드리자 공은 "처음에 보낸 원고는 샛별이 동쪽에서 밝아오는 듯하더니 이번 원고는 태양이 하늘 가운데 떠 있는 것 같구나"라고 하였다. 『예전禮箋』(『상례사전喪禮四箋』)을 완성하자 공이 보고 "헝클어진 머리를 빗질해서 고르게 하듯, 깨끗이 빨고 잘 익혀내어 마치 장탕[47]의 옥사 다스리듯 하여 일마다 정情에 맞도록 했구나"라고 하였고, 『악서樂書』(『악서고존樂書孤存』)를 완성했을 때 공이 보고는 "2천년 동안의 긴 밤에 한번 꾼 꿈처럼 이제야 대악大樂의 혼이 돌아왔구나.[48] 다만 양률陽律과 음려陰呂는 마땅히 삼천參天과 양지兩地에 그 짝이 되게 해야 한다. 황종黃鍾 81은 삼등분하여 하나를 덜어서 대려大呂 54가 되고 태주太簇 78은 삼등분하여 하나를 덜어서 협종夾鍾 52가 되는 것과 같이하고 나머지도 모두 그런 방법으로 해야 하며 12율로 하여금 순서대로 내려가 서로의 차례가 되게 해서는 안된다"라고 하였다. 약용이 공이 이야기해준 것을 조용히 생각해보니 정말로 확실하여 고칠 수

---

46 세 성인: 『주역』을 제작했다는 복희(伏羲)·문왕(文王)·공자.
47 장탕(張湯): 한나라 때 신하로 뒤얽힌 옥사를 잘 처리한 사람.
48 육경의 하나인 『악기(樂記)』에 대한 다산의 연구서 『악서고존』을 『악기』를 이은 것으로 높이 평가한 것이다. 『악기』는 진(秦)의 분서갱유 이래 전해지지 않는데 이를 "2천년 동안의 긴 밤"으로 비유했다.

선중씨 정약전 묘지명 **255**

없는 것이어서 그때야 지난번 원고를 없애고 모든 것을 공의 말대로 따랐다. 이에 『의례』의 정현庭縣의 서序, 『주례』의 고공기考工記, 『주어周語』 『좌씨전左氏傳』에서 모든 의문스러운 글과 자주 착오를 느끼던 것들이 완전히 묘합되어 털끝만큼의 어긋남이 없었다. 『매씨서평梅氏書平』(『매씨상서평』)이 완성되자 공이 보고 "주자는 말하는 것을 듣고 얼굴빛을 보고 듣는다 했는데, 이는 문서를 자세히 살펴본다는 것으로 정밀하게 소송 사건을 처리하려면 말이 없어야 한다"라고 했다. 『사서설』[49]에 있어서도 공이 모든 편을 훑어본 후 다 인정해주셨으며 그후에 두루 가르쳐주신 것을 보면 넓게 배우고 많이 들은 선비들이 모두 의심스럽게 여기던 것들이었다.

오호, 한배에서 태어난 형제인데다 겸하여 지기까지 되어준 것도 또한 나라 안에서 한 사람뿐이었다. 약용이 독부[50]로 쓸쓸하고 외롭게 지내며 기이한 사람으로 지금까지 7년이나 살았다.[51] 어찌 그게 슬프지 않겠는가.

공은 책을 편찬하거나 저술하는 데는 게을렀기 때문에 지은 책이 많지 않다. 『논어난論語難』 2권, 『역간易柬』 1권, 『현산어보玆山魚譜』 2권, 『송정사의松政私議』 1권이 있는데 모두 귀양 살던 바다 가운데서 지은 것이다.

아내는 풍산김씨豐山金氏로 사서司書 서구敍九의 딸이며 이조판서 수현壽賢의 후손이다. 아들은 학초 하나를 키웠는데 학문을 좋아하여 경서를 연구하다 장가들고 난 후 요절했으며, 딸 하나는 민사검閔思儉에게

---

49 『사서설(四書說)』: 『논어』·『대학』·『맹자』·『중용』에 대한 연구서.
50 독부(獨夫): 부모 형제 없이 아무도 믿어주거나 따라주지 않는 외로운 사람.
51 손암이 죽은 후로 7년이니 이 글을 쓴 해는 다산이 61세 때인 회갑의 해였다.

시집갔다. 첩에게서 두 아들을 낳았으니 학소學蘇와 학매學枚다. 공의 널
이 나주로부터 도착하여 충주 하담에 있는 선산의 동쪽 언덕 옛 무덤 곁
자子의 방향에 장사지냈다.

　명에 이르기를

무성하게 숲이야 우거졌지만	纍纍之叢
묘소의 지세가 농사도 지을 만한 곳이라	地又宜耕
예리한 쟁기로 갈아엎지나 않을까	犁刀攸觸
우선 묘지명을 기록해둔다.	先獲我銘
이 묘는 진실로 철인哲人의 뼈가 묻혀 있는 곳으로	是固哲人之骨
드러나게도 말고 손대지도 말라.	毋暴毋嬰
일찍부터 주공과 공자를 사모하느라	夙慕姬孔
우리들과는 벗도 삼지 않았네.	友不我與
하류의 평민들과 노닐었으나	游乎祿祿
살육의 위험만이 기다리고 있었구나.	待以刀爼
과거에 합격하여 벼슬길도 터졌건만	翱翔乎朝廷
가로막는 사람 때문에 큰 벼슬 못하고	闞而弗敍
마침내 뒤집히는 난리를 만나	遂遭顚躋
먼 바닷속 풀집으로 귀양살이 갔었네.	竄于海苫

정밀한 지식과 밝은 식견을	精知慧識
묵묵히 마음속에만 감추어두고	默焉內斂
못 잊을 것은 부모님 곁인 양	是唯先人之域
멀고 먼 곳에서 찾아와 묻혔네.	遙遙來穸

부록으로 적은 일화 몇조항

옛날 무술년(1778, 손암 21세) 겨울 아버지께서 화순현감으로 계실 때 나와 손암이 동림사에서 책을 읽는데 40일 만에 『맹자』한질을 모두 읽었다. 미묘한 말과 뜻에 인정해주심이 많았다. 얼음물로 세수를 하고 이를 닦으며 눈 내리는 밤 잠을 못 이루고 이야기를 나누었으니 요순군민堯舜君民의 뜻에 관한 것이었다.[52]

임인년(1782, 25세) 가을에는 우리 형제와 윤아무개가 함께 봉은사奉恩寺에 머물며 경의과 준비를 하다 15일 만에 돌아왔다. 그다음 해 봄에 백伯(정약현)·중仲(정약전)·계季(다산) 3형제가 함께 감시監試(초시)에 합격하고 회시에는 나 혼자만 합격했는데 가을에는 손암이 감시에 장원하고 회시에도 높은 성적으로 합격하여 영화롭게 열상으로 돌아왔다. 좌랑 목만중, 교리 오대익吳大益, 장령 윤필병, 교리 이정운 등이 모두 함께 배를 타고 왔으니 즐겁고 성대하게 노닐던 모습은 모든 사람들이 부러워하던 일이었다.[53]

---

52 요순시대를 동경하는 내용으로 토론했다 한다.
53 다산 집안의 영화롭던 한때의 이야기. 그처럼 다정하던 목만중은 훗날 다산 일파를 죽이는 데 앞장섰다.

갑진년(1784, 23세)⁵⁴ 4월 보름날 큰형수의 제사를 지내고 우리 형제가 이덕조와 함께 같은 배를 타고 물결을 따라 내려오다가 배 안에서 천지 조화의 시초와 육체와 정신, 삶과 죽음의 이치에 대해 듣고 황홀하고 놀 랐는데 마치 은하수의 끝없음과 같았다. 서울에 온 후 또 덕조로부터 『실의實義』(『천주실의』)와 『칠극七克』(『칠극대전』) 등 여러 권의 책을 보고 흔 연히 그쪽으로 기울었다. 그러나 그때는 제사지내는 일을 폐한다는 설 이 없었는데 신해년(1791) 겨울 이후로 나라에서 더욱 엄중히 금하자 한 계가 드디어 구별되었다.⁵⁵ 다만 얽혀매인 것은 풀기가 어려웠으니 칡 이나 등나무 얽히듯 하여 명확하게 화란이 다가옴을 알면서도 막아낼 수가 없었다.

오호, 골육이 서로 싸워 자기의 몸과 이름만을 보존한 것과 순순하게 받아들여 엎어지고 뒤집혔으나 천륜에 부끄럼 없음이 어떻게 같을 것 인가. 후세에 그 마음을 알아줄 사람이 반드시 있을 것이다.⁵⁶

---

54 서교에 매력을 느낀 이벽 등이 이승훈에게 권유하여 승훈의 아버지 이동욱(李東郁) 이 베이징에 사신으로 갈 때 승훈이 따라간 것이 1783년 겨울이고, 베이징 천주교구에 가서 교리를 배우고 서책을 가지고 돌아온 것이 1784년 3월 24일이다.

55 계속해서 천주교를 신앙으로 믿겠다는 쪽과 서양의 학문으로 받아들이겠다는 쪽의 구별. 정약종·황사영·이승훈·이벽 등이 전자에 속한다면 정약전·정약용·이가환 등 은 후자에 속했다.

56 천주교로 다산 생전에 죽은 다산의 가까운 친척으로는 외종 윤지충, 형 정약종, 약종 의 아들 철상(哲祥), 딸 정혜(貞惠), 자형 이승훈, 조카사위 황사영 등이 있고 다산 사후 로는 철상의 아우 하상(夏祥)과 황사영의 자손이 수없이 많았다.

서모 김씨 묘지명

　서모 김씨란 분은 사역원 정[57]으로 동지중추부사를 지낸 김의택金宜澤의 딸이다. 본관은 잠성岑城으로 지금은 금천군金川郡에 합해졌다. 나의 선친 통훈대부通訓大夫 진주목사의 휘諱는 재원載遠으로, 건륭 경인년(1770)에 우리 선숙인先淑人(숙인 윤씨)을 잃고 이듬해에 김화현金化縣 처녀 황씨黃氏를 데려다 측실로 삼았는데 오래지 않아 요절하여 계사년(1773)에 또 서울에서 김씨를 데려다 측실로 삼으니, 그때 나이는 20세로 바로 서모다.

　성정이 명민하고 다소 편벽되긴 했으나 말수가 적고 또 마음이 즐겁고 편안하여 모든 일을 기쁜 듯이 했다. 선군先君을 정성과 부지런함으로 받들어 섬기는 일에 20년을 하루같이 하였기에 선군이 편안하셨으니 그 공로가 기념할 만하다.

　처음 우리 집에 올 때 약용의 나이는 겨우 열두살이었다. 머리에 이와 서캐가 많았고 또 부스럼과 종기가 잘 생겼다. 서모가 손수 빗질을 해주

---

57 사역원 정(司譯院正): 사역원의 정3품 당하관 벼슬.

고 또 그 고름과 피를 닦아주었다. 속옷과 바지, 적삼과 버선을 빨고 바느질하여 꿰매는 수고로움 역시 서모가 맡았으며, 관례를 올리고 장가든 이후에 이르러서야 그만두었다. 그렇기 때문에 우리 형제자매 중에서 특별히 나와는 정이 더 돈독하였다.

신유년의 화란에 내가 남쪽 지방으로 귀양을 가니 서모는 생각날 때마다 눈물을 흘렸다 하며 죽어갈 때도 "내가 영감(다산을 칭함)을 다시 보지 못하는구나"라고 하고 말소리와 숨이 함께 끊어졌다고 하니 오호라, 그것이야말로 슬프구나. 우리 집안은 본래 가난하여 병신년(1776) 봄에 선군이 다시 벼슬길에 올라 호조좌랑이 되어 명례방에서 임시로 집을 세내어 살았고, 정유년(1777) 가을에 화순현을 맡아 외직으로 나갔으며 경자년(1780) 봄에는 예천군수로 옮겼다가 겨울에 이르러 그만두고 7년 동안 집에서 지내셨다. 정미년(1787) 여름에 다시 벼슬하여 한성서윤漢城庶尹이 되어 다시 명례방에서 살았고 기유년(1789) 여름에 외직으로 나가 울산 도호부사가 되었으며 경술년(1790) 겨울에 진주목사로 옮겨 임자년(1792) 여름에 관청에서 돌아가셨다. 서모가 모든 곳을 따라다녔으니 그분의 괴로움과 즐거움, 영화로움과 초췌함을 능히 추측하여 알 만도 하겠다.

건륭 갑술년(1754) 7월 초9일에 태어나 가경 계유년(1813) 7월 14일에 돌아가니 향년 60세였다. 법도로는 당연히 하담의 선영에 장사지내야 하는데 약용이 귀양 살고 있었기 때문에 모든 일이 다 어긋나 마침내 용진龍津의 산골짜기에 장사지냈다가 이제 바로 조곡鳥谷의 해亥의 방향으로 등진 언덕에 개장하였다.

세 딸과 아들 하나를 낳았는데 큰딸은 채홍근蔡弘謹에게 시집갔으니 번암 채제공의 서자이고, 다음은 이중식李重植에게 시집갔는데 나주목사羅州牧使를 지낸 이인섭李寅燮의 서자이며 두 사람 모두 일찍 과부가 되었다. 막내딸은 어려서 죽었다. 아들은 약횡으로 초취는 청주한씨淸州韓氏, 재취는 평창이씨平昌李氏, 삼취三娶는 여흥민씨驪興閔氏인데 아들 하나를 낳았으나 기르지 못했다. 세 아내가 모두 일찍 죽어 조곡의 산비탈에 장사지냈다. 채실蔡室은 양자가 주영柱永이고 이실李室도 양자를 두었으니 ○구九다.

명에 이르기를

그분의 평생을 셋으로 나누면	參分其一生
한 부분은 그분이 즐겁고 영화로웠네.[58]	中一分 其樂其榮
이미 하담의 산록으로 좇아가지 못했을 바에야	旣不克從于荷之麓
차라리 세 며느리 무덤 곁에 의지함이 좋으리라.	無寧來依乎三婦之塋

---

58 시집오기 전, 시집온 후, 남편이 죽은 후의 여자의 삼종지의(三從之義)에 대한 이야기. 종부(從夫) 시절만은 그런 대로 지낼 만했다는 뜻이다.

맏형수 공인 이씨 묘지명

약용은 어린 시절에 부모님을 따라 연천현蓮川縣에서 지냈다. 지금까지도 그때의 기억나는 일이 있다. 돌아가신 어머니께서 술 담그고 장 달이는 여가에 형수와 저포樗蒲놀이를 하시느라 3이야 6이야 하며 그 즐거움이 대단하였다. 몇년 뒤에 어머니가 세상을 떠나시니, 약용이 그때 9세였다. 머리에 이와 서캐가 득실거리고 때가 얼굴에 더덕더덕하였는데 형수가 날마다 힘들여 씻기고 빗질해주었다. 그러나 약용은 몸을 흔들며 벗어나려고만 하면서 형수에게로 가려 하지 않았다. 형수는 빗과 세숫대야를 들고 따라와서 어루만지며 씻으라고 사정하였다. 달아나면 잡기도 하고, 울면 놀리기도 하였다. 꾸짖고 놀려대는 소리가 뒤섞여 떠들썩하니 온 집안이 한바탕 웃고 모두가 약용을 얄밉게 여겼다.

형수는 몸과 성품이 헌걸차서 우람하기가 마치 장부와 같고 가볍고 자잘한 일 같은 것은 하지도 않았다. 그러나 우리 어머니가 돌아가시고, 아버지께서도 관직에서 물러나시자 집안 살림은 더욱 쓸쓸하여 제수祭需나 닭고기, 곡식 등의 음식물 마련하기도 어려웠다. 형수가 혼자서 집안 살림을 꾸려갔다. 그래서 팔찌와 비녀 등의 패물을 모두 팔아 쓰고,

심지어는 솜을 넣지 않은 바지로 겨울을 지냈으나, 집안 식구들은 알지 못했다. 지금이야 형편이 조금 피어 끼니는 이어갈 만한데 형수는 미처 누리지도 못했으니, 슬픈 일이다.

형수의 성씨는 이씨이니, 본관은 경주로 시조는 신라의 명신 알평謁平이다. 뒤에 정형廷馨이 있었는데 이조참판을 역임하고 문학으로 이름을 날렸다. 그의 5대손에 달鏈이 있었는데, 힘이 범을 잡을 수 있고, 글하는 일을 버리고 무과武科에 급제하여 전라병마절도사에 이르렀다. 이분이 보만溥萬을 낳았고 보만이 청주 한씨淸州韓氏 종해宗海의 딸에게 장가들어 경오년(영조 26, 1750) 3월 24일에 형수를 낳았다.

형수는 겨우 15세에 우리 큰형님에게 시집왔다. 우리 아버지께서 예천군수로 계시자 그곳에 따라가 돌림병에 걸려 죽으니 경자년(정조 4, 1780) 4월 15일이었다. 충주 하담荷潭(다산의 선산)의 신좌辛坐(서북쪽을 등진 방향)의 언덕에 장사지내니, 이곳은 우리 조부모와 부모의 묘역이다.

명에 이르기를

시어머니 섬기기 쉽지 않나니	事姑未易
계모인 시어머니 더욱 어렵네	姑而繼母則難
시아버지 섬기기 쉽지 않나니	事舅未易
아내 없는 시아버지는 더욱 어렵네	舅而無妻則難
시동생 돌보기 쉽지 않나니	遇叔未易
어머니 없는 시동생 더욱 어렵네	叔而無母則難
이런 어려운 일을 유감없이 잘했으니	能於是無憾
이런 게 형수의 아량이었네	是惟丘嫂之寬

형자 학초 묘지명

학초學樵의 자는 어옹漁翁, 아이 때 이름은 봉륙封六, 돌아가신 작은형님 손암선생의 아들이다. 선생은 여러 아들을 낳았으나 기르지 못하고 느지막이 이 아들을 얻어서 몹시 사랑스러워했다. 본디 학초는 약간 말을 더듬었으나 6,7세에 벌써 글과 사서를 읽을 줄 알아 그 내용의 잘잘못을 따졌다. 일찍이 손무[59]의 책에서 여자에게 병법을 가르치는 것에 대해 논란하면서 우부인右婦人·좌부인左婦人 문제를 해석해놓은 뜻이 통하기가 어렵다고 의심하여 스스로의 견해를 세웠는데, 과연 본래 의미였으므로 보는 사람마다 찬탄하지 않는 사람이 없었다. 또 바둑의 묘법을 해득하여 7,8세에 벌써 어른이나 노인과 대국해도 강적으로 여기지 않는 사람이 없었다. 10세에는 학업이 날로 발전하여 선생의 오랜 친구들 사이에서 이름이 났다. 성정이 유독 경전을 좋아했는데 『시경』『서경』『논어』『맹자』를 읽을 때마다 의심나는 뜻을 묻는 바가 대부분 곧장 답변할 수 없는 것들이었으며 반드시 스스로 해석해내는 것을 들어보

---

59 손무(孫武): 손자(孫子). 제자백가 중의 병가(兵家)로 『손자병법(孫子兵法)』으로 유명하다.

먼 이치에 합당하곤 했다.

가경 신유년(1801) 봄에 화란이 일어나 선생이 신지도로 귀양 가고 나도 장기로 귀양을 갔다가 그해 겨울에 다시 체포되었는데 다시 목숨은 살아나 작은형님은 흑산도로 귀양 가고 나는 강진으로 귀양 가게 되어 형제가 같은 길을 떠났다. 학초는 편발[60]한 채로 화성 남쪽 유천柳川의 주막에서 우리를 송별했는데 그때 나이가 열한살이었다. 집에 오랑캐 나라에서 나는 사안주蛇眼珠 하나가 있었는데 이것은 큰 구렁이의 눈동자로, 무릇 이 구슬이 있는 곳에는 뱀이 접근하지 못했고 우연히 뱀과 맞닥뜨릴 때에도 구슬로 비추면 뱀이 모두 선 채로 죽어 마른 나무처럼 되어버리니 제법 기이한 보물이었다. 학초가 울면서 그것을 아버지에게 드리며 "흑산도는 숲이 우거져 무서운 뱀들이 많은 곳입니다. 바라건대 이것을 가지고 가서서 몸을 보호하십시오" 하니 선생이 받아 주머니에 넣으면서 역시 눈물을 줄줄 흘리다가 마침내 서로 헤어졌다.

그후에 내가 두 아이들(학연, 학유)이 보내오는 편지를 읽어보면 편지마다 학초는 옛날처럼 호학好學하고 서로 사랑하기를 친형제처럼 한다 했으며, 유독 경전의 이론 공부하기를 즐겨 더러는 묻는 대목을 조목별로 나열하여 두 귀양 사는 곳(흑산도와 강진)으로 부치기도 했다. 관례를 마치고 이미 장가까지 들었기에 다산으로 데리고 와 함께 배를 타고 흑산도에 뵈러 갈까 했는데 흉한 소식이 갑자기 들려오니 학초가 이미 죽었다는 것이었다.

오호, 슬프구나! 형수와 두 아이들이 의논하여 먼 친척의 아들을 데려다 학초를 위해서 양자를 세웠다고 하기에 내가 작은형님에게 말하

---

60 편발(編髮): 관례를 치르기 전 땋아내린 머리.

기를 "비록 큰 종갓집 자식도 할아버지의 가계를 잇지 못하고 죽으면 입후立後하지 않고 차자次子로 가계를 잇는 것이 예인데 하물며 선생은 본래 지자支子가 아닙니까. 더구나 몸소 받들어야 할 선조도 없는데 촌수가 먼 아들을 데려와서야 되겠습니까. 선생은 서자 학소學蘇가 있으니 앞으로 아들을 낳게 하여 학초의 뒤를 세워준다면 거의 고금의 예에도 어긋남이 없이 합당한 일일 것입니다"라고 했더니 선생이 "그렇겠다" 라고 하고는 데려온 사람을 보내게 했다.[61]

내가 유배되어 낙척한 후부터 육경과 사서의 학설에 대해 240권의 책을 지은 것은 학초를 기다려 전해주고자 한 일인데 이제는 끝이 났다.[62]

작은형님의 이름은 약전, 벼슬은 병조좌랑에 그쳤고 학초가 죽은 후 10년이 지나서 바다 가운데서 돌아가셨다. 선친의 이름은 재원으로 진주목사였으며 5대 이상은 8대를 연이어 옥당에 들어갔다. 본래 압해정씨의 가계에 대해서는 다른 묘지명에 상세히 적혀 있으니 알아볼 수 있으리라. 형수는 풍산김씨로 시강원 사서侍講院司書를 지낸 서구의 딸이다. 학초는 건륭 신해년(1791) 봄 2월 10일에 태어나 가경 정묘년(1807) 가을 7월 19일에 죽었으니 그 나이 겨우 17세였다. 아내는 파평윤씨坡平尹氏로 정승 윤개尹漑의 후손이다. 광주廣州 초부의 북쪽 조곡 산발치 콩

---

61 제2부 「녹암 권철신 묘지명」에 나온 것처럼 실학자들의 양자 세우는 법은 당시의 관행과 달리 서출의 아들이 있으면 다른 후계자를 세울 수 없다 하여 인간평등사상에 한발 다가서고 있었다. 다산은 그의 「입후론(立後論)」 세편의 논문, 손암에게 보낸 편지인 제6부의 「둘째형님께(上仲氏)」 등을 통해서 심도 깊게 이 문제를 분석하였다. 혈육인 서자는 놔두고 먼 일가붙이를 양자로 세워 인정과 도리에 어긋나는 형식 위주의 당시 세태를 통박한 것이다.

62 다산의 편지 및 제4부 「윤면채녀」에서 보이는 것처럼 다산은 자기 학문의 후계자로 경전 연구를 즐기던 조카 학초를 손꼽았으나 그의 요절에 낙망하여 자기 학문이 후세에 전해지지 못할 것을 몹시 애타했음을 알 수 있다.

밭 옆에 장사지냈으며 묘는 해亥의 방향인 것 같다.

명에 이르기를

호학好學했는데 명이 짧아 죽었구나.	好學而短命死
하늘이 나를 돌보아주려다	天祝予
하늘이 나를 앗아가버렸네.	天喪予
세태야 날로 더러워지고	世趨日以汚
옛 성인의 도 황무지 되니 슬픈지고.	先聖道榛蕪
저급한 사람들 음란함에 빠지고	噫 下焉者沔淫
상급의 사람들 뾰족이 모만 나니	上焉者尖碎
슬퍼라 누가 있어 나의 글 읽어줄 것인지.	而誰能讀吾之書 噫

농아 광지[63]

농아農兒는 곡산谷山에서 잉태하였으며 기미년(1799) 12월 초이튿날 태어나 임술년(1802) 11월 30일에 죽었으니 발진이 나서 마마가 되더니 마마가 헐었기 때문이다. 내가 강진에 귀양 사는 중이어서 글을 지어 그 애 형에게 곡하며 무덤에 읽어주게 하였다.

농아의 죽음에 부치는 글에 이르기를, 네가 세상에 태어나 세상을 떠나기까지가 겨우 세해(三朞)인데 나와 이별해 산 기간이 그중에 두해였다. 사람이 60년 동안 세상에서 살면서 40년 동안이나 그 아버지와 이별한 채 살았던 셈이니 정말 애달픈 일이로다. 네가 태어날 때는 내가 깊이 근심하고 있을 때여서 너의 이름을 농農이라고 했는데, 이미 고향집에 돌아와 있을 때라[64] 너를 살리는 일은 농사뿐일 것이고 그렇게라도 하는 것이 죽는 것보다야 현명한 일이어서였다. 그래야만 내가 죽더라도 흔연히 황천고개를 넘어갈 수 있고 한강을 건널 수 있을 것 같았다.

---

63 다산의 막내아들 농장(農牂)의 죽음에 부친 글.
64 다산은 1799년 초여름 4월에 곡산에서 형조참의로 들어왔지만 그 여름이 다 가기 전에 반대파의 상소로 영영 벼슬길이 끊기고 말았다.

이렇게 보면 나의 죽음은 사는 것보다 현명할 수도 있었다. 나는 죽음이 삶보다 현명한 일인데도 살아 있고 너는 삶이 죽음보다 현명한 일인데도 죽었으니 나의 능력으로 할 수 있는 일이 아니었나보다. 내가 네 곁에 있었다 하더라도 꼭 살 수 있었을 것은 아니지만 너의 어머니가 보낸 편지에서 너는 "아버지가 제게 돌아오셔도 발진이 나고 아버지가 돌아오셔도 마마에 걸릴까"라고 했다 하니, 네가 무얼 헤아리는 바가 있어서 그러한 말을 했겠느냐만, 그러나 너는 내가 네 곁에 돌아가면 의지할 수 있을 것 같아 그러한 말을 했을 것 같으니 네 소원을 이루지 못한 것이 참으로 슬프구나.

신유년(1801) 겨울[65]에 과천의 주막에서 너의 어머니가 너를 안고 나를 송별할 때 너의 어머니가 나를 가리키면서 "저분이 너의 아버지다"라고 하니 너도 따라서 나를 가리키면서 "저분이 우리 아버지다"라고 하는데 아버지가 어떻게 해서 아버지라는 것도 너는 실제로 알지 못하고 하던 소리였으니 그것도 슬픔을 자아내는 일이었다.

이웃 사람이 가는 편에 소라껍데기 두개를 너에게 전해주도록 했는데, 너의 어머니 편지에 너는 강진 사람이 올 때마다 소라껍데기를 찾다가 못 찾으면 마음에 몹시 섭섭해 하였다고 했으니 이제 네가 죽고 나서 소라껍데기가 다시 오고 보니 슬프기 한량없구나. 너는 얼굴 모습이 빼어나 깎은 듯했고 코 왼쪽에 조그마한 점이 있었다. 네가 웃으면 양쪽 송곳니가 톡 튀어나오곤 했다. 슬픈지고! 나는 오직 너의 모습이나 생각하고 잊지 않으며 네가 아비 생각하던 정에 보답해주마(집에서 온 편지에는 그애의 생일날 물었다고 했다—원주).

---

65 1801년 봄에 다산이 경상도 장기로 유배 갔다가 「황사영백서」사건으로 모함을 받아 겨울에 다시 서울로 압송되었으나 혐의가 없자 강진으로 유배를 떠나던 때.

복암 이기양 어른이 항상 말씀하시기를 "자녀 중에 요절한 아이들은 당연히 그애들의 생년월일과 이름, 생김새 및 죽은 해와 날짜를 적어두어 뒷날 증거로 삼아 그애들이 태어난 흔적이 남게 해야 한다"라고 하였다. 그 말씀이야말로 참으로 어진 말씀이다. 나는 경자년(1780) 가을 예천군청의 관사에서 낙태한 것으로 시작해 신축년(1781) 7월 아내가 아이를 밴 채 학질을 앓다가 팔삭둥이 딸 하나를 낳아 나흘 만에 죽었는데 이름도 짓지 못한 채 와서瓦署의 언덕배기에 묻었고, 그다음에는 무장武牂(큰아들 학연의 아명)과 문장文牂(둘째아들 학유의 아명)을 낳아 다행히 키워냈으며 그다음은 구장懼牂이고, 그다음은 딸아이 효순孝順인데 순산順産으로 효도했다 하여 효순이라 했다. 이 애들 둘은 요절하여 구와 순이는 모두 간단한 묘비명을 지었는데 실제로 묘에 묻은 명이 아니라 책에 기록한 것이다. 그 아래로 딸 하나를 낳아 지금 열살로 두 차례의 역질을 이미 다 마쳤으니 겨우 죽음을 면했나보다. 그다음은 삼동三同인데 마마에 걸려 곡산에서 죽었다. 이 애가 죽었을 때 아내는 아이를 갖고 있어 슬픔을 참고 아이를 낳았는데 열흘을 겨우 넘어 또 마마에 걸려서 며칠이 못 되어 죽었다. 그 아래가 바로 농장農牂이다. 삼동이는 병신년(1796) 11월 초닷새에 태어나 무오년(1798) 9월 초나흗날 죽었다. 삼동이 다음 아이는 이름도 짓지 못했다. 구장이와 효순이는 두척斗尺의 산등성이에 묻었고 삼동이와 그다음 아이는 두척의 산발치에 묻었다. 농아도 필연코 산발치에 묻었을 것이다.

모두 6남 3녀를 낳아 살아남은 아이는 2남 1녀뿐으로 죽은 아이들이 4남 2녀나 되니, 죽은 아이들이 살아난 아이들의 두배나 된다. 오호라! 내가 하늘에서 죄를 얻어 이처럼 잔혹스러우니 어찌하랴.

제4부에 모은 글은 행장行狀, 찬贊, 유사遺事, 탑명塔銘, 뇌誄 등이다. 행
장은 한 사람의 사후에 그의 생전의 행적을 기록하는 문체로 그 사람을
알려주는 기본적인 자료 구실을 하고, 찬이란 인물과 사실을 찬양하는
문체 이름이며, 유사는 죽은 이의 사후 정식 기록에서 빠진 것 중에 살
펴보아야 할 기록이다. 탑명은 승려의 입적 후 탑에 새기는 명문銘文이
고, 뇌는 죽은 이를 슬퍼하는 글의 문체다.

「현파 윤흥서 행장玄坡尹進士行狀」은 다산이 1809년 강진에서 귀양살
이할 때 쓴 글이다. 현파 윤흥서의 자는 효선孝先, 호가 현파로 본관은
해남이다. 고산 윤선도의 증손자며 공재 윤두서의 손위형으로 1662년
에 태어나 1733년에 돌아가신 분이다. 이 글은 다산의 외가 방조傍祖의
행장이라는 의미에 더해 조선 후기 실학이 제대로 면모를 갖추기까지
한 사람이나 한 집안만이 아닌 여러 집안, 여러 학자들이 함께 동원되고
참여하는 모습을 보여주는 기록으로서 의의를 갖는다. 조선 후기 당쟁
이 격화되던 때에 고산의 후손들인 현파, 공재 등이 매산梅山 이하진李夏
鎭의 아들들인 서산 이잠, 옥동 이서, 성호 이익 등과 힘을 합하고 고산
의 외손이자 남인으로 이조판서였던 심단沈檀의 아들들인 정재定齋 심
득경沈得經, 심득천沈得天 등과 함께 학파의 형성을 위해 노력했던 일면
을 알게 해준다. 즉 해남윤씨·여흥이씨·청송심씨 등의 공동노력으로
실학의 학문 영역이 윤곽을 잡았다는 것과, 해남윤씨의 외손인 다산과
여흥이씨 학자들의 교유 속에 방향을 잡은 다산학茶山學의 학문적 연원
을 밝혀주는 글이라고 할 수 있다. 제2부의 「정헌 이가환 묘지명」 「남고

윤지범 묘지명」과 함께 읽기를 바란다.

「성옹화상찬星翁畫像贊」은 다산이 성호선생의 초상을 보고 그 행적을 기린 글이다. 성호 이익의 자는 자신自新, 호는 성호, 본관은 여주로 1681년에 태어나 1763년에 돌아가신 분이며, 1727년 선공감 가감역에 제수되고 1763년 노인직(노인에게 내려주던 실무가 없는 벼슬)으로 첨지중추부사를 지냈다. 저서로는 『성호사설星湖僿說』 『성호문집星湖文集』 『곽우록藿憂錄』 등이 있다. 성호는 대사헌, 홍문관 제학 등을 지낸 아버지 매산 이하진이 숙종 6년(1680) 경신대출척으로 당파싸움에 밀려 운산雲山으로 귀양 가 있을 때 그곳에서 태어났고 다음해 그곳에서 아버지를 여의었다. 불우와 곤궁 속에서 학문을 연마하여 벼슬길에 오를 뜻도 있었으나 25세 때 중형 섬계(서산) 이잠이 상소사건으로 노론에 몰려 장살당하자, 끝내 벼슬을 단념하고 성인의 경서와 요순의 제도를 연구하며 제자들에게 실학을 열어놓았지만, 개인적으로는 처절하고 불우하게 일생을 마쳤다. 다산이 두살 때 성호선생이 83세로 서거했기에 성호의 무릎밑에서 배우지는 못했다. 다산은 15세 때부터 서울에서 노닐며 성호의 친자親炙 문인들인 권철신, 이가환 등을 통해 성호의 학문을 배우고 그 유서遺書를 읽었다. 그런 후 평생 동안 사숙하며 선학으로 가장 존숭하여 그 학통을 이으려 모든 노력을 경주했다. 다산이야말로 성호라는 큰 실학자의 호수를 통째로 삼켜 새로이 다산호茶山湖로 집대성한 학자라 해도 과언이 아니다. 다산이 수많은 글에서 성호를 추앙했지만 이 「화상찬」 한편으로 성호에 대한 역사적 평가와 개인적 숭모의 정을 털어놓았다 할 수 있고, 특히 끝부분에서는 은연중 자신이 성호를 계승·확충하여 본질적 공자학의 길을 열겠다는 각오까지 실토했다고 여겨진다. 퇴계, 하헌, 성호로 이어지는 학통은 제2부 「녹암 권철신 묘지명」에 자세하며, 제6부 「제단궁잠오題檀弓箴誤」 「심경질서발心經疾書跋」은 성호 학통을 이해하는 데 큰 도움을 줄 것이다.

「번옹유사樊翁遺事」는 다산이 번암 채제공의 일생의 업적 가운데 행장·묘갈명墓碣銘·묘지명 등에서 빠진 부분을 기록한 글이다. 번암의 자는 백규伯規, 호가 번암, 본관은 평강平康이며, 1743년 정시문과에 급제하고 1793년 영의정에 이르렀으며, 저서로 『번암집』이 있다. 1720년에 태어나 1799년에 서거했다. 이 글은 다산에게 정신적·학문적 영향을 끼쳤을 뿐 아니라 남인의 영수로 다산 일파의 유일한 이해자요 후원자였던 번암의 일면을 보여주고 있어 값지다. 「정헌 이가환 묘지명」에서 말했듯이 번암의 묘비명과 묘지명은 이미 다른 사람이 썼기 때문에 그러한 공식 기록에서 빠진 몇가지 부분만 기록하여 후세에 남겼다. 특히 조선시대 상업에서 획기적인 조치인 신해통공辛亥通共에 대한 기록을 포함하여 가치가 크다. 홍국영洪國榮의 하늘을 찌르던 권력 앞에 당당히 정의로 맞서던 모습도 여실히 보여준다. 제5부 「죽대선생전竹帶先生傳」, 제6부 「두 아들에게 당부하다示二子家誡」와 함께 읽으면 이해가 더 빠르리라.

「아암 장공 탑명兒菴藏公塔銘」은 1812년 겨울에 지은 글이다. 아암 혜장兒菴惠藏의 속성은 김씨요 호는 연파蓮波며, 1772년 전라남도 해남군 화산면花山面에서 태어나 1811년 대흥사 북암北菴에서 입적한 중이다. 쓸쓸하고 적막하기만 하던 유배생활에서 뜻밖에 만난 10년 연하의 젊고도 호탕한 중 아암은 다산의 생활에 활력을 불어넣은 것 같다. 1805년부터 1811년까지 6년간 다산의 학문과 인격에 감동한 아암은 자주 오가며 불경과 역경易經, 시와 술을 함께 즐기며 상호 많은 도움을 주고받았다. 아암의 주선으로 다산은 한때 보은산방寶恩山房에 거처하기도 했다.

유교 원리에 대한 확신을 가지고 있던 다산은 이 우수한 중에 관한 글을 쓸 때마다 "왜 이런 영특한 사람이 잘못 불교에 빠졌나"라고 여러번 탄식한 데서 보듯 불교에 밝기는 했지만 불교를 찬양하지는 않았다. 아암과 사귀던 기간에 다산은 수십편의 시를 아암과 주고받았는데, 유불儒佛이 혼용되어 재미난 경지를 보여준다. 이 글은 다산에게 매료되어 불교에 싫증을 느끼고 유교에 마음을 기울인 채 술을 너무 많이 마시다 40세라는 젊은 나이로 가버린 아암을 애석히 여기는 심경이 역력하다. 한편 아암이 다산에게 감화되어 불심佛心에서 유학으로 기운 과정을 다산은 이 글을 짓기 전에 그의 중형 약전에게 보낸 편지(제6부「둘째형님께 上仲氏」)에 상세히 기술하고 있다.

「윤면채뇌尹冕采誄」는 1812년 다산초당에서 친구인 외심畏心 윤영희尹永僖의 아들 윤면채의 죽음을 슬퍼하여 지은 글이다. 윤영희는 젊은 시절부터 뒷날까지 일생 동안 다산의 학문적 친구였는데, 벼슬은 교리를 지냈고 학문을 논하는 서신과 수많은 시를 주고받았다. 다산은 이 글에서 자신의 경학에 관한 연구결과가 윤면채에 의해 후세에 전해지기를 바랐는데 그렇게 되지 못함을 한탄하는 한편, 자신의 경학 연구업적에 대한 확고한 믿음을 보여주고 있다. 제3부「형자 학초 묘지명」과 함께 읽으면 다산의 탄식을 더 절실히 느낄 수 있다.

현파 윤흥서 행장

공의 이름은 흥서興緒, 자는 효선孝先, 별자別字는 현파玄坡였다. 강희 원년인 임인년(1662) 가을에 태어나 옹정 11년 계축년(1733) 봄에 죽었으니 향년 72세였다. 숙종 기사년(1689, 현파 18세)에 경의經義시험으로 진사가 되었다. 그때는 공의 아버지 지평持平공도 급제하여 벼슬길에 오르니 부자가 같은 해에 있는 일이라 영화로움이 온 고을에 울렸다.

공은 또 어린 나이에 영특함이 드날려 도하에서 이름을 들먹였고 사람들이 뒷날의 나라의 동량으로 기대하였으나 벼슬아치와 유림 들이 불행히도 상전벽해의 난리를 당해 주옥 같은 그분의 재주가 파묻히고 말았다. 우뚝 솟은 산처럼 고결한 성품의 선비가 50년 동안이나 역락歷落한 채 끝내는 궁하게 주리다가 돌아가셨으며, 자손들도 찌들고 가난하여 궁벽한 변두리로 타향살이하여 공이 남긴 훌륭한 학문적 업적이 백에 하나도 남지 않았다. 앞으로 천년 후에는 이름이나 한 일조차 모두 인멸할 것이니 슬픈 일이 아니랴.

공이 돌아가신 지 76년 후[1]에 약용이 후배로서 부족한 학문임에도 처음으로 공의 유고 1권과 가장[2] 1편을 보고서 공의 학문적 연원과 지조와 행실의 대강을 서술해놓고 더 빛나게 해줄 학자를 기다려야 할 형편이니 이야말로 너무 늦은 감이 든다.

해남윤씨는 면면히 이어 내려오다 이름이 효정孝貞이라는 분에 이르러 처음으로 알려지고 큰 성씨가 되었는데 이분이 귤정橘亭 구衢를 낳아 벼슬하여 옥당에 들어갔고, 이분이 홍중弘中을 낳아 예조정랑이 되었고 정랑은 아들이 없어 그분의 아우로 좌참찬을 지낸 의중毅中의 아들인 유기唯幾를 양자로 삼았으니 이분은 강원도 관찰사를 지냈다. 관찰사가 또 아들이 없자 그의 형 예빈시 부정을 지낸 유심唯深의 아들인 선도善道를 양자로 삼았는데 이분이 바로 고산선생이시다. 고산의 셋째아들이 예미禮美인데 아들이 없어 그의 형인 진사 의미의 아들 이후爾厚를 양자로 삼았으니 이분이 바로 공의 아버지인 지평공이다. 지평공의 아내는 전의이씨全義李氏인데 아버지는 참봉參奉을 지낸 사량四亮이다. 지평공이 다섯 아들을 낳으니 현파공은 그중의 둘째이고 나의 외증조인 공재 공은 그중의 넷째아들이었다.

조선왕조는 홍치 갑자(1504, 갑자사화) 이래로 기묘·을사 등의 사화가 여러번 일어났고 만력 기축년(1589, 기축옥사)에 이르기까지 당쟁으로 인한 옥사들이 많아 한때의 단정하고 방정한 선비들을 풀 베듯 짐승 잡아 죽이듯 하니 죽음을 당하지 않은 사람이 없을 지경이었다. 이러한 뒤로는 도학道學이나 명검名檢은 세상에서 크게 꺼리는 바가 되었고 퇴계나 한강寒岡[3]의 학문은 외롭게 영남 지방에서만 전해오니 서울의 귀족 자

---

1 76년 후: 현파가 죽은 후 76년이면 순조 9년(1809)이다. 다산이 강진의 다산초당에서 유배 살며 지은 글이다.

2 가장(家狀): 집안 조상의 행적을 후손들이 기록해놓은 행록.

3 정구(鄭逑): 중종 38~광해군 12(1543~1620). 본관은 청주(淸州). 자는 도가(道可). 한강은 정구의 호. 조선 중기의 문신·학자. 이황(李滉)과 조식(曺植), 성운(成運) 등을 스승

제들은 육경을 쓸데없는 것으로 보고 언행에 주의함이 없이 고삐 풀린 생활을 하고 있었다.

공과 옥동 이공(이서)이 분연히 일어나 끊어져 흔적도 없는 곳에서 육경의 학문을 창도했으니 이야말로 얼마나 어려운 일이었겠는가. 천인 성명天人性命의 본원을 쪼개듯 알아내는 일은 옥동을 벗 삼아 함께 연구하였고 임금과 어버이에 관한 의리의 오묘한 뜻을 밝혀내는 일에는 서산 이잠과 벗을 삼았으며, 이理와 욕欲의 한계를 정밀하게 관찰하고 자기를 이겨 스스로를 수양하는 데는 정재[4]를 벗으로 삼았다. 우리 공재선생은 그 모든 분들 사이에서 재주를 서로 겨루듯 함께 연구하고 훈과 지를 불며[5] 화목하게 지냈다.

이렇게 되자 그 시대의 지체 높은 집안 자제로 재주와 슬기가 뛰어나고 원대한 뜻을 지니고 옛 성현의 풍모를 사모하는 사람들은 모두가 저 몇분을 학문 연마의 근원으로 삼아 인격을 도야하고 성품을 형성해가니, 좋은 인재들이 양성되어 앞으로 한 무리의 동지가 모여 훌륭한 일을 할 수 있으리라는 기대를 하게 되었다. 그러나 서산이 절개를 지키느라 먼저 죽음을 당했고, 정재와 공재는 요절했으며 세상마저 바뀌자 점점 몰락하여 궁지에 빠졌다.

경술년(1730) 이후에는 사류士流라고는 꺾여 쇠잔해졌고 훌륭한 집안

으로 공부하여 성리학과 예학뿐만 아니라 제자백가·역사·산수(算數)·병진(兵陳)·의약(醫藥)·복서(卜筮)·풍수지리 등 여러 방면에 걸쳐 박학했다. 강원도관찰사·형조참판·대사헌 등을 지냈고 다수의 저서가 있다.

4 심득경(沈得經): 현종 14~숙종 36(1673~1710). 호는 정재(定齋). 판서 심단(沈檀)의 큰 아들. 남인계 학자로 공재 윤두서가 그린 화상이 국립광주박물관에 보관되어 있다.

5 훈(塤)과 지(箎)는 질나발과 피리를 가리키며 형은 훈을 불면 아우가 지로 화답한다는 것으로 『시경』 소아(小雅) 하인사(何人斯) 장에 나오는 시구다. 훈지(壎箎)라고도 하며 화목하게 지내는 형제애의 비유다.

들이 망가져 꽉 막히고 액운이 굳어져 다시 옛날처럼 일어날 희망이 없는 지경에 처했다. 옥동은 그의 도학으로도 삼척의 명[6]을 새긴 찰방 벼슬에 그쳤으며, 공도 또 오래도록 묻혀 변두리 숲속에 숨어살며 초라한 움막에서 겨나 쭉정이로 만든 음식도 마다하지 않다가 죽어 고향 땅에서 운명조차 하지 못했으니 오호라 슬프도다! 공의 평생의 순탄함과 어려움을 기록하려니 격앙되고 분한 마음에 눈물을 줄줄 흘리지 않을 수 없었다.

옥동과 서산은 옛날 홍문관 제학 이하진[7] 공의 두 아들이고 정재는 옛날 이조판서 심단[8] 공의 큰아들이다.

숙종 신미년(1691, 현파 30세)에 지평공이 함평咸平 현감으로 있을 때 이해 가을에 공이 알성과를 보게 되어 함평으로부터 과거를 보러 왔는데, 공이 합격하여 호명되려던 참에 고시관이었던 심판서(심단)가 친한 사람을 합격시켰다는 혐의를 들을까봐 끝내 명단에서 빼버렸다. 얼마 후 지평공이 벼슬을 버리고 팔산장사八山莊舍(영암군 남쪽 옥천방玉泉坊에 있다—원주)로 돌아오니 공도 또한 따라와 은거하며 뜻을 기르기 6,7년이었다.

정축년(1697, 36세)에 이르러 공의 아우 진사공이 당파싸움의 옥사에 걸려들었고 무인년(1698) 겨울에는 공이 아내의 상을 당했으며 그 이듬

---

6 삼척(三尺)의 명(銘): 『예기』의 "천자의 집은 9척, 제후는 7척, 대부는 5척, 선비는 3척"(天子之堂九尺 諸侯七尺 大夫五尺 士三尺)에서 유래, 낮은 신분에 그쳤다는 뜻.

7 이하진(李夏鎭): 인조 6~숙종 8(1628~82). 자는 하경(夏卿), 호는 매산(梅山)·육우당(六寓堂), 본관은 여주, 성호 이익의 아버지. 1680년 경신대출척 때 진주목사로 좌천되었다가 운산에 유배되어 그곳에서 죽었다. 시와 글씨에 뛰어났다.

8 심단(沈檀): 인조 23~영조 6(1645~1730). 자는 덕흥(德興), 호는 낙현(藥峴)·추우당(追尤堂). 3세 때 부친이 죽어 외조부 윤선도의 슬하에서 자라 1673년 정시문과에 급제, 이조·공조 판서와 판의금부사를 거쳐 봉조하(奉朝賀)에 이르렀다.

해인 기묘년(1699) 가을에는 지평공의 상을 당하여 양주에 장사지냈다. 이때부터 다시 서울 집에서 살았으며, 을유년(1705, 44세) 가을에 이르러 어머니 이영인[9]의 상을 만났으며 병술년(1706)에 서산의 화禍가 있었다.[10] 정해년(1707)에 어머니의 복을 마치고 강가의 교외에 물러나서 살았다.

신묘년(1711, 50세)에 광주의 남쪽 판교에서 남의 집에 임시로 더부살이를 하고 지냈다. 경종 2년(1722, 61세)에 서산에게 집의執義 벼슬이 증직되자 공이 팔애시[11]를 지었다. 이때에 조정에 있던 여러 고관들이 모두 위로의 추천을 하려고 하여 공이 장차 포의로 사헌부 대관臺官으로 들어가려던 참인데 곧 다시 조정의 판도가 바뀌어 그 일이 끝나버렸다.

무신년(1728, 67세)에 가포의 난리가 있었는데 역적의 우두머리 장수가 명문 출신이어서[12] 평소에 서로 얼굴만 알고 지내던 사람 가운데 화란에 걸려들지 않은 사람이 없었다. 그러나 공은 인척간임에도 초연한 채 홀로 화를 면했으니 참으로 굳고 깨끗하여 더럽혀지지 않는 지조가 상서로운 구슬 같고 옥 같지 않았다면 어찌 그럴 수 있었겠는가. 그분의 실천의 뛰어남을 이것으로 증거할 만하였다.

기유년(1729, 69세) 봄에 판교의 시골에 모임을 만들어 고을 주변의 소년들을 모아놓고 학문을 강론하며 예능을 익히게 하니 이것은 학문 수양의 모임이었다. 몇해가 지나자 어리석기 짝이 없던 변두리 시골 마을

---

9 이영인(李令人): 영인은 종4품 벼슬아치의 아내에게 붙이는 호칭.
10 서산 이잠이 1706년 죽었다.
11 팔애시(八哀詩): 두보(杜甫)가 친구 여덟 사람을 애도하며 평생의 사적을 읊은 시. 여기서는 죽어간 친구 여덟 사람을 애석하게 여기며 지은 시라는 뜻.
12 가포(崔蒲)의 난리: 이인좌(李麟佐)의 난을 말하며, 그 난이 청주(淸州)에서 일어났는데 가포는 청주의 지역 이름인 것 같다. 주동자 이인좌는 전주이씨로, 이름 높은 감사(監司) 이운징(李雲徵)의 손자다.

까지 거문고 뜯으며 글 읽는 장소가 되어 풍류와 문채文彩가 무성하게 일어나고 과거에 합격하는 영화가 서로 뒤질세라 이어졌으니 인격을 감화하는 힘이 뛰어났음을 이것으로 증험할 수 있다.

옥동이 죽은 뒤에는 옥동의 막내아우 성호선생이 가정에 내려오던 학문을 다시 닦아 경술經術과 문장이 세상의 표준이 되었는데, 공은 노년기에도 이를 찾아다니며 오례五禮와 구경九經에 대해 옳고 그름을 따져 물어 평생의 뜻을 이루었으니 도를 즐기고 학문을 탐하는 일이 나이 들어도 쇠퇴하지 않음이 그와 같았다. 나라 안 사람들 중에 예를 좋아하던 사람도 겨우 상례喪禮와 제례祭禮의 글은 지키려 했으나 관례冠禮·초례醮禮·향음鄕飮에서 손님에게 술 권하던 예 등은 행하지 못하자 공이 이를 개탄하여 손수 관례와 향례鄕禮의 여러 글에서 뽑아 앉는 자리와 차례를 그림으로 그려 일목요연하게 볼 수 있도록 했는데, 지금도 그 책이 남아 있으니 그것만 보아도 알 수 있다. 또 그분의 유묵遺墨 1권이 있으니 대개 공의 젊은 시절 필체인데, 글씨 쓰는 백가百家의 기예를 공부하지 않은 것이 없었다.

역법에 대한 연구로는 해가 빠르고 달은 더딘 차이와 대기가 가득 차고 비워지는 것 등을 명확히 분석하여 미묘한 경지를 알아냈고 산술算術에 대한 연구로는 염렴(변邊)과 우우(각角), 곱하기〔乘〕와 나누기〔除〕의 방법에서 팔승八乘·구층九層의 변수에 이르기까지 정연하게 이치를 가릴 수 있었다. 점후가占候家로서는 괴운魁雲·강풍罡風의 기운과 동작銅雀·석연石燕의 징조를 유추해내지 않은 것이 없었다. 그밖에 용천龍泉·봉소鳳沼 만드는 법, 악성 종기 고치는 법, 말 기르는 법, 꽃을 심고 채소를 재배하는 비결에 이르기까지 모두 술술 풀어서 가르칠 수 있었고, 새로운 방법들을 모아서 기록해두었으니 공의 적확한 논리와 해박함이 그와 같았다.

계축년(1733, 72세) 봄에 홍주洪州의 관공서에 놀러 갔다가 마침내 병이 들어 죽으니 그날은 3월 29일이었다. 초취 아내는 완산이씨完山李氏로 전라감사 운징雲徵의 딸이며 취죽翠竹 응시應蓍의 손녀였다. 네 아들과 딸 하나를 낳았으니 아들은 덕근德根, 덕상德相, 덕림德林, 덕모德模이고 딸은 성덕언成德彦에게 시집갔다. 후취 아내는 안동권씨安東權氏로 아버지는 박搏이며, 두 아들과 세 딸을 낳았는데 아들은 덕○, 덕계德楷이고 딸도 시집보냈다.

애초에 공은 여러 자손들을 옥동에게 부탁해 경전과 예서를 배우도록 하였기에 덕근이 큰 제자가 되었으나 병자년(1696) 이래로 당쟁으로 인한 옥사가 자주 일어나니 덕근이 마침내 과거 공부를 폐하고 자호自號를 현구노포玄丘老圃라 하였다. 두 아들이 있으니 식惝과 협愜이며 그 나머지의 손자와 증손으로 남녀가 몇명씩 있다. 공의 상여가 홍주로부터 와서 판교 도성리道城里의 건乾 방향 언덕에 장사지냈다. 아내 이씨는 합장하였고 권씨는 죽산竹山의 사하평沙下坪 자子의 방향 언덕에 장사지냈다.

성옹화상찬[13]

도 장차 밝혀지려 할 때에	道之將昭也
운명은 이분으로 하여금	命使斯人
곤궁하게 하여 뜻을 잃게 하였고	窮而失志
도 장차 쇠퇴함에 이르러서는	道之將衰也
운명은 이분으로 하여금	命使斯人
현인賢人이게 하고도 지위를 주지 않았다.	賢而無位
성인의 경서經書가 어두워지면	聖經晦則
사람이 지킬 떳떳한 도리와 사물의 법칙에서	民彝物則之有不迪厥類
그러한 종류를 행할 수 없게 되고	
어진 사람에게 진로가 막히면	賢路塞則

---

13 찬(贊)은 남의 아름다운 행실을 기리는 문체의 하나로 시는 아니지만 운문의 형식을 취한다. 이 글은 성호의 초상화에 찬양을 바친 글이다.

요순堯舜의 제도와 계책에서 　　　　　　　　帝典皇猷之有不展厥知
그 지혜를 펼 수 없다.

우리 백성들에게 　　　　　　　　　　　　　　使吾民
그 두가지 혜택을 끼칠 수도 있었건만 　　　　擇於斯二者而
선생은 계실 곳을 아셨다. 　　　　　　　　　先生知所實矣

저 담대하고 덕성스러운 얼굴을 바라보노라면　瞻彼德容
윤기 흐르고 함치르르함이여 　　　　　　　　有潤其睟
도가 그 몸속에 가득 쌓여 있고 　　　　　　　道積厥躬
뛰어난 정수精髓가 깊이 스며 있네. 　　　　　菁華攸漬

오호, 　　　　　　　　　　　　　　　　　　嗚呼
이설異說들이 크게 퍼져 제멋대로 놀아나자 　異說宏放而得肆
사문斯文은 뚝뚝 밑바닥으로 떨어져가누나. 　斯文跕跕乎其墜

누가 이분을 　　　　　　　　　　　　　　　誰能起斯人於厚地
저 깊이 묻힌 땅속에서 일으켜 세울 수 있어
끝내 억센 물결을 밀쳐버리고 　　　　　　　遂得排狂瀾而返洙泗哉 噫
수사洙泗의 물줄기로 돌려보낼 것인가,
슬픈지고!

번옹유사

건륭 임신년(1752, 번암 33세)에 임금(영조)이 벌써 임금의 자리를 물려주고자 해서 선화문宣化門에 납시어 여러 신하들을 불러 보며 유시하기를 태종조의 일[14]로 말씀하셨다. 영의정 이종성[15]이 힘써 간하였고 공(번암)이 교리校理로서 아뢰기를 "전하께서는 성인의 경서를 앞에 두고도 실천하기는 생각지 않으십니까. 신은 간절히 슬퍼집니다. 우禹, 직稷, 안회顔回 등도 입장을 바꿔놓고보면 모두 이렇게 할 것입니다. 만약 태종 때의 여러 신하들이 오늘 이 자리에 있다면 반드시 임금의 말씀을 받들어 시행하지 않을 것입니다"라고 하였다. 잠시 뒤에 세자가 걸어나와 공손히 손을 포개고 어전에 섰다. 임금이 "내가 육아시[16] 외우는 걸

---

14 태종조(太宗朝)의 일: 조선왕조 제3대 임금 태종은 재위 18년째인 1418년 세자를 충녕군(忠寧君, 세종)으로 바꾸고 자신의 생존시에 왕위를 물려주었다. 여기서는 영조가 이런 전례를 들어 대리하던 사도세자에게 왕위를 물려주겠다고 선언한 것이다.

15 이종성(李宗城): 숙종 18~영조 35(1692~1759). 자는 자고(子固), 호는 오천(梧川), 본관은 경주(慶州), 시호는 문충(文忠). 백사(白沙) 이항복(李恒福)의 5대손. 영의정으로 있으며 사도세자 보호에 힘썼다. 저서로『오천집(梧川集)』이 있다.

16 육아시(蓼莪詩): 양친을 봉양하고자 해도 봉양할 길이 없는 효자의 슬픔을 노래한 시.『시경』소아(小雅)에 있다.

듣고서 눈물을 흘리는 사람은 효자일 것이다. 마땅히 앞의 명령을 취소할 것이다"라고 하면서 외우는데, 절반도 못 외워 세자가 부복俯伏한 채 눈물을 흘리며 울어대니 눈물이 비 오듯 하였다. 공이 일어나 아뢰기를 "전하의 말 한마디 행동 하나는 모두 동궁東宮의 모범이 되십니다. 마땅히 동엽고사[17]를 생각하셔서 말씀에 희언戱言이 없게 하소서"라고 하니 임금도 역시 느끼는 바가 있어 마침내 일이 끝났다.

무인년(1758, 39세) 가을 도승지로서 새벽에 승정원에 나갔는데 여러 동료들 가운데 숙직을 했던 사람들이 "밤에 비망기[18]가 승정원에 하달되어 계판[19] 위에 모셔놓았소. 영공令公을 기다려 반포하려 하니 영공께서 그걸 보십시오"라고 하여 공이 가져다 읽어보았더니 글자마다 차마 읽을 수 없는 것들이었다. 공이 문득 옷자락을 여미고 일어서서 곧장 임금 계신 곳으로 갔다. 임금은 그때 함인정涵仁亭에 있었는데 공이 곧바로 입대하여 손으로 비망기를 받들어 올리며 울면서 도로 받으시라 하였다. 임금이 진노하여 훌쩍 일어서서 전향소[20]로 향해버리니 공도 따라서 일어나 임금의 옷자락을 붙들고 또 걸어가며 울어대니 눈물이 줄줄 흐르고 어세가 격렬해지며 전향소에 이를 때까지 따라갔다. 임금이 판위版位에 올라서서 얼굴에 노기를 띠고 있는데 공은 앞으로 나서며

17 동엽고사(桐葉故事):『사기』진세가(晉世家)에 나오는 고사로 임금은 반드시 약속을 지켜야 하며 농담을 해서는 안 됨을 뜻한다. 주나라 성왕(成王)이 즉위 전 아우 숙우(叔虞)에게 오동잎[桐葉]으로 규(珪)를 만들어주며 농으로 제후에 봉하겠다고 약속했는데, 훗날 임금은 거짓말을 하면 안된다는 주공(周公)의 충고에 따라 결국 숙우를 제후로 봉했다는 고사다.
18 비망기(備忘記): 임금의 명령을 적어서 승지에게 전하던 기록.
19 계판(啓板): 계자(啓字)를 새긴 널빤지. 승정원에 걸어두고 일의 주의사항을 써놓고 그 앞에서 어람(御覽)의 문서를 처리했다.
20 전향소(傳香所): 왕실의 제향(祭享)에 쓸 향과 축문을 임금이 친히 헌관에게 전하던 곳.

소매 속에서 비망기를 꺼내 임금의 소매에 넣고 엎드려 꿇으며 죽여달라고 청하였다. 임금이 묵묵히 바라보다가 감동하셔서 일이 마침내 끝났다.

지금 임금(정조)이 즉위하던 처음에 김상로[21]를 추주[22]하고는 무인년(1758) 8월 15일의 도승지를 불러오라 명했는데 바로 공이었다. 공이 입궐하니 임금이 말씀하시기를 "선왕(영조)께서 전에 나의 손을 붙들고 유시하시기를 '나와 너로 하여 부자父子의 은혜를 오롯이 할 수 있게 해준 사람은 채아무개(蔡某, 채제공)다. 내게는 순신純臣이 되었지만 너에게는 충신忠臣이 되었으니 너는 그 사실을 알아야 한다'라고 하셨다"라고 하였다(영조가 일찍이 지금의 임금 정조에게 말씀하시기를 "김상로는 너의 원수다"라고 하셨다 ─ 원주).

경진년(1760, 41세)에 임금(영조)이 소조[23]를 몹시 꾸짖었는데 거개가 차마 들을 수 없는 말이었다. 공에게 말씀하시기를 "지신[24]은 이미 나의 말을 들었을 거요. 그곳에 가서 보도록 하시오"라고 하였다. 공이 가보니 소조는 바야흐로 시민당時敏堂 뜰 가운데 한데서 엎드려 대죄하고 있었다. 공을 보더니 무척 기뻐하며 조용한 말로 바른 행동을 물어보는데 말씨가 겸손하고 공경하며 지성스러웠다. 공도 또한 잘 헤아려 지도해주니 이것저것 수작하던 것이 수천마디를 하느라 날이 저무는 것도 깨닫지 못하였다. 공이 무인년(1758)·기묘년(1759)의 위험하고 의심스러운

---

21 김상로(金尙魯): 숙종 28(1702)~? 자는 경일(景一), 호는 하계(霞溪), 본관은 청풍. 여러 벼슬을 거쳐 1759년 영의정이 됨. 1762년 사도세자 처벌에 적극 가담하여 죽은 후 정조가 등극하자 관작이 삭탈되었다.

22 추주(追誅): 죽은 뒤에 벌을 줌.

23 소조(小朝): 섭정하는 왕세자를 일컬음. 여기서는 사도세자.

24 지신(知申): 지신사(知申事)를 말하며 도승지의 별칭.

때에 두 임금(영조, 세자) 사이를 주선하던 일이나 지성으로 보호하던 일이 그런 정도였다(변옹이 현륭원을 개장할 때 지은 만사輓詞에 "뜰 가운데서 도승지를 끌어들여 만나는데, 돌 위는 처량하고 석양까지 않았다오. 공경히 듣자오니 하시는 말씀 모두가 점잖으며, 자세하게 하실 일과 마음 둘 일을 말씀하였소"라고 하였으니 바로 그러한 일을 가리킨다—원주).

무술년(1778, 59세)에 진주사陳奏使로 연경에 갔을 때에 홍국영[25]의 누이가 뽑혀 들어와 빈嬪이 되었는데 숙창궁淑昌宮이라 했다. 공이 귀국하여 대전大殿에 들어가 안부 인사를 드리고 곤전坤殿(중궁전)까지 가서 차례로 문안을 마쳤는데 승정원의 아전이 또 외치기를 "숙창궁의 승언색이 내려와 있습니다"[26]라고 하였다. 공이 놀라고 괴이쩍어 "숙창궁 승언색, 숙창궁 승언색이라니 무슨 말이냐"라고 하니 곁에 있던 재신이 공의 옷깃을 끌어 말하지 말라고 하면서 가만히 말해주기를 새로운 절목節目이 있다고 하자, 공이 노기 어린 목소리로 "절목이란 무얼 말하오. 하늘에는 두 해가 없는 것인데 승통承統의 빈궁嬪宮이 아닌데 어떻게 문안할 수 있겠는가"라고 말하였다. 이날 공이 홍국영의 누이 숙창궁의 일에 대해 말하는 것을 본 사람들은 두려워 떨며 실색하지 않은 사람이 없었는데, 절목이라는 것은 바로 수상首相 서명선[27]이 찬정撰定했던 것

---

25 홍국영(洪國榮): 영조 24~정조 5(1748~81). 정조 초의 세도정치가. 영조 말년 벽파와의 싸움에서 세손(정조)을 보호한 공로가 있다. 정조 즉위 후 나라의 실권을 쥐고 독재하다 몰락하여 죽었다. 조선 후기 세도정치의 창시자.
26 승언색(承言色)은 조선시대 후궁에 속하던 내시. 신하(채제공)의 문안을 이끌러 와 있다는 것이다.
27 서명선(徐命善): 영조 4~정조 15(1728~91). 자는 계중(繼仲), 호는 귀천(歸泉)·동원(桐源), 본관은 달성(達城). 영의정까지 지냈다. 벽파 제거에 공이 컸으나 홍국영에게 아부하였다.

을 말한다. 서명선은 그의 형 서명응[28]이 전에 글을 올린 일이 있고 공이 지극히 엄정하게 의로움을 지켰기 때문에 정말로 제거하고 싶어했는데 이때에 이르러 더욱 크게 꺼려하게 되었다(서명응은 임오년에 대사성으로 사도세자의 잘못을 말하는 글을 올렸었다─원주).

한창 홍국영이 전권을 휘두를 때 교리 박재원[29]이 상소하여 곤전의 환후에 약을 의논하기를 청하는 논의를 펴다가 이것 때문에 벼슬길이 막힌 채 죽었다. 공이 정승이 되자 곧 약원藥院(내의원)에서 약을 올려바치는 일로 인해 아뢰면서 몇년 전 박재원의 한차례 상소는 그 내용은 시행되었음에도 그는 궁색하게 죽어갔기에 착한 무리 중에 가련하게 생각하지 않는 사람이 없다고 하면서 증직贈職 의식을 시행하자고 청하였다. 공의 명예와 의리를 치켜세움이 이와 같았다.

기해년(1779, 60세)에 홍빈洪嬪이 죽어 시호를 원빈元嬪이라 하고 공이 애책문[30]을 찬撰했다. 글에 쓰기를 "원빈 홍씨가 양심합養心閤에서 죽었다"라고 했는데 서명선이 연석에서 의논했다고 하면서 곧바로 서逝(죽다)를 고쳐서 훙薨(돌아가시다)으로 하고는 공에게 알리지도 않았다. 공이 "이는 큰일이다"라고 하고는 비분강개하여 상소를 올려 명의名義에 대해 통박하고 잘잘못을 자세하게 밝히자고 청하였으나 상소가 승정원에

---

28 서명응(徐命膺): 숙종 42~정조 11(1716~87). 자는 군수(君受), 호는 보만재(保晚齋)·담옹(澹翁), 시호는 문정(文靖), 명선의 형. 대제학·이조판서를 역임했으며 실학 연구에 전심한 북학파(北學派)의 한 사람으로 글씨에도 능했다.

29 박재원(朴在源): 경종 3~정조 4(1723~80). 자는 이천(而川), 본관은 반남(潘南), 사복(師復)의 아들. 1774년 식년전시문과에 을과로 급제, 벼슬은 교리에 이르렀다. 성품이 곧았으며 1778년 홍국영을 거스르는 상소를 올려 벼슬이 끊기고 전야(田野)에서 외롭게 지내다가 세상을 떠났다. 세상에서 직신(直臣)으로는 박태보(朴泰輔) 후에 이 한 사람뿐이라고 했다.

30 애책문(哀冊文): 임금 또는 후비(后妃)의 죽음을 슬퍼하여 지은 뇌사(誄詞).

도착하자 마침내 막아버리고 임금께 올리지도 않았다. 4년이 지난 후 공이 한성판윤漢城判尹으로 조용히 성정각誠正閣에서 임금을 모시고 있었는데 임금이 "경은 전에 사실私室에서 송덕상[31]의 상소를 보고 첫머리 부분 여덟자를 의논했던 일이 있는가"라고 하셨다. 공이 한참 후에 깨닫고는 대답하기를 "신이 기해년 어느날 낮에 한가히 앉아 있는데 송덕상의 상소문 조본曹本이 도착했습니다. 첫머리에 '원빈홍서 종사미탁'[32] 이라 했는데 신이 천장을 쳐다보며 혼잣말로 '원빈이 홍서했는데 왜 종사를 의탁할 수 없단 말인가. 또, 왜 홍이라고 해야 하는가 괴상도 하구나'라고 하였고 아래로 갈수록 글의 전체적인 모양과 도리 등에 이르러서는 마침내 한심천만이어서 다시 말하지도 않았습니다. 전하는 어찌하여 그런 말씀을 하십니까"라고 했다. 임금이 "그렇소. 참으로 그런 일이 있었군요. 그때 홍국영이 염탐꾼을 통해 경이 그 일을 크게 유감으로 여기고 있음을 듣고서 기필코 경에게 화禍를 주고 싶어했기에 나는 더욱 경이 충직함을 알았었소"라고 하셨다.

기유년(1789, 70세)에 공은 정승으로 있었는데 그때 부인들의 다리(장식용 땋은 머리) 하는 제도가 날로 달로 사치스러워져서 4,5백냥씩 돈이 들기도 했다. 영조가 오래 전에 금지하고 싶어했으나 역신逆臣 홍인한이 궁인들의 체모에 관계된다는 이유 등을 들어 가로막았다. 이때에 이르러 공이 아뢰어, "지극히 궁색한 사람들은 물론 비록 부자라도 60냥 내지 70냥의 돈이 없으면 체모를 꾸밀 수 없어 여자가 시집가서 6,7년이

---

31 송덕상(宋德相): ?~정조 7(1783). 자는 숙함(叔咸), 호는 과암(果菴), 본관은 은진(恩津). 송시열의 후손으로 정조 초기에 산림(山林)으로 등용되어 홍국영의 세도에 아부했다.
32 원빈홍서 종사미탁(元嬪薨逝宗社靡託): 원빈이 돌아가서 나라를 의탁할 데가 없다는 뜻.

되어도 비녀를 꽂지 못하는 사람이 무척 많으니 마땅히 지금부터 다리 하는 일을 엄금해야 합니다"라고 하였다. 임금이 말하기를 "경의 말이 정확하고 또 나는 앞서 임금의 훌륭한 뜻을 밝혀 잇고 싶소"라고 하고는 명령하여 부인들에게 먼저 옛날 제도로 돌아가 족두리 쓰는 것으로 의식을 삼게 하였다.

신해년(1791, 72세)에 공이 시민들의 도고법[33]을 철폐할 것을 청하였다. 아뢰기를 "나라의 제도에 금난전禁亂廛을 허용해준 것은 육의전六矣廛들로 하여금 국역國役의 상납에 응하게 했기 때문에 이익을 독점하도록 했던 것인데, 근래에는 무뢰배로 놀고먹는 자들이 제멋대로 상점의 명칭을 붙이고 있으니 무릇 백성들의 일용품에 관계되는 것까지 이익을 독점하지 않는 것이 없으며 사사로이 매매하는 모든 백성들을 난전亂廛이라고 부르며 몰아다가 사법기관에 집어넣고 법망으로 묶어 그 화물을 몰수해버립니다. 그 때문에 먼 지방에서 온 행고行賈 등은 비록 제값이 깎이더라도 부득불 본전本廛에만 팔아야 하고 도시에 사는 사람들은 그 값이 배나 넘어도 부득불 본전에서만 사들여야 하니 상품이 유통되지 못하고 물가만 뛰어오릅니다. 금지해야 편해짐을 알지 못하는 사람이 없으면서도 요즘 사람들이 입을 다물고 모른 체하는 것은 그들의 원망을 살까 두려워서입니다. 옛사람이 말하기를 '한 집안만 울게 할 일을 왜 온 지방을 울게 하느냐'라고 했는데 청컨대 지금부터는 오직 육대전六大廛만 도고를 허락하고 나머지는 모두 통공[34]으로 매매할 수 있

---

33 도고법(都沽法): 도고는 都庫·都雇·都賈라고도 쓰며 조선시대의 매점 혹은 독점행위. 여기서의 시민도고법(市民都沽法)은 정부가 인정해준 육의전(六矣廛)의 도고법은 인정하되 그외 일반 시전들의 도고법은 폐지해야 한다는 뜻.

34 통공(通共): 신해통공(辛亥通共). 1791년 신해년에 실시된 금난전권을 금지한 조치. 조선 후기 상업사상 큰 변혁을 가져온 제도.

게 하십시오"라고 하니 임금이 그렇게 하도록 하셨다.

이렇게 되자 시민들 가운데 공에게 하소연하러 오는 사람들이 문을 메웠고 울음소리가 거리에 차고 원망하고 저주하는 사람들이 무리로 일어났으며 비록 일반 백성들도 모두 시행하기에 불편하다고 말했지만, 일년 정도 시행해보니 물품과 재화가 모여들고 백성들의 씀씀이가 풍족해져서 백성들이 크게 기뻐하였고 비록 전에 원망하고 저주하던 사람들조차 모두 공이 아뢴 것이 잘한 일이었다고 하였다.

계축년(1793, 74세) 5월 공이 화성에 있으면서 현륭원의 기신제忌辰祭를 지내며 한창 슬퍼하고 비통해할 때 영의정 임명장이 내렸다. 공이 마침내 눈물을 흘리며 사도세자가 무고당한 것을 변론하는 상소를 올려 사생 거취를 결단하려 했는데 그 대략은 이러이러했고 그 비답은 이러이러했다. 이렇게 되자 김종수가 기회를 틈타 상소를 올려 임자년(1792)에 연명으로 차자箚子를 올린 뒤에는 마땅히 이 문제는 감히 다시 말할 수 없는 것이라 하여 죄를 성토함이 위태하고 공포를 느끼게 하였기에 화색禍色이 날로 급박해갔다. 임금이 두 사람을 파면한 뒤 몇달 만에 특별히 대신과 여러 신하들을 불러놓고 울면서 금등지사로써 유시하셨다.

보유 1조

을해년(1755, 36세) 역적의 옥사[35]가 일어났을 때 공이 문사랑問事郎이 되었으니 말소리가 크고 웅장했으며 글씨 쓰는 것이 나는 듯하고 질문

---

35 을해년 역적의 옥사: 1755년 윤지(尹志) 등이 나주에서 일으킨 벽서사건을 다룬 옥사.

하는 데 요점을 빠뜨리지 않아 임금에게 아뢴 내용이 모두 실제 사실과 정확히 맞았다. 정승 이종성이 임금에게 아뢰기를 "채아무개 한 사람이 있어서 국문을 끝마칠 수 있었습니다"라고 하였으며 정승 유척기[36]도 역시 크게 그 일을 칭찬하였다. 임금도 크게 칭찬하시고 이어서 동부승지로 제수하였다.

이전에는 국문받는 죄수 가운데 끝까지 버티는 사람은 포도청으로 보내 악독한 고문으로 자백을 얻어내곤 하였다. 공이 승정원에 들어가자 맨 처음으로 임금에게 아뢰기를 "포도청은 도둑을 치죄하는 곳입니다. 국사범을 치죄할 때도 허위자백을 염려하는데 더구나 포도청으로 하여금 진실을 밝혀내게 한다면 삼사三司에서 참석해 조사하는 사람도 없으니 누가 알아낼 사람이 있겠습니까. 마땅히 뒷날의 폐단을 생각하셔야 합니다"라고 했다. 임금이 탄식하며 말하기를 "네가 아니면 누가 이런 말을 해주겠느냐"라고 하시며 법으로 정하도록 명하여 국사범 중 끝까지 버티는 사람은 포도청으로 옮기지 못하도록 하였다.

---

36 유척기(兪拓基): 숙종 17~영조 43(1691~1767). 자는 전보(展甫), 호는 지수재(知守齋), 시호는 문익(文翼). 벼슬은 영의정에 이르렀다. 당대의 명필이었다.

아암 장공 탑명[37]

   아암兒菴은 본래 김씨다. 법명法名은 혜장惠藏, 자는 무진無盡, 호는 연파蓮波인데 색금현 화산방[38] 출신이다. 보잘것없는 집안에서 태어난데다 집안 살림도 무척 가난했다. 어려서 출가해 대둔사大芚寺(대흥사)에서 머리를 깎고 중이 되었다.

   춘계 천묵[39]을 따라 학문을 배웠으니, 천묵은 불교 이외의 경전에도 널리 통하였고, 아암은 영특함이 뭇사람 중에 빼어나서 학문을 배운 지 몇년 만에 승려들 사이에서 명성이 떠들썩하게 울렸다. 체구가 작고 질박한 성품으로 불도佛道의 스승들이건 고을에서 고귀한 신분을 가진 선생들이건 가릴 것 없이 모두 그 재주를 사랑하고 가까이 지내려 했다. 장년이 되자 연담 유일,[40] 운담 정일[41] 등의 여러 대사를 두루 섬기며 널

---

37 탑명(塔銘): 탑에 새긴 비명.

38 색금현 화산방(塞琴縣花山坊): 지금의 전남 해남군 화산면.

39 춘계 천묵(春溪天默): 신원은 미상.

40 연담 유일(蓮潭有一): 숙종 46~정조 23(1720~99). 자는 무인(無二), 호는 연담, 법명이 유일. 조선 후기 크게 이름난 중. 속성은 천(千), 화순 출신. 대흥사 12대종사(大宗師) 중의 제12대 대종사.

41 운담 정일(雲潭鼎馹): 대흥사 13대강사(大講師) 중의 제6대 대강사.

리 불서佛書를 배웠다. 나이 27세 때 정암 즉원[42]에게 향을 피워올렸으니 바로 소요[43]의 종파宗派 화악 문신[44]의 정통 줄기인 승통이었다.

아암은 여러 스승들을 따라 불경을 배울 때에는 비록 머리를 숙이고 설법을 듣기는 하나 문밖으로 나와서는 입에서 문득 토해내는 소리가 있었으니 "예끼(咈)!"라고 했다. "예끼!"는 비웃는 말이었다. 오직 연담이 손수 기록한 것과 설법한 것에 대해서만은 "예끼!"라고 하지 않았다 한다.

나이 30세에 두륜회[45]의 맹주盟主가 되었는데 모인 사람이 백여명이나 되었다. 가경 신유년(1801) 겨울에 내가 강진으로 귀양살이를 왔고, 그때로부터 5년이 지난 봄[46]에 아암이 백련사[47]에 와서 지내며 나와 만나기를 갈망하였다. 하루는 내가 시골 노인을 따라서 나의 신분을 속인 채 찾아가서 만나보았다. 함께 어울려 한나절 동안 이야기를 주고받았지만 내가 누구인지 알아차리지 못했다. 고별인사를 나누고 북암[48]으로 돌아왔는데 날이 벌써 저물어버렸다. 그런데 아암이 종종걸음으로 뒤

---

42 정암 즉원(晶巖卽圓): 영조 14~정조 18(1738~94). 대흥사 정통 법통의 중. 정암은 호, 즉원은 법명, 속성은 김씨로 세살 때 어머니를 여의고 16세에 중이 되었으며, 만덕사의 8대사(大師) 중 제7대사였다. 제자로는 아암 장공이 유명하다.

43 소요(逍遙): 소요 태능 화상(逍遙太能和尙). 명종 17~인조 27(1562~1649). 조선 중기의 대학승. 휴정(休靜)의 제자로 병자호란 때 공이 컸다.

44 화악 문신(華嶽文信): 인조 7~숙종 33(1629~1707). 대흥사 12대종사 중 제4대 대종사. 다산이 지은 「화악 탑명」에는 강희 때의 사람이라고 했다. 성은 김씨이고 본래 해남군 화산방 사람. 서산대사(西山大師)의 4대 제자이고 24대 제자가 아암이라고 한다.

45 두륜회(頭輪會): 해남 두륜산 대흥사에서 열리던 불교학술대법회를 말한다.

46 다산의 시집에 보면 을축년(1805) 4월 17일로 명기된 아암과 주고받은 시가 있으니 을축년 봄을 말한다.

47 백련사(白蓮社): 다산이 1808년 이후 옮겨 살던 다산초당의 동쪽 2리 지점에 있던 절. 만덕사라고도 한다.

48 북암(北菴): 북미륵암이라고도 하며 대흥사에 있는 암자.

따라와서는 머리를 숙이고 합장한 채 "공이 사람을 속이시기를 이렇게까지 하실 수 있습니까. 공은 정대부丁大夫 선생이 아니신가요. 빈도貧道는 밤낮으로 공을 사모하고 있는데 공은 어찌 차마 이럴 수가 있습니까"라고 하였다. 그래서 손을 붙잡고 아암의 방으로 가서 함께 묵었다. 밤이 이미 깊어 온 주변이 고요해지자 내가 말하기를 "그대가 『주역』에 대해 아주 잘 안다고 들었는데 참으로 의심나는 게 없는가"라고 했더니, 아암이 "정씨의 전, 소씨의 설, 주자의 본의와 계몽[49] 등에 대해서는 모두 의심나는 게 없지만 오직 경전의 본문만은 알 수가 없습니다"라고 하였다. 그래서 내가 『역학계몽』 수십장에 대해 그 의미를 물어보았더니 아암은 『계몽』에 대해서는 귀신처럼 통하고 입에 익어 한차례에 수십 수백 마디까지 외우니 유탄이 널빤지를 뒤엎듯, 술푸대에서 술이 쏟아지듯 도도하게 토해내는데 막힘이 없었다. 내가 깜짝 놀라서 그 사람이 과연 숙유宿儒임을 알았다. 벌써 제자 중들을 불러 회반[50]을 가져오게 해서는 석회로 낙서[51]와 구궁九宮을 그려서 그 근본 뜻을 명쾌히 분석하는데 방약무인傍若無人한 태도였다. 팔을 들어 젓가락을 집어 왼쪽 어깨부터 오른발까지 그리고는 15라고 하고 오른쪽 어깨에서 왼발까지 그리고는 15라고 하였다. 또 3횡三橫과 3직三直을 그려놓고는 15로 되지 않는 게 없다고 했다.

이날 모든 비구들이 문밖에 서서 아암이 획을 그리고 하도낙서의 숫자를 말하는 것을 듣고서 만족히 여기면서 머리털을 곤두세우지 않은

---

49 정자의 『역전(易傳)』·소강절(邵康節)의 『역설(易說)』·주자의 『주역대의(周易本義)』·주자의 『역학계몽(易學啓蒙)』을 말하며 모두 『주역』의 연구서이다.
50 회반(灰盤): 석회로 그림을 그리는 화판. 요즘의 흑판 같은 종류.
51 낙서(洛書): 하도낙서(河圖洛書)라고도 하며 역괘(易卦)의 원리.

사람이 없었다. 밤이 늦어서 베개를 나누어 베고 함께 자리에 누웠는데 서쪽 창으로는 달빛이 낮처럼 밝았다. 내가 끌어당기면서 "장공은 주무시나"라고 했더니 "아닙니다"라고 해서 내가 "건초구乾初九는 무엇 때문에 9라고 하는가?"라고 했더니 아암이 "9라는 숫자는 양수陽數의 극極입니다"라고 답했다. 내가 "음수陰數의 극은 무엇인가?"라고 했더니 "10에서 극입니다"라고 했다. 내가 "그렇다면 왜 곤초십坤初十이라고는 하지 않는가"라고 했더니, 아암이 한참 동안 골똘히 생각하고 나서는 풀쩍 일어나 옷을 바르게 입고 하소연하듯 말하기를 "산승山僧이 20년 동안 『주역』을 배웠지만 모두가 헛된 거품이었습니다. 감히 묻노니 곤초육坤初六이란 무슨 말인가요"라고 했다. 내가 "잘은 모르겠지만 기수奇數로 돌아가는 법일 걸세. 무릇 맨 나중의 셈(揲)에서는 더러 4, 더러는 2가 되어 나중에 모두 기수로 되니 2, 4는 우수偶數가 아니겠는가"라고 하니 아암이 처연히 크게 탄식하여 "우물 안 개구리요 술단지 안의 초파리 격이니 스스로 지혜롭다고 할 수는 없는 일이군요"라고 하고 계속 물어오는데 내가 그에 모두 답할 수가 없었다.

이해 겨울에 나는 보은산방[52]에서 지내고 있었는데 아암이 자주 들러주어 『주역』에 대한 이야기를 나누곤 했다. 4년 후의 봄[53]에 내가 다산에다 집을 짓고 살았는데[54] 대둔사와는 가까워지고 읍내로부터는 멀어져서 그의 오감이 더욱 잦아졌고 미묘한 말과 교묘한 이치에 대해 충분하게 부연할 수 있었다.

아암은 고집이 세고 남에게 굽히지 않는 성격이어서 내가 말하기를

---

52 보은산방(寶恩山房): 전남 강진군 강진읍 뒷산인 보은산에 있던 암자. 고성사.
53 다산이 백련사 서쪽 다산초당으로 옮겨가던 무진년(1808) 봄.
54 다산초당의 동서쪽에 동암(東菴)과 서암(西菴)을 짓고 동암에서 거처했다.

"자네도 영아嬰兒처럼 유순할 수는 없겠나"라고 했더니 이때부터 자호를 아암이라고 했다. 아암은 불경 이외의 경전으로는『논어』를 무척 좋아하여 그 깊은 의미까지 연구하고 탐색하여 조금도 모르는 뜻이 없게 하려 했다. 기윤朞閏의 숫자와 율려律呂의 도수 같은 것과 성리학의 여러 책들에 이르기까지 모두 정밀하고 해박하게 연마하여 속된 선비들은 따를 수 없는 지경이었다. 성격이 본래 시를 좋아하지 않아서 지은 시는 아주 적었고 급히 응답하는 시는 잘 짓지 못했지만 증시贈詩하면 반드시 추후에 화답시를 지었는데 사람들을 깜짝 놀라게 하였으며 유독 잘하던 것은 변려騈儷였다.

불경으로는 오직『수능엄』[55]과『기신론』[56]을 좋아했고 주문이나 기도 따위는 좋아하지 않았으니 중들이 나쁘게 여겼다. 제자에 수룡 색성과 기어 자홍[57] 두 사람이 있었는데 이미 가사를 물려주고 아암은 이에 노장이 되었으니 그때 나이 겨우 35세였다.

시에 탐닉하고 술에 마구 취해 있는가 하면 한가롭게 소요하면서 누웠다 일어났다 세월을 보내던 게 4,5년, 신미년(1811) 가을에 병이 들어서 9월 기망幾望(14일)에 북암에서 입적하니 그 나이 겨우 40세였다. 그해 봄에 아암이「장춘동잡시長春洞雜詩」20편을 내게 보여주었는데 그 둘째 연에서

---

55 『수능엄(首楞嚴)』: 전체 10권으로 심성(心性)의 본체를 천명해놓은 불교의 정수『수능엄경』을 말한다.
56 『기신론(起信論)』: 대승불교 개론서인『대승기신론(大乘起信論)』. 대승 경전의 사상을 종합해 체계적 논리를 세워 대승의 본질을 밝혔다.
57 수룡 색성(袖龍賾性)과 기어 자홍(騎魚慈弘): 수룡(1777~?)과 기어는 조선 최후의 대학승으로 대흥사 마지막 대종사인 초의선사(草衣禪師)와 함께『대둔사지(大芚寺誌)』를 편찬했다.

백수[58] 공부를 누가 힘써서 할 것인가.	柏樹工夫誰得力
연화세계[59]는 이름만 있는 것이지.	蓮花世界但聞名
광폭한 노래들이 근심 속에서만 불리고 있으니	狂歌每向愁中發
맑은 눈물이 술만 취하면 흘러나오네.	淸淚多因醉後零

라고 했으니 죽음을 예고한 시 같아서 알 만한 사람들은 슬퍼했다.

　이듬해(1812) 겨울 그의 두 제자가 그의 행장을 가지고 와서 말하기를 "우리 스승님은 탑을 세워드리지 않을 수 없는데 선생께서 탑명塔銘을 지어주시지 않을 수 없습니다"라고 하기에 내가 좋다고 하였다.

　명에 이르기를

번쩍번쩍 빛나던 훌륭한 스님	燁燁優鉢
아침에 활짝 피어나 저녁 무렵에 시들었네.	朝華夕蔫
훌훌 날던 금시조[60]	翩翩金翅
앉자마자 곧장 날아가버렸네.	載止載騫

슬픈지고, 이분의 아담하고 깨끗함이여.	哀玆都潔
글로는 표현하여 전할 길이 없어라.	有書無傳
그대와 함께 연구해간다면	與爾偕征
오묘한 도리, 깊은 이치도 열어젖힐 수 있었으리.	手啓玄鍵

---

58 백수(柏樹): "정전백수자(庭前柏樹子)"라는 유명한 선교(禪敎)의 화두로 여기서는 참선 공부라는 뜻.

59 연화세계(蓮花世界): 극락세계, 열반.

60 금시조(金翅鳥): 범어(梵語)로는 가루라(迦樓羅)라고 하며 인도의 전설에서 용을 잡아먹는다는 새.『열반경』에 나온다. 여기서는 뜻이 큰 아암을 상징한 말.

고요한 밤에 낚싯대를 거두어 들면   靜夜收釣

달빛만 뱃전에 가득해라.   明月滿船

얼마 남지 않은 나의 세월에서 그대 입 다무니   殘春緘口

산속 숲마저도 적막하기만 하다오.   山林寂然

이름까지 나이 먹은 어린애,   是名壽童

하늘이여, 그에게 준 나이에만은 너무도 인색하셨네.   天嗇其年

이름이야 중이지만 행동은 유자儒者였는걸   墨名儒行

그래서 더욱 군자들이 애달파하네.   君子攸憐

윤면채뇌[61]

나의 친구 윤외심尹畏心(윤영희)이 그의 아들 면채冕采의 죽음을 당하여 그 아들의 효순孝順하고 방정한 행실과 특별히 뛰어나고 영특했던 학문적 식견에 대해 글을 지어 무덤 속에 넣을 묘지墓誌로 작성해놓고는 몹시 괴로운 심정으로 그 글 한통을 내게 보내주며 "원컨대 한말씀 붙여서 묘문墓文으로 꾸며주시게"라고 해왔다.

오호라! 이것이야말로 외심의 슬픔이 얼마나 간절한가를 나타내줄 뿐이다. 나의 말을 가져다 앞으로 무엇에 쓸 것인가. 더 보태어 쓴다고 어떻게 그것이 묘문으로 충분하겠는가. 이 글에 더 꾸며서 쓴다면 그의 애원哀冤과 울분을 누를 수 없게 될 것이다. 무릇 들어서 슬픔을 자아내게 해주는 일이란 애오라지 그 슬픔이 연유한 이유만 밝혀주면 되는 것이다. 이미 아버지가 묘지를 써놓았는데 내가 또 무슨 말을 하겠는가.

그러나 내가 그 아버지가 쓴 묘지를 읽고서 간절하게 가슴속에서 애통함이 솟아올랐으니, 외심이 자기 아들의 죽음을 슬퍼하기 때문에 내

---

61 뇌(誄): 애사(哀辭)·민사(輓辭)와 같은 뜻으로 죽은 사람의 생전의 공덕을 칭송하는 문체의 한가지.

가 따라서 슬퍼하는 것이 아니다. 내 나이 15세 때 서울에 유학하여 육경만이 안신입명安身立命의 근본이 되는 줄을 알았고 각과에 얽매이던 때에 이르러서는 육경의 학문에 오히려 더 연구해야 할 많은 분야가 남아 있다는 것을 알면서도 다만 바쁘게 지내느라 온 힘을 다해 연구할 수가 없었다. 한차례 유배로 낙척된 후로는 하늘이 기나긴 겨를을 주어 세월이 한가롭게 되었다. 마음을 차분히 가라앉히고 연구하고 탐색한 지가 10년하고도 2년, 육경을 내 나름대로 해석한 학설에 대한 저서가 2백여권이다.

정밀하게 연구하고 밀도있게 갈고 닦아서 감히 거칠거나 잡다한 학설이 되지는 않을 것이며, 천고千古의 성인들의 뜻을 밝히고 온 천하에 우리나라의 국위를 더욱 선양할 수 있을 것으로 기대한다. 그러는 사이에 나는 머리카락이 빠져 짧아지고 치아가 빠져 듬성듬성해졌으며 근육과 뼈까지 모두 찌들어 이제는 죽을 날이 얼마 남지 않게 되었다. 내게도 두 아들이 있으나 모두 문장 공부에나 마음을 쓸 뿐 경전 연구를 좋아하지 않고, 형님의 아들 학초는 성격이 침착하여 연구하고 사색하는 일을 좋아하고 어렸을 때부터 경전 공부에 마음을 두었기에 내가 선반 위에 둔 장서들을 지켜갈 사람이 있겠구나 했으나 슬프게도 하늘은 학초마저 오래 살게 해주지 않아 요절하였다. 사방을 모두 둘러보아도 오직 외심만이 본래부터 경전 연구를 좋아하였고 면채가 그의 실마리를 능히 이어갈 수 있을 것이라 여겼다. 면채의 식미, 간모, 거린[62] 등의 뜻에 관한 논문을 보면 꿰뚫어보는 안목이 달빛처럼 밝았으니 참으로 높은 학문을 아들이 아버지에게서 이어받았다고 할 수 있었다.

---

62 식미(式微)·간모(干旄)·거린(車鄰): 모두 『시경』의 편명으로 여기서는 시경에 관한 연구논문이라는 뜻.

슬프다! 면채마저 또 요절하고 말았으니, 외심이 아들의 죽음을 슬퍼하는 것을 내가 동정하고 슬퍼할 겨를도 없이 내가 나의 사사로운 정으로 사뭇 슬퍼하는 것은 바로 나의 학문적 후계자를 잃어버린 때문이다. 두임·가휘[63]가 아버지의 학문을 잇던 일에서 가규[64]의 학문만은 이을 수 있는 아들이 없어진 격이니 슬픈 일이로다.

어린 사람은 어른을 위해 뇌誄를 짓지 못하지만 나는 너보다 조금 더 어른이니 뇌를 짓는다.

뇌에 이르기를

이렇게 보고 저렇게 보아도 모든 게 넉넉하여	顧眄有餘
효순의 기운이 겉으로 넘쳐흘렀으니	順氣溢面
애초부터 그의 바탕이 아름다웠나보다.	旣其質美矣
더구나 예禮와 악樂으로 다듬기까지 했으니	文之以禮樂
어찌 빈빈彬彬한 군자가 아닐 건가.	豈不彬彬乎君子
오호라, 이 세상이야말로	嗚呼斯世也
혼탁하기 이를 데 없는 세상,	濁世也
청신한 것은 허용하지 않고	淸斯不容
남은 것들이야 모두가 찌꺼기뿐이로군.	留者其滓

63 두임(杜林)·가휘(賈徽): 한나라 때의 학자들로 아버지의 학문 업적을 계승한 사람. 두임은 아버지 두업(杜鄴)의 학문을 이었으며 가휘도 아버지 가규의 뒤를 따랐다.

64 가규(賈逵): 동한(東漢) 평릉(平陵) 사람. 화제(和帝) 때 벼슬이 시중에 이르렀다. 뛰어난 경학가로 『경전의고(經傳義詁)』 『논란(論難)』 등의 저서가 있다. 가휘의 아버지.

오호라,   嗚呼

백관[65]으로 하여 오래 살도록만 해주었다면   使伯冠而壽者

나의 학문이 하필 백세百世를 기다리지 않아도   豈必使余百世之俟

빛을 볼 것인데[66]

백관이 죽었으니   伯冠之死

나의 학문도 이에 그치는구나.   吾其已矣

오호라, 애석하구나 단아한 선비의 죽음이여!   嗚呼惜哉 端士

---

65 백관(伯冠): 윤면채의 자인 듯하다.
66 1936년 다산서세(逝世) 백주년 행사가 크게 열리고 다산 연구열이 일어난 것을 보면
   이 글은 다산의 예언과도 같다. 서거 후 100년이 지나서야 온 세상에서 그의 학문에
   관심을 기울였으니 말이다.

■ 읽기 전에

　제5부에 모은 글은 전傳과 기사紀事로 구성되어 있다. 세편의 전과 세편의 기사는 실존했던 세 사람의 전기와 세가지 사건의 기록인데, 기인전奇人傳에 해당하는「장천용전」외에는 모두 신유옥사를 전후하여 패악의 집권층이 저지른 무도한 행위를 폭로하고 고발한 글이다. 집권욕으로 역사를 오도했던 당시 다산의 반대파들이 저지른 죄악상이어서 좋은 역사적 자료가 되리라 믿는다.

　「죽대선생전竹帶先生傳」은 별호가 '죽대'인 이종화李宗和 공의 전이다. 이공은 본관이 한산韓山(충남 서천)으로 죽파竹坡 유항주兪恒柱, 죽포竹圃 심규沈逵와 아울러 채제공 문하의 삼죽三竹이라 불렸던 분이다. 당시의 정치적·사회적 분위기를 실감나게 보여주는 이 글은 정권욕 때문에 진보적인 지식인들이 수없이 죽어가고 파탄하던 역사의 생생한 기록이 아닐 수 없다. 명재상인 채제공은 온 백성에게 자신의 정치적 경륜을 최대로 발휘하여 많은 혜택을 끼쳐준 분인데, 이미 작고한 그의 관작까지 추탈하는 만행을 저지르며 자신들의 허위와 위계危計에 의한 정치적 입장을 정당화하려고 발버둥친 목만중·홍낙안·이기경 일파의 반역사적 행위를 죽대선생을 빌려서 통박했다고 하겠다. 아무리 사실이 아닌 허위와 조작이라도 권력을 잡은 쪽에서 몰아대면 위로는 재상들부터 아래로는 일반 백성에 이르기까지 머리를 조아리며 치는 장단에 맞추어 춤을 추게 마련인데, 단 한 사람 죽대선생만은 '아니다'라고 외쳤으니, 그러한 역사적 전통이 살아 움직이고 있다는 확신 때문에 다산은 이 글을 써두었던 것이 아닐까. 채제공은 얼마 후 관작이 복구되었으니 역사의 원리로서 진실이란 완전히 묻힐 수는 없는 일이다. 설사 진실이 순간 순간 묻히더라도 역사는 끝내 정의의 방향으로 붓대를 돌리기 때문에 우리는 희망과 용기를 잃지 않을 수 있고, 역사를 신뢰할 수밖에 없다. 이 글은 제4부의 「번옹유사」와 함께 읽으면 도움이 되리라.

「장천용전張天慵傳」은 한 뛰어난 예술가가 사회적·신분적 굴레 때문에 자기의 예술적 재능을 발휘하지 못하고 불우하게 일생을 보낸 것을 안타까워한 일종의 방외인 열전方外人列傳이다.

「몽수전蒙叟傳」은 왕족 덕천군德泉君의 후손이며 명의名醫였던 몽수 이헌길李獻吉의 사적事蹟을 기록한 글이다. 다산은 공리공론과 번문욕례繁文縟禮에 빠져 민생이 위기에 봉착했을 때 무기력하기만 했던 당시 세태를 실학자인 몽수의 행적을 가지고 비판한 것 같다. 한편 이 글에서는 선학에 대한 다산의 은근한 존경심이 나타나 있어 주목된다. 여기에는 이헌길이 평생에 백호 윤휴를 가장 숭모했다는 내용이 있는데, 이는 숙종 때 주자학 비판으로 노론에 의해 사문난적斯文亂賊으로 몰려 죽어간 윤휴에 대한 다산의 존경심을 넌지시 알리려는 의도가 담긴 것이다. 당시 드러내놓고 추장推奬할 수 없는 백호에 대해 다산은 이 글로써 존경의 뜻을 보였다고 하겠다.

「조성삼 진사의 유배 기록紀趙聖三進士流配事」은 진사 조상겸趙尙兼의 유배 사적을 적은 글이다. 제2부 「녹암 권철신 묘지명」과 함께 읽으면 참고가 될 것이다. 진사 조상겸은 양근楊根 사람으로 1736년에 태어나 1801년에 죽었다. 본관은 한양으로 1795년 진사에 급제하여 태학생太學生이 되었다. 다산은 당파싸움하는 사람들이 바른말 하는 선비를 모함하여 함부로 죽이던 간악한 세태를 통탄해서 이 글을 지었으리라.

「이대장이 자객을 만난 이야기紀李大將遇刺客事」는 포도대장을 지낸 이광익李光益이 후에 자객을 만난 일을 통해 신유옥사의 참혹상이 어느 정도였나를 말해주는 실감나는 한편의 고발장이다. 포도대장들조차 무고한 사람을 처벌하기 싫어했는데, 홍낙안과 이기경은 마구 몰아 죽이기만을 일삼았으니, 그때 억울하게 죽은 사람이 얼마나 많았을지 이 글로 미루어 짐작할 수 있다.

「고금도 장씨 여자 이야기紀古今島張氏女子事」는 억울하게 도망할 수밖에 없었던 여헌旅軒 장현광張顯光의 후손인 장현경張玄慶과 그 가족의 사적을 적은 글이다. 다산의 시와 글에는 억울하고 힘없고 가련한 민중들의 핍박받던 상황을 보다 못해 지식인으로서 뒷날 역사의 고발장이 되도록 상세히 기록해둔 것이 수없이 많다. 특히 이 글은 여러 의미에서 역사적 가치가 크다. 여헌 장현광(1554~1637)은 조선 중기 퇴계 학통의 대학자로 명망 높은 집안 출신인데 남인인 탓에 그 종손宗孫이 깡그리 파멸당한 것을 생생히 증언하는 글이자, 정조 사후 그 죽음에 대하여 수많은 유언비어들이 퍼지고 있었음을 방증하는 자료이기도 하다. 정조가 남인계 시파들만 가까이하자 벽파가 이에 불만을 품었고, 세력이 크던 벽파의 음모로 정조가 독살되었다는 이야기들이 그 당시에 파다했다는 설이 전해오는데, 다산의 이 글이야말로 은연중에 그 사실을 기록으로 남기려고 쓴 듯하니 역사적으로 음미해볼 가치가 있겠다.

죽대선생전

죽대선생竹帶先生은 이종화李宗和 공의 별호別號다. 집이 가난하여 재산이라고는 아무것도 없어 가느다란 대竹를 한치 정도 잘라서 연달아 꿰어 갓끈을 삼고 띠(帶)를 만들어 차고 다녔기 때문에 소년들이 그분을 그렇게 불러 죽대선생이 되었다.

그분의 선조는 한산 사람으로 목은牧隱선생 이색李穡의 후손이었다. 대대로 이어오다 우리 조선시대에 들어와 관찰사를 지낸 축蓄, 좌참찬을 지낸 훈壎, 좌의정을 지낸 유청惟淸, 관찰사를 지낸 언호彦浩로 이어졌다. 그 아래로는 음사로 벼슬한 2대가 있고 그 아래로 좌찬성을 지낸 죽천竹泉 덕형德泂이 있고 또 그 아래로 사헌부 지평을 지낸 성원性源이 있고 현감을 지낸 경항景沆까지 모두 가문을 이름나게 한 혁혁한 사람들이었다. 경항 아래로 4대는 세상을 잘못 만나 벼슬하지 못했는데 죽대선생은 더욱 곤궁하여 거처할 집도 없었다. 오래 전부터 번암 채제공의 집에서 더부살이하며 숙식을 제공받고 지냈는데 정승이 후하게 대접해주었지만 손님으로 정승댁에 들렀다 나온 사람들은 모두가 궁색한 노인이 무능해서 그렇게 지낸다고 하였다.

가경 신유년(1801) 가을 목만중·홍희운·이기경 등이 사람을 죽이고 살리는 권한을 멋대로 휘둘러 날이 갈수록 착한 무리 제거하기를 잡초 베어내듯, 짐승을 사냥하듯 하고 있었다. 그들은 유언비어로 대계를 얻어내 죽이거나 귀양 보내는 외에도 들려오는 뜬소문을 가지고 이관기 李寬基를 체포하여 국청鞫廳에 끌어들였고, 뜬소문을 가지고 채홍정[1]을 체포하여 형조로 이송했고, 뜬소문만으로 권철[2]을 체포하여 포청捕廳에 넣었고, 뜬소문을 가지고 조상겸을 경상도로 귀양 보냈다. 무릇 그들이 눈 흘길 정도의 화를 낼 못마땅한 일이 작게라도 있는 사람이면 순식간에 죽음에 빠뜨리는 일이 여반장이었다.

그리하여 그들의 위세가 서자 채제공의 관작을 추탈할 것을 모의하여 그해 겨울에는 친지들과 관원官員, 유생 들까지 협박해 성토문을 발표하도록 하여 채정승의 죄상을 조작하였다. 무릇 평소에 정승의 은혜와 사랑을 받던 사람들에게 모두 직책을 맡겨 그 조작극을 주도하게 하였고, 정승의 은혜와 사랑을 조금 덜 받은 사람들에게는 그 아래 직책을 주었는데, 감히 그 직책을 회피하는 사람이 있으면 곧바로 서교의 죄목으로 모함하여 사자나 호랑이처럼 으르렁대며 개나 양처럼 몰아대고 독촉을 했다.

이렇게 되자 위로는 경재卿宰로부터 아래로는 위포韋布의 선비들에 이르기까지[3] 모두가 벌벌 떨면서 몸을 굽혀 땅에 엎드려 머리를 조아리며 죄를 지은 듯 공손하게 그들의 호령을 들으니 단 한 사람도 감히 저

---

1 채홍정(蔡弘定): 영조 52~정조 24(1776~1800). 본관은 평강(平康). 현감 민공(敏恭)의 아들, 채제공의 재종질. 자는 혜린(兮麟). 벼슬은 장사랑(將仕郎)에 이르렀다.
2 권철(權徹): 신원은 미상.
3 경재는 재상(宰相)이고 위포는 위대포의(韋帶布衣)의 준말로 벼슬하기 전의 처지에 대한 비유. 곧 '고관대작부터 미천한 선비까지 모두'라는 뜻이다.

항하거나 머뭇거리는 사람조차 없어지고 며칠이 못되어 모여든 사람이 수백명이나 되었다. 죽대선생은 이런 때에 홍희운과 이기경 등에게 편지를 보내 거듭거듭 번암의 억울함을 항변했는데, 그 말이 애절하여 그 두 사람을 공평한 입장이라고 믿어 받드는 사람까지 감동시키기에 충분하였다. 그분은 이가환에서 정약용 이하의 많은 사람들이 어육魚肉이 되는 것은 돌아볼 겨를도 없이 오직 우리 번암 정승을 구해내기 위해서 기구하고 기도했으니 조그만 힘이었지만 온 힘을 다했다고 하겠다.

그러나 악당들이 고려도 하지 않은 채 성토하기를 더욱 급박히 하자 이때 죽대선생은 초조하게 노력하며 밤낮으로 애를 쓰느라 늙고 말라서 걸음도 걸을 수 없는 처지에서도 벌떡 일어나 다 떨어진 옷을 걸치고 대로 만든 갓끈을 매고 대로 만든 띠를 두르고 뭇사람들이 모여 있는 장소로 달려갔다. 비틀거리며 계단을 올라 모임장소의 한가운데 방에 발을 쭉 뻗고 버티고 앉아서는 눈을 부릅뜨고 모인 사람들을 바라보니 한참 동안 묵묵히 있었음에도 벌써 뛰어난 풍채가 사람들을 벌벌 떨게 하였다. 꾸짖어 말하기를 "너희 이 개자식들아, 너희 할애비의 관작을 추탈할 수 있고 너희 고조할애비의 관작을 추탈할 수는 있어도 우리 번암 정승의 관작은 추탈할 수 없다. 너희 이 역적놈들아, 이 일이 무슨 일이냐. 너희놈들은 머리에서 발끝까지, 터럭 하나까지도 모두 번옹의 은혜를 입고 커온 것들이며 곧 너희 애비, 너희 할애비까지도 모두 번옹의 비호를 받았다. 너희가 차마 어찌 이런 짓을 할 수 있느냐. 역적놈들아, 왜 나를 죽이지 않느냐"라고 하면서 곧바로 앞으로 나가 통문通文을 잡아쥐고 입으로 뜯고 발로 밟아 찢어버리고 붓과 벼루, 술병까지 모두 발로 차버리고는 한바탕 울어젖히고 또 한바탕 꾸짖어대고 나서 나와버렸다.

이때에 모여 있던 사람들이 기세가 꺾이고 겸연쩍어 감히 한마디도 하지 못했다. 다음날 이기경이 뜬소문을 가지고 죽대선생을 체포하여 형조에 이송하고 고문으로 거의 죽게 되자 단성현丹城縣(경남 산청의 옛이름)으로 유배를 보냈다. 죽대선생은 담소談笑하면서 귀양길에 올랐고 곧이어 채정승의 관작은 추탈되고 말았다.

죽대선생이 귀양을 떠난 후 열흘이 지나서 이기경이 새벽에 일어나 아직 세수도 하지 않은 참인데 별안간 한 여자가 머리를 풀고 옷소매를 걷어붙이고 날을 새로 숫돌에 갈아 번쩍이는 장검을 들고 방으로 곧장 달려들어와서는 이기경을 찔렀다. 이기경이 깜짝 놀라 급히 안방으로 달아났는데 칼날이 그의 옷 솜까지만 들어갔었다. 여자가 쫓아들어갔으나 여러 비복들에게 붙잡혀 빠져나오지 못하게 되자 여자가 꾸짖기를 "너 이 역적놈아, 우리 아버지께서 장차 길에서 돌아가시게 생겼다. 너는 마땅히 내 손에 죽어야 한다. 네가 지금 너의 계집종을 풀어 내 손을 붙들고 있지만 네가 우리 아버지를 풀어주지 않으면 너는 끝내 내 손에 죽을 거다"라고 하니 이기경이 애걸하기를 "감히 어떻게 돌아오지 않게 하겠느냐"라고 하니 여자가 훌쩍 나오면서 "감히 방금 한 소리를 배신하지 말렷다"라고 하였다. 이래서 온 나라에 그 소문이 퍼져 죽대선생에게 훌륭한 자식이 있다고들 하였다.

죽대선생이 단성현에 도착하자 영남 지방의 여러 선비와 벗 들이 서로 다투어 돈과 쌀, 베와 비단을 보내와 날마다 배불리 술과 고기 등 맛있는 음식을 먹으며 갑자기 부귀와 안락을 누렸다.[4] 7년간 유배생활을 하다가 해배되어 돌아와 집에서 죽었다.

---

4 영남 지방은 남인들이 많아 채제공을 존중하는 사람이 많았고 죽대선생의 의기에 감동하여 그를 도와주고 격려해주었다 함이다.

외사씨外史氏가 말하기를 "내가 옛날에 죽대선생과 좋아 지냈지만 겁이 많아 말을 못할 사람같이 보였다. 그런데 유일하게 죽대선생만이 번옹을 위해서 한마디를 할 수 있었다. 선비들이 어떻게 그 인물됨을 알아볼 수 있었으랴. 선생은 참으로 열렬한 의사義士였고 그의 딸 또한 절개가 높은 협객이었다"라고 하였다. 혹은 "그 여자의 검술이 서툰 것이 아니었다. 그의 뜻하는 바가 살려는 주되 겁만 주려던 것이었다. 마치 조말이 제나라 환공에게 하던 것처럼[5] 하려 했기 때문에 끝내 죽이지는 않았다"라고 하였다(번옹이 중년에 참소를 당했을 때 오직 죽파 유항주 공만이 배반하지 않고 뜻을 같이했고 신유년의 화란에도 오직 죽포 심규 공만이 홍낙안·이기경 무리에게 투항하지 않았으며 죽대선생이 또 이처럼 절개를 세웠기 때문에 세상에서는 채문蔡門의 삼죽三竹이라고 칭찬했다 — 원주).

---

5 조말(曹沫)은 춘추전국시대 노(魯)나라의 뛰어난 협객으로 노나라 장공(莊公)을 도와
  전공을 세웠다. 그러나 노나라는 제나라와 싸워 세번이나 패했다. 할 수 없이 제의 환
  공(桓公)에게 땅을 얼마쯤 내어주기로 화약을 맺을 때 조말이 비수를 품고 가서 환공
  을 겁주어 잃으려던 땅을 다시 찾았다는 고사를 인용한 것.

장천용전

장천용張天傭이라는 사람은 황해도 사람인데 그의 본래 이름이 천용天用인 것을 관찰사 이의준李義駿 공이 순찰차 곡산谷山에 이르러 그와 함께 놀면서 이름을 고쳐주기를 천용天慵이라 했기에 마침내 천용으로 불리게 되었다.

내가 곡산 도호부사로 부임한 이듬해에 못을 파고 정자 하나를 세워 놓고 어느 달 밝고 시원한 밤에 앉아 있노라니 퉁소라도 듣고 싶은 생각이 나서 혼잣말하며 혼자 탄식하였더니 한 사람이 앞으로 다가와 말하기를 "이 고을에 장생張生이라는 사람이 있는데 피리도 불고 거문고도 잘 뜯습니다. 다만 그 사람은 관청에 들어오기를 좋아하지 않습니다. 지금 아전배들을 급히 보내면 그 집에 가서 그를 붙들어올 수 있을 겁니다"라고 하였다. 내가 "시키지 말라. 그런 사람이라면 고집이 있는 것이다. 붙잡아서 오게 할 수 있다 해도 또 어떻게 붙들어서 피리를 불도록 하겠느냐. 네가 그에게 가서 나의 뜻을 잘 전하고 응해주지 않더라도 강제로 오게 하지는 말아라"라고 하였다.

얼마 후 심부름꾼이 되돌아와서는 장생이 문 앞에 와 있다고 했다. 장생이 들어왔는데 망건도 벗고 발도 맨발인 채 옷은 입었으나 띠도 하지 않았다. 한창 술에 취해 눈빛이 흐릿했으며 손에 통소는 들었으나 불려고는 않고 소주만 계속 달라고 하였다. 서너잔 권했더니 더욱 취해서 깰 것 같지 않았다. 좌우로 부축하여 가서 바깥방에서 자도록 했다.

이튿날 다시 불러들여 정자에 오르자 술 한잔을 권했더니 이에 천용은 정색을 하면서 "통소는 내 장기가 아닙니다. 그림 그리는 일이 장기입니다"라고 하며 비단폭을 가져오게 해서는 산수山水, 신선神仙, 호승胡僧, 괴조怪鳥, 오래 묵은 덩굴, 고목 등 무릇 수십폭을 그려냈는데 먹물이 단정하게 엉겨 있지는 않으나 부자연스러운 데 없이 모두가 기상이 꿋꿋하고 기괴하여 사람의 상상으로는 미치기 어려운 바가 있었다. 형상과 물태物態를 묘사하는 데 있어서는 털끝 하나까지 섬세하고 교묘하게 그려 정신이 살아 있어 보는 사람으로 하여금 깜짝 놀라 경탄해 마지 않을 수 없게 하였다. 얼마 후 붓을 던져버리더니 술을 달래서 마시고는 또 흠뻑 취했기에 부축하여 돌려보냈다.

다음날 또 불렀더니 그는 벌써 거문고를 메고 통소를 차고 동쪽의 금강산으로 들어가버렸다는 거였다. 이듬해 봄에 중국 연경에서 사신이 오던 때의 일이다. 전에 천용에게 도움을 주었던 사람이 평산부平山府 관청 청사의 수리 임무를 맡았기에 천용더러 그 단청 꾸미는 일을 부탁하였다. 함께 일하던 사람 중에 아버지의 복服을 입은 사람이 있었는데 천용은 그가 짚고 다니는 대지팡이가 기이한 대나무로 색다른 소리가 날 것을 알아채고는 그날 밤에 그것을 몰래 훔쳐 구멍을 뚫어 통소를 만들어가지고 태백산성[6]의 중봉 정상에 올라 밤새도록 불다가 돌아왔다.

---

6 태백산성(太白山城): 황해도 평산군에 있는 산성.

함께 일하던 사람이 화가 나서 천용을 몹시 꾸짖으니 천용은 마침내 떠나버렸다.

몇개월 뒤에 나도 해임되어 돌아왔는데 그후 몇개월 뒤에 천용은 특별히 가람[7]의 산수를 그려 내게 보내주면서 자기는 금년에 기어코 영동嶺東으로 이사하겠다고 했다.

천용은 아내가 있었는데 얼굴이 지극히 못생기고 오래 전부터 중풍으로 인한 마비증세가 있어 길쌈도 못하고 바느질도 못하며 밥도 짓지 못하고 애도 낳지 못하면서도 성질 또한 어질지 못하였다. 항상 누워 있으며 천용에게 욕설만 퍼부었지만 천용은 그를 보살피는 일에 조금도 게을리하지 않으므로 이웃 사람들이 모두 이상하게 여겼다고 한다.

---

7 가람(岢嵐): 중국 산시성(山西省) 란현(嵐縣)의 북쪽에 있는 산. 뒤에 현의 이름이 되기도 했다.

몽수전

이헌길李獻吉의 자는 몽수夢叟인데 따로 부르는 이름은 몽수蒙叟였다. 씨족의 계통은 왕족으로 공정왕[8]의 별자[9] 덕천군德泉君 후생厚生이 그의 선조다. 후생의 후손은 대대로 혁혁했는데 이조판서를 지낸 준[10]은 더욱 이름난 분이다. 몽수는 젊은 시절에 총명하고 암기력이 뛰어났으며 장천長川 이철환李嘉煥 선생을 따라 노닐며 온갖 책을 널리 읽었다.

오래 전에 마마 치료법을 읽고서 독자적으로 온 마음을 기울여 연구를 거듭했으나 남이 알아차리지 못하도록 하였다. 건륭 을미년(1775) 봄에 일이 있어 서울에 왔는데 마침 홍역이 크게 번져 백성들이 많이 요절하고 있었다. 몽수는 마음으로는 구제해주고 싶었으나 그때 부모의 복을 입고 있던 터라 할 수 없다 하고는 입을 다문 채 돌아가려고 막 교외

---

8 공정왕(恭靖王): 공민왕 6~세종 1(1357~1419). 조선 제2대 왕인 정종. 재위는 1399~1400년, 이름은 경(曔), 초명은 방과(芳果).
9 별자(別子): 왕의 정처 소생이 아닌 아들. 후궁의 아들.
10 이준(李準): 인종 1~인조 2(1545~1624). 자는 평숙(平叔), 호는 나진자(懶眞子)·서파(西坡), 시호는 숙헌(肅憲). 1590년 평난공신으로 전성군(全城君)에 봉해지고 벼슬은 이조판서에 이르렀다.

로 나왔는데 어깨에 작은 관을 메고 등에 들것을 지고 지나가는 사람이 잠깐 사이에 수백명이나 되었다. 몽수가 마음에 불쌍히 여겨 혼잣말로 하기를 "내가 의술이 있으면 구제하는 일이 옳지 예법에 구애받아 그냥 가버리는 것은 불인(不仁)한 일이다"라고 하고는 마침내 되돌아가서 인척 집에서 지내며 그 비방으로 시술하였다.

이렇게 되자 무릇 몽수의 비방을 사용한 사람 중에 위험한 고비에 있던 사람은 안정을 되찾고 증세가 심하던 사람도 순해지니 10여일 사이에 명성이 크게 떨쳤다. 울부짖으며 도움을 구하는 사람들이 날마다 문을 메우고 골목에 가득 차서 지체가 높은 사람이라야 겨우 방까지 들어갈 수 있고 천한 사람은 겨우 섬돌 아래까지는 왔어도 더러는 해가 다할 때에야 그 얼굴이라도 바라볼 수 있는 지경이었다. 그러나 몽수는 홍역 증세에 대해 귀에 익어 몇마디만 듣고는 그만두라 하며 그 증세와 모습에 따라 적절하게 한가지씩 처방을 내려주고 돌아가도록 하면 누구 하나 효험을 보지 않은 사람이 없었다.

몽수가 때로 집을 나와 다른 집으로 가면 남녀가 무리 지어 앞뒤를 빽빽이 둘러싸고 보호하여 마치 벌떼들이 모여 엉켜 가는 듯하니 가는 곳마다 누런 먼지가 하늘을 가려 보는 사람마다 이몽수가 오고 있음을 알아차렸다. 하루는 못된 젊은이들이 꾀를 부려 어떤 외진 곳에 몰아넣고 문을 잠가 나타날 수 없게 해버렸다. 이에 온 성안 사람들이 함께 울부짖으며 이몽수 있는 곳을 찾다가 알려주는 사람이 있자 군중들이 그곳으로 가 문을 때려부숴 나오게 했다. 성질 거칠고 기운만 믿어 면전에서 욕설을 퍼붓는 사람도 있었고 심한 사람은 몽수를 두들겨 패려는 사람도 있었으나 말리는 사람들의 힘을 입어 풀려나올 수 있었다. 그렇지만 몽수는 모두에게 온순한 말로 허리 굽혀 사죄하며 급히 처방을 내려주었다.

그리고 또 몽수 자신의 힘만으로 감당할 수 없게 되자 홍역 치료의 모든 방법을 입으로 불러주어 사람들이 살펴서 시행할 수 있도록 하니, 이때부터 벽지 시골의 군색한 선비들까지 서로 다투어 베껴가서는 육경처럼 믿었다. 비록 의술에 어두운 사람도 그가 해준 말대로만 하면 효험을 보지 않는 경우가 없었다.

세상에서 하는 말로 어떤 아낙네가 자기 남편을 위해서 병 고쳐주기를 청했는데 몽수가 말하기를 "당신 남편의 병은 위독합니다. 단 한가지 약이 있으나 당신은 쓸 수가 없을 거요"라고 했다. 아낙네가 한사코 가르쳐 달라고 했으나 몽수는 끝내 말해주지 않았다. 아낙네는 살려낼 수 없는 것이라 생각하여 독약을 사가지고 집에 돌아와(곧 비상이다—원주) 술에 타서 다락 위에 놓아두었다가 마시고 자살해버리려고 했다. 집 밖으로 나와 한참 울고 들어가 술을 보니 술병이 벌써 비어 있었다. 그 남편에게 물어보니 목이 말라 마셔버렸다고 했다. 쫓아나가 이몽수에게 가서 살려달라고 하니 몽수가 말하기를 "이상도 하구나. 내가 한가지 약이 있다고 했던 것이 바로 그가 마신 약이오. 아무리 생각해도 당신이 그 약을 사용하지 않을 걸로 알아 말해주지 않았는데 이제 그 사람을 하늘이 살린 것이오"라고 했다. 그가 집에 돌아와보니 그 남편의 병이 나아 있었다.

몽수는 성품이 관대하여 사소한 예절을 거리끼지 않았다. 전에 말하기를 "12년 후에 홍역이 다시 발생할 것이다"라고 했는데 그때가 되고 보니 과연 그랬으며 마마에 대해서도 많은 치료법을 알고 있었다.

외사씨가 말하기를 "내가 몽수를 보았더니 그 사람됨은 얼굴이 파리하고 광대뼈가 나왔고 코는 주부코인데 담론하기를 즐기고 항상 웃음을

띠고 있었다. 선배로서는 유독 윤휴를 숭모하여 일찍이 말하기를 '백호
는 덕德을 이룬 정암靜菴(조광조)이요 정암은 덕을 이루지 못한 백호'라
고 했는데, 옛날부터 해오던 말이나 군자는 그렇게 여기지 않는다"라고
하였다.

조성삼 진사의 유배 기록

성삼聖三은 태학의 진사 조상겸의 자이다. 한양조씨漢陽趙氏다. 먼 선조인 인벽仁璧은 고려말에 좌의정을 지냈고 그의 아들 연涓이 조선조에 벼슬하여 우의정을 지냈다. 그 아래로 4대는 음사로 벼슬하였고 덕원德源이 이어받아 홍문관 전한典翰이 되었고 공근公瑾이 이어서 한흥군漢興君의 봉작을 받았다. 그후로 세상을 잘못 만나 5대가 벼슬하지 못하다가 계부인 정상貞相이 사헌부 장령이 되고 공이 이어서 진사가 되었으니 쇠잔해지는 듯하다가 다시 일어났다. 가경 신유년(1801) 옥사에 공이 또 영남으로 귀양 가서 돌아가셨으니 슬픈 일이다.

공은 병진년(1736)에 태어나 양근에서 살면서 녹암 권철신과 좋게 지냈다. 을묘년(1795)에 진사에 뽑혀 서울에 가서 노닐었는데 정헌 이가환과 잘 지냈다. 학행學行으로는 녹암을 당대 제일이라 추대하고 문장으로는 정헌을 동방 제일이라 추대하며 그의 마음으로 무척 좋아하여 만약 어떤 사람이 털끝만큼이라도 두 분을 건드리는 자가 있으면 곧장 칼이라도 빼들고 달려들었다. 평상시에는 착실하기가 무능한 사람 같았고 어리석고 부드럽기가 말도 잘 할 줄 모르는 사람 같았지만 깎아내리거나 칭찬해야 할 일에서 서로 차이가 나거나 어여뻐하고 미워할 일에서 의견이 벌어지면 분통을 느끼고 격앙되었는데 사나운 새나 맹수의 용기가 있어 목만중, 홍낙안 등의 미움을 쌓게 되었다.

가경 경신년(1800) 여름에 정조께서 돌아가시고 양근의 악인 김아무개 등이 녹암의 집에 도둑을 보내 4대의 신주판을 도둑질해다가 물이나 불에 던져버리고 장차 죄를 덮어씌워 죽이려고 모의를 했는데, 이희사 李羲師(호는 취송醉松이다 — 원주)가 알아내서 비밀리에 녹암에게 알려주었다. 이에 신주판을 옮겨 안방 벽장 속에 안치해두고 집사람으로 하여금 살피도록 했는데, 며칠 밤이 지나 과연 도둑 두명이 사당에 들어와 수색했으나 사판祠版이 하나도 없자 도둑이 돌아가 악당에게 전했다. 악당이 자기들보다 먼저 불살라버린 것으로 여기고 체포하여 죄를 주려고 했다.[11] 신유년 봄에 군수 유한경[12]이 사람을 보내 안방 벽장을 조사했는데 네개의 신주가 모두 있었다. 공이 이것을 가지고 통문을 발표하여 악당들이 도적을 파견했던 사실을 논하고 그분의 무고함을 밝혔는데 유공兪公이 느슨하게 처리하다가 파면되어 돌아갔다. 새로 군수 정주성鄭周誠이 와서는 공을 체포하여 옥에 가두고 마침내 이 일로써 죄를 삼아 장형을 내리고 곤양군[13]으로 귀양 보내니 오래지 않아 적지謫地에서 돌아가셨다.

외사씨가 말하기를 "태학생이란 선비 중에서 뽑힌 사람인데 당파싸움하는 사람들이 눈을 치떠 흘길 만한 조그마한 원한으로 죽였으니 슬

---

11 1791년 신해옥사의 발단이 된 신주를 없앤 일처럼 녹암을 몰아 죽이려 했다는 것이다. 제2부 「녹암 권철신 묘지명」 참조.
12 유한경(兪漢綱): 제2부 「녹암 권철신 묘지명」의 유한기(兪漢紀)와 동일인인데 글자의 오식인 듯하나 어느 것이 옳은지 미상. 자와 이름의 차이일지도 모른다.
13 곤양군(昆陽郡): 지금의 경남 사천군에 있던 지역.

픈 일이다. 한 글자, 반 구절에도 책잡을 바가 없었는데 어육으로 만들기를 하고 싶은 대로 하였으니, 슬프다, 임금도 아닌 신분으로 복을 주기도, 벌을 주기도 하는 일은 옛날에는 없었던 일이니 슬프기만 하다"라고 하였다.

이대장이 자객을 만난 이야기

이광익[14]이라는 사람은 훈련대장 이경무李敬懋의 형님 아들이었다. 정조 때 오랫동안 연부[15]에 있으며 임금의 총애를 받음이 비교할 사람이 없을 정도였다.

신유옥사 때에는 더러 승지가 되어 국청에 참가하기도 했는데 항상 가엾고 불쌍히 여기는 모습을 띠고 있었다. 곧이어 임율[16]과 함께 포도대장이 되어 민간 마을에서 붙잡혀온 사람들을 치죄하였는데 황사영이 도망해버린 까닭에 관련자들이 수없이 나왔으니 서로 고발하여 끌고 들어가는 바람에 체포된 사람이 수천백명이었다. 곤장에 맞아죽어 버려진 사람들이 서로를 베고 누워 길을 꽉 메웠다. 이광익은 항상 핑계를 대고 피해버려 일처리를 하지 않았고 임율도 또한 못마땅하여 콧잔등을 찌푸리기만 했다. 그렇지만 홍낙안, 이기경의 보고가 있을 때에는 감

---

14 이광익(李光益): 무신으로 순조가 즉위한 후 함경도·황해도 등의 병마절도사와 좌우 포도대장을 지냈다.

15 연부(蓮府): 대장군의 본영을 뜻한다. 어영대장으로 있었음을 말한다.

16 임율(任嵂): 무신으로 1801년 좌포도대장을 지냈으며 통제사(統制使) 및 평안도 병마절도사를 역임했다.

히 시행하지 않을 수가 없어서 잔혹하다는 이름이 났다.

옥사가 끝나지도 않았는데 시국이 변해버려 이광익은 느슨히 죄인을 처리했다고 사헌부의 탄핵을 받고 용인에 있는 시골 농막에 은퇴하여 살고 있었다. 매일 저녁 작은 아이종과 함께 잠을 잤는데 하루는 저녁때 손님이 와서는 밥을 달라 하며 재워줄 것을 애걸하였다. 이광익은 그 사람의 용모가 단정함을 보고 말을 걸어볼 만하여 자고 가도록 하였다. 함께 이야기를 하느라 밤이 깊어진 뒤에 잠자리에 들었다. 잠이 깊이 들지 않았는데 손님이 일어나 옷을 입으며 부스스 움직이더니 곧장 장막으로 들어와 왼손으로는 이광익의 손을 붙잡고 오른손으로는 눈〔雪〕빛 같은 비수를 꺼내며 말하기를 "그대가 우리 아버지를 죽였다. 내가 지금 그대를 죽여서 우리 아버지 원수를 갚겠다"라고 하였다. 이광익이 "자네 아버지는 누구며 어느 날 죽었는가"라고 하니 "나의 아버지는 조아무개며 아무 날에 죽었소"라고 하였다. 이광익이 곧장 자세하게 말해주기를 "조아무개는 내 손에 죽지 않았네. 그날은 내가 일처리를 않은 지 며칠이 되는 날이네. 자네가 잘못 알았네. 내가 참으로 죄 없는 사람을 죽였다면 죽는 것이 너무도 당연한 일이라 감히 피하지 않겠네만 나는 정말로 죽이지 않았으니 자네가 원수를 잘못 갚아서야 되겠나"라고 하니 말이 참으로 절실하여 거짓이 아니었다. 손님이 손을 놓고 사과하기를 "내가 실은 의심스러웠기에 곧장 찌르지 않았소"라고 하고는 펄쩍 방에서 나가 가버리고 말았다.

뒷날 이석李晳에게 이 말을 해주어 이석이 이와 같이 내게 말해주었다. 그 뒤에 이광익은 또 어영대장御營大將이 되었다.

고금도 장씨 여자 이야기

고금도古今島는 옛날의 고이도皐夷島라는 곳이다. 장씨張氏 여자란 사람은 멀리 도망한 사람 장현경[17]의 딸이다. 현경의 본관은 인동仁同으로 여헌 장현광[18]의 제사를 받드는 후손이었다.

가경 경신년(1800) 여름 우리 정조께서 돌아가셨는데 인동부사 이갑회李甲會가 공제[19]가 끝나기도 전에 며칠 앞서 그 아버지의 회갑을 위해서 술잔치를 베풀고 기생들을 불러다놓고는 장현경 부자에게 함께 즐기자고 초청하였다.

장현경의 아버지가 초청해준 데 대해 말하기를 "공제일도 지나지 않았는데 마시고 노는 연회를 베풀 수는 없는 일이다"라고 하고 밖으로

---

17 장현경(張玄慶): 여헌 장현광의 직계 사손(嗣孫)으로 당시 인동부사 이갑회의 모함을 받아 도망하였다.

18 장현광(張顯光): 명종 9~인조 15(1554~1637). 자는 덕회(德懷), 호는 여헌(旅軒), 시호는 문강(文康), 본관은 인동. 1624년 이괄(李适)의 난 후 부름을 받아 왕에게 정치에 대한 건의를 하고 1636년 병자호란이 일어나자 근왕병을 일으켰으나 이듬해 삼전도(三田渡)에서 항복했다는 소식을 듣고 동해안 입암산(立嵒山)에 들어가 심신을 수양하며 만년을 보냈다. 저서로『여헌문집(旅軒文集)』외 다수가 있다.

19 공제(公除): 국상으로 관공서 일을 폐하는 것.

나와 초청장을 가지고 온 수리首吏에게 "임금이 돌아가신 때에 이런 잔치를 베풀다니 세상 되어가는 꼬락서니를 알아보고 하는 짓이로구나"라고 하였다.

예전에 장현경의 아버지와 부사의 아버지는 성이 다른 친척간이라 부府에 들어가 서로 만날 때마다 들려오는 소문들에 대해 이야기하곤 했다. 그중에 당시 정승이 역적인 의원醫員 심인[20]을 추천하여 임금의 병환을 돌보는 척하며 독약을 올려바치게 하여 정조가 돌아가셨는데 우리들이 손수 그 역적놈을 제거하지 못한다 하면서 비분강개하여 눈물까지 흘리곤 했다는 이야기가 있었다.

이방이 전하는 이야기를 들은 부사는 "죄상을 성토하여 구렁텅이에 빠뜨려야겠구나"라고 말하고는 급히 감영에 달려가서 장현경이 근거 없는 이야기로 허풍을 쳐서 임금 측근의 악당들을 제거하려고 반란을 일으킬 기미가 있다고 고발하였다. 관찰사 신기[21]가 포위하여 체포하라고 명령을 내렸고, 이갑회가 그날 밤 군교軍校와 이졸吏卒 2백여명을 골라서 각기 횃불을 들려 장현경의 집을 포위했다. 불빛이 하늘까지 환히 비치자 장현경은 졸지에 놀랍고 두려워 어떤 변고인 줄도 모르고 담을 넘어 달아났고 그 아우는 벼랑에 떨어져 죽고 말았다. 다만 그 아버지가 붙잡혔고 무턱대고 잡아들여 잡히지 않은 사람이 없이 관련자 수백명을 체포하자 사방 고을과 마을이 소란하여 모두 고개를 움츠리고 감히 밖에도 나오지 못하였다. 바야흐로 가을이라 면화棉花가 눈처럼 하얗게

---

20 심인(沈鏔): ?~순조 1(1801). 의원(醫員)으로 거제현령(巨濟縣令)·가산군수(嘉山郡守) 등을 지냈으며 순조 즉위 전 정조에게 약물을 잘못 올렸다 하여 강명길(康命吉)과 함께 처형되었다.

21 신기(申耆): 영조 17(1741)~? 자는 국로(國老), 본관은 평산(平山), 사헌(思憲)의 아들. 1783년 증광별시에 을과로 급제, 금천(衿川)현감을 거쳐 1800년 경상감사를 지냈다.

피어 있었지만 거두어들이는 사람이 없어서 모두 바람에 날려다닐 지경이었다 한다.

조정에서는 안핵사按覈使 이서구를 파견하여 사건을 처리하게 했는데, 압수한 문서라고는 점치는 문서 한장에 점풀이 해놓은 '건마서분乾馬西奔'이라는 말만 써 있어 누가 지은 것인지 또한 무슨 뜻인지도 알 수 없었다. 일이 평정되자 거의 풀려났기 때문에 영남 사람들은 잘 처리했다고 안핵사를 칭송하기까지 했다.

장현경이 끝내 도망해버리자 이에 죄를 그의 아내와 남녀 자식들에게 옮겨 강진현 신지도로 귀양을 보냈다.

기사년(순조 9년, 1809) 가을에 이르러 그의 딸로 큰애는 22세이고 작은애는 14세, 사내아이는 겨우 10세였다. 하루는 진영의 병졸 아무개가 술에 취해 돌아가다가 울타리 구멍을 통해 큰딸을 엿보고는 희롱하는 말로 비웃었다. 이때부터 계속 찾아와 희롱하지 않는 날이 없었다. 그러면서 꾸짖기를 "네가 비록 거절하지만 끝내는 내 아내가 될 거다"라고 하였다. 처녀가 슬프고 분해 살 수가 없어 몰래 항구로 나가 바다를 바라보다 푸른 바닷물 속으로 투신하였다. 그 어머니가 급히 쫓아갔으나 붙잡지 못하고 또한 투신했으니 바로 7월 28일이었다. 작은딸이 따라서 뛰어들려 하자 물속에서 허우적대던 어머니가 "너는 반드시 돌아가 관청에 고발하여 원수를 갚고 또 너의 동생을 길러야 한다"라고 하여 멈추고 뒤를 따르지 않았다.

작은딸이 돌아와서 보장[22]에게 고발하니 보장이 현감에게 상신하고 현감 이건식李健植이 검시檢屍하고는 관찰사에게 보고했다. 며칠이 지나

---

22 보장(堡將): 보는 요새의 작은 성으로 해변가 초소임. 보장은 보의 우두머리.

자 해남 수군사海南水軍使 권탁權逴이 장계를 올려 신지도 수장守將과 지방관인 강진현감을 고례古例에 의거해 파면할 것을 청하였다. 이건식이 파면당할 것을 걱정하여 이방과 상의해 돈 천냥을 비장裨將에게 뇌물로 보냈다. 그렇게 되자 관찰사가 검안檢案을 현감에게 돌려보내고 파면하라는 장계를 수영水營으로 돌려보내버리니 관장官長도 무사하고 그 병졸에게도 또한 죄를 묻지 않고 말았다.

다음해인 경오년(1810) 7월 28일 큰 태풍이 남쪽에서 불기 시작했다. 모래가 날고 돌이 굴렀고, 바닷물이 날려 눈 덮인 산악에서 눈발 날리듯 하였고, 흩날린 물방울들이 공중을 타고 날다가 염우鹽雨가 되어서 산꼭대기까지 내렸다. 바닷가 연변의 벼와 서속, 초목 들이 모두 염분에 젖어서 선 채로 말라죽어 큰 흉년이 들었다. 나는 그때 다산에 있으면서 「염우부」[23]를 지어서 그 사실을 기록해두었다. 또 다음해 그날에도 바람이 불어 재앙이 된 것이 지난해의 일과 비슷했다. 바닷가 마을 백성들이 '처녀바람處女風'이라고 불렀다. 그 뒤에 암행어사 홍대호[24]가 와서 그 이야기를 들었으나 또 입을 다문 채 그냥 가버리고 말았다.[25]

---

23 「염우부(鹽雨賦)」: 다산이 처녀의 죽음과 관리들의 못된 짓을 풍자한 장문의 운문. 『여유당전서』 권1 부(賦)에 있다.

24 홍대호(洪大浩): 정조 3(1779)~? 자는 강중(剛中), 철보(哲輔)의 아들. 순조 3년(1803) 증광문과에 병과로 급제했으며 암행어사를 지냈다.

25 다산은 장현경의 큰딸과 부인이 죽기 1년 전인 무진년(1808) 봄에 강진읍 동문 밖 주막집에서 옮겨 신지도와 마주보는 갯마을 귤동 부락의 뒷산인 다산초당에서 유배생활을 하고 있었다. 태풍이 양력 8월말 쯤 일어나는 기상의 변동임을 다산이 모를 리 없었겠지만 너무도 우연의 일치 같아 그것을 빙자해 지은 글이다. 그때 사건현장과 가까운 곳에서 다산이 거주하고 있었으니 대개 사실로 여겨진다. 「염우부」는 처녀의 억울한 죽음에 무한한 동정을 보내는 눈물이 어려 있고 관리의 부패상을 원망한 장문의 부다. 백성의 아픔을 차마 못 견디고 애타하던 다산의 심정을 읽을 수 있다.

■ 읽기 전에

제6부에 모은 글은 서序, 기記, 발跋, 설說과 기타로 구성되어 있다. 이 글들은 원래 해당 묘지명에 참고자료로 제시하려던 글들이나 독자의 편의를 생각해 따로 떼어 한 부로 구성하였다.

「죽란시사첩서竹欄詩社帖序」는『죽란시사첩竹欄詩社帖』의 서문으로 쓴 글이다. 다산은 1795년 봄 금정찰방으로 좌천되었다가 그해 말에 서울로 와서 1796년 1년 동안 한가히 죽란사竹欄舍(대나무로 난간을 만든 집으로 지금의 명동에 있던 다산의 거처)에서 지내며 친구들과 여기에 모여 시를 짓고 술 마시고 토론하였는데, 이때 결성한 시회詩會를 '죽란시사竹欄詩社'라 하였고, 모임의 규약과 회원 명단, 지은 시를 묶어서 만든 책이『죽란시사첩』이다. 1796년 12월에 다산은 우부승지와 좌부승지에 임명되었으나 곧 사임했고, 1797년 6월에 또 동부승지에 임명되지만 또다시 사임하고 7월에 곡산 도호부사가 되어 임지로 떠나는데, 이 1796~97년 7월까지의 약 1년 반 동안 죽란시사는 활발히 모임을 가지고 많은 시를 지었다. 이 글은 다산의 교우관계를 보여주는 가치 있는 자료로 보인다.

「이참판이 연경으로 사신 가는 데 부쳐送李參判基讓使燕京序」는 복암 이기양이 1799년 10월 호조참판으로 진하부사進賀副使가 되어 연경에 가게 되었을 때 송별사로 쓴 글이다. 제2부「복암 이기양 묘지명」에 참고가 될 것이다. 이 글은 다산이 조선 후기 실학의 양대 산맥인 성호 계열의 경세치용파經世致用派와 연암 계열의 이용후생파利用厚生派의 북학사상北學思想을 종합한 실학의 집대성자임을 증명해주는 글인데, 이용후생의 절실함과 백성을 위해 북학사상을 고취한 구체적인 주장을 갈파하고 있어 더욱 값지다. 복암 이기양은 이때 사신으로 갔다가 목화를 앗는 씨아를 구입해와서 정조에게 건의해 삼영문三營門에서 그대로 제작해 전국에 보급하려고 하여 제작까지 마쳤으나, 정조가 급서하면서 보급되지 못하였다고 전하면서, 민생을 위해 애타하는 마음과 씨아의 성능을 열거한 기록이 『목민심서』에 있다.

「한교리가 연경으로 사신 가는 데 부쳐送韓校理致應使燕序」는 부산嶴山 한치응韓致應이 1799년 진하 겸 사은사의 서장관書狀官으로 연경에 갈 때 민족적 주체의식을 가지라고 충고해준 글이다. 교리 한치응은 다산의 죽란시사 친구로 영조 36년(1760)에 태어나고 1784년 정시문과에 급제, 벼슬은 형조·병조판서를 거쳐 함경도 관찰사로 재임 중에 순조 24년(1824)에 죽었으며, 유일하게 신유옥사에 피해를 크게 입지 않은 친구였다. 이 글은 다산을 연구하는 학자들이 자주 인용하는 글로, 당시 화이론華夷論에서 벗어나지 못한 채 민족적 주체의식을 상실하고 모화사상慕華思想에 빠져 있는 것을 혁파한 내용이며, 특히 북학파의 사상이 담겨 있어 앞에 나온 「이참판이 연경으로 사신 가는 데 부쳐」와 함께 매우 값있는 글이다.

「매심재기每心齋記」는 다산의 중형 손암 정약전이 1798년 여름에 벼슬에서 파면되어 소내(苕川)로 귀향한 후 서재 이름을 '매심재每心齋'라 하고 다산에게 짓도록 한 글이다. 제3부 「선중씨 정약전 묘지명」에 참고가 되는 글로서, 다산의 「여유당기」와 함께 당시 다산의 인생관을 토로한 내용이 있어 주목된다. 다산은 이 기에서 사람은 잘못을 뉘우치며 겸허하게 살아야 한다고 쓰고 있다. 중세의 성인관은 타고나기를 범인과 다르다는 성삼품설性三品說에 치우쳐 있었는데 이와 다르게 누구나 노력하면 성인이 될 수 있다는 생각이 보인다.

「여유당기與猶堂記」는 1800년 여름 정조가 죽자 다산이 고향 열상 소내로 귀향하여 자신의 당호를 여유라 하고 지은 글이다. 제1부 「자찬묘지명」의 참고가 된다. 다산은 자신의 학문적 논리와 주장에 확신을 가지고 있었고, 털끝만큼도 의심하지 않았으며, 뒷날 성인에게 묻더라도 흠잡히지 않으리라고 여겼다. 지금 당장에는 이러쿵저러쿵 비난과 의혹을 받을지언정 시간이 지나 올바른 안목을 지닌 사람이 나오고 세상이 조금이라도 공평해지는 지경에 이르면 반드시 정당한 평가를 받으리라는 신념과 양심이 있었던 것이다. 그랬기에 차가운 내를 맨발로 건너고 뼈를 깎는 아픔이 있을지라도, 또 모든 사람들이 눈과 귀를 온통자기에게 향해 말 한마디 글자 한자라도 비위에 거슬리면 그냥 두지 않겠다는 그런 무서운 처지에 있으면서도, 민족과 백성의 안타깝고 암담한 현실을 타개하기 위해 부득이 학문적 연구를 하고 그 많은 저서를 남겼다는 뜻이 이 「여유당기」에 담겨 있다. 주자의 논리와 한 글자만 달리 해석해도 사문난적으로 몰아 죽이던 당시에, 더구나 다산을 천주교도로 몰아 죽이려는 반대파가 독니를 벌리고 있어 죽음의 그림자가 항상 주변을 맴돌던 그런 고심참담한 세월 속에서 주자의 논리를 송두리째 뒤엎고 민생 위주의 경학經學으로 전환시킨 다산의 입장을 생각해보면 '여유與猶'의 의미가 더욱 분명해질 것이다. 학자란 이런 정도의 확신과 양심에 충실할 용기가 없고서는 학자다울 수 없다는 교훈을 우리에게 주는 글이다.

「제단궁잠오題檀弓箴誤」는 다산이 강진에서 귀양살이하면서, 성호가 가난한 사람들을 위해 상례와 제례를 지은 뜻을 이어받아 지었던 자신의 저술 『단궁잠오』를 1816년에 다시 편찬하면서 쓴 글이다. 제4부 「성옹화상찬」에 참고가 된다.

「심경질서발心經疾書跋」은 성호선생의 저술『심경질서心經疾書』의 발문으로 쓴 글이다. 이 글도「성옹화상찬」에 참고자료가 된다. 자기의 비위나 자기들 정권에 배타적이고 한순간의 시대적 조류에 어긋난다 하여 학자를 탄압하고 학설을 깔아뭉개는 분서갱유 식의 못된 풍토가 사라지기를 바라는 다산의 간절한 외침이 담겨 있어 오늘 우리의 가슴에 와닿는 바 크다.

「종두설種痘說」은 다산이 강진에 귀양 가 있던 1807,8년경에 쓴 것 같다. 이 글은 제5부「몽수전」의 참고가 될 것이다. 다산은 의서醫書로『의령醫零』『마과회통麻科會通』『종두방種痘方』등의 저술을 남겼는데, 이 글에는 종두(천연두) 예방접종을 연구해 백성들에게 실익을 베풀려고 노력하던 다산의 면모가 여실히 드러난다. 또한 1879년 지석영池錫永이 최초로 실시한 근대적 종두법보다 70여년 앞서 종두법을 개발 실시하던 모습과 초정 박제가와의 교유도 보여주어 흥미롭다.

「둘째형님께上仲氏」는 1811년 겨울에 다산이 중형 정약전에게 보낸 편지로, 제4부「아암 장공 탑명」의 참고자료이다.「아암 장공 탑명」이 거의 이 편지 내용을 바탕으로 쓰였기 때문이다.

「채이숙에게 답하다答蔡邇叔」는 다산이 1820년 여름과 1822년 가을에 죽란시사 친구이자 채제공의 양자이기도 한 채홍원에게 보낸 편지로, 「죽란시사첩서」에 참고가 되는 글이다. 정조의 총애를 받던 채이숙이나 자신이 쓸쓸히 지내는 모습과 죽란시사 시절의 화려했던 모습을 돌아보며 생의 무상을 토로한 듯싶다.

「두 아들에게 당부하다示二子家誡」는 1808년 강진에서 자신의 두 아들 학연과 학유에게 경계한 글로, 채제공·이가환·이기양 등의 면모를 열거하여 자식들이 교훈을 얻기 바라며 쓴 것이다. 다산이 이들 선배에게 높이 평가받고 정조에게 깊은 신임을 받던 상황까지 알려준다.

죽란시사첩서

　상하 5천년이나 되는 시간 속에서 하필이면 한 시대에 함께 살아간다는 것은 우연한 일이 아니며 종횡으로 3만리도 넘는 곳에서 하필이면 한 나라에서 함께 살아간다는 것도 우연한 일이 아니다. 그러나 한 시대 한 나라에서 함께 살아간다 해도 연령상으로 젊고 늙은 현격한 차이가 있고 그 사는 곳이 멀리 떨어진 시골에 있다보면, 서로 만난다 해도 엄숙한 모습으로 대하여 만나는 즐거움은 적고 죽는 날까지 서로 아는 사이가 되지 못하는 경우도 있다. 더구나 이러한 몇가지 외에 또 그 처지가 궁하거나 현달하여 고르지 못함이 있기도 하고, 취미나 뜻하는 바가 서로 다르고 보면 비록 나이가 동갑이고 이웃에 가까이 산다 해도 서로 어울려 사귀거나 연회를 베풀며 즐겁게 노닐 수도 없게 되니, 이런 게 모두 인생에 있어서 친구를 사귀고 어울림이 넓혀지지 않는 이유인데다 우리나라의 경우는 더욱 심한 편이다.

　내가 오래 전에 채이숙과 시사詩社를 결성하여 함께 어울려 기쁨을 같이하자고 의논한 적이 있다. 이숙이 말하기를 "나와 자네는 동갑이네. 우리보다 아홉살 더 먹은 사람들과 우리보다 아홉살 덜 먹은 사람들 사이에서 나와 자네가 찾아내 벗으로 삼도록 하세"라고 하였다. 그러나 우리보다 아홉살 더 먹은 사람과 아홉살 덜 먹은 사람들은 서로 어울릴 때 허리를 굽실굽실하며 절을 해야 하고 좌석도 따로 앉아야 할 판이니 그 모임은 이미 시끄러워진다. 그래서 우리보다 네살 더 먹은 사람으로부터 시작하여 우리보다 네살 덜 먹은 사람 사이에서만 그치기로 하였다.[1]

열다섯 사람을 찾아냈는데 이주신(이유수 — 원주), 홍약여(홍시제 — 원주),[2] 이성욱(이석하 — 원주),[3] 이자화(이치훈 — 원주), 이양신(이주석 — 원주),[4] 한혜보(한치응 — 원주), 유진옥(유원명 — 원주), 심화오(심규로 — 원주), 윤무구(윤지눌 — 원주), 신경보(신성모 — 원주),[5] 한원례(한백원 — 원주),[6] 이휘조(이중련 — 원주)[7]와 우리 형제(정약전, 정약용) 및 이숙이 바로 그들이다.

이 열다섯 사람은 서로 비슷한 나이로 가까운 거리에서 살며 맑은 시대의 신적臣籍에 올라 있고,[8] 거의 비슷한 등급의 벼슬인데다 그 뜻과 취미의 지향하는 바가 함께할 수 있는 비슷한 부류이다. 이들이 모임을 만

---

1 옛날에는 5년 이내는 친구로 사귀고 5년 이상이면 형으로 모시고 10년 이상이면 부모처럼 모셨다.

2 홍시제(洪時濟): 영조 34(1758)~? 자는 약여(躍汝) 또는 약여(約汝), 본관은 남양(南陽)으로 1790년 증광문과에 급제, 1821년 대사간이 되었다. 1823년 앞서 신유옥사 때 관직이 추탈된 채제공의 신원을 상소하여 복관케 했다. 아들 홍영관이 정약현의 딸과 결혼하여 다산 집안과는 사돈간이 된다.

3 이석하(李錫夏): 영조 34(1758)~? 자는 성욱(聖勗). 1781년 초계문신으로 뽑혔다.

4 이주석(李周奭): 영조 36(1760)~? 자는 양신(良臣), 방영(邦榮)의 아들. 1794년 경시병과로 급제했다.

5 신성모(申星模): 영조 39(1763)~순조 27(1827). 자는 경보(景甫). 정록(鼎祿)의 아들. 1787년 정시문과에 병과로 급제, 1790년 초계문신이 되었다.

6 한백원(韓百源): 자는 원례(元禮). 1797년 부여현감을 지냈다.

7 이중련(李重蓮): 영조 41(1765)~? 자는 휘조(輝祖), 섭(燮)의 아들. 1790년 문묘현예문과에 병과로 급제. 1806년 사간을 역임했다.

8 정조 같은 훌륭한 임금이 정치하던 시기에 과거에 합격해 관리가 되었다는 뜻이다.

들어 즐겁게 지내며 태평한 시대의 문화를 더욱 찬란하게 하는 것이 또한 옳은 일이 아니랴.

모임이 이루어지자 서로 약속하기를 "살구꽃이 피면 한차례 모이고, 복숭아꽃이 피면 한차례 모이고, 한여름에 참외가 익으면 한차례 모이고, 서늘한 바람이 불어 서지西池에 연꽃이 피면 구경하기 위해 한차례 모이고, 국화꽃이 피어나면 한차례 모이고, 겨울에 큰 눈이 오면 한차례 모이고, 세밑에 화분의 매화가 피면 한차례 모인다. 모일 때마다 술과 안주, 붓과 벼루를 준비하여 술을 마시며 시가詩歌를 읊조릴 수 있게 한다. 나이가 가장 어린 사람부터 준비물을 마련토록 하여, 차례대로 가장 나이가 많은 사람까지 한바퀴 돌고 끝나면 다시 시작하여 돌아간다. 그러는 사이에 아들을 낳으면 한턱내고 고을살이를 나가는 사람이 있으면 또 한턱내고 벼슬이 승진한 사람도 한턱내고 아우와 아들 중 과거에 합격한 사람이 있어도 한턱내도록 한다"라고 규약을 정했다. 이에 이름과 규약을 기록하고는 책의 제목을 『죽란시사첩竹欄詩社帖』이라 했는데, 그 모임이 대부분 우리 집(죽란사)에서 모이기 때문이었다.

번옹이 이 모임에 대한 이야기를 들으시고는 찬탄하기를 "훌륭하도다 그 모임이여! 나는 젊었을 때 왜 그런 모임을 가지지 못했던가. 이것이야말로 우리 어지신 임금께서 20년 동안 백성들을 빛나게 길러내시고 문화와 문명을 창조해낸 효과로구나. 한차례 모일 때마다 그 사람들은 임금의 은혜로운 덕택을 노래하고 읊조리면서 그 은혜에 보답할 길을 생각해야지 괜스레 곤드레만드레 취해 떠들어대기나 해서는 안된다"라고 하셨다 한다.

이숙이 내게 서문을 쓰라고 부탁하기에 번옹이 경계해주신 말씀을 함께 적어 서문으로 삼는다.

이참판이 연경으로 사신 가는 데 부쳐

옛날에 대부大夫로 다른 나라에 사신으로 갔던 사람들은 사소한 것 한가지를 구경하고도 그 나라가 예의있고 인정이 많은가, 야박한 풍속인가를 알았고, 한가지 미미한 것을 보고도 그 나라의 법과 기강이 해이한지 제대로 서 있는지를 알아서 그 나라의 성쇠를 점치고 흥패를 분별할 수 있었으니, 이런 것을 점국[9]이라고 한다. 점국은 명민과 예지가 보통 사람보다 뛰어나지 못한 사람은 할 수 없는 일이다. 만약에 논밭의 모습이나 구경하고 농사짓는 도구들을 살펴본다든지, 또한 물산의 풍부함과 생산방법 정도만 알아낸다면, 이는 한 사람의 역관도 할 수 있는 일이니 무엇하러 현명함과 어리석음을 따지겠는가.

한양에서 연경까지 거리가 3천리나 됨에도 관개[10]가 오감이 노상에 끊임이 없었건만 아직까지 이용후생의 물품들은 단 하나도 얻어가지고 돌아와 전해준 사람이 없으니, 어찌하여 사람들이 백성에게 물자로 혜택을 주려는 뜻이 그처럼 없을 수가 있을까.

---

9 점국(覘國): 다른 나라의 형편을 살펴봄.
10 관개(冠蓋): 옛날 귀족이나 높은 관리가 타던 네 필의 말이 끄는 수레.

복암 이공은 젊어서부터 실용의 학문에 뜻을 두었지만 음보로 벼슬길에 올라 명성을 이룰 수가 없었는데, 임금이 그의 현명함을 아시고 과거에 합격시켜주니 몇년이 못되어 벼슬이 아경亞卿에 올랐다. 이제 또다른 나라에 사신으로까지 가게 되었으니 나라 전체가 공에게 기대함이 얼마나 크겠는가. 공은 장차 어떤 기술로써 나라에 보답할지, 우리 백성들을 위해 이용과 후생의 방도를 생각하여 만세도록 오래 혜택을 입게 해준다면 그것이야말로 나라에 보답함이 적지 않으리라. 어찌 두 나라 사이에서 사신 역할만 할 일이겠는가. 공은 오히려 점국도 충분히 감당할 분이니, 하물며 눈으로 목격하고 손으로 모방하여 역관들조차 할 수 있는 일을 공이 못하진 않으리라.

옛날에 문익점은 목화씨를 얻어 돌아와 심게 하였고 아울러 씨아와 실 뽑는 기구(軖車)를 만드는 법까지 알아와서 백성들에게 전해주었기에 백성들 사이에서는 실 뽑는 기구를 문래文來라고 하여 그 공로를 잊지 않고 있으니 그것이야말로 위대한 일이 아니리오. 공은 행차에 당하여 다만 이것만을 힘쓰시기를.

한교리가 연경으로 사신 가는 데 부쳐[11]

　장성[12]의 남쪽에 있고 오령[13]의 북쪽에 있는 나라를 중국中國이라 부르고 요하遼河의 동쪽에 있는 나라를 동국東國(우리나라)이라고 부르는데 동국 사람의 신분으로 중국에 유람 가는 사람을 찬탄하고 부러워하지 않는 사람이 없다. 내가 볼 때 그들이 이른바 중국이라고 하지만 나는 그 나라가 중앙(中)이 됨을 알지 못하겠으며 동국이라고 부르는 것도 나는 그것이 동쪽이 됨을 알지 못하겠다.

　대개 해가 정상頂上에 있을 때를 정오正午로 삼는데 정오 때 해와의 거리는 날마다 차이가 나서, 그 시각이 같다면 내가 서 있는 곳이 동쪽과 서쪽의 한가운데임을 알게 된다. 북극은 지상에서 몇도度 정도 높은 곳에 있고 남극은 지상에서 몇도 정도 낮은 곳에 있어 오직 그 전체 거리의 반쯤에 위치한다면 내가 남쪽과 북쪽의 중앙에 있음을 알게 된다.

---

11 그때 서장관(書狀官)이 되었다 ─ 원주.
12 장성(長城): 만리장성.
13 오령(五嶺): 중국 남쪽에 있는 다섯개의 영(嶺). 곧 대유령(大庾嶺)·시안령(始安嶺)·
　　임하령(臨賀嶺)·계양령(桂陽嶺)·양양령(揚陽嶺)을 말한다.

무릇 처음부터 동서남북의 중앙에 있는 지역이라면 가는 곳마다 중국이 아닌 곳이 없겠다. 어떻게 동국이라고 부르는 대로 보고 있겠는가. 무릇 가는 곳마다 중국이 아닌 곳이 이미 없으니 어떻게 중국이라고 부르는 대로 보고 있겠는가.

그렇다면 중국이라고 부르는 나라는 왜 그렇게 불릴까. 요堯, 순舜, 우禹, 탕湯의 다스림이 있어서 중국이라고 부르며 공자, 안자顔子, 자사子思, 맹자의 학문이 있기에 중국이라고 불렀다. 지금은 어째서 중국이라고 부를 까닭이 있겠는가. 성인들의 다스림과 성인들의 학문을 우리나라에서 이미 다 얻어 옮겨왔다. 왜 다시 먼 곳까지 가서 구해올 필요가 있겠는가.

논밭에 씨 뿌리고 심는 편리한 농법이 있어 오곡이 무성하게 자라고 있다면 이것은 옛날 어진 관리들이 남긴 은혜요, 문학과 예술에 박아博雅의 능력이 있어 속되고 비루하지 않다면 그것도 옛날 이름난 선비들이 남겨준 운치다. 지금도 마땅히 중국으로부터 이득을 취할 것이라고는 그런 것들뿐이다. 그런 것이 아니라면 억세고 횡포한 풍속, 음탕하고 괴상스러운 잡기에 예절과 풍속을 파괴하고 인심을 방탕하게 하는 것들로 옛날 임금들의 힘쓰던 것들이 아닌데 무엇 때문에 관람하겠는가.

나의 친구 혜보(한치응)가 명령을 받들어 연경에 가려고 할 때 제법 중국으로 유람이라도 가는 모습으로 뽐내기에 내가 일부러 중앙과 동쪽의 설을 만들어 그를 꺾어놓고 겸하여 이렇게 힘쓰도록 하노라.

매심재기

작은형님이 소내로 귀향한 후[14] 그분이 거처하는 서재書齋의 이름을 '매심每心'이라 하고는 내게 기[15]를 짓도록 하며 말씀하시기를 "매심이라는 것은 뉘우침(悔)이다. 나는 뉘우칠 일이 많은 사람이다. 나는 그러한 뉘우칠 일을 잊지 않고 항상 마음에 두려고(每心) 하는데, 그 때문에 서재의 이름으로 했으니 네가 그에 대해 기를 지어다오."라고 하였다.

약용이 시나브로 배운 것으로 "사람에게는 형상과 기운이 있는데 비록 가장 뛰어난 지혜를 가진 사람일지라도 잘못이 없을 수 없다."[16] 또한 성인聖人이냐 광인狂人이냐는 오직 뉘우칠 줄 아느냐 모르느냐로 판가름할 수 있다. 그렇기 때문에 이윤이 말하기를[17] "어떠한 광인도 능히 생각할 줄만 알면 성인이 될 수 있고 비록 성인이라도 생각할 줄을 모

---

14 정약전은 1798년 벼슬을 잃고 낙향하게 된다.

15 기(記): 문체의 하나로 일의 전말, 사적(事蹟) 또는 경치를 그리는 글. 여기서는 누호 (樓號)를 정하게 된 전말을 적은 글이다.

16 『중용』 서문에 있는 주자의 말.

17 다른 글에서는 주공(周公)의 말이라 했고 실제로 『서경(書經)』에도 주공의 말로 나오 니 잘못인 듯하다. 이윤(伊尹)은 탕왕을 도와 은나라를 세운 정치가.

르면 광인이 된다"[18]라고 했으니 여기서 생각한다[念] 함은 뉘우침을 말함이다. 공자가 말씀하시기를 "주공의 재주와 기질의 아름다움을 가지고도 교만하고 인색하다 하면 그 나머지 사람이야 따져서 무엇하겠는가"[19]라고 했을 때 인색하다 함은 뉘우칠 줄 모름을 말함이다. 공자는 "내가 몇년을 더 살아 끝내 역易을 배울 수만 있다면 아마도 큰 허물은 없을 것이다"[20]라고 하셨다.

무릇 주공이나 공자의 성聖으로써는 뉘우칠 만한 잘못이 없을 것인데 그분들의 말씀이 이와 같았으니 하물며 범인들에게 있어서랴.『주역』이란 잘못을 뉘우치는 일에 관한 책이다. 성인들은 우환이 있을 때에도 하늘을 원망하거나 남에게 잘못을 돌리지 않았으며, 잘못이 있으면 스스로 뉘우치기만 하였다. 그렇기 때문에 문왕文王이 유리羑里에 구금되어 있으면서 사실상 처음으로『주역』을 연역演繹했으며 공자도 진채陳蔡에서 액운을 당한 그때에야 십익[21]을 두었으니『주역』의 64괘卦란 대개 뉘우침과 뉘우치지 않음[吝]을 가지고 상象을 세웠던 것이다.

성인이라고 뉘우침이 없겠는가. 만약 성인이고도 뉘우침이 없다면 성인이라는 사람은 우리와 같은 무리가 아니게 되니 무엇 때문에 숭상할 것인가. 안자顔子는 인仁을 하는 까닭이 두번 다시 잘못을 저지르지 않기 위해서라고 했고, 자로子路가 용기있게 된 것은 자기의 잘못에 대한 이야기를 즐겨 들었기 때문이다. 진실로 뉘우칠 일인데 잘못으로 여기지 않음이야말로 허물이 되는 것이다.

18 『서경』 주서(周書) 다방(多方)편에 나오는 말.
19 『논어』 태백(泰伯)편에 나온다.
20 『논어』 술이(述而)편에 나온다.
21 십익(十翼): 공자가 저술했다는『주역』의 주석.

작은형님이 그분의 서재를 이름 지은 것이 어찌 그 뜻이 크지 않겠는 가. 생각건대 뉘우침에도 역시 도道가 있으니 만약 밥 한 그릇 먹는 동 안만 불쑥 분하고 원통히 여기다 지나고 나서는 뜬구름이 하늘 가듯 한 다면 그게 어찌 뉘우침의 도이겠는가. 조그마한 잘못이야 진실로 고치 고 비록 잊어도 괜찮지만 큰 잘못이 있을 때에는 비록 고쳤어도 단 하루 라도 뉘우치는 일을 잊어버려서는 안된다.

뉘우침이 마음을 수양하게 하는 일은 분糞이 움苗을 키우는 것과 같 다. 분은 썩어 거름이 되어 좋은 곡식으로 배양해주고 뉘우침은 죄나 잘 못으로 말미암아 덕성德性이 되도록 수양해주니, 그 이치가 한가지다. 약용의 뉘우칠 일은 작은형님보다 만배나 되어 보이는데, 애걸하여 이 를 나의 서실 이름으로 할 수 있을 것인가. 마음속에 간직하고 있기만 한다면 비록 나의 서실 이름으로 하지 않아도 괜찮을 것이다.

여유당기

    그만두고 싶어도 어쩔 수 없이 스스로에게 하게 하는 것은 이 일이 그 만둘 수 없는 일이어서다. 자신은 하고 싶어도 남에게 알리고 싶지 않 아 자신에게 못하게 하는 것은 이 일이 그만두어야 하는 일이어서다. 그 만둘 수 없는 일을 하더라도 자신이 하고 싶지 않으면 그만두기도 하며, 하고 싶은 일을 하다가도 남이 알지 못하게 하고 싶으면 그만두기도 한 다. 참으로 이와 같이 되면 천하에는 온통 일이 없어진다.

    나는 나의 약점을 스스로 알고 있다. 용기는 있으나 일을 처리하는 지 모智謀가 없고, 착한 일을 좋아하는 하나 선택하여 할 줄을 모르고, 정에 끌려서는 의심도 아니하고 두려움도 없이 곧장 행동해버리기도 한다. 그만두어야 할 일도 참으로 마음에 내키기만 하면 그만두지를 못하고, 하고 싶지 않으면서도 마음에 남아 개운치 않으면 기필코 그만두지를 못한다.

    이 때문에 어린 시절에는 일찍이 방외方外(천주교)에 몰두하여 의심하 지 못했고, 이미 장년이 되어서는 과거 공부에 빠져 돌아보지 않았으며, 서른이 넘어서는 지난 일에 대한 후회가 깊이 퍼졌지만 두려워하지 않았다. 이러했기 때문에 염치없이 착한 일을 좋아하다 욕만 홀로 실컷 들었다. 안타까워라. 이 또한 운명일까. 성격 탓이겠으니 내 감히 또 운명이라고 말하랴.

노자老子의 말에 "여與여! 겨울의 냇물을 건너는 듯하고, 유猶여! 사방 이웃을 두려워하는 듯하도다"[22]라는 말을 내가 보았다. 안타까워라. 이 두마디 말이 내 약점의 치료제가 아니겠는가. 무릇 겨울에 내를 건너는 사람은 차가움이 파고들어 뼈를 깎는 듯할 테니 몹시 부득이한 경우가 아니면 하지 않을 것이며, 사방이 두려운 사람은 감시하는 눈길이 몸에 닿을 테니 참으로 부득이한 경우가 아니면 하지 않을 것이다.

남에게 편지를 보내 경례經禮의 이동異同에 대하여 논하려 하나 이윽고 다시 생각하니 비록 하지 않는다 해도 괜찮을 일이다. 비록 하지 않더라도 괜찮은 일은 부득이한 경우가 아니니 부득이한 경우가 아니면 그만둔다. 상소를 올려서 조정 신하들의 잘잘못을 논하려 하나 이윽고 다시 생각하니 이는 남이 알지 못하게 하고 싶은 일이다. 남이 알지 못하게 하고 싶은 것은 마음에 크게 두려움이 있는 경우이니 마음에 크게 두려움이 있는 것은 또한 그만둔다. 진귀한 골동품들을 널리 수집하여 감상하고도 싶지만 또한 그만두며, 벼슬살이하면서도 관의 재화를 움직여 멋대로 쓰고 훔치고 싶어도 또한 그만둔다.

마음속에서 일어나고 뜻 속에서 자라나는 것이 매우 부득이하지 않으면 또한 그만두며, 비록 매우 부득이하더라도 남이 알지 못하게 하고 싶은 것은 또한 그만둔다. 참으로 이렇게 하면 세상에 일이 있겠는가.

---

22 여(與)는 의심이 많은 동물이며 유(猶)는 겁이 많은 동물이다. 여는 어쩔 수 없이 차가운 내를 건너야 하고, 유는 두려움 속에서 살아갈 수밖에 없다는 의미로 해석할 수 있다.

내가 이러한 의미를 해득한 지 6,7년이 된다. 당堂의 이름으로 하고 싶었지만 이윽고 다시 생각해보고 그만두었다. 소내로 돌아옴에 이르러 비로소 써서 인방楣枋에 붙여놓고 아울러 이름 붙인 이유를 기록해서 아이들이 보도록 하였다.

제단궁잠오²³

단궁檀弓 두편은 『예기』 여러편 가운데서도 그 의리義理가 특히 정밀
하고 그 문사文詞가 특히 아름답다. 그 때문에 나는 그 두편을 가장 좋아
했다. 고례古禮는 번문욕례²⁴하여 짜임새 없는 글들이 없지 않으나 단궁
에 적혀 있는 말은 대개 간략함을 위주로 하고 『논어』에 기록된 공자의
말씀들과 서로 합치하니 진실로 공자의 미묘한 말씀들임에 분명하다.

예禮라는 것은 지위 있는 사람들을 위해 만들어놓은 것이다. 지위가
없으면 또한 재산도 없는 것인데 지위도 없고 재산도 없으면서 예를 모
두 갖추려고 하면 예가 아니게 된다. 두가지가 없는 사람은 습²⁵할 때에
반드시 모두 갖출 수 없고 염²⁶하는 데에 이불[衾]이 반드시 있지 않아도
되며 관棺도 반드시 외관外棺을 사용하지 않을 수 있고 장사지낼 때에도

---

23 다산의 예에 관한 저서 『단궁잠오』에 대한 해제로 쓴 글. 단궁은 춘추시대의 예에
   밝은 학자로 그 때문에 『예기』의 편명이 됨. 성호에서 다산으로 이어지는 민중사상
   을 엿볼 수 있다.
24 번문욕례(繁文縟禮): 규칙이나 예가 지나치고 형식적이어서 번거롭고 까다로움.
25 습(襲): 죽은 이에게 옷을 입히는 일.
26 염(斂): 죽은 이의 몸을 씻어주는 일.

묘를 반드시 후하게 봉하지 않아도 되니 오직 능력대로 하면 된다.

우리 성호선생이 이러한 뜻에 깊이 통달하여 그분이 지으신 상례喪禮 와 제례祭禮는 두가지가 없는 사람들을 위해 깊고도 멀리 생각하신 바가 있다. 다만 선생은 현인賢人인데도 지위가 없었던 탓인지 백성들이 선생의 저서를 믿지도 따르지도 않고 있다. 그래서 내가 단궁 두편을 골라 그러한 의미를 밝혀놓았다.

더러 예전 주에는 잘못된 것도 있어 살펴가며 바르게 고쳐놓으니 책이 모두 여섯권인데 이름을 『단궁잠오』라 하였다. 이 책은 대부분이 강진에 처음 도착해 지은 것이다. 그후에 나는 『예기』에 관한 저서로 『사전四箋』을 편찬했는데 『단궁잠오』에 담긴 대의大義와 큰 논리를 거의 옮겨적은 것이라 지금 『단궁잠오』로 남아 있는 것은 보잘것없어 『사전』에 넣을 수 없는 것들이다. 뒷날 읽는 사람들이 만약 『단궁잠오』가 이런 정도의 책일 뿐이냐고 한다면 이것이야말로 구슬 담을 상자를 사다놓고는 구슬은 딴 물건과 교환해버린 격이 되겠다.[27] 무릇 『단궁잠오』를 읽고 싶어하는 사람은 『사전』 가운데로 옮긴 것들을 다시 뽑아 읽어가면서 이 책을 살펴본다면 그때에야 모두를 읽게 될 것이다.

가경 병자년(1816) 7월 상순

다산초부茶山樵夫 씀

---

27 귀함을 천히 여기고 천함을 귀하게 여긴다는 뜻. 『한비자(韓非子)』 외편 저설(儲說)에 나오는 말.

심경질서발

　학문이란 천하의 공물公物이다. 그 주장이 참으로 도리에 어긋나는 내용이라면 비록 대인군자大人君子에게서 나온 것이라도 결코 받들어 신뢰할 수 없는데 더구나 그보다 더 아래 사람들에게서 나온 말임에랴. 그의 주장이 참으로 도리에 들어맞는다면 비록 비루하고 범용한 사람에게서 나왔다 하더라도 마땅히 칭송하여 널리 세상에 드러내야 할 것인데, 더구나 그러한 사람들보다 더 나은 자리에 있는 사람임에랴.

　양호[28]는 옛날의 큰 악인惡人이었다. 그가 말하기를 "부유하려면 불인不仁해야 하고 인仁하려면 부유하지 못하다"[29]라고 했으니 이는 큰 악인의 진짜 악한 말이었다. 그렇지만 성인의 지위에 오른 사람이 있어 평하기를 "근심할 것 없다. 그것이야말로 인술仁術이다"[30]라고 말하고, 또

---

28 양호(陽虎): 자는 화(貨). 중국 춘추시대의 유명한 독재자다.
29 『맹자』 등문공(滕文公) 상편에 나오는 말이다.
30 『맹자』 양혜왕(梁惠王) 상편에 나오는 말이다. 제물로 끌려가며 벌벌 떠는 소를 보고 양으로 대신하려는 양혜왕의 마음을 맹자가 헤아려, 살생이야 좋지 않은 것이 매한가지지만 눈에 보이는 소 대신 안 보이는 양으로 바꾸려는 것은 인술(仁術), 즉 어진 마음의 발로라고 해석했다.

"그는 그의 부富로써 하고 나는 나의 인仁으로써 한다"[31]라고 한다면 그 말만을 근거로 해서 말한 것이니 순연한 대군자大君子의 아주 착한 말인 것이다. 대성[32]과 마융[33]의 무리도 행한 것은 엉터리가 많았지만 경서를 전하고 주석한 학설들은 없앨 수 없는 것이 많고 그들의 공로는 인멸할 수 없는 것들이 있기에 책을 학관學官에 벌여놓고 그 사람들을 학궁學宮에서 제사지내니, 옛날 사람들은 모두 그렇게 했다.

후세에는 그렇지 못하니, 참으로 그 본바탕이 바르지 않으면 비록 그가 말한 것이 모두 요, 순, 주공, 공자의 말과 같더라도 돌아보지 않고 버렸으며 그의 명성과 이론이 이미 정립되었다면 비록 그가 원용하고 인용한 것이 신불해申不害, 한비자韓非子, 노자老子, 부처와 섞여 있다 해도 감히 의논조차 못하는 바다.

유독 문순부자 이공[34]만은 그러지 않았으니 오직 그가 했던 말을 세밀히 관찰하고 그 사람됨을 따지지 않았으며 오직 도가 가고 있음을 헤아렸을 뿐 자신의 사사로운 생각을 개입하지 않았다. 그래서 정황돈[35]의 『심경心經』에 관한 학설을 취하여 칭송하며 널리 세상에 드러내고 존신尊信하여 학자들에게 가르쳐준 것이 만세의 법정法程이 되었으니 그분의 마음 쓰시던 것이야말로 아주 공평하고 지극히 올바른 것이 아니겠는가.[36]

---

31 '상대가 부를 내세우면 나는 나의 인으로써 대응한다'라는 증자의 말로, 『맹자』 공손축(公孫丑) 하편에 나온다.

32 대성(戴聖): 중국 한(韓)나라 때 예학의 전수자. 숙부 대덕(戴德)과 함께 『예기』를 완성했다.

33 마융(馬融): 중국 한(漢)나라 때의 훈고학의 대가. 경전 주석가.

34 문순부자(文純夫子) 이공(李公): 문순은 퇴계 이황의 시호. 그를 높여 부른 것.

35 정황돈(程篁墩): 중국 명나라 때 사람 정민정(程敏政)으로 호가 황돈, 자는 극근(克勤). 당대에 박학으로 이름을 날렸으나 처신에는 문제가 많았다.

"그 마음이 그 자신만을 위했다면 육씨[37]를 위해 한쪽으로 치우친 학설을 세울 수 있었겠는가. 나는 주자를 위하여 같은 궤도의 바퀴자국을 밟고 있으니 내가 그의 학설을 연구한다고 해서 무슨 상관이 있겠는가"라고 퇴계는 말하였으니 오호, 천하의 큰 용기가 아니고서야 누가 이런 일을 할 수 있었겠는가. 황돈은 비록 처신이 바르지 못했지만 후세에 심학을 열어준 공로만은 잊을 수 없다. 그러나 문순이 아니었다면 그의 책이 우리나라에서 행세할 수 있었겠는가.

성옹星翁이 퇴계의 학설에서 못다 한 것들을 기록하여 몽매한 후학들을 인도하고자 저술한 것이 바로 이 책이다. 오래 전부터 흠모하던 마음을 공경스럽게 기록하여 아이들에게 보여주려고 한다.[38]

---

36 퇴계는 『심경역의(心經釋疑)』라는 저서를 지어 심학(心學) 분야에 학문적 길을 열었다.
37 육씨(陸氏): 육구연(陸九淵)을 말한다. 호는 상산(象山). 심학 분야에서 주자와 큰 차이를 보인 송나라 때의 대학자로 양명학(陽明學)의 개조(開祖)가 되었다.
38 다산은 『심경밀험(心經密驗)』을 저술하여 퇴계, 성호로 이어지는 학문을 확장 계승했다.

종두설

『강희자전康熙字典』에는 "신통한 종두법에서는 무릇 두즙痘汁을 코에 넣어 호흡하면 나간다"라고 되어 있는데 나는 이를 오래 전부터 의문스럽게 생각했으며 묘법妙法이 있는 것을 알지만 우리나라에 전해지지 않음을 안타깝게 여기고 있었다.

가경 기미년(1799) 가을 복암 이기양이 의주義州로부터 돌아왔다(그때 의주부윤으로 있다가 경질되어 돌아왔다 ― 원주). 그의 큰아들 창명滄溟(이총억)이 말하기를 "의주 사람이 연경에 들어갔다가 종두법을 얻어왔는데 그 책은 몇장뿐이다"라고 하기에 곧바로 구해다 읽어보았다.

그 종두법에 써 있기를 "좋은 경과로 마마를 치르고 곱게 아문 사람의 마마딱지 7,8개(작은 것은 10여개 ― 원주)를 사기그릇에 넣고 손가락으로 맑은 물 한 방울을 찍어 떨어뜨려서는 칼자루 같은 단단한 물건으로 갈아서 즙을 만든다. 너무 빽빽하게 하지도 말고 너무 무르게 하지도 말라. 빽빽하면 마마 증세가 나타나지 않고 무르면 마마 증세가 너무 많이 퍼진다. 따로 누에솜(명주솜 ― 원주)을 써서 대추씨 크기만큼 비비고 가는 실로 동여 묶어 단단한 부분에다 그 즙을 적셔 콧구멍 속에 넣는데

남자는 왼쪽, 여자는 오른쪽 코에 넣는다. 가령 자정에 넣었다면 정오가
되어서야 꺼내서 버린다. 언제나 6시간[39](반일半日을 사용한다—원주)씩 사
용하는데 이렇게 해야 증세가 장臟 속까지 스며든다. 며칠이 지나면(혹
은 2,3일 혹은 3,4일로 발진이 되는 게 일정치 않다—원주) 그 아이에게서 갑자기
약간의 아픈 증세를 볼 수 있고 턱 아래 목 주변에 필연코 증세의 싹이
솟아오른다. 큰 것은 새알만 하다. 그게 바로 마마에 걸렸다는 증거다.
이리하여 얼굴과 신체에도 3,4개씩 마마종기가 나타나고 많은 사람은
10여개까지 생기지만 탈은 없다. 며칠이 못 가서 일어나고 부기가 가라
앉고 농이 걷혀 검은 점이 되어 딱지가 떨어져나간다. 더러 여러가지 병
발증이 따르기도 하나 마마 치료법에 따라 비교해보면서 증세에 맞추
어 투약한다면 큰 힘을 들이지 않아도 된다. 백번 종두를 해도 백번 살
아나고 천번 종두를 해도 천번 살아나 한 사람도 실패한 사람이 없다"
라는 게 그 대략적인 말이었다(그 대략의 뜻은 이와 같고 더 자세히 기록하지는
않는다—원주).

경신년(1800) 봄이 되어 검서檢書 박초정朴楚亭(박제가—원주)이 지나다
가 이 책을 보고서는 아주 기뻐하며 말하기를 "우리 집에도 이러한 종
두법이 있소. 내각의 장서 가운데서 베껴놓은 것이오. 다만 그 책은 너
무 간략하여 시험해볼 길이 없었소. 이제 이 책과 합해서 본다면 아마
그 요령을 알아낼 수 있을 것 같군요"라고 했다. 그러고는 돌아가서 사
람을 보내 자기 집에 소장하던 책을 전해주었다. 그 책도 몇장뿐이었다.
내가 마침내 두 책에서 정수精粹를 골라 합해서 한권으로 작성하였다.
그 가운데 아주 오묘한 뜻과 알기 어려운 곳은 간단하게 주석을 달고 겸

---

39 6시간: 지금의 12시간이다.

하여 술가術家들의 바르지 못한 설은 모두 깎아내렸다(그날 간지干支에 따라 실 색깔을 다르게 한다는 것 등이다—원주).

책이 다 만들어져 초정에게 부쳐주었더니 초정이 다시 내게 다녀가면서 말하기를 "이 책을 살펴보면 가장 추운 겨울에는 마마균이 15일이 지나서 딱지가 떨어지니 종두가 나올 수 있지만 만약 가장 더운 철이라면 5,6일만 지나면 발진이 생겨 오래된 종두가 나올 데가 없습니다. 지금 북경에 종두가 있어 마침 그 종자를 우리나라로 가져온다 할 때 비록 아주 추운 겨울이라도 북경에서 새로 떨어진 딱지를 얻어 말을 타고 나는 듯이 달려온다 해도 우리나라에 도착하면 벌써 발진이 생겨(이미 15일이 지난다—원주) 써먹을 수가 없습니다"라고 하였다.

또 그가 보낸 편지에서 "어린애들이 희소하여 더러 종두가 중간에 끊어지기도 하고 별도로 새 환자를 따라 종자를 취하려 해도 반드시 곱게 아문 사람 것을 따야 하는데 비치기도 전에 낙종落種됩니다. 그러나 반드시 서너차례를 지낸 후에야 겨우 성종聖種으로 이루어지는데, 만약 한 차례 전하고 두차례 전한 경우라면 혹 병으로 죽을 수도 있습니다. 그 증험은 경핵頸核에 있으니 한 차례 두 차례 전해진 것은 경핵이 아주 작아 반드시 서너 차례 전한 후에야 그 핵이 분명하게 솟아오릅니다. 그게 그 증험입니다"라고 하여 나와 초정 사이에 서로 논의하던 것이 결론을 맺지 못하고 말았다.

초정은 그때 영평永平현감으로 발령이 나 섭섭해하며 현으로 떠났다. 수십일이 지나서 초정이 다시 와서는 흔연스럽게 내게 "종두가 만들어졌소"라고 하기에 내가 "어떻게 된 거요"라고 하니 초정이 "내가 현에서 이 일을 아랫사람들에게 말했더니 그중에 이방이란 자가 느낀 바 있는 듯이 어느 곱게 아문 사람의 것을 가져왔소. 먼저 그 아들에게 종두를 했더니 핵은 비록 미미했지만 마마는 좋게 되었소"라고 하였다. 두 번째로는 관노官奴의 아들에게 전해주고 세번째로는 초정의 조카에게 전했는데 핵도 점점 커지고 마마도 더욱 좋은 경과로 되어 그때에야 이 씨 성을 가진 의원을 불러다 종두법을 전해주고 바로 그 종두를 가지고 서울로 들어가게 했다 한다. 서울의 북방北坊 지체 높은 집안 사람들 중 에 종두를 한 사람이 많았다고도 했다.

이해 6월에 건릉[40]이 멀리 세상을 떠나시고 다음해 봄에는 내가 장기 로 유배를 떠났고 초정도 경원慶源으로 귀양 갔으며 의원 이씨도 모함 하는 자들이 당시의 논의로 무고에 빠뜨려 무수히 고문을 가해 거의 죽 게 되니 마침내 마마 종자가 끊어지고 말았다. 7년이 지난 정묘년(1807) 에 내가 강진에 있는데 들으니 상주尙州에 의사가 있어 종두를 하니 1백 명에게 하면 1백명이 모두 살아나서 그 이익을 톡톡히 보았다고 했다. 생각건대 그때의 종두법이 다시 영남 지방에서 행해졌나보다. 내가 편 찬한 『종두방種痘方』은 난리통에 분실하고 말았다. 이에 그 전말을 적어 서 아이들에게 보여주려는 것이다.

초정이 말하기를 "북경의 모든 의사들 중 종두를 하는 사람은 각자 한 지역을 전담해서 하였고 어쩌다 갑甲 지방의 의사가 을乙 지방에 숨 어들어가 종두를 하면 곧장 을 지방의 의사가 소송을 일으켜 관에서 그 죄를 다스린다"라고 하였다.

---

40 건릉(健陵): 정조의 능호.

둘째형님께[41]

(상략) 대둔사에 중이 한 사람 있었는데 나이 40세에 죽었습니다. 이름은 혜장이고 호는 연파, 별호는 아암, 자는 무진으로 본래 해남의 한미한 집안 태생이었습니다. 27세에 승통僧統을 붙잡고 제자들만도 백수십 명에 이르렀습니다. 30세에 둔사대회苞寺大會(이 대회는 도道의 대종장大宗匠이 된 뒤에 연다 — 원주)의 주동자가 되었습니다.

을축년(1805) 가을에 만덕사에 머물고 있으면서 저와 서로 만났는데 만나던 날 저녁에 『주역』에 대하여 논했습니다. 그가 하도낙서의 학에 대해 횡설수설 외어대는데 자기의 말을 하듯이 하더군요. 또 주자의 『역학계몽』을 익숙히 알고 있어 가려내기 어려운 여러 조목들을 폭포수 쏟아지듯 설파하니 바라보기가 두려울 정도였습니다.

제가 묻기를 "건초구는 무엇 때문에 9라고 하는가"라고 했더니 그는 "9라는 숫자는 양수의 극極입니다"라고 하기에, 제가 "곤초육이라고만

---

41 신미년 겨울에 — 원주. 신미년(辛未年, 순조 11, 1811) 겨울이면 가을에 아암이 죽고 바로 다음 겨울이니 이 편지 내용의 대부분이 다음해에 지은 아암의 탑명의 내용과 겹친다.

하고 왜 곤초십이라고는 하지 않는가"라고 했더니, 그는 말이 떨어지
자 몸을 일으켜서 땅에 엎드리며 가르쳐주기를 청하고 그가 그때까지
배웠던 것은 모두 버리고 말더군요. 구가九家의 학문에 대해 깊이 연구
한 사람이었습니다. 그 사람은 불법佛法을 독실히 믿으면서도 『주역』의
이치를 듣고 난 후로부터 스스로 몸을 그르쳤음을 후회하여 실의失意한
듯 즐거워하지 않다가 6,7년 만에 술병〔酒病〕으로 배가 불러 죽었습니다.

지난해에 시를 지어 제게 보여준 것으로

백수 공부를 누가 힘써서 할 것인가.	柏樹工夫誰得力
연화세계는 이름만 있는 것이지.	蓮花世界但聞名

라고 했고 또

외로운 읊조림이 근심 속에서만 불리고 있으니	孤吟每自愁中發
맑은 눈물이 술만 취하면 흘러나오네.	淸淚多因醉後零

라고도 했습니다. 그가 죽을 무렵에 누누이 혼잣말로 말하기를 "부질
없군, 부질없어(방언으로 무단혜無端兮는 부질없이大質業是다―원주)"하더랍
니다.

제가 지은 만시輓詩에서

이름이야 중이지만 행동은 유자儒者여서	墨名儒行世俱驚
세상 사람들 깜짝 놀라게 해,	

애처롭구나 화엄의 옛 주동자여!　　　　　　悵悵華嚴舊主盟

『논어』만을 그리도 자주 읽었고　　　　　　一部魯論頻盥手

구가의 『주역』을 자세히도 연구하였다.　　九家周易細研精

처량하게 가사는 찢겨 바람에 날아가고　　凄涼破衲風吹去

사라져버린 잔해만이 비바람에 날렸구나.　零落殘灰雨洒平

장막 아래 풋내기 중들만 서너댓명　　　　帳下沙彌三四五

여러 사람 모여서 울어대는 곡소리엔　　　哭臨(去聲)

선생이라고 불러대누나.　　　　　　　　猶復喚先生

(근래에 『논어』와 『맹자』를 무척 좋아하자 여러 중들이 비꼬아서 부르기를 '김선생'

이라고 했다──원주)

라고 했습니다. (하략)

채이숙에게 답하다

좁다란 길인데도 수레를 돌려 다시 살아난 내 얼굴을 보려고 찾아준 지극한 뜻은 쉽게 말로 표현할 수가 없구려. 벌써 하잘것없는 하루살이보다 못한 인생이 되었는데, 귀양살이에서 돌아오니 이러한 위로도 해주네그려. 마음에 걸리는 일은 자네 아버님 채제공의 문집[42]인데, 비록 세번째 본이 이미 만들어졌다고 하나 연보가 아직 작성되지 못했다면 고징考徵할 자료가 없어져가니 그 일이야말로 아주 급한 일일세. 모름지기 심동규[43] 등 여러분과 함께 시한을 정해놓고 만드는 일을 시작하는 것이 어떤가.

경진년(1820) 여름.

옛날의 죽란시사를 회상해볼 때 무인년(1758)에 태어난 사람이 네 명[44]인데 다만 약여[45]만이 겨우 살아 있고 임오년(1762) 태생이 세 사람

---

42 다산은 채제공이 죽은 해인 1799년 여름 이가환 등과 채제공의 문집을 교정했다.
43 심동규(沈東奎): 영조 17(1741)~? 자는 취오(聚五), 락(洛)의 아들. 채제공의 문인(門人)인 것 같다.

이었는데 한 사람은 죽고(윤무구) 한 사람은 벼슬길이 막히고(다산) 형 (채이숙)도 또한 한가한 세월이나 보내고 있으니, 인생의 영화로움과 쇠락함이 이러할 줄이야 어찌 알았으리오. 회갑回甲이라는 이름은 후세에 나온 것이지만[46] 이해를 당해서 이와 같은 신세를 되돌아보니 마음속 슬픔을 금할 길 없소. 형을 생각해보아도 다시 슬퍼지는구려.

임오년(1822) 가을에.[47]

---

44 무인년(1758)에 태어난 네 사람은 이유수·정약전·이석하·홍시제를 말한다.
45 약여(躍如): 홍시제의 자로 약여(約如)라고도 한다. 대사간을 지냈다.
46 옛 성인들의 글에는 회갑의 해에 대한 언급이 없다고 한다.
47 이 짤막한 편지 두장은 다산이 해배 후 찾아준 옛 친구에게 고마워하는 내용과 자신의 회갑을 맞아 소회를 적은 글이다.

두 아들에게 당부하다

(전략) 번옹은 지위가 참판에 이르렀으나 어버이를 섬김에 있어서는 천한 일도 몸소 하였다. 도승지로 있을 때 조정에서 돌아오면 곧바로 조복朝服을 벗고 땔감을 안고 가서 지사공知事公의 방에 손수 불을 땠는데, 그렇게 하지 않으면 구들장의 차고 더움이 알맞지 않을까 염려해서였다.

어머니에게 딸이 있었는데 요절하자 남기고 간 어린애들을 길렀으니, 아들은 참판 이유경[48]이고 딸은 우진사禹進士의 아내였다. 어머니가 임종할 적에 번암樊巖을 불러 앞으로 오게 한 다음 그애들을 당부하면서 "내가 이 두애들을 너에게 부탁한다. 내가 살아 있을 때처럼 이 아이들을 보살펴다오" 하시자, 공公은 그리하겠다고 대답하였다. 그때부터 사내아이는 아들처럼 계집아이는 딸처럼 여겼다. 계축년(1793) 여름에 수상이었던 공이 밤에 임금을 뵈었을 때 임금이 "경卿의 집에 우씨禹氏

---

48 이유경(李儒慶): 영조 24(1748)~? 자는 이선(而善), 본관은 함평(咸平), 태운(台運)의 아들. 1772년 정시문과에 병과로 급제. 1799년 참판에 이르고 1807년 강릉부사를 지냈다.

의 아내가 있소? 자잘스런 비방이 있으니 경은 잘 살피도록 하시오"말 씀하시자, 공은 그간의 사정을 아뢰고 집으로 물러나와서도 전처럼 행하였다. 이는 탁월한 행실이었다.

번옹은 전에 나의 과거 합격을 축하해주기 위해 우리 집에 온 적이 있었다. 마침 자리가 손방巽方에 앉아 건방乾方을 향하게 되었는데, 잠시 후에 손님들이 몰려와서 좌우로 응답하다가 반나절이나 지나 파하였으나 앉은 방향이 한치도 틀리지 않았다. 을묘년(1795) 봄에 상휘호도감上徽號都監으로 휘호徽號를 봉진封進하던 날, 육경六卿의 재신들이 모두 회합했다. 그때 내가 보니, 공은 두 무릎을 땅에 붙이고 우뚝 앉아 움직이지 않는 것이 마치 무쇠로 주조한 산악 같았고, 다른 군공君公들은 몸을 좌우로 기울이거나 의지하면서 뼛소리를 우두둑우두둑 내고 있었다.

공의 신장身長은 보통사람을 넘지 않았으며 허리둘레도 가늘었고 면모도 우람스럽지 못했다. 판서 권엄은 신장이 9척이나 되고 허리와 얼굴 모두 보통사람보다 컸다. 그러나 공을 곁에서 모시고 앉아 있는 것을 보면 왜소하고 연약하여 마치 태산 앞에 있는 작은 언덕처럼 느껴졌다. 나는 기상의 웅장함과 잔약함은 체구의 크고 작음에 있지 않다는 것을 비로소 깨달았다.

참판 오대익[49]은 공의 처남이다. 전에 정주定州사건으로 옥에 간혔을 때, 여러 벼슬아치들이 "경삼의 사건[50]을 공은 어떻게 아뢰려고 하십니까?" 하고 물었다. 공이 침묵을 지키자, 여러 벼슬아치들은 "혐의가 있는 처지라서 공도 감히 원한을 풀어주지 못하는 것이다"라고 서로 말

---

49 오대익(吳大益): 영조 5(1729)~? 자는 경삼(景參), 필운(弼運)의 아들. 채제공의 처남. 1774년 증광문과에 병과로 급제. 정주(定州)목사 및 참판을 역임.
50 오대익의 자가 경삼(景參)이다.

하였다. 그런데 얼마 후에 희정당熙政堂에 들어가 임금을 알현하여 오공 대익의 억울함을 아뢰는데 그 말소리가 지붕의 기와가 흔들릴 정도로 컸다. 공이 계속하여 말하기를 "대신의 입장으로 혐의스런 처지 때문에 아경亞卿의 죽음을 가만히 보고만 있을 수는 없습니다" 하자, 임금이 얼굴빛을 고치고서 칭찬하였다. 이날 공이 오공의 사건을 아뢰는 것을 본 사람들은 기가 위축되어 혀를 내두르면서 공의 의기意氣를 장하게 여기지 않는 사람이 없었다. 오공은 죄를 감하여 처벌을 받게 되었다.

병진년(1796) 정사년(1797) 사이에 소릉少陵이 문을 닫고 한가히 지내자, 간사한 무리들이 번옹과 그에게 틈이 생겼다고 말을 지어내어 몇달 사이에 여러 사람들이 시끄럽게 떠벌렸다. 공에게 그에 대해 질문하는 사람이 있었으나 공이 입을 다문 채 답변하지 않자, 많은 사람들이 더욱 근거없는 말이 아니라고 믿게 되었다.

마침 정월 보름날 밤에 권엄과 이정운李鼎運 등 여러 벼슬아치들이 함께 다리밟기를 하러 가자고 청했는데, 공은 병이 났다는 핑계를 대고 밤 이고二鼓에 은밀히 사람을 보내 소릉을 불렀다. 그리고 함께 광통교廣通橋 위에 나가 병풍을 치고 고기를 구워놓고 사이좋게 마주 앉아 술과 농담을 나누며 새벽종 칠 때까지 머물렀다. 이때 온 성안의 구경꾼들과 아전들, 시정의 유생, 놀이패 들이 모두 와서 엿보고는 돌아가면서 말하기를 "두 사람 사이에 틈이 생겼다는 말은 한갓 거짓말이었구나" 하였다. 그 다음날 소문이 퍼져 벼슬하는 집안마다 모두 알게 되었고 임금에게 까지 알려지자 말을 지어낸 사람들이 시들해졌다. 그후 며칠이 지나 경모궁景慕宮에서 임금을 알현했을 때 소릉은 쓸 만한 사람이라고 힘껏 추천하였으니, 그의 덕량德量이 이러했다.

해좌공海左公은 성품이 느긋하고 고상하며 지조가 확실하여 맹분[51]이나 하육[52] 같은 힘센 장사도 뺏지 못할 기개가 있었다. 전에 이조에서 직책이 교체되자 급히 짐을 정리하여 법천法泉으로 돌아가려는데, 승지 이익운이 승정원에서 퇴근하여 전하기를 "밀지密旨가 있으니 며칠 뒤에는 다시 제수除授의 명이 있을 것입니다. 급히 돌아가서는 안됩니다" 하였다. 공이 "임금의 교서教書가 조보朝報에 나왔소?" 하고 묻자 이익운이 놀라며 "밀지입니다" 하였다. 그러자 공은 "이미 조보에 나오지 않았다면 내가 떠나더라도 회피하여 태만히 한 것이 아니오" 하고는 뒤도 돌아보지 않고 끝내 가버렸다.

해좌공이 이조에 재직할 때 공을 위해 꾀를 내는 자가 있어 말하기를 "수령으로 처음 벼슬에 나가거나 복직되는 경우는 친구들을 임용해야 하고, 삼사三司의 여러 후보자는 시속의 인물들을 섞어 임용함이 옳습니다" 하니, 공은 "삼사는 청준淸峻한 자리인데 어찌 수령의 아래에 두어 그와 같이 말을 하오?" 하였다. 그러고는 삼사를 주의注擬하는 데 친구들을 많이 올렸으니, 시속에 물들지 않음이 그와 같았다.

소릉은 구경九經을 막힘없이 술술 외웠으며, 백가서百家書에도 두루 관통하여 빠뜨림이 없었다. 어떤 사람이 시험해보려고 흔히 볼 수 없는 글에서 한 글자 반 구절을 따다가 갑자기 묻자, 공은 그 글의 전문을 외워 10여 행을 그치지 않고 술술 내려가니 시험하던 사람이 도리어 어이

---

51 맹분(孟賁): 중국 전국시대 때 용사(勇士). 물에서는 교룡(蛟龍)을 두려워하지 않고 땅에서는 호랑이도 두려워하지 않으며 노하면 기(氣)를 토하고 소리 지르면 하늘이 진동했다 한다.
52 하육(夏育): 중국 주나라 때 힘센 사람. 능히 살아 있는 소의 꼬리를 뽑았다고 한다.

없어하였다.

갑인년(1794) 겨울에 도감당상都監堂上이 되었을 때 '개운開運'등 여덟 글자의 휘호를 올리기로 의논하였는데, 금등金縢의 뜻이 모두 빠져 있어 임금이 휘호를 고치고 싶어했으나 적당한 이유를 찾지 못하고 있었다. 이때 공이 아뢰기를 "개운은 석진石晉의 연호입니다"라고 해서 드디어 고치기로 의논을 정하였다. 그리고 임금도 "모름지기 독서인을 등용해야 한다"는 비유의 성교聖敎를 내렸다.

을묘년(1795) 봄에 공조판서에 제수하였고 또 인정문仁政門에서 전좌殿座한 때 특별히 나를 불러 전교傳敎를 받아쓰도록 하였으니, 이는 대개 개운에 대하여 올린 답변이 임금의 뜻에 크게 부합하였기 때문이다.

공은 나보다 20세 위였으나 국가의 큰일을 함께 논하다가 충의忠義에 감격한 뜻이 맞으면 훌쩍 일어나 절을 하곤 하였다. 만년에는 오사 이정운과 서로 잘 지냈다. 달 뜨는 밤이면 서로 모여서 손수 거문고를 격절하게 타기도 하였다. 뜰 앞에는 오동나무 한 그루와 파초 한 떨기가 있어 맑은 그림자만 너울거려 한점 진토塵土의 기운이 없었으니 그야말로 당시 최고의 풍류였다.

복암은 젊어서 정산 이병휴와 예헌 이철환의 문하에 나아가 배웠는데, 늘 도보로 찾아가서 학문에 힘쓰되 경서에 온 노력을 기울였다. 뒤늦게 진산군수가 되었는데, 그때 임금이 급히 어진 이를 구하자 여러 사람들이 모두 복암을 추천하여 서울로 오게 되었다. 그리고 얼마 있다가 집을 하사받고 몇년 사이에 등급을 뛰어넘어 참판에 이르렀으니, 이는 근세에 없던 일이었다. 임금의 뜻은 항상 복암과 나를 왕릉王陵과 진평陳平이 소하蕭何를 계승한 것에 비교하였다.[53]

그분이 의주부윤義州府尹이 되어서는 청렴하고 관대하여 명성이 서울까지 널리 퍼졌다. 만년에는 해학을 좋아하였고 더위 타는 병이 있어 자기 몸을 단속하지는 못했으나, 그분의 처신은 엄숙하고 근엄하였다. 내가 무슨 말을 할 때마다 무릎을 치며 탄복하여 칭찬하였으며, 나의 문장에 대해서도 역시 깊이 인정해주었다(가경 무진년(1808) 윤5월 다산서각茶山書閣에서 쓰다— 원주).

---

53 중국 한나라 고조(高祖) 때 명재상인 소하(蕭何)를 정조 때의 명정승 채제공에 비겼고 채제공을 이어 정승을 지낸 왕릉(王陵)의 역할에 복암을, 왕릉을 보필한 진평(陳平)의 지혜로움에 다산을 비겼다는 뜻이다.

해설

이 책에 번역한 다산, 손암, 녹암, 정헌, 복암, 매장 등 여섯 사람의 사상가를 포함해서 직간접으로 신유옥사(1801)의 피해를 입은 다산의 지인 및 선후배들의 일생이야말로 시대적 삶을 살다가 권력에 짓밟혀 무참히 희생된 일생이었다. 다산의 말대로 "역적을 구실 삼아 함께 섞어서 죄를 주는 옥사獄事에서 억울하게 몰려서 사화士禍를 당한 것"(「복암이기양 묘지명」)이니, 이 책의 주요한 부분은 이들이 억울하게 죽어간 기록이기도 하지만, 권력에서 소외된 지식인들이 수난받던 시대의 생생한 자료로서 고발문학의 일종이기도 하다. 학자와 권력, 사상과 정치, 선류善類와 악당惡黨의 싸움에서 최후의 승자가 어느 쪽인가도 이 기록은 보여줄 것이다.

조선왕조 후기의 실학과 실학사상은 시대적 산물이었다. 이제는 정설이 되었듯이, 실학은 주로 조선 후기 실권失權세력인 남인계 학자들이 자신들의 고난이 연유한 시대적 아픔을 해결하고 도탄에 빠진 민중들의 비참한 삶을 구제하기 위해 연구해낸 학문적 노력의 결실이다. 이런 말이야 다산 일파를 중심으로 해서 하는 말이고, 노론계 학자들 중에서도 시대적 난제를 풀기 위한 학문적 업적을 이룩한 큰 실학자들이 많았던 것까지를 부인하는 것은 아니다. 보통 우리는 실학의 학통을 말할 때 반계磻溪 유형원柳馨遠(1622~73)을 1조一祖, 성호 이익(1681~1763)을 2조, 다산 정약용을 3조로 보아 실학의 집대성자로 다산을 들고 있다. 그것은 물론 성호와 다산의 중간에 있던 연암 박지원(1737~1805) 계열의 이용후생파 실학사상까지도 다산학茶山學에 모두 수용되었음을 전제로 한 이야기다.

그러나 가혹한 탄압 속에서 시대를 개혁하고 병든 민중을 살려내자, 따라서 국가를 살려내자던 실학사상은 당시의 주도적 정치세력과는 하등 관계없는 것이 되어 도탄에 빠진 민중의 생활 향상을 위한 방법으로 채택되지도 않았고 시대를 변혁하는 구제사상으로서도 그 구실을 하지 못했다. 다만 소수의 학자들 사이에서 논의되었을 뿐 그들의 경륜이 실제 사회에서 실행되지 못한 것은 바로 민족사의 운명을 침체하게 만든 중요한 요인이기도 했다. "학풍學風은 오히려 살기殺機"(정인보)였다고 했듯이 이들은 그 학문적 경향 때문에 죽음을 당해야 했고, 죽어서도 시체까지 저자에 놓여 구경거리로 되리만큼 철저하게 집권세력의 미움을 받고 말았다. 당대 집권세력의 억압과 차단으로 실학은 주도적 학문으로서나 사회사상의 주된 이론으로서 민중에 뿌리내려 그들의 삶의 처지를 개선하는 데 큰 도움을 줄 수 없었던 것이다.

역사를 돌아볼 때 가장 두려워하고 경계해야 할 것이 권력욕이다. 권력 때문에 올바른 철학과 사상, 학문과 학자들의 민중을 위한 업적이 얼마나 어이없게 사장되고 말았던가. 요순군민堯舜君民의 지치주의至治主義 도학·정치철학을 부르짖던 조광조가 몇몇 권력욕에 사로잡힌 집권층 소인배들에 의해 역적으로 몰려 독배를 마셔야 했고, 그가 해설한 정통의 『소학집주小學集注』란 교과서까지 금서로 낙인찍혔던 기묘사화(1519)만 보더라도 이를 짐작하기에 충분하다. 조선왕조 5백년 동안 선비들이 자기의 학문적 소신 때문에, 정당한 정치적 주장 때문에 억울하게 탄압받은 지식인들의 화란禍亂인 사화가 수없이 많았다. 무오사화(1498), 갑자사화(1504), 기묘사화(1519), 을사사화(1545), 기축사화(1589), 경신사화(1680) 등 끊임없이 이어진 사화들(운서韻書와 자전字典이 금서로 되었던 것으로 볼 때 신유옥사도 신유사화라고 할 수 있다), 바로 그러한 사화야말로 역사를 후퇴시키는 집권층의 죄악이었고 민족의 불행을 자초한 원인이자 구시대의 오욕적 유물이었음을 우리는 이러한 역사를 통해서 충분히 알 수 있는 것이다.

이 책의 주된 부분인 여섯 사람의 기록은 그런 의미에서 권력에 짓눌린 실학자들이 사화를 당하던 생생한 기록이 아닐 수 없다. 감옥의 형틀에서 모진 고문에 시달리다 죽어간 녹암 권철신과 정헌 이가환의 처절한 일생과 그들의 학문과 사상, 유배지에서 2년 혹은 6년, 16년씩을 신음하다 죽어간 복암 이기양, 매장 오석충, 손암 정약전의 고난의 일생, 18년 동안 유배생활을 한 다산 자신의 철학·학문·실학사상, 일생의 삶을 비롯해 이들이 사화를 당하던 과정을, 피해자의 한 사람인 정약용이 기술한 역사적 자료다. 사화의 실제 체험자요 목격자요 증인이라는 점에서 어떤 사화의 기록보다 정확하고 비통하며 처절하지 않을 수 없다. 더구나 이들 여섯 사람은 함께 벼슬하던 동료요 사제지간이요 동지였고, 오랫동안 사귄 친구 사이였고, 서로 인척간인데다 같은 피를 나눈 동기간이었으니, 이 글은 역사적 기록일 뿐 아니라 인간의 아픔과 죽음의 처절함, 삶의 즐거움을 기록한 일대 서사문학이라 해도 손색이 없다. 더욱이 실사구시實事求是의 학풍에 입각한 사실 위주의 기록자요 천재적 기억

374

력의 소유자, 민족 최대의 사상가·시인으로 역사적 안목이 정확한 다산이 뛰어난 표현력으로 기록한 것이고 보면 더 말할 나위가 없을 것이다.

이분들의 억울함을 풀고 이분들의 일생사가 역사의 거울이 되게 하는 일은 하늘의 뜻이자 역사적 필연이 아닐 수 없다. 이러한 천재들이 모두 후손마저 끊기거나 미약하여 그들의 일생을 살펴볼 아무런 근거가 없던 터에, 역사는 참과 진실을 버리지 않으려는 듯 다산을 18년의 귀양살이를 마치고 살아서 고향에 돌아오게 해주었으며, 57세에 해배 뒤 또 18년간을 한가롭게 살아가며 자신의 학문적 마무리를 할 수 있게 해주었고, 동지들의 억울한 죽음을 풀어줄 기록을 남기기에 충분한 시간을 주었던 것이다. 다산이 75세로 죽는 날까지 이들 기록을 정서해두고 뒷날을 기다리게 해준 그것이야말로 바로 이들이 승자가 되게 한 사실史實이 아닌가.

본문을 읽어보면 이들 여섯 사람의 관계와 이들의 학통, 주장의 개요 등을 알 수 있고 또 이들이 살던 사회의 분위기와 정치적 상황도 속속들이 알 수 있으나 독자의 이해를 돕기 위해 몇가지 간추려보고자 한다.

이 책에 실린 모든 사람은 혁혁한 선조를 모신 남인 고가古家의 후예들이다. 가계를 보면 알 수 있듯이 이들의 집안은 경신대출척이 일어난 1680년에서 정조 등극해인 1776년까지 거의 1백년 동안 실세失勢의 집안으로 당로자들인 노론과는 반대의 의견과 입장을 지녔고, 아버지나 할아버지 들이 모두 포의布衣여서 피지배자의 입장에 서 있었다.

한결같이 이들은 또 성호의 실학사상과 학문을 잇는 학통의 계승자들이었다. 나이가 가장 많은 녹암 권철신은 성호 56세에 태어났고 성호가 타계한 83세 때 녹암의 나이는 28세로, 성호 노년기의 학문을 직접 문하에 들어가 청년 시절까지 익히 배워 학통을 이은 제자로까지 추앙

받던 위치였다. 정헌은 성호의 종손인데 그의 나이 22세 때 성호가 죽었다. 종손이었기 때문에 그가 한 집안에서 보고 듣고 배운 게 모두 성호의 학문이었을 것임은 말할 필요가 없다. 복암은 성호가 죽을 때 20세였는데 직접 배우지는 않았지만 성호의 자질子姪들에게서 성호 학문을 배웠고 종유從遊하던 사람들이 모두 성호학파였다. 매장도 태어난 해가 1743년으로 정헌, 녹암 등과 동년배로서 막역한 사이였으니 의당 성호학파임이 분명하다. 손암은 바로 녹암에게 집지執贄한 제자였고 같은 연배인 이벽, 이승훈 등과 함께 성호 학문을 계승하려 했음은 그때의 사회적 분위기이기도 했다. 손암 6세, 다산 2세 때 성호가 별세하여 이들은 녹암과 정헌 등을 통해 성호 학문을 간접적으로 받아들였지만 유문遺文을 통해서 접하기도 하였다.

이들은 사도세자의 죽음을 둘러싼 시파時派·벽파僻派의 당파싸움에서 모년의리某年義理를 주장하던 시파의 영수 번암 채제공과 뜻을 같이한 직계 후배들로 모두 시파였다. 이로 인해 아버지의 억울한 죽음을 한없이 동정하고 아픔을 견디기 어려워하던 임금 정조의 무한한 사랑과 도움을 받았으며 능력을 인정받기도 했다. 영조 말년부터 탕평책의 일환으로 미관말직일망정 남인들의 벼슬살이가 시작되었고 정조의 왕위 계승으로 시파 남인들의 벼슬길이 다소 열리긴 했지만, 그러나 시론時論은 아무래도 당로자 쪽인 노론 계열에서 절대적으로 주도하고 있었기 때문에 이들의 벼슬길은 순탄치 못한 가시밭길일 수밖에 없었다. 제왕의 총애를 받기는 했지만 당시는 '주약신강主弱臣强'이라는 말처럼 제왕의 독단으로 정치를 할 수 있는 세상이 아니었고, 번암이 영의정이 되고 정헌이 공조판서, 복암이 예조참판, 다산이 좌부승지의 벼슬을 하는 동안에도 정치의 주도권은 늘 노론 계열에 있었기 때문에 이들은 그야말로 미미한 역할을 할 수밖에 없었다.

그리고 현재 관행하는 역사서술에서 정조 말년 남인 시파 내에서 갈린 당파를 일컫는 공서파攻西派·신서파信西派 중 이들은 신서파에 속한다. 이들은 목만중, 홍낙안, 이기경, 박장설, 홍의호 등 '공서파'의 갖은 모략과 위계에 휘말려서, 당시 정권을 잡고 있던 노론과 벽파의 정치적 음모 속에 보수적 정치권력의 타당화를 위한 반대파 탄압에 희생된 정치범들이었다.

다음으로 이들은 모두 서교西敎(천주교)와 관계되어 있다. 정통 유학사상 즉 주자학朱子學이 아니고는 행세할 수 없던 시절에 사교邪敎·사학邪學이라고 몰아붙이는 천주교와의 관련은 이들이 더욱 공격과 비난을 받을 수밖에 없었던 역사적 필연이라고나 할까. 복암을 제외한 이들은 모두 한때 서교에 빠졌음을 이 책에서 다산 자신도 인정하고 있다. 어쨌든 이들은 이 나라 천주교의 전래 및 전교傳敎과정에서 빼놓을 수 없는 자리를 차지함도 사실이다. 이 나라 최초의 천주교 신앙운동가인 이벽은 다산 큰형의 처남으로 다산 형제와는 죽마고우였고, 베이징 천주교구에 가서 천주교 교리를 배우고 서적을 구입해와서 신앙생활의 기틀을 잡은 이승훈은 다산의 매형으로 동년배의 동지이기도 했다. 게다가 이승훈은 이가환에게 누님의 아들, 즉 생질이었다. 문제의 「황사영백서」 작성자 황사영은 다산 큰형의 사위 즉 조카사위였으니 혈연관계가 너무도 가까웠고, 다산의 둘째형 정약종은 당시의 명도회장明道會長이기도 했다. 다산의 말을 빌리면 이승훈이 베이징에서 귀국한 1784년 3월 14일의 한달 뒤인 4월 15일 이벽으로부터 천주교 서적을 얻어다 읽어본 후 진산사건이 일어난 신해년(1791)까지 7,8년 동안은 천주교에 매혹되었다고 했다.

이 문제를 좀더 부언해보자. 본문에 자주 나오는 서학西學·서서西書·서설西說이라는 용어가 모두 천주교와 관련된 것만은 아니다. 이 중에는 실학자들을 매혹한 역상曆象(천문학 및 역학)·수리학數理學(기하학 및 수학)·농정農政·수리水利 등의 서양 과학사상이 포함되어 있었다. 본문을 통해서 보면, 이가환은 모든 학문 분야에 뛰어났지만 유독 역상학에 독보적 지위를 차지하고 있었음을 알 수 있다. 일월日月·성신星辰의 원리와 지구도설地球圖說을 작성해놓고 지구의 경도와 위도 등에 대해 한치의 차이 없이 통달하였다고 했다. 정약전은 다산이 다른 글에서 수학에 밝았다고도 했지만 이 책에서도 『기하원본』을 연구하여 그 원리를 완전히 꿰뚫어 알았다고 했으니, 이들은 어느 면으로 보나 서학 즉 서양사상을 학문으로 수용하였고 다산으로서는 이 모든 것을 종합하여 특출한 과학사상까지 모두 포용했던 점을 기억할 수 있다. 「선중씨 정약전 묘지명」 한화閒話조의 마지막에 "신해년 겨울 이후로 나라에서 더욱 엄중히 금하자 한계가 드디어 구별되었다"라고 했는데 이 한계야말로 중요한 구분이 아닐 수 없다. 천주교를 죽음을 무릅쓰고라도 신앙으로 믿고 따라야 한다는 사람들과 학문으로만 받아들여야 한다는 사람들의 한계인 것이다. 저자 다산의 주장을 종합해보면, 다산이 묘지명을 쓴 이 책의 주인공 여섯 사람은 모두 학문으로만 받아들인 사람으로 확정해놓았다. 한때 매혹된 것은 사실이지만 진작 거기에서 빠져나왔다는 것이다.

다산의 서술을 읽어보면 그가 신해년 이후로 서교에 손을 끊고 관계하지 않았음은 여러가지 자료로 분명해진다. 우선 그가 지어놓은 묘지명만 보더라도 신앙으로 믿은 사람에 대하여는 전혀 언급하지 않았다. 남인 선배들의 묘지명은 평생을 알리기 위해 기록해둔다 하면서도 그의 혈육인 셋째형 정약종에 대해서는 한마디 기록이 없고 죽마고우인 이벽, 매형 이승훈에 대한 언급도 없으며 조카사위 황사영에 대해서도 역적이라 했을 뿐 아무런 자료를 남겨놓지 않았다. 신자에 대한 탄압이 무서워 그들의 기록을 남기지 못했고 자신의 진실을 음폐하려던 것이었다면 왜 하필 그렇게 엄청나게 무섭던 시절에, 자신에 대한 모함도 다 벗지 못하고 죽음의 그림자가 아직 가시지 않은 시절에, 대역부도죄로 죽어 기시棄市까지 당했으며 아무런 신원伸寃의 가망도 없는 중죄인인 이가환, 권철신에 대해 그렇게 소상하게 적어두고 그처럼 숭모의 정과 사모의 마음을 털어놓으며 죄 없음을 그렇게 변명했을까. 한말韓末 홍재학洪在鶴의「만언소萬言疏」에서도 이가환, 이승훈을 사학의 상징으로 하여 척사斥邪의 입론 근거로 삼고 있다. 만약에 신앙을 버리지 않았으면서도 죽음이 두려워 신자가 아니라고 변명했다면, 예학을 그의 학문의 중요한 부분으로 하여 천주교 교리와는 너무도 거리가 먼 상례喪禮와 제례祭禮 연구에 그 많은 시간을 보내고 그 많은 양의 저서(『상례사전』50권, 『상례외편』 12권, 『사례가식』 9권)를 그처럼 치밀하게 저술해놓았을까. 녹암의 예학에 대해서도 왜 그렇게 자세히 설명했을까. 이런 점으로만 보더라도 다산 자신이 진작 천주교에서 손을 떼고 신앙으로 믿지 않으려 했던 점은 명약관화하다. 황사영도 그의「백서」에서 다산 일파에 대해 "모두 전에는 주님을 믿었으나 목숨이 두려워 배교한 사람들이다"라고 했으니 신자들 쪽에서 보면 배교자라고 할 수 있을지언정 신자라고는 할 수 없었음이 뚜렷하다. 다산 자신은 "몸으로 종교를 믿지는 않았다"(「선중씨 정약전 묘지명」)라고 했으며 철저한 신자이자 셋째형인 약종의 편지에 "둘째형(약전)와 막내(약용)가 함께 배우려 하지 않아서 한스럽다"(같은 글)라고까지 되어 있다. 또한 신자가 아니라는 구체적 증거가 재판기록에 있다는 것까지 제시했음을 참작해야 하리라 믿는다. 오늘날 이들 여섯 사람이 모두 천주교 신자였다고 확정하고 그렇게만 믿고 있는 일단의 논의들은 한번쯤 더 고찰해볼 필요가 있을 것 같아 밝혀두는 바이다. 율곡栗谷이 초년에 불교에 전념하다가 다시 유교로 돌아왔으나 불교 신자라고 하지 않음을 고려해도 좋겠다.

아무튼 이들이 한때 서학과 서교에 매혹되었던 것은 사실이고 이들의 실학사상과 학문이 서양의 진보적인 사상과 과학이론에 많은 영향을 받았음도 분명한 사실이니 실학사상 발전과 전개과정에서 서양사상의 수용이 아주 큰 역할을 했다는 것에 대해서만은 역자도 아무런 이론이 없다. 그리고 그러한 시절에 죽음을 무릅쓰고 천주교를 신앙으로 믿으며 죽어간 그 많은 순교자들의 훌륭한 신앙심에도 탄복해 마지않는다. 죽음을 뛰어넘기란 그렇게도 어려운 일인데, 그처럼 보수적이고 폐쇄적인 조선사회에서 명문의 후예인데다 당대의 뛰어난 재사才士요 천재들이며 촉망받던 선비 이벽·이승훈·홍낙민·권일신·정약종·김건순·황사영들이 죽음을 초월해 열성과 지성으로 호교운동과 신앙생활을 했던 것은 어떤 방법으로라도 시대적 변혁을 갈구했던 충정으로 우리가 감동을 받기에 충분하다고 여긴다.

이 문제에 대한 역자의 견해를 피력하면, 여섯 사람은 성호의 실학사상에 서양사상까지를 수용하여 계승, 발전시킨 성호학파의 혁신적 실학자들이며 천주교를 학문적으로 연구하고 신앙으로 믿다가 손을 떼고 실학의 영역에 하나의 새 분야를 개척해낸 학자들이었다(이우성李佑成 교수는 『동사강목東史綱目』 해제에서 성호 문하의 안정복 일파를 성호학의 우파右派, 다산 일파를 좌파左派라 하였고, 『여유당전서』 해제에서는 다산이 천주교에 매혹된 것은 사실이지만 그는 진작 천주교에서 손을 떼었다고 하였다).

다음으로 이분들은 성호 이전의 퇴계 학문을 존숭하였고 성호와 퇴계 사이 백호 윤휴의 반주자학反朱子學의 학문을 찬탄해 마지않아 그들의 경학 연구에 백호의 학설 중 많은 부분을 수용하고 있다. 녹암과 다산의 경학사상 부분에서 역주로 조금씩 이야기했으나 백호—녹암—다산으로 이어지는 경학사상이 반주자학·반성리학으로 발전하였다는 것에는 의심할 여지가 없다. 다산의 논문 「오학론五學論」에서 성리학에 대한 통박을 읽어보면 그들의 뜻이 어디에 있으며 왜 성리학을 반대했는지를 소상히 알 수 있다. 성리학이 당시의 정통 학문이므로 이것에 대한 반대 없이는 새로운 학문인 실학사상은 설 자리가 없었을 것이다. 이학理學 중심인 성리학 및 주자학에서 이理의 허구성을 통박하고 행사行事를 끌어내어, 인의예지仁義禮智를 이理로 해석하는 주자학을 뒤엎고 인의예지란 행사를 통해 행동하고 실천하는 일의 이름이라고 주장했던 것 자체가 실학의 사상적 기반이기 때문이다. 계속 지배층이 되고자 하는 당로자들로서는 자신들의 부귀호강을 영속화하기 위해 당시의 관학官學인 성리학을 신봉할 수밖에 없었지만 대다수 민중을 위하고 찌든 나라의 재정과 백성들의 비참한 실정을 조금이라도 바꾸어보자는 우국충정이 있던 사람이라면 성리학에서 벗어난 새로운 학문영역을 파헤쳐 지배논리를 분쇄하지 않을 수 없었을 터이다. 그래서 정인보는 다산의 경학을 "민중적 경학民衆的經學"이라고 했던 게 아닐까.

　명덕明德을 효·제·자孝弟慈라 했고 인의예지는 행사에서 이름이 나온다 하여 그처럼 효도하고 우애하면서 몸소 실천하던 녹암 권철신, 『대전통편』을 편찬하고 『규장전운』을 교정했던 이가환, 백성을 위해 목화씨를 빼는 씨아를 구입해온 이기양, 『기하원본』에 통달하고 이 나라 최초의 수족水族·어류를 분류해낸 『현산어보』의 저자 정약전, 실학의 집대성자 정약용. 이들은 사화를 당해 죽거나 파멸해버렸다. 그러나 꺼지지 않는 불길처럼, 타고 남은 재가 다시 기름이 되듯이 다산의 붓끝에서 이들은 다시 살아났고, 역사적인 진실은 묻히지 않는다는 역사원리가 새롭게 증명되었다. 지금에 와서 어느 누가 실학자들이 역적이었다 할 수 있겠으며, 그들의 죽음과 파멸에 무한한 동정과 비애를 느끼지 않겠는가. 역사적 안목이 없는 썩은 당로자들은 자기들의 지위 유지와 안정만을 바라서 변화와 변혁을 무서워했기 때문에 역사는 침체되었고 일순간 그들 자신 호강을 누렸다 해도 긴 역사로 보면 역시 승자는 변혁과 변화를 바라던 쪽이 되었다. 당시의 당로자들인 심환지, 서용보 등을 오늘의 누가 평가해주랴. 당시의 소인배요 다산 자신의 용어로는 '악인'이자 '악당'인, 개인적 영달만을 바라서 모함과 아첨으로 역사를 거역한 공서파 목만중, 홍낙안, 이기경 등을 누가 옳다고 하겠는가.

'주초위왕走肖爲王'이라는 천인공노할 엉터리짓으로 조광조를 역적으로 몰아 죽인 기묘사화, 신주를 도둑질해다 없애고 제사지내려 하지 않았다고 몰아 죽이려 하거나, 증거가 없자 남의 책을 문서뭉치에 넣어두고 그걸 증거라고 하여 때려잡던 신유사화, 역사란 이렇게 반복만 되는 것인가. 그러나 조광조는 오래지 않아 신원되어 영의정으로 증직되고 학자와 선비의 최고 명예인 문정文正이라는 시호를 받고 공자묘인 문묘文廟에 배향되어 위대한 학자·정치가로 추앙받고 있으며, 당시의 모함자 남곤과 심정은 곧 파멸해 오늘날 어린아이들까지 만고의 소인으로 여겨 간신배 취급을 하고 있다. 이것이 역사인 것이다. 다산도 융희황제 때 정헌대부正憲大夫 규장각제학奎章閣提學으로 증직되고 문도文度라는 시호를 받았다. 이 도도한 역사의 흐름을 누가 막거나 왜곡할 수 없다는 것이 역사의 정의인 것이다. 오늘날 조선 후기 하면 그래도 학문다운 게 실학이요 실학 하면 다산이다. 이제는 실학자들의 학문과 일생이 우리 시대에 빛을 비춰주고 민족적 긍지를 불어넣어주는 역사의 귀감이 되었다. 실학은 시대를 개척하던 학문이론으로, 민족사상의 보고요 자랑스러운 민족의 슬기였음을 인정하지 않을 수 없게 되었다.

역자는 이렇듯 역사원리에 충실한 다산의 글을 번역하고 나서 불분명한 곳이 여러 군데여서 안타까울 뿐이다. 다산 경학의 고경古經에 대한 이론은 알 수 없는 부분이 너무 많아 다산의 본뜻이 얼마만큼 전달되었는지 부끄럽기만 하다. 더욱 노력해서 앞으로 바로잡을 것을 약속하면서 우선 이렇게라도 마칠 수 있었음은 역사원리에 신이 나 있던 역자 나름대로의 느낌이 있었기 때문이다. 사화의 승자는 결국 피해자였던 선비들이라는 믿음이 더욱 굳어지면서 정치적 견해와 학문이론의 차이 때문에 선비를 죽이는 제도만은 발전된 사회에서는 영원히 사라져야 한다는 생각도 들고, 정치범이나 양심범의 사형제도는 분명히 폐지되어야 한다는 생각까지 들어서 더욱 흥미진진하게 고달픔을 모르고 번역을 끝낼 수 있었다.

여기 번역한 다산 이외의 다섯 분과 기타 여러 사람들의 일생은 어느 누구건 다산의 일생과 연관되어 있지 않은 사람이 없다. 학문의 연원인 성호·번암, 선학인 녹암, 학문과 정치의 선배 이가환, 형제며 지기이던 손암은 말할 것 없이 복암과 매장, 남고, 소고, 금리까지도, 그 해당 글의 서술 주체가 용鏞·나(다산)로 되어 있어 다산이 자신의 일생을 기록한 두편의 「자찬묘지명」에서 못다 한 자기 이야기를 모두 기록하고 있다. 다산의 일생과 사상, 학문, 인격 등을 알아보는 데는 이들의 기록까지를 알아야 함이 불가피하다. 더구나 다산학의 성립에는 그러한 선학·선배·후배 들의 많은 학문과 사상이 수용되었음을 보여주고 있어 모두가 귀중한 자료적 구실을 하리라 믿는다. 신유사화의 생생한 역사적 사실의 규명을 위해 여타의 기사紀事와 전傳도 중요한 보조자료가 되리라 여겨 함께 묶어 번역하였다. 당시의 권력층이 저지른 패악상을 폭로했다는 점에서 다산학의 고발문학적 성격을 알아보는 데 도움이 될 것이다.

다만 이들 대부분이 같은 사건의 공범으로 취급받았기 때문에 한가지 일이 세 사람, 네 사람에게 중복되어 나오고 어떤 것은 모든 사람에게 중복되는데, 원문대로 살리고 싶어 그대로 번역하였고, 다산의 가계家系는 광중본, 집중본,「선중씨 정약전 묘지명」,「선백씨 정약현 묘지명」 등에 같이 나오나 그것도 그대로 두었음을 이해하기 바란다. 원주란 다산 자신의 주이고, 그외에는 모두 역자가 이해를 돕기 위해 붙인 것이다. 중복된 용어와 사건·인명은 되도록 처음 나올 때 주를 달았기 때문에 찾아보면 알 수 있을 것이다. 묘지명은 무덤에 함께 묻는 간략한 비명碑銘으로 죽은 이의 행적과 공로를 찬양하기 위해 자손들의 요구를 받고 짓는 글이지만 다산이 쓴 묘지명은 묘지명이란 이름으로 부탁받지 않고 자진해서 지은 일대기, 전기, 자서전과 같음을 이해해야 한다.

다산이 타의에 의해 그 많은 겨를을 얻어 위대한 학문적 업적을 남겼듯이, 역자 또한 타의에 의한 겨를을 얻어 이처럼 소루한 역본이나마 꾸밀 수 있었으니 생각나는 일이 많기만 하다. 이 역문은 대부분 1980년 가을에 번역한 것이며 다산의 기나긴 유배생활을 한없이 동정하면서 역자의 어떤 괴로움을 달래느라 이룩한 작업이기도 했다. 이 미숙한 역본이 창작과비평사의 도움으로 출간되고 보니 실로 감개무량한 마음을 금할 수 없다. 창비의 여러분에게 감사한다.

1983. 4.

무등산 아래 은구당隱求當에서 박석무 삼가 씀

386

394

정약용 丁若鏞

조선 후기 실학사상을 집대성한 조선 최고의 실학자이자 사상가. 다산(茶山)은 그의 호이다. 1762년 경기도 광주군에서 출생했고, 28세에 문과에 급제해 동부승지·형조참의 등의 벼슬을 지냈다. 경학(經學)과 문장에 뛰어났으며 천문·지리·의술 등 자연과학에도 밝았다. 천주교를 가까이한 것을 빌미로 1801년 신유옥사에 연루되어 18년간의 유배형에 처해졌다. 유배기간 동안 목격한 피폐한 사회상을 계기로 바른 정치와 민생 향상의 개혁적인 대안들을 제시하며 다각도의 학문적 연구를 진행했다.『목민심서』『경세유표』『흠흠신서』등 500여권의 방대한 실학 관련 저작과 경학 연구서 232권을 비롯해 2500여 수의 시(詩)와 문장 등 뛰어난 저술들을 남겼다. 1818년 음력 8월 귀양이 풀려 고향으로 돌아왔다. 1836년 음력 2월 22일 회혼일(回婚日) 아침에 마현리 자택에서 별세했다.

박석무 朴錫武

1942년 전남 무안에서 출생했고, 전남대 법대와 동 대학원을 졸업했다. 민주화운동에 투신해 네차례 옥고를 치른 바 있으며, 한중고문연구소장과 13, 14대 국회의원, 한국고전번역원장과 한국학술진흥재단 이사장, 단국대 이사장 등을 역임했다. 현재 성균관대 석좌초빙교수, 다산연구소 이사장으로 활동하고 있다. 오랫동안 다산 정약용의 철학과 사상을 대중에 널리 알리는 작업을 해왔다.「다산 정약용의 법사상」「다산의 법률관」외에 다수의 논문이 있으며,『다산기행』『다산 정약용 유배지에서 만나다』『풀어 쓰는 다산 이야기 1·2』『다산 정약용 일일수행 1·2』『조선의 의인들』등의 저서와『다산 논설선집』『다산 문학선집』(공편역)『다산시 정선』(공편역)『역주 흠흠신서』『유배지에서 보낸 편지』등의 편역서가 있다.

개정증보판
다산산문선

초판 발행 / 1985년 12월 5일
개정증보판 1쇄 발행 / 2013년 9월 16일
개정증보판 3쇄 발행 / 2023년 5월 24일

지은이 / 정약용
옮긴이 / 박석무
펴낸이 / 강일우
책임편집 / 정편집실
펴낸곳 / (주)창비
등록 / 1986년 8월 5일 제85호
주소 / 413-120 경기도 파주시 회동길 184
전화 / 031-955-3333
팩시밀리 / 영업 031-955-3399 편집 031-955-3400
홈페이지 / www.changbi.com
전자우편 / human@changbi.com

ⓒ 박석무 2013
ISBN 978-89-364-7233-7 03810